河出文庫

身ぶりとしての抵抗

鶴見俊輔コレクション2

鶴見俊輔
黒川創 編

河出書房新社

身ぶりとしての抵抗　鶴見俊輔コレクション2

目次

Ⅰ　わたしのなかの根拠

Ⅱ　日付を帯びた行動

Ⅲ 脱走兵たちの横顔

Ⅳ 隣人としてのコリアン

V　先を行くひとと歩む

I

わたしのなかの根拠

「殺されたくない」を根拠に

京都のピース・ウォークを出発点で見送った。デモのコース全体を歩きとおすことはせず、出発点で見送るだけにとどめている。八十歳になってから、そうしている。

出発までのしばらくの間に、野外劇がくりひろげられていた。骸骨《がいこつ》の衣装を着たアンクル・サムが広告塔としてまんなかに立って、そのまわりを赤、黒、青のタイツを着た三人がぐるぐるまわり、死の苦痛を見せて、倒れて死ぬ。

終わりにアンクル・サムが、仮面を脱いで、私はアメリカ人です、と名のり、タイツを着た踊り手も、それぞれ、カナダ人、メキシコ人、フランス人と実名を名のった。四人とも女性で、京都にきている留学生だった。

この野外劇が、行進のはじめにあるということは、これまでにない。

9・11テロ以後に始まったこのピース・ウォークの第一回で私が出発地点にきたとき、集まったのは百五十人。そのうち百人が女性で、五十人が男性だった。男性には、共通の性格があり、女にひっぱられる男だった。もう少し踏みこんで言うと、女にひっぱられて生きる役割をよろこんで受けいれる男たちのようだった。

このことは、三十八年前のベトナム戦争反対のデモ行進とはちがう性格を、今度の戦争反対デモにあたえている。

歌も、合言葉も、身ぶりもかわった。かつての戦争反対デモは、戦中の軍隊の行進の形から手が切れていない。スローガンも、軍隊式である。

私は、土岐善麿の戦後始まりの歌を思い出す。一九四五年八月十五日の家の中の出来事を歌った一首だ。

あなたは勝つものとおもつてゐましたかと老いたる妻のさびしげにいふ

明治末から大正にかけて、啄木の友人として、戦争に反対し、朝鮮併合に反対した歌人土岐善麿は、やがて新聞人として、昭和に入ってから戦争に肩入れした演説を表舞台で国民に向かってくりかえした。そのあいだ家にあって、台所で料理をととのえていた妻は、乏しい材料から別の現状認識を保ちつづけた。思想のこのちがいを、正直に見据えて、敗戦後の歌人として一歩をふみだした土岐善麿は立派である。

敗戦当夜、食事をする気力もなくなった男は多くいた。しかし、夕食をととのえない女性がいただろうか。他の日とおなじく、女性は、食事をととのえた。この無言の姿勢の中に、平和運動の根がある。

大正時代に反戦の言論を張った知識人は多いが、昭和の長い、十五年つづく戦争の中で、誰がその立場を守り得たか？

大正から昭和へ、教授たちは、はじめは平和を説き、やがて戦争を支持した。その中の何人かの例外をもって、教授全体を代表させることはできない。日本の知識人全体の、この連続転向を問うことが必要だ。戦争反対の根拠を、自分が殺されたくないということに求めるほうがいい。理論は、戦争反対の姿勢を長期間にわたって支えるものではない。それは自分の生活の中に根を持っていないからだ。

イラクでは、女性、子供、そして戦闘力のない老人が殺される。そのことは、アジアの中で大きな富と武力をもつかつての日本が、アジアに対してしたことを思わせる。これに反対する運動は、新しい形を必要とする。

世界で一番新しい文明が、最も古い文明に対して加えた攻撃である。この新しい文明は、地球上に住む他のあらゆる生物（動物や草木を含めて）に対する破壊力を備えている。米国の大統領はそのことを自覚していないが、もはや人類は地球に対する謝罪として自分たちの終わりを考えるべき時に来ている。

遠い記憶としてではなく

すわりこみ、断食は、私にとって何だったかと、考える。

昨年（一九八〇年）の暮に京都の高島屋の前で、すわりこみと断食とをしたから、このごろになってしないということはないのだが、十四、五年前のように、何度もくりかえすということはないので、すわりこみのことになると、そのころのことを思う。とくに、最初に米国大使館前にすわったことが、心にのこっている。その直前までは、そんなことは自分にはできないような気がしていたので、自分の人生がそこで二つに分れたような気がした。

警官に追い出されるまでに、かなりながくすわっていたような気がしたのだが、一緒にすわった日本山妙法寺の坊さんによると、二分くらいということで、彼は何度も前にすわったことがあるから、時間をはかれたのだが、主観と客観とはちがうものだと思った。

自分を無力な状態にして、権力に対して抗議するのは、無駄なようにも思え、矛盾を含んでいるようにも思える。たしかにそうだ。他にもっと有効な抗議の仕方をさがさなくてはならない。

それにしても、他の有効な方法が、地位を利用することであったり、団体の力を利用することであったり、有名人を利用することであったりすると、批判する相手の国家権力はもっと金があり、大きな組織があり、もっと地位と名声をもっている人をかかえているので、こちら側の有効性をうわまわる有効性をいつも、むこうがもっており、抗議することは無駄というふうにも考えられる。

そうすると、やはり、自分を一個の粗大ゴミとして道路の上におくという抗議の形は、根本の抗議の形として、大切なものに見えてくる。そういう抗議を、はだかの自分としてなし得るという自覚が、権力への抗議のもとにあるほうがいい。それがあって、その他に（いくぶんでも）有効な他の抗議の方法をさがすというようでありたい。

一九六〇年の安保反対運動の時には三十代、六五年のベトナム戦争反対運動のはじまりには四十代、そして今、一九八一年には五十代の終りで、からだは相当におとろえた。もはや、ジグザグデモはできない。断食とすわりこみがようようのこと。それにくわえて、つれあいが心臓病なので、家の仕事をうけもつことになり、家からははなれにくくなった。その事情は、家の仕事をとおして政治を見るという、別の見方を教える。

それは、身軽に道路の上に自分をおくのと似たところがある。デモにくわわるなどということもなく、大きな会合で演説するなどということもなく、一日のおおかたは、家の近くかその中ですごす。すくなくともここには自治がある。そういうくらしの形をとおして、政治に接している。その接点によってでも、抗議はできる。男が女の仕事をしている、つづけているという形の中に、この国の政治に対する目だたない、しかし根本からの批判があると思って、私は、くらしている。町内での、近所の人たちとの、つきあいに、そういう考え方は、つたわっているような気がしている。再軍備に反対する、徴兵制に反対するのも、そういうくらしの感覚がもとになるのではないか。

そんなふうで、私は、著作をとおして、自分の考え方を発展させることがすすんではいないけれども、十五年前のすわりはじめの初心にもとづいて政治活動をしている。

十数年前にすわりこみで出合い、このごろ会っていない人たちのことをよく考える。なくなった柴田道子さんのこと。

三里塚の松浦(小泉)英政夫妻のこと。

二年ほど前に、松藤豊氏から、自由民権運動の郷土史をもらい、一年ほど前に、ガリ版通信をもらって、うれしかった。

すわりこみは、それぞれの人の中に、生きつづけている。

方法としてのアナキズム

1

アナキズムは、トマス・アキナスの『神学大系』とか、マルクスの『資本論』のような、まとまった理論的著作をもっていないし、もつことはないだろう。それは、人間の社会習慣の中に、なかばうもれている状態で、人間の歴史とともに生きて来た思想だからだ。習慣の中に無自覚の形である部分が大きく、自他にむかってはっきり言える部分は小さい。

アナキズムは、権力による強制なしに人間がたがいに助けあって生きてゆくことを理想とする思想だとして、まずおおまかに定義することからはじめよう。

人間は（おそらく人間以外の動物もそうだろうが）権力によって強制されて生きることを好まない。権力によって支配される関係から自由になることを夢みることは、あたりまえだ。このように道義感から見て自明のことに思える権力ぬきの助けあいの社会がどうして実現しないのか。このことについての認識が、多くの人に、自分の素朴な道義感のままにアナキズムにむかうことをためらわせる。また、若い時にアナキズムを自分の思想としてえらんだ人にとっても、自分の理想が実現しないということのいらだちが、アナキズムをたやすくテロリズムに転化させる。

権力関係なしの共同社会をめざすアナキズムと、権力者を肉体的に抹殺することをめざすテロリズムとは、理想論としてはほとんど関係のないものだが、情念としては、一方は他方にたやすく転化する傾向をもっている。ロシアのアナキズム運動史、日本のアナキズム運動史から、多くの実例をあげることができるし、アメリカでもマッキンリー大統領の暗殺以来、アナキストとは暗殺者の異名である。

ウッドコックの『アナーキズム』やゲランの『現代のアナーキズム』などの通史は、アナキズムとテロリズムを理論上の無関係さのゆえに、軽く見てすぎてゆくが、ここには、アナキズムの思想にとって重要な難関がある。松田道雄編『アナーキズム』、秋山清『ニヒルとテロル』、近藤憲二『無政府主義者の回想』などは、この問題をさけていないし、高見順の小説『いやな感じ』はこの問題ととりくんだ小説といえる。

権力的支配のない相互扶助の社会、というような理想主義的な構想をもつと、その反動として、それがいらだたしさをつのらせ、テロリズムにかわる。このコースをかえるために、なにか鎮静剤をあたえていらだたしさをとりのぞき、きばのない静かなアナキズムをつくることがよいと、私は考えているわけではない。（私が好んでいるアナキズムは、静かなアナキズムだが、きばのないものではない。)

二十七年も前になるが、戦争中、私は、海軍の酒保で伊福部隆彦の『老子概説』という本を手に入れて、たのしみにして少しずつ読んでゆくと、中国では老子の教えは死にたえており、老子の思想を代表しているのは日本の天皇だと書いてあるので失望したことがある。中国の侵略戦争を現に今すすめている日本の国家の元首が老子の思想を体現しているとするようなアナキズムは、戦争中の日本でもいらだたしさから自由に活動できただろうが、こうした形になった東洋的アナキズムは、今自分たちが他民族におしつけている権力的な支配を正当化しているという点で、アナキズムとしてはまっとうなものとは思えない。伊福部隆彦だけでなく、本荘可宗とか、武者小路実篤のように、私が少年のころに同感して読んだ東洋的アナキズムの提唱者の多くは、日中戦争の支持者であり、日本の軍国主義の協力者(というよりもむしろ推進者)となっていた。静かなアナキズムというものは、十五年戦争中の実績のゆえに、信頼できない。

今の社会にある権力的支配に抵抗することをやめてしまった静かなアナキズムに転化するのでもなく、権力的支配関係をおしつぶすもう一つの権力的支配をめざすことでアナキズムからそれてゆく道をとるのでもない、アナキズムの道すじはどのようにしてあり得るか。

ここで、問題は、出発点にもどる。アナキズムが人間の習慣の中になかばうもれている思想として特色をもつものだとすれば、思想としてのアナキズムが静かな仮死状態でもなく激発して別のものに転化するのでもなく、生きつづけてゆくためには、それを支えるかくれた部分が大切だということだ。そのかくれた部分は、個人のパースナリティーであり、集団の人間関係であり、無意識の習慣をふくめての社会の伝統である。そこから考えてゆくのでないと、人間の未来にとって重大な意味をもつようなものとしてアナキズムをほりおこすことは、できないだろう。

2

権力による強制のない相互扶助の社会をつくろうという理論による運動は、多くはみじかい期間にくずれてしまった。ブルック・ファームとか、ニュー・ハーモニー・ヴィレッジなどが、その例である。十九世紀はじめにアメリカのヴァーモント州にあったオネイダの共同体などは男女の自由な性的結合をふくめた相互扶助の社会だったが、その性的側面だけに好奇心を持つ旅行者が出たり入ったりするようになってから、自由な性関係はくずれた。やがて、この共同体の温順な労働力に眼をつけた資本が、ここに工場をつくって、資本主義的生産様式をとおして、この共同体のある側面を現代にのこしているという。

個人あるいは数人の思いつきによる相互扶助社会の建設がどんなにむずかしいかは、これらの例から見てもわかる。

反対に、われわれがすでにもっている社会習慣の中にあるさまざまな力を新しくくみあわせて、相互扶助の習慣をつよめてゆくことには、もっと持久力のある実例がうまれている。戦争が終ってから十五年も、外界からはなれて相互扶助の社会を二人でつくってきたグアム島の日本人兵士の場合は、その一つである。このような必要がない時には、決意によってそういう相互扶助の社会をつくることはむずかしい。しかし、人間にとってそのような相互扶助は前にあったし、これからもあり得ると考えることは、助けになる。

レヴィ＝ストロースのトーテムについての分析は、現代の工業文明にとってうしなわれてしまった有機的な世界観の下にもっと親しい助けあいの関係があり得ることを示した。

カーロス・カスタネダという人類学の学生が、メキシコのヤキ・インディアンの老人についてその教えを記録した本『ドン・ファンの教え』を読むと、レヴィ＝ストロースが冷たい手で解剖して見せてくれたと同じものが、生きているままのあたたかさでわれわれに直接につたわってくるように感じる。私は、アナキズムの岩床には、こうしたものがあるように感じるし、若い時の一時の信念としてでなくアナキズムを支えるものは、世界にたいするこのような感覚だと思う。

カスタネダが、ドン・ファンに会った時、ドン・ファンは、七十歳に近かった。アリゾナ州でグレイハウンド・バスを待っている白髪のめだたない老人だった。彼はヤキ族のインディアンとして一八九一年にうまれ、メキシコで生涯のおおかたをくらした。一九〇〇年にメキシコ政府に故郷のソノラから追われてメキシコ中部に移り、一九四〇年までメキシコ中部と南部に住んだ。そしてその後、米国に移り、一九六〇年夏にカスタネダが会ったのはアリゾナ州においてである。この時から一九六五年秋まで、五年間にわたってカスタネダはドン・ファンの弟子として修学した。

メキシコ政府にとっても追いはらってしまいたい部族の一人であり、アメリカ政府から見てもとるにたりないおくれた部族のひとりであるこの老人は、彼の話をきく人にとっては、メキシコ国家の代表する近代化にも、アメリカ政府の代表する近代化にもおしまけない、独立した世界を内面にもっていた。彼が個人として心の中にもっているだけでなく、彼には、仲間がいて、おたがいのかたい結びつきをとおして現代のアメリカの表に出てくるものとは別の文化をつくっていた。

ドン・ファンは、現実をこえたところから現実を見る方法を教える。まだドン・ファンと深くつきあわないころ、カスタネダが、あたりのインディアンの若者に、ドン・ファンのような魔術師の評判をきくと、

「そんなことはほらだということを、もう今ではみんなが知っている。としよりは、変身術師なんかについての物語をいっぱいするが、そんな話を、もう若いものはしない。」

ということだった。米国アリゾナ州に住むインディアンの若者の間には、近代文明思想がただ一つの正統な見方としてかなり深く入っているようだった。しかしここでも、ドン・ファンの仲間には、としよりだけでなく若い者もいることを、やがてカスタネダ

は見いだす。

ドン・ファンはまず、場所のとりかたについて、弟子を訓練する。一つの部屋で、ある個人がすわるのに適する場所は一つしかない。それを一晩かかっても、自分ひとりで部屋の中をころげまわって自分の体でさがしあてなくてはならない。このように、自分の場所をさがしだす動物の感覚を自分の中によみがえらせることが大切だ。

このことができると、次にドン・ファンは弟子にペヨーテをあたえる。

ペヨーテを口にふくむことで、弟子は、自分の内部でメスカリトという保護者に出会う。彼はメスカリトに自分の罪を告白し、どのように生きたらよいかとたずねた。メスカリトに名をきくと、彼は特別の名をおしえてくれた。その名は（ドン・ファンの教えによれば）、カスタネダ個人とメスカリトの間に秘密にされるべきもので、誰にも言ってはいけない。メスカリトの助けを呼びたい時にだけ、カスタネダが口にすればよいのだという。メスカリトはカスタネダに、歌を教えてくれた。それは（ドン・ファンの教えによれば）カスタネダ個人のものである。ペヨーテを口にふくんで仲間があつまる時、ひとりひとりがメスカリトにむかって自分の歌をうたう。しかしこういう会合で他の人びとのメスカリトへの歌をきくとしても、

「けっして他の人の歌をまねてはならない。」

とドン・ファンは教えた。集会の中で自分の番が来て、自分の歌をうたう時、カスタネダは、自分がたったひとりこの自分であることの喜びを感じた。

しかしそのあとで、何かに追いかけられていると感じて岩のかげにかくれる。何かが来て海草をぶつけた。海草はカスタネダをとかしそうになった。その時、光がさして来てすくわれた。

この体験をドン・ファンに話すと、彼はこんなふうに解き明した。

「メスカリトは、お前をうけいれたのだ。何かがお前を追いかけたように感じたのは、人間が喜びと平安の中だけには生きられないということをさとらせるためだ。生きているかぎり、人間には危険がつきまとい、たたかいつづけなければならない。それが人間の世界なのだ。別の世界にぬけだすことはできない。

これからは、お前は、自分でメスカリトとつきあいなさい。お前とメスカリトとのあいだにおこることを自分にしらせるにはおよばない。メスカリトの啓示も、自分で解きあかすほかないのだ。」

ペヨーテの他に、ジムスン草(悪魔草)の使いかたも、おそわった。ジムスン草をそだて、その粉をこめかみにぬりつけて、一種のとかげにむかって、質問をする。問題の性質に応じてヴィジョンがあらわれ、問題にかかわりのある他人の姿を眼の前に見る。

ジムスン草は他人にはたらきかける力をあたえる草で、これにとらえられることには、危険がある。人間はどのようにして知識を深めることができるかについて、ドン・ファアンは、カスタネダに、こんなふうに教える。

「永続的に知識人になるというのは、できない相談だ。四つの敵をまかしたあとで、ほんのすこしのあいだ知識人になるというていどのものだ。

最初の敵は恐怖心だ。逃げないということで、それに勝つことができる。

二番目の敵は明晰さだ。恐れを克服したあとで、知識はらくらくとやって来て、とてもはっきりした形をとる。物事がすっかりわかったような気になる。この明晰さに負けたら、そこで、その人は、知識人になる道からはずれる。明晰さに達した人は、その後明晰さを失うことはないが、それ以上の知識に向って努力する欲望をもたなくなる。

明晰さを、状況の必要に応じてこえてしまった時、人は、それまでの明晰さが可能なさまざまの知識の一つの形にすぎなかったことを知る。その時、明晰さを、遠い小さいものとして見ることができる。しかしその時、知識の三番目の敵である力とぶつかることになる。力は、知識の最大の敵だ。力にとらえられた人は、自分をおさえることができなくなるし、自分が何のために知識を使うかの目的について静かに考えることができなくなる。

もし彼が、明晰さも力も、彼が自分自身をおさえることができないで使うとしたらまちがった知識にさえ劣るということを理解できたなら、彼は、知識人への道をさらに進むことができる。その時、四番目の敵に会う。それは老年という敵で、この敵には、勝つことができない。この敵とはたたかいつづけることができるばかりだ。このころには、人は、恐れとか、明晰さへの欲望とか、権力の誘惑から自由になっているが、つかれやすくなっており、休息したいという気持ちがつよい。休息すれば、彼のたたかいは終りだ。彼の敵は彼を、ただのおいぼれとしてほうむり去ってしまう。しかし、つかれをふりはらって、運のつきるまでたたかうならば、ほんのすこしのあいだでも、彼は知識人として生きることになる。そのわずかの時間だけでも、十分だ。」

このようにしてドン・ファアンは、薬草のつくる幻影にまどわされない方法をもカスタネダに教えた。この彼の教えの中には、ヨーロッパの文明のもつ知識の理想への対抗原理があらわれている。

ドン・ファアンは、自分ではジムスン草は好まないと言い、とくに煙をカスタネダにすすめる。煙をのむと、カスタネダは体がなくなってしまって、物の中に入ってしまったような気になる。体がなくなったのだから、これからは何にでもなれるのだと、ドン・ファアンに言われる。彼は床の上に首だけになってころがって（というふうに彼は感じているわけだ）、ドン・ファアンのいうままに、首から尾をはやし、くちばしをはやし、はねをはやして、黒いカラスになり、むかえに来た友だちのカラスとともに空をとぶ。今やカスタネダは、カラスの眼で世界を見ていた。これからの生涯を、彼はカラスとともに生き、困難のある時には、カラスとともに飛んで人間界の状況を小さな一点として遠くから自由に見なおすことをまなび、死ぬ時にはカラスがむかえに来て、飛んでこの世から去るのだと教えられる。

この煙の道は、ドン・ファンによれば、幾百万もの道の中のひとつの道にすぎない。

「メスカリトは、君にどう生きるのが正しいかを教える。彼は君の外にいるから、君には彼が見える。煙は、それ自身の姿をあらわさず、君に君の姿をかえる力をあたえる。

どの道も、幾百万の道の中のひとつの道だ。道は道というだけのものだということをおぼえておかなくてはいけない。道そのものは、どこにつれてゆくという目的ももたない。だから、ある道をえらんでこれはいやだと思ったら、その道をやめたらよいのだ。ある道には心があるし、ある道には心がない。この道をたどってゆくことが、今たのしいと思う時、その道は君にとって心をもっているのだ。

この道には心があるか？　もしあれば、それは善い道なのだし、もしなければ、それは役にたたない道なのだ。」

心のある道は目標につれてゆくための過程であるだけではなく、その道をたどる今のこの時が人生の目標なのだ。

「私にとっては」とドン・ファンは言う。「心のある道を旅をするということがあるだけだ。心のある道なら、どの道でも、その道を私は旅してゆき、そのきわみまで達するということが私にとってねうちのあることと思える。その道を、私は、眼をみはって、息せききって旅をしてゆくのだ。」

最後にドン・ファンが教えてくれたのは、攻撃をもってしてである。不安で仕方がないというと、ドン・ファンは、外の敵から守るためのまじないを教えてくれ、自分の場所から一歩も動かずに、そのまじないをくりかえして自分を守れ、どうにも仕方がなかったら岩のかけらを敵にむかってほうれと言いおいて去る。それからしばらくして、ドン・ファンらしいが、ドン・ファンのふだんの身のこなしかたとちがう別の人格があらわれてカスタネダに近づく。カスタネダは自分の場所を動かず、必死でまじないのしぐさをくりかえし、最後には手ににぎりしめた岩をほうって敵を追いはらう。やがて、野原にひとりおかれて、同じ不安におそわれた時、カスタネダは同じような襲撃をうけるのではないかという恐怖にたえかねて気を失ってしまい、数週間もとの健康を回復しなかった。この挫折をもって、彼の修学は終る。

二十歳そこそこの青年が、七十五歳の老人の襲撃をおそれて、失神するというのは、いくらかこっけいな感じだが、いかにカスタネダが師に自分を同一化していたかをうかがわせる。師にたいする同一化が、彼の修業にとってのおとしあなになったわけだ。この最後の修業は、人間関係に関するものと言ってよい。

　ドン・ファンの教えは、何千年も前から中米、南米、北米につたわっている文化の一部である。部族の多くが、国家主権をうしろだてにしたヨーロッパの近代文明にとけこんでしまった後も、工夫をこらしておたがいに連絡をとりながら、別の文化の中に生きることをつづけてきた。この別の文化は、アメリカ合州国の中にも、アンダグラウンド文化の一部として、ひろまってきている。

　結局は能率的な軍隊の形式にゆきつくような近代化に対抗するためには、その近代化から派生した人道主義的な抽象観念をもって対抗するのでは足りない。国家のになう近代に全体としてむきあうような別の場所にたつことが、持久力ある抵抗のために必要である。二十世紀に入ってからうまれた全体主義国家体制のうまれる以前の人間の伝統から、われわれはまなびなおすという道を、新しくさがしだそうという努力が試みられていい。近代に依存して、ピース・ミールの改革をすすめるという道も、すてさる必要はないのだが、人間の文明を見るわくぐみは、考え直されるべき時に来ている。カラスに変身するなどというのは、ばかげたことに思えるかもしれないが、自然と人間とを新しく結びつけるわくぐみの中で、文明を考えてゆく方法としてこのような情念の形成が意味をもつ。自然に対する人間のごうまんをこわすべき時が来ているのではないか。

　ドン・ファンはおもに薬用植物について述べた。しかし、彼が言うように、道には幾百万の道がある。酒ののみようも、坐りようも、茶ののみようも、それぞれが道として啓示されたことがあった。坐禅を工夫した人も、これを心のある道と考えて、つくったのだろうし、宮沢賢治にとっての肥料設計事務所、柳宗悦の民芸運動も、当時の日本の国家の政策にたいする時、そういうひそかな意図をもっていたのだろう。柳宗悦が『茶の改革』などにおいて茶道の家元制度をつよく批判したのは、茶ののみようによってひらかれる自由な道が、国家の独占体制の配線の一部にくみこまれてしまうことへの警告ではなかったか。

それぞれの道をとおして同行者のあいだに権力のない社会のヴィジョンを保つことができるはずだ。レイ・ブラッドベリの『華氏四五一度』というSF小説を読むと、全体主義国家が本を焼きはらった後で、浮浪者の仲間にプラトンをそらんじている人やヴィットゲンシュタインをそらんじている人などがいて、プラトンやヴィットゲンシュタインを口伝えしてゼミナールをひらくところがある。原爆製造と大衆支配の道具となった学問でさえも、そういう自由な仲間をつくる道のひとつになり得るだろう。

3

「イージー・ライダー」という映画を見た。髪を長くのばした三人組が喫茶店に入っていってすわると、別のテーブルにひげをきれいにそった血色のいい保安官たちがすわっており、

「あいつらには、州の境はこさせないぞ」

と、たがいにめくばせする。ひげをそらず、髪を長くしている住所不定の若者というものが、そもそも気にいらないのだ。

その夜、どのホテルでも宿をことわられて、三人組が野宿しているところに、誰かわからぬ一群がおそいかかって、めったうちにして一人をころす。死んだ男は、公民権運動に入っている弁護士で、おそわれる前に、

「昔は、この国も自由でいい国だったんだが、今はどうしてこうなんだろう」

と言っていたのが、あざやかに心にのこった。彼のこの言葉は、私に、ソローを思い出させた。ソローの著書『ウォルデン』には次の言葉がある。


「要するに、信念からいっても経験からいっても、わたしは、もしわれわれが単純に賢明に生きるならば、この地上でわが身をすごすのは、苦しみではなくて楽しみであると信じるのである。より単純な民族がそれによってくらしをたてていた仕事が、より複雑な文化をもつ民族にとっても今もなお娯楽としてのこっているように。」

ソローは、一八四五年からコンコードのはずれのウォルデンの森の中に自分ひとりで小さな家をたて、畠をつくったり、魚をとったりして二年二カ月くらした。その記録の中で、彼はこう言っているのだ。ソローがしたと同じようなくらし（戦争に反対したり、

税金をはらわなかったり、野宿をしたり）をすると、今のアメリカでは、警察と右翼団体になぐりころされるのだ。

ソローの言葉は、今の世界については（実はおそらくはソローの生きていたころの世界についても）、言いかえられなくてはならないだろう。「である」というのを、「であってほしいものだが」というふうに。

「もしわれわれが単純に賢明に生きるならば、この地上でわが身をすごすのは、苦しみではなくて楽しみであってほしいものだが……」

十九世紀までに人間のもっていた確信が、二十世紀に入るとこんなふうに弱くなってくるのは、文明の進歩といえるのだろうか。進歩がないという自覚が深まるという意味では、それは進歩と呼べるだろう。

アナキズムは、その思想がどのように伝統の中に根づくかをとおして見るほうが、よくわかるのだが、それだけではなく、個人のパースナリティーにどのように根ざすかを見ることも、アナキズムをとらえるために大切な方法である。ヘンリー・デイヴィッド・ソロー（一八一七—一八六二）は、この意味で、とくに注目すべき人物だと思う。というのは、彼の書きのこした文章のほとんどが、彼自身の生活の物語であり、とくに

『ウォルデン』は、彼が森の中でひとりでくらした二年二カ月の実験の記録で、どういう労働をしたか、どういう日課だったか、どのように金を使ったかがはっきりと書いてあるからだ。

ソローが自分で家をつくってひとりで森の中に住んだのは、前に引いたように、「単純に賢明に生きるならば、この地上でわが身をすごすのは、苦しみではなくて楽しみである」ということをはっきりさせたいと思ったからである。そのために彼は、自分の考えるかぎり、単純なくらしのモデルをつくろうとした。

材料費二八・一二½ドルで家をたてた。ソローのいたころのハーヴァード大学の部屋代は一年に一部屋三〇ドルだから、それ以下で一軒の家がたってしまったわけだ。たべたものは、八カ月ほどで八・七四ドルかかった。着るものその他の臨時出費は八・四〇¾ドル。油代その他二ドル、畠への農具その他の支出一四・七二¾ドルをいれると、六一・九九¾ドルで八カ月くらしたそうだ。

そのあいだに、畠の作物を売って二三・四四ドル、日やとい労働に対するほうしゅう一三・三四ドルをいれて、合計三六・七八ドルの収入があった。だから、約二五ドルでもって八カ月をのんびりとくらせたわけだ。それも家をつくった費用をふくめてだから、最初の年としては相応の成功である。

家の中には、テーブルの上にホーマーの「イリアス」をおいて、ひまな時に、すこしずつ読んだ。こういうくらしの中でホーマーを読むと、一行一行がおどろくべき意味のひろがりを見せるという。それから、「バガヴァド・ギータ」を読んだ。あとは、ひまにまかせて湖を見たり、空を見たり、雨の日には家にこもって雨の音をたのしんだ。この程度の単純なくらしは、一年のうち六週間はたらけばおくることができ、あとは自然の中にいて自然をたのしんでくらせる。

ふつうの市民のくらしをしているとなぜ金がかかるかというと、体面をたもつためにかかるのだ。体面を考えの外におけば、きるものも、食いものも、ひどく安くてすむ。一八四七年九月六日にソローは二年二カ月のウォルデンの生活をやめる。彼が生きたいと思ういくつもの生活があって、このウォルデンの生活にはこれ以上の時間をさくことができないと感じたからだった。彼がここでくらした二年間は、ソローにとってその後どのような生活状況に対しても、ひとつの準拠わくとしてはたらいた。

「わたしはわたしの実験によってすくなくともこういうことをまなんだ——もし人が自分の夢の方向に自信をもって進み、そして自分が想像した生活を生きようとつとめるならば、彼は平生には予想できなかったほどの成功に出あうであろう。彼は何物かを置去りにし、眼に見えない境界線を越えるであろう。新しい普遍的な、より自由な法則が、彼の周囲と彼の内に確立されはじめるであろう。あるいは古い法則が拡大され、より自由な意味において彼に有利に解釈され、彼は存在のより高い秩序の認可をもって生きるであろう。彼が生活を単純化するにつれて、宇宙の法則はよりすくなく複雑に見え、孤独は孤独でなく、貧困は貧困でなく、弱さは弱さでなくなるであろう。もし君が空中の楼閣を築いたとしても、君の仕事は失敗するとはかぎらない。楼閣はそこにあるべきものなのだ。こんどは土台をその下にさしこめばよい。」（ソロー著、神吉三郎訳『森の生活』下巻、岩波文庫、一九六ページ）

権力的支配のない社会などという理想主義的なことをいうと、「そんな中学生みたいなことを言うな」と社会人から笑われるが、現代の社会の複雑なルールを一度は、もっと単純なルールにもどして考え直すべきなのだ。そうでないと、われわれは、今偶然にわれわれをとりまいている社会制度に引きずってゆかれるだけになる。われわれは、現代の社会のまっただなかに、ひとりひとりが、自分ひとりで、あるいは協力して、単純な生活の実験をもつべきだ。そこがそのままユートピアになるというのではなく、現代の権力的支配にゆずらない生活の根拠地として、思想の準拠わくとして必要なのだ。

生活の根拠地としてでなく、思想の準拠わくとして考えれば、ソローが試みたような自律的生活実験でなく、他律的生活実験もまたあり得る。イギリスの経済史家T・H・トオニーが、自分の社会主義論集の巻頭においたのは「突撃」という彼が自分の小隊をひきいて戦闘に入り重傷をおうた時の、第一次世界大戦当時の記録である。この論集は、『突撃その他』と題されている。トオニーにとって、軍司令部の命令のままに多くの部下を死なせたことが人間として果たしてねうちのあることだったかどうかをうたがうことから、その後の社会主義者としての行動がうまれた。彼のイギリス社会批判は、自分のかつての「突撃」を準拠わくとしている。この場合、「突撃」は、単純に生きればそれで楽しい人生の実感というものではなくて、国家ののぞむままに戦争にひきこまれた場合の生きがいのなさの実感である。これを準拠わくとして、戦後のイギリス社会にかえった時、どんなくらしでもあの無意味な殺しあいからぬけだしたということで一旦は生きがいあるものとなるし、そのような無意味な殺しあいに反対することができるというだけでも（たとえ同じように殺されるにしても）今は生きがいのあるものと感じられる。ソローの『ウォルデン』におけるようなプラスの準拠わくよりも、トオニーの「突撃」のようなマイナスの準拠わくのほうが、原爆投下とヴェトナム戦争の現代には積極的意味をもつとも言える。

現代の複雑さにまけて、その複雑なルールをおぼえて守るのにせいいっぱいになることをさけるために、プラスにせよマイナスにせよ、単純な生活の準拠わくをもつことが必要だ。そこには、社会生活の再設計・再創造の意味がはたらきつづける場がある。

ソローは、善いおこないというものをこのまない。

「善をおこなうことに到ってはそれだけでたっぷり精力を要する仕事である。のみならず、わたしはそれを相当にこころみたのだが、奇妙に思えるかもしれないが、それがわたしの体質に適しないという結論に達したのだ。」（前掲書、上巻、一〇六ペ

ージ)

彼の心境は、シェストフがソクラテスについてのべた感想に近い。シェストフによれば、自分が死ぬという自分にとってもっとも大切な時に、たくさんの弟子にとりまかれて自分の死の意味について公開演説をしなくてはならないなんて、ソクラテスは気の毒だというのだ。一人で自分の終りを見届けるという私的な体験が、人間にとってもっとも大切なものだという価値判断がここにある。おそらく、ソローにも、そういう価値観があって、それが、彼特有の政治観をつくっている。

ある道徳観を他人に強制しようとする意志を彼はもつことができない。国家が、よくないことをしている時に、それに反対の意志を表明し、不服従をつらぬくということが、彼の政治行動だった。ドレイ制度は、彼の人間の根底までとどく問題であり、これについてソローは、税金不払いによる逮捕も辞さず、ジョン・ブラウンらの暴力的反対行動への支持の演説をした。南北戦争の最中に彼は死ぬのだが、自分は国のために心も病み、戦争がつづくかぎり回復はしないだろうと語ったという。このドレイ制の問題は、彼の私的な部分にまで食いいってしまったので、ドレイ制に反対することが無益であろうとも、死ぬまでこれをひきずってゆく他なくなった。

ソローの人間の根底にあるのは、この地上に人間が生きていてひまをたのしむということはいいことだという感覚だ。そして、なぜそれができないかを追求しようとする。

雨が土をうるおす。それを見てたのしむことからはじめて、彼は彼の政治思想をつくる。この政治思想のつくりかたは、アナキズムにとって重要な方法だと思う。

4

社会習慣の中にふくまれたアナキズム、個人のパースナリティーに根ざすアナキズムについて、ここまで書いてきたことは、主として、抵抗としてのアナキズムにかかわる。その抵抗を内側から支えるヴィジョンとして革命像をもつことが、これまでのアナキズムの運動の特色となっている。クロポトキンの『農園、工場、学校』(一八九九年)、ハーバート・リードの『緑の子』(一九三五年)などは、みずからの内面の革命像を人に見られるように書きのこした見事な作品である。持久力のある抵抗は、いきいきとした革命の内面像に内側からてらしだされる時、はじめて可能になる。そうした抵抗のつみかさねが、ある歴史的状況の中で革命をつくりだした時、その力は、みずからのつくりだした権力を圧迫の道具として使わないための力として新しい用途につくことが必要となる。しかし、そのような仕方でアナキズムの運動が社会主義革命成立後のどこかの国の中ではたらきつづけるような場をもったことはなかった。革命が腐敗をまぬかれるために抵抗権を保証するというような制度は、これまでのところあらわれてはいない。しいて言えば、スペイン革命の時に、その芽生えが見られるのだが、その芽は、すぐにつみとられてしまった。ジョージ・ウッドコックの概説書『アナーキズム』(一九六二年)

が、一九三九年のスペインにおけるアナキズム運動の死で、この本を終っているのは、かなりの根拠をもっている。

ウッドコックのこの本は、第一部「理念」と第二部「運動」とにわかれていて、アナキズムにとっては理念のほうが運動よりも大切で、理念のほうが運動に先んじ運動よりもあとまで生きのこるという判断から書かれているところに私は賛成できないが、この著者は運動に間接的にだけかかわっているためにもち得る公平さを保って、近代のヨーロッパ史上のアナキズムを集約している。この本に書かれていることがらにたよって、アナキズム運動についてのいくらかのメモを書いてみたい。

アナキズムの運動は、革命にむかって大衆がたちあがるごとにおこっている。そのはじまりをさがすことは、むずかしいが、一三八一年のイギリスのワット・タイラーの反乱にさいして、農民をうごかした教養なき僧侶《ヘッジ・プリースト》ジョン・ボールの演説として記録にのこっている断片は、農民を反乱にむかって動かした思想が、あらゆる権力の否定と財産の共有であったことを示している。人類すべてが同じアダムとイヴのあとつぎであるとするならば一部の人間が他の人間にたいして権力をふるう資格をもっているわけはないと、ジョン・ボールは農民にむかって説いたという。この反乱は、ワット・タイラーもジョン・ボールも八つざきにされることで終った。一六四二年のイギリスの革命戦争において、国王と貴族をうちやぶるためにできた新しい市民軍は、その一部となった下層階級出身者の中から、ディッガーズと呼ばれる運動をうみだす。ディッガーズの批判は、ウィンスタンリーによれば政府の政治権力にむけられるだけでなく、主人が召使にたいしてもつ拘束力、こどもにたいして父親のもつ家長としての権威にたいしてもむけられた。各個人の内にやどる理性によって、たがいに助けあって共同生活をすることを主張して、彼らは一六四九年春、三十—四十人の仲間でセント・ジョージズの荒地をひらいて野菜をうえた。しかし、政府は浮浪者をやとって彼らをいじめたり、軍隊をおくっておどしたり、裁判所をとおして罰金刑に処したりした。彼らに打撃をあたえたのは、ウィンスタンリーなどの予言ほどに仲間がふえないことだった。あくる年の一六五〇年三月、ディッガーズはセント・ジョージズ・ヒルをはなれた。

一七七六年のアメリカ革命、一七八九年のフランス大革命、一八四八年のフランス革命、一八七一年のパリ・コミューン、一九〇五年のロシア革命、大衆の蜂起が起った時は、大衆の中にアナキズムがあらわれた。一九一七年のロシア革命においても、革命をおこした大衆の思想は、アナキスティックなものだった。

ジョン・リードの『世界をゆるがした十日間』(一九一九年)が見事につたえるように、ロシア革命をおこす自発的な大衆があった。その行動を支えたものは、ある種のアナキズムと呼ぶことが自然だ。報道したジョン・リードが、アナキズムの影響のつよいアメリカのI・W・Wの中で育った人なので、彼のペンは、ロシアの大衆の思想を共感をもってとらえている。この革命が成功したあとで革命政府の下で書かれたロシアの学者によるロシア革命史にはうしなわれてしまった側面がそこにはある。ロシア革命の行動の起点となったソヴィエトの形成は、一九〇五年の革命の中で、自然発生的なゼネストの期間にセントペテルブルグの工場でうまれたという。この経験が一九一七年二月にふたたび思い出され、労働者大衆は自発的に工場を占拠した。その自発的な行動は、ボルシェヴィキ党の指令によるものではなかったし、ましてやロシアのアナキスト集団の指令によるものでもなかった。レーニンは、アナキズムの特徴となっている合言葉を使って、すべての権力をソヴィエトへと言い、労働者の自治管理による工場の革命的再建を説いた。アナキストが革命の現場に到着したのは、レーニンよりさらにおくれてである。しかし労働者の自治管理は、一九一八年春までしかつづかなかった。工場委員会における選挙はつづけられたが、中央の指令にもとづいて共産党細胞員があらかじめつくった候補者リストを読みあげ、挙手によって投票するようになった。革命の起動力となった大衆のアナキスティックな思想は、強力な国家機構の中に吸収されてしまった。

長くイギリスに亡命していたピョートル・クロポトキンは、革命がはじまったことをきいて一九一七年にロシアにもどった。彼ははじめドイツとの戦争継続をとなえたために、ロシアのアナキストのあいだに影響をなくした。しかし、十月革命以後にボルシェヴィキが中央集権を強化してから、クロポトキンは公然と政府を批判する数少ない人として知られるようになった。マーガレット・ボンドフィールドに託した「世界の労働者への手紙」は、アナキストとしてのクロポトキンの革命観をつたえる重要な記録である。

その中で彼は、ボルシェヴィキ革命を破壊しようとする外部の勢力と結ぶことをはっきりと拒絶するとともに、自由なコミューンと都市の連合による新しいロシアの革命像をえがき、世界の人びとがロシア革命のあやまちからまなぶように望んだ。経済的平等への接近、ソヴィエトという制度の中にはじめにあった生産者による生産の自主的管理など、ロシア革命を多くの点で彼は支持するとともに、ソヴィエトのような制度もいったん独裁政治の下におかれると国家権力の道具にすぎぬものになると述べた。

一九二一年二月八日にクロポトキンが死んだ時、その葬列には、モスクワで五マイルも人がつづいたという。ここには、ボルシェヴィキの独裁に反対する革命的大衆があつまっていた。この人びとの力は、ひと月たって、三月に海軍基地クロンシュタットにおける大衆集会の政府批判にあらわれる。要塞の中心にある広場にあつまった水兵、兵士、労働者は、国家主席カリーニンの臨席をこばまず、その目の前で、いかなる政治的党派も特権をもってはならないという原則を公然と要求した。政府はクロンシュタット要塞を攻撃し、これを撃滅した。

ドニエプル河とアゾフ海の間の南部ロシアに根拠地をつくったネストル・マフノとその仲間は、アナキズムの思想に根ざした活動を、革命下のロシアでもっとも長くつづけた。それは、一九一八年にはじまり、二一年に終った。その間にマフノは、白軍にたいしても、赤軍にたいしてもゆずることはなかった。後にマフノは、『ウクライナにおけるロシア革命』(一九二七年)の中で、こう言っている。

南部ロシアのコミューンのそれぞれに二、三人のアナキスト農民がいたくらいで、住民の大多数はアナキストではなかった。各コミューンは十家族くらいで、その人口は百人、二百人、三百人くらいだった。農業コミューンの地域連合会議の決定によって、各コミューンは自分たちの居住地域にある土地を自分でたがやせるだけもらうなどという規準でわけてもらった。こうした農業コミューンの中に、働き手の絶対多数は、新しい社会生活の幸福な芽生えを見た。それが、この革命の進行にあわせ育っていって、この国全体に、あるいはすくなくともわれわれの住むこの地方の村や丘にこれとよく似た社会を組織することをうながすだろうと思った。

ウッドコックによれば、マフノのこの回想は、マフノ運動の強さと弱さを同時によくつたえているという。農民が強制されずに働きつづけられるこの制度の故に、かれらは、白軍にも赤軍にもゆずらず三年もこの地域を確保できた。同時に、かれらは、都市文明にたいする嫌悪感をもっており、かなり大きな都市をとった場合にも、そこにある工業を彼らの方法で組織することはできなかった。

この運動は一九二一年にうちやぶられ、マフノはパリに亡命して死んだ。ロシア革命にさいしてアナキストの多くは殺され、その中には、赤軍にくわわることをこばんだために死刑にされたトルストイ主義者の集団もあった。このような処刑は、帝政ロシアにも見られなかった種類のものだったという。こうして、スターリンの登場をまたずして、ソヴィエト・ロシアでは、革命をおこした大衆のアナキズムは国家体制に吸収された。

アーウィング・ホロウィッツの『アナーキストたち』(一九六四年)とダニエル・ゲランの『現代のアナーキズム』(一九六五年)とは、その後のアナキズムについて、もっとくわしくふれている。ゲランによれば、一九三一年のスペインの共和国宣言以後、「親戚の寄合い」と呼ばれる自治の習慣の保護、直接民主制による村の運営の確認、自然崇拝と菜食主義と裸体主義への好意の表現など、もとからあった社会習慣をはっきりさせて確認してゆく動きがあったという。さらに、後に閣僚となったディエゴ・アバ・デ・サンティリアンの著書『革命の経済組織』(一九三六年)は、政治権力ではなくてたんなる調整機関、経済的行政的な調節者の役を果たすべき経済連合議会の構想を明らかにしている。この評議会は、その下部機関である(1)産業別部門の組合評議会、(2)経済地方評議会の両方に連合している工場評議会からおおまかな指示をうける。この評議会にはつねに、経済の状況を知るための最新の統計資料があたえられ、みずからの判断の基礎とされる。このようにして、サンティリアンは、スペイン革命が、ロシア革命における革命政権の失敗からもマフノ運動の失敗からも多くをまなんだ新しい構想をもつことができたという。しかし、ファシスト勢力との軍事闘争の中で、スペインにたいするロシア共産党の指導は、一九二一年のソヴィエト・ロシアにおける弾圧をもう一度ここで再生させ、やがてスペイン革命はファシスト勢力に敗れてゆく。

これまで社会習慣、個人のパースナリティー、運動について書いてきたが、さらに、理論について考えることが必要だろう。理論にたいする要請という形で、メモを書いて終りにしたい。

(1)　アナキズムの理念による革命は、近代の歴史においては成功した実例を知らない。革命のおきる時にはかならずあらわれてその起動力となり、革命の成立（あるいは失敗）後はおしつぶされて目に見えにくいところに消えてゆくのが、これまでアナキズムの通った道である。この事実をみとめることが、アナキズムの理論の一部となることが必要だ。

だが大規模に成功したことがないとしても、現代のように国家が強大になって、政府の統制力が人間の生活のすみずみにまで及んで来ている時には、国家が人間の生活にたちいってくるのに対してたたかう力を準備しなくてはならない。その力をつくる思想として、アナキズムは、存在理由をもつ。

(2)　権力とは区別された自主管理の形がさがしもとめられなくてはならない。しかし、そのような自主管理は、大沢正道が『反国家と自由の思想』（一九七〇年）で説くような同人雑誌の編集のような非権力的な実務にどれほど近づけることができるだろうか。おそらくはアナキズムの理想をふみにじるまいという思想をつよくになう新しい官僚があらわれることが必要になるだろう。一見矛盾しているように見えるが、そのような官僚性を育てることがアナキズムの部分的実現にとってさえ重要だと思う。

(3)　十九世紀までの科学は、たやすく決定的な世界像、歴史像をつくることを許したが、二十世紀以来の科学論理学は、そのような決定論にたいして留保することを当然のこととしている。うたがう権利の留保は、認識の領域としてだけでなく、政治の領域においても、より明白に守られることが必要だ。アナキズムそのものが決定論的世界像をたてる場合には、アナキズムはみずからの道からそれてゆく。国家にとっては、決定論を採用することが支配につごうよいし、ある一つの進歩の理念を事実そのものであるかのように人に信じさせることがつごうがよい。進歩という考え方を、うたがうことが必要だ。

(4) 小さい状況に集中すれば、そこにはアナキズムの理想を実現しやすい。それは地域、友人のつきあい、個人の私生活、最終的には個人のある時の観念ということになるが、この種の退行がアナキズムに弾力性をあたえる場合もあろうし、逃避に終る場合もある。しかし、大きな状況についてだけ考えてゆくとすれば、どのようなアナキスティックな理念も、結局は官僚的な机上地図に転化するだろうし、官僚的支配の一部分にとりこまれてアナキズムとしての活力をなくすだろう。

(5) アナキズムを、主として表層より下にあるものとしてとらえることが必要だ。氷山のようにいくらか水面上にあきらかな部分があるとしても、そのあきらかな部分だけに固執して行動する時には、この思想は負けることを運命づけられている。アナキスティックな構想のうみだした何かの行動原則を教条として守ることは、アナキズムのもちうる自在性とは逆のところに運動をはこんでゆく。しずんでいる部分を活用して、自在な行動をつくりだすようでありたい。

組織のつくりかたにしても、オルダス・ハックスリーは『主題と変形』（一九五〇年）で、一刻もねむらない組織は、しぜんに機械とおなじような反応形態をそなえるようになり、たとえ人間のつくったものであっても人間的な性格を失ってゆくとのべている。ねむりそのものが活用されるような組織の形をもとめるようでありたい。

『日本好戦詩集』について

開高健追悼文集『悠々として急げ』（筑摩書房）に、丸谷才一の「水辺の挿話」という文章が出ている。

この、右翼でも左翼でもない知識人の戦争による酩酊は、文化人類学的なものだつたらう。

戦争といふ祝祭は厖大な浪費によつて大規模な渾沌をもたらし、何かを、生命それ自体を祭る。そのことを、二度にわたる戦争の犠牲者は感じとつたものらしい。文化人類学的な一切肯定の思想が、考へ方それ自体としてはなかなか有用なのに、具体的な現実（たとへば戦争）に出会ふといろいろ支障があるといふのは、小説家にとつてずいぶんおもしろい、苦労のしがひのある事情である。開高はじつにいい難問に出会つた。そして彼の困り方は、彼の心の優しさのしるしであつた。凶悪な文学者ならば、平然としてこの祝祭を肯定してゐたであらう。

丸谷才一のとらえた開高健は、ここで私と出会う。おそらく、そこですれちがう。ゴリラ同士の糞尿と血にまみれた殺しあい、チンパンジーの子殺しは、人間のとおってきた道でもあっただろう。戦争を憎みきるというのは、私が私の存在をのろうということなしには、なしとげることはできない。戦争のもとにおかれた私は、私の存在をのろうという立場をえらぶことで、観念として、感情としては戦争を否定した。戦争をいきのびて（偶然である）七十歳に達した私は、ふりかえって、存在の総体を憎むという立場に今、たっていない。どうして、と問われると困るのだが、事実として、立っていない。そうすると、戦争を否定しきるということは、できないのか。

存在そのものをためらわずに否定する原民喜の「ガリヴァー旅行記――匹の馬」「びいどろ博士」「心願の国」は、今も私にとって好もしい文章である。同時に古山高麗雄の「日本好戦詩集」（『季刊芸術』一九六九年冬季号、『日本好戦詩集』新潮社所収）もまた、私のいるところに近い。彼は反戦運動家を「反戦使い」の人と呼び、「運動使い」の人とも呼ぶ。その中に私も入っているだろう。

〝使い〟などと気勢を殺《そ》ぐようなことを言うと、〝反戦使い〟の人は、私を反動と言って非難するだろうか。しかし反戦は好戦と共存し、しばしば反戦は好戦であったりするのではあるまいか。

〝反戦使い〟には、戦争を経験した人たちばかりではなくて、いわゆる、戦争を知らない子供たちも多いようだが、戦後にうまれて、懐旧の情をいだきようもない人たちの反戦唱和は、どういうことなのだろうか。

戦争を知らない子供たちも、戦争を知っている子供たちと同じように、いつか、大人たちにしてやられたと言いだすのではあるまいか。

ひとりぐらしの部屋でテレビを見ていても、外の社会の流れがかわったのがわかる。反戦使いの気合いがぬけてきて、戦争の語り屋たちが、反戦使いふうでなく、戦争を語りはじめた。

こういうのも気色が悪い。

山下大将が立派な人のように語られていた。

人を、立派なのと立派でないのとに分ける。人のそういう心は、太平洋戦争の話が日清戦争の話のように稀薄になる時世が来ても、おそらくなくなりはしないだろう。しかし、今に、東条英機も辻政信も立派な将軍としてよみがえるかも知れない。

山下将軍は、部下の責任を負い、従容として死についた、といったふうに語られている。
私は、テレビにむかって、叫ぶ。
――嘘だ。あの武見太郎に似たオッサン、死にたくなかったが、のがれようもなく殺されたのではないか。

この主人公に、吉田嘉吉が、『日本好戦詩集』と題した手づくりの本をおくってくる。戦争中に彼の書いた『ガダルカナル戦詩集』が戦後に、『日本反戦詩集』に収録されたことに対して、バランスを回復するためであろうと、主人公は推量する。「反戦」か「好戦」かでしかものを考えない人に、その「好戦詩」を紹介したい、と主人公は言って、四つほど書きうつす。

「戦争が始って良かったね」
大人たちのつぶやきは
子供のぼくらの耳にも入った。

やがて戦争で殺されるぼくらの――

（「ぼくら子供は」）

軍隊は運隊とも言って
運の悪い奴が死ぬだけの事
皆が皆死ぬこともないと
諦めてまァ毎日居るわけです
ましてこんな南の涯までやられてはね

（「出さなかった葉書」）

この戦争はアメリカとの戦《いくさ》で無え
おれたち土百姓と
都会の奴らとの戦争だ
やっと戦に勝ったところで
なぜ戦争を止めただよ
もう天皇陛下様とは
言ってやらねえぞ

（「終戦」）

この詩集に、主人公は注をつけて、今は百姓はこやしにつかって地べたをはいはしないし、米を買いたたかれはしないし、娘を売りはしない、と書く。それどころか旅行団の旗をたてて、父や兄は東南アジアや韓国に行って娘を買い、母や姉はパリやローマに出かけてハンドバッグを買う。その子供たちが今の吉田嘉吉や主人公の年齢になった時、「ぼくら子供は」という題で詩を書けば、何と書くだろうか、と主人公はうたがう。

どうしてこの『日本好戦詩集』は私にうったえるのか。「戦争は悪い」という判断をたてて、それを自明の理とし、その上に判断をつみかさねてゆく考え方に、主人公とともに私も、うたがいをもつからだ。それでは、「戦争が悪い」という判断がくずれた時には、その上につみかさねられた判断が全部くずれてしまうではないか。

私たちは戦争の上にのっている。戦争の中にいる。そこから、いやだと思うなら、いやだと思う戦争ととりくむ他はない。いやだという感情だけにぬりつぶされた一個の人格に自分がなるということはないはずだ。好戦・厭戦・反戦は、いりみだれて私の中にある。反戦ひとつに統一してそこから考えてゆくというのは、机上の推理、タタミの上の水練ではないだろうか。

観念の上に観念をつむ。オヤガメの上にコガメをのせて、そのまた上にコガメをのせて……オヤガメこけたら、コガメもみなこけるという連想から私ははなれることができない。

私は感情を固定することがいやだ。それでは生きていることを否定することになる。今の私にいたるまでのこれまでの存在を考えると、殺しあいのつみかさなりである。今の私を起点としてこれらの存在を考えると人間全体が亡びるまでにまたかぎりないみにくい殺しあいだろう。その途中にたって、殺しあいがなくなるという観念の世界をつくって、それを現実とおきかえたくない。私の現実とさえ、それはかさならない。殺しあいの中にたって、殺したくないと、今の私は言う。今は言える。これからも言いつづけるようでありたい。殺したくない人の手助けをしたい。

古代インドの叙事詩『バガヴァド・ギータ』も、おなじ難所をとらえた。

神であるクリシュナは戦場にむかう人であるアルジュナに

「憎しみなしに殺せるか。それができるならば汝は勝利を得るだろう」

と言った。

同じところを読んで、マハトマ・ガンディーは、

「いや、憎しみなく殺されたい」

と言っただろう。

「君が代」強制に反対するいくつかの立場

「君が代」強制に反対する運動は、二つの難題をかかえている。

ひとつは、もはや大勢はきまった、その大勢になぜさからうのかという判断が、ひろく日本人の間にあることだ。

これに対して、たしかに大勢はきまったと私は思い、この状勢判断には同意する。一九四五年の敗戦は、政府を改革する大きな可能性をうみだした。占領による制約はあったが、同時に占領の助力を得て、さまざまの改革がなされた。一九五二年の占領解除後、米国政府が対ソヴィエト冷戦にそなえるためもあって、戦中の日本の支配勢力を次々に呼び出し、そのよしとする政策を間接に援助するようになってから、戦前・戦中の天皇制支配を普通の日本の状態と思う人びとが、支配者の位置について、おかみのすることには無条件に賛成する姿を教育の中で復活しようとしてきた。これに対して一九六〇年の岸信介内閣の安保条約のごういんな採決への抗議運動が全国におこり、安保条約の成立はとめられなかったものの、岸内閣退陣を実現し、戦前・戦中の政府に対する関係とはちがう関係が、政府と人民との間にあることを示し得た。この時には、「君が代」を公立学校の卒業式でうたうことを強制するとか、国旗の掲揚を強制するとかいうことは、政府としては出しにくかっただろう。出してもとおらなかっただろう。しかし、その後の二七年間、抗議行動によって政府の国家主義復興への動きがにぶることはあっても、一九四五年にくらべ、一九六〇年にくらべ、日本の大勢が国家主義のほうにきまったという判断は動かしにくい。この判断をうけいれるとして、自分がどう動くかという問題が私（たち）に問われている。

大勢がきまったら、その大勢のきまった方向にあわせて生きる道をえらぶか。そして大勢がまたかわった時に、また元気でこれまでの大勢をひっぱたく運動にくわわることにするか。指導者の責任だけをようしゃなく、その時に問いつめることにするか。

そういう型をくりかえすことは、すでに六五年生きた私としては、むなしいように感じられる。すでに何度か書いてきた明治初年以来一二〇年の転向史にもどって、理念としての正義にもとづく抗議運動とその挫折以後の大勢追随（ある時にはその大勢の指導者としての活動）、そしてその大勢がくずれたあとふたたび理念としての正義にもどっての指導者攻撃という軌跡を復刻することを今ここでしたくない。

山本義中『沖縄戦に生きて』（ぎょうせい、一九八七年）は、沖縄での戦闘開始から日本軍敗北までを、当時二三歳だった小隊長の眼をとおしてえがいた。彼は、一四、五歳までの女子生徒を挺身隊員として前線にとどめることにうたがいをもち、中隊長にそのことを言うが、若い少尉の意見など、司令部できまった方針に反して用いられるわけがない。やがて彼のひきいる小隊は全滅し、彼が意識をとりもどすと左手首が戦車砲にやられてきかない。これはエソになると判断して、その手首を、自分の軍刀できりおとし、またねむりにおちた。別の部隊にひろわれ、五時間にわたる手術をうける。大腿部をえぐられ、左手首にはうじがわくという状態で、その後四カ月間、沖縄の山中をさまよう。日本国の降服は、半月おくれて、彼の耳に達した。その間に彼を救ったのは、軍隊にあってとおらなかった彼の少数意見である。女子生徒たちが兵士の暴行を戦乱の中でうけないかと彼はおそれた。戦乱の中にまきこまれる前に、陣地のうしろに疎開させたいと思って、その願いは実現しなかったが、女性たちに彼の心はつたわっていた。だからこそ女性のひとりが彼をせおって山中を逃げ、はなれて自由にくらせという彼の申し出をしりぞけ、彼の生命を助けた。そのような信頼が、沖縄の人である女子の中にそだったのは、軍隊の中で、彼が、部下をなぐらない将校だったということを、日常、見ききしていたことによる。軍隊の中で下級者をなぐることは、公けには禁じられているのだが、日中戦争以来つねにおこなわれてきた。部下をなぐることに反対する山本の意見は、つねに無視され用いられることがなかったが、彼が戦乱の中でも自分ひとりでこの原則を守ったという事実が、彼の生命をやがて救うことになった。

大勢はきまったと判断され、その判断が現状にあたっていると思われる時に、その後は大勢に身をまかせるのでなく、いくらかの原則をたてて異議申したてをつづけることには意味がある。明治以後の日本の伝統に欠けているのは、この習慣である。明治時代につよい異議申し立てを谷中村の鉱害について政府に対しておこなった田中正造は、維新以後にロックやルソーの説の紹介をとおして民衆の権利にめざめて民権運動に入った人ではなく、旧幕時代に領主の増税に抗議して牢にいれられた青年庄屋だった。旧幕時代にすでに村の慣習をふみやぶる領主のやりかたに抗議する姿勢があったことが、明治新政府の時代にもちこされ、中央政府レヴェルでの大勢がきまって明治の民権運動が衰退した後にも、自前の流儀で村の権利擁護の運動をつづけるところにつながった。「君が代」の強制に抗議する運動を、大勢のさだまった今、つづいていくねうちは大きい。

だがここに二つ目の難題がある。なぜ今、「君が代」強制反対の運動がひろがりにくいかという理由の一部に、敗戦後にすすめられたさまざまな権力批判の運動が、自分たちの内部に「君が代」斉唱に似た姿勢をもっていたことへの認識があるということだ。「君が代」を古めかしいものとし、排除をくわだてている運動に、「君が代」斉唱をしいるに似た風習があったではないか。今もないと言えるかという問いかえしである。

天皇を神聖化し、その命令にしたがうのが古風で非民主的だと言うなら、ソヴィエト政府の支配に無条件にしたがい、フルシチョフ秘密演説でバクロされるまでスターリンの粛清を擁護してきた運動も、古風で非民主的と言えないか。論理として考えるならば、このような反論は、論敵の主張をくつがえすなどの力をもつものではないが、しかし心理としては論敵の主張を弱めるはたらきをする。敗戦後の四〇年以上の間に、日本が経済力を回復し世界の大国の一つになったという事実も、「君が代」を強制しようという実態をつよめているが、それと並行して、この期間にソヴィエト・ロシアと中国とで、片方ではスターリンの粛清の暴露からチェルノブイリの原発事故による隣りの諸国民への迷惑、中国では文化大革命の失敗などをとおして、共産主義国家の方針の難点があきらかになり、それらをほめあげて追随してきた人びとの言説の信用をおとした。スターリン崇拝も毛沢東崇拝も、天皇崇拝とおなじだという見方が、権力批判のさまざまの運動にあびせかけられている。くりかえしになるが、このあびせられた悪罵は、論理としては、「君が代」強制運動の主張をくつがえす力をもたない。「君が代」強制が、戦前・戦中の言論統制の一翼をにない、日本在住の人々の言論の自由をせばめ、多くの人びとを苦しめてきたことは動かぬ事実であるからだ。しかし、心理としては、「君が代」強制反対運動そのものの中に、画一化と強制がうまれ得るということは直視せざるを得ないし、その難題ととりくむことは、私たちの仕事の一つとしてのこる。

　私個人は、「君が代」をとくに好きではないし、この文章を書きながら今うたってみると、正確にうたえるかどうかもおぼつかないが、それにしても、なつかしい感じをもっている。小さい頃から何度もきいてきたからだ。なつかしい？　では、これがひろくうたわれるのはいいではないか、学校の卒業式にテープを流して、生徒になじませよう、そのことに協力しろと言われると、それには反対したい。

「君が代」をなつかしく思うということと、この歌が日本中の学校の卒業式で、公費によって購入されたテープで流されることに賛成ということには区別がある。この区別をはっきりさせ、「君が代」強制に反対する側に私はたちたい。私とちがって熱烈に「君が代」が好きで、自分ではこれをきくのが好きだが、学校で強制的にうたわせることには反対だという人があらわれると、さらにいいと思う。

戦前、つまり大正の記憶がいくらかのこる私には、「君が代」へのなつかしさがのこっている。ここで、まるごと戦中そだちの妻に意見をきくと、自分としては「君が代」は歌としてきらいだし、ききたくないし、うたいたくない。今は「君が代」をうたうことを強制されない境遇にあることをありがたいと思っている。そういう人に「君が代」をうたわない自由を保証してほしいと言う。「君が代」という歌についての感じが私とちがうが、歌いたくないものの自由を保証してほしいという意見に、私は同意する。

身ぶり手ぶりから始めよう

あれをとって。それではない、あれ。というような家の中のやりとりが、地震以来、力を取り戻した。身ぶりはさらに重要だ。被災地ではそれらが主なお互いのやりとりになる。この歴史的意味は大きい。なぜならそれは一五〇〇年以前の表現の姿であるからだ。身ぶり手ぶりで伝わる遺産の上に私たちは未来をさがす他はない。

＊

かつて政府は内乱をふせぐという目的をかかげて、軍国主義に押し切られ、大東亜戦争敗北まできた。当初の目的は実現したが、この統一は、支払った費用に見合う効果だったか？

欧米本位の学問をキリスト教抜きで受けついだ、岩倉使節団以来の日本の大学内の思想では、フランスとイギリスのやりかたが正統だと考えがちだが、フランスで王の首を切り、イギリスでもおなじことをし、両国ともにその反動の揺り戻しで長いあいだ苦しみ、それぞれに民主主義の習慣を定着させた。

＊

日本では、西郷隆盛の内乱の後、明治天皇は西郷に対する少年のころからの自分の敬意を捨て去ることなく、観菊の宴で、西郷をそしらずに歌を詠めと、注文をつけた。少年のころの記憶を捨てることのない明治天皇の態度は、明治末までは貫かれた。明治末に至って、つくりあげた落とし穴だった大逆事件が正されることなく新しい弾圧の時代をつくり、昭和に入って、軍国主義に押し切られて敗北に至った。

そうした成りゆきの分析をしないまま、米国従属の六十五年を越える統一は続いていて、地震・津波・原子炉損傷の災害に見舞われた。

＊

長い戦後、自民党政権に負《お》ぶさってきたことに触れずに、菅、仙谷の揚げ足取りに集中した評論家と新聞記者による日本の近過去忘却。これと対置して私があげたいのは、ハナ肇を指導者とするクレージー・キャッツだ。急死した谷啓をふくめて、米国ゆずりのジャズの受け答えに、日本語もともとの擬音語を盛りこんだ。

特に植木等の「スーダラ節」は筋が通っている。アメリカ黒人のジャズの調子ではなく、日本の伝統の復活である。「あれ・それ」の日常語。身ぶりの取り入れ。その底にある法然、親鸞、一遍。

はじめに軍国主義に押し切られた大東亜戦争があった。その終わりに米国が軍事上の必要なく日本に落とした原爆二つ。これは、国家間の戦争が人類の終末に導く、もはやあまり長くない人間の未来を照らすものである。このことから出発しようと考える日本人はいたか。そのことに気がつく米国人はいたか。その二つの記憶が今回の惨害のすぐ前に置かれる。

軍事上の必要もなく二つの原爆を落とされた日本人の「敗北力」が、六十五年の空白を置いて問われている。

＊

言語にさえならない身ぶりを通してお互いのあいだにあらわれる世界。それはかつて米国が滅ぼしたハワイ王朝の文化。太平洋に点在する島々が数千年来、国家をつくらないでお互いの必要を弁じる交易の世界である。文字文化・技術文化はこの伝統を、脱ぎ捨てるだけの文化として見ることを選ぶのか。もともと地震と津波にさらされている条件から離れることのない日本に原子炉は必要か。退行を許さない文明とは、果たしてなにか。

五十年・九十年・五千年

1　発端

どうして戦争を生きのびたかわからない。自分がこうしたから生きのびられたという、自分の決断のときを思いうかべることができない。

偶然というものがある。しかし偶然の前に、戦争はいやだという自分なりの方向感覚があって、それが偶然とむきあう自分の態度をそのつどきめた。

その戦争が、日本にとって、私にとって、すくなくとも一時的には終ったころ、私は、ひとりで軽井沢に住んでいた。東京からの疎開者がひきあげてゆき、その冬は、土地の人をのぞいて、人の住んでいる家は、ひろい地域にもはやばらばらにしかなく、私にとっては一日に一度も他人と言葉をかわさない時間がつづいた。

そうしたある日、電話がなって、よびだされた。リトワニア人の医者からだった。

「らいだと思うのだが、白系ロシア人の少年がいる。県の医務官に来てもらって、説明したい。ついては、自分は日本語が不自由なので、英語ではなすから、日本語に通訳してほしい」

医者の家につくと、すでに、県の医務官と少年とが来ていた。眼のさめるほど美しい少年だった。

少年はひざがかたくなっていた。麻痺がきている。医者の説明を医務官はきいて、自分でも診察して、

「らいです」

と言った。

みじかいやりとりのあと、少年は、草津の診療所に移されることにきまった。

十年が過ぎた。詩人大江満雄につれられて、草津の栗生楽泉園に、おなじく詩人・批評家の山室静と行ったとき、ふと思いだして、

「ここに、ロシア人の少年が住んでいませんか」

とたずねてみた。ロシアの少年の消息はその後たえていたので、彼はアメリカかどこか別の国に移ったかもしれないと思い、まだここにいるかどうかうたがわしかった。すると、いるというこたえがかえってきた。

ひろびろとした土地の林の中に、彼の住む小屋があった。大江さんと一緒にそこをおとずれると、彼は、義足をつけた足をひきずってあらわれ、なかにいれてくれた。一度室内に入ると、そこは、帝政ロシアだった。イコンがあり、ろうそくがあり、宮

廷風俗を再現した写真（占領軍兵士が読みすてて神田の古書街にながれたライフ誌からきりぬいたアメリカ映画「戦争と平和」の場面だった）が壁にはりめぐらされ、書棚には、古いロシア語の書物がおかれていた。あとでわかったところでは、それらは、ポタペンコの著作集やプーシュキンの全集だった。

窓ぎわに老女がすわっており、にこやかに私たちをむかえた。少年の祖母であった。医師をのぞいて、まわりの人びととのつきあいはないようで、この一戸建ての家に、二人きりでくらして、祖母は孫に、自分の教養を惜しみなくつたえた。それは中世日本のお寺につたわる師ひとりから弟子ひとりへの瀉瓶相承《しやびようそうしよう》を思わせた。

ロシア語、フランス語、英語。プーシュキン全集。ポタペンコ全集。近所のひとびととのつきあいがすくないので、二人の日本語はたどたどしかった。

「トルストイはきらいです」

と祖母は言った。

「あの人は、教会を大切にしなかった。あの人から革命がおこったのです」

ヤスナヤ・パリアナで、トルストイ一家の近くに住んでいたそうで、トルストイの作品もきらいだという。

ドストエフスキーもみとめなかった。ゴンチャロフなら、まあいいそうだ。トゥルゲネフもまあいい。

「誰が好きですか？」

「プーシュキン」

大江さんのたのみに応じて、プーシュキンをロシア語で読んでくれた。ゆとりのありそうなくらしではないのに、とっておきの酒をふるまって、大江さんはそのヴォトカに酔ったのか、プーシュキンの朗読に酔ったのか、老女を抱擁して感謝してわかれた。私は飲まない。酔いとはかかわりなく、歴史の外に自分がたっているのを感じた。が、そのときに聞いたはなしが、あまり奇抜だったので、私は、田中純一郎の『日本映画発達史』をひらいて、老女から聞いたはなしをさがすと、老女の言った事実がそこに書いてあった。

団十郎と菊五郎の歌舞伎劇を撮影するところからはじまった日本映画は、やがて現代劇をとることにきめ、しかし洋服を着てどう歩いたらさまになるか、テーブルについて洋食を食べるのにどうしたらおかしくないかの基本を、まだ和服を着ることが日常生活の習慣だった時代の俳優志望の若い人たちに教えることからはじめる。俳優学校をつくり、校長には小山内薫がなった。学校の演技部長に、ロシアからのがれてきたこの女性（少年の祖母）がなり、洋装の下着のきかた、スープののみかた、椅子のすわりかたを教えた。のみこみが悪い生徒をけっとばしたこともあり、それは後年人気第一の美男俳優、鈴木伝明だった。

栗生楽泉園は、温泉のある療養所である。療養所の宿舎にとめてもらって、矢嶋良一園長と夕食をともにし、ロシア人の二人のことを聞くと、「少年が入所することになったとき、日本語が不自由なのにひとりで日本人だけのらい療養所に入るのはたいへんだと、おばあさんが一緒に入ることを申し出たんです。おばあさんは、らいにかかっていなかったんだが、私は、こちらもかかっているということにして、二人で一つの家に住んでもらうことにきめました」

杓子定規でものごとをきめない、園長の人がらに、感心した。大江さん、山室さんをまじえて、園長とのびのびした一夜をすごした。その前に、三人が、療養所からまねかれていたこともあり、それぞれ何かはなしをして、ここの文芸欄の常連の何人かと会っておたがいを見知るあいだがらになっていたが、園長と私たちのあいだも、患者と私たちとかわらないあたたかみをもつようになった。

このとき園長が、法律できめられたらい隔離説に対して批判をもち、法律を今の状況に応じてゆるやかに適用するように工夫していたことが、はっきりと、私たちにつたわった。

訪問をかさねるうちに、祖母はとびとびに一代記をはなしてくれた。ロシアの公爵の家にうまれた。芝居がおもしろくて、劇に出てみた。ポーランドの伯爵にとついだが、夫は第一次世界大戦に出征して戦死した。広大な領地と娘二人がのこった。旅に出て、中国の満州についたとき、ロシア革命がおこり、もっているロシアの金はねうちがさがり、領地をうしない、故郷にかえれなくなった。

そのとき魔術師の松旭斎天勝の一座がおなじ土地に興行に来ていた。思いきって、たのみこんで、この一座に出演し、一行とともに日本に来た。

日本に来てからは芝居とのむすびつきが、一家のくらしを支えた。こども二人は、のこっている写真から見て、光りかがやく美しい娘たちであり、長女は、松竹によびだされて長篇映画の主人公になった。日本映画史初期の大作である。その次にも長篇映画をとっているが、二つとも関東大震災でフィルムは焼けた。

そのころ、ロシアから、重囲をやぶり、赤軍側の軍艦をうばって日本に逃げてきた若い公爵がおり、この人と長女とが結婚して、男の子がうまれた。その子が、栗生楽泉園にいる彼である。結婚してからも貧しいくらしはつづいたらしく、そのなかで、おさない子はらいに感染した。若い公爵と別れた母親はやがてアメリカ人と再婚して米国にわたり、早くなくなった。日本にのこされた祖母、次女、孫は、細々とくらしをつづけ、戦争下に、軽井沢に移って、無国籍の白系露人として生きた。

革命をのがれて日本に移り住んだ白系露人のおおかたは、日本の敗戦後に、次々に、アメリカに移ったが、らいの孫をかかえた祖母は八十歳をこえて、ひとり日本にとどまることをえらび、ここでなくなった。

二人の信仰は、ギリシア正教であり、政治上の信念は、ロマノフ王朝復活の希望であった。いつだったか、少年（彼はもはや青年だったが）は私に、白軍の指揮官デニキン将軍の伝記（英文）を読めと言って貸してくれた。デニキン、コルチャック、ウランゲリなどヨーロッパ戦争で赤軍とたたかった将軍たちに少年と祖母とは共感をもちつづけ

た。しかし極東の白軍の司令官セミヨーノフ将軍に対しては、祖母は、

「ウーフ」

と言って、顔をしかめ、人格的にもくさっている人として軽蔑していた。

祖母は家系について誇りたかく、その誇りは、自分の内面の支えとして保たれていた。

私にはなしたことも、実名で書くことを禁じた。

「今日もコロッケ、明日もコロッケ、これじゃ年がら年中コロッケ」の作者益田太郎冠者（三井の大番頭・益田鈍翁の長男で帝劇オペレッタの作者）ともしたしくしていたという。

私は、益田太郎冠者について獅子文六が伝記小説を書くといううわさを聞いて、たのしみにしていたが、著者の死によって、その期待は実現しなかった。

青年は、トロチェフと名のる。彼はあるとき、草津から東京までバイクで出るから、その夜とまる予定の神田美土代町のYMCAのロビーで会おうと言ってきた。私は、京都に住んでおり、その日の夜行でもどるつもりだったので、夕刻、わずかの時間会う約束にした。

YMCAにつくと、トロチェフはすでに来ていて、受付とかけあっていたが、らちがあかない。

「他のお客さんを不快にするから」

というのが、彼の宿泊をことわる理由だった。

新薬プロミンの出現以来、らいが感染しないことは医者の証明する事実であり、栗生

楽泉園からトロチェフは、感染しないという証明をもらってきている。にもかかわらず、宿泊をことわられるのは、彼が義足であり、顔にゆがみがのこっているからだ。

「しかし、すでに宿泊の約束を電話でとりつけて、ホテル側は、それを承認しているではないか」

私は、受付にそのことを言ったが、ゆずる気配はなかった。そのうちに、トロチェフはほうぼうに電話をかけて、アメリカ人の経営する横浜の海員宿舎に宿泊の手つづきをすませた。夜行列車の時間のせまっている私は、心のこりのまま東京駅にむかった。

2　もうひとつの発端

そのころ私は、京都の同志社大学の文学部社会学科新聞学専攻で教えていた。胸のつかえがのこっていて、そこで会ったゼミナールの学生に、前夜のことをはなした。学生はだまってきいていたが、何日かたって、ひとりが私の部屋にきて、

「その人たちのとまれる家をつくりましょう」

と言った。

「土地を貸してくれる人がいます。目的についても、承知しています」

二十歳をこえたばかりの大学生が、それほど信用されているとは、信じがたいことだった。しかし、その学生は、気負ったふうもなく、普通の顔つきだった。

奈良の近くに、古神道の教団があって、そこの精神障害者の施設の工事を、学生仲間

でてつだっているそうだ。

法主は、そのあたりに広い土地をもっていて、らい回復者が園外に出て、そこから出発して奈良や京都を見てまわれるような家をそこにつくってもよいと言ったという。その法主は、かつては剣道の達人で、敗戦後はそこに住みつく人びとの共同生活の場を用意し、一緒にくらしている。古神道の流れをくみ、法主の住んでいるところが、一説には、光明皇后がかつてそこでらい者の背を洗ったところでもあるという。

学生たちは、キリスト教の流れをくむフレンズ・インタナショナル・ワーク・キャンプ（フレンズはクエイカー宗）という組織に属し、その仲間として、大倭《おおやまと》教団の障害者施設の仕事をてつだっていた。その仕事ぶりから、学生たちの人がらを法主は信じるようになったのだろう。

ここは神道の教団なのだから、名目だけでもこの会員になって、フレンズというキリスト教の名を捨ててください、などと言わないところに、法主のひらかれた心を感じた。こういう人に出会うのは、これがはじめてではない。おなじく古神道の流れをくむ神社建築請負人・葦津耕次郎が、大正のはじめに、朝鮮神宮の造営計画があるのを知って、その御神体を天照大神ときめるのに反対する建白書を出したことを私は読んでいた。葦津耕次郎によると、古代から神道は、その土地の神を重んじることを方針としてきた。今その道からはなれるのは、よくないという。彼の建白書から三十数年たって、敗戦後に朝鮮神宮が解放された朝鮮人の手でうちこわしの目にあったことを考えあわせると、神道をこのようにせばめて時の政府に奉仕するものにしたことが、神道にもとからあったおおらかな心からはずれるものであったことがわかる。

クエイカーのほうにも、おなじようにひらかれた心をもつ人びとがいた。これはもっとあとで出会ったのだが、私の父が十四年間寝たきりになり、葬式のことを考えなくてはならず、遺言状をあけてみるとそれは一九三六年二・二六事件のころに書いたもので、当時彼は死を覚悟していたらしく、葬式は家の宗教によらず（家の寺は善光寺）、禅宗で出してほしいとあった。寝たきりの彼に相談せず、友人市川白弦師の助言を得て、川越の野火止にある平林寺の白水敬山師にたのんだ。ところが、ある日、訪問客が父の宗教を話題にしたところ、父は、失語症のため身ぶりで、仏教ではない、と意志表示し、ほとんど二時間の対話、一方の言葉に対する彼からの身ぶりの応答の末、葬式はキリスト教クエイカー宗によるものというふうに確定した。

私は、もう一度、平林寺にゆき、おわびをしたところ、白水敬山師はいとも簡単に、父上の心のとおりにしてくださいと答えた。やがて、葬式になったとき、そのことを話題にすると、クエイカーの老人が、クエイカーも禅宗も、

「おなじですよ」

と述べた。このときにも、心のひらかれる印象をもった。やがて会うことになる大倭教の矢追日聖《やおいにっしょう》法主も、おなじようにひろびろとした風格だった。

3　さらにもうひとつの発端

大江満雄は、ハンセン病についての運動に私をひきこんだ人で、この人は、この病気がアジアを結ぶという直観をいだいていた。

病気を世界からなくそうという志は、勇気のある大切な運動のはじまりである。同時に、病気をともに病むという志があり得る。

人間には永遠の生命を自分のものとしたいという願いがあり、その願いをいだく人は、個人をこえて、生命の大きな流れに入ってゆく。それとは別に、死にむかって歩むこの世界をうけいれ、世界の死を感じながらこの生を歩くという道がある。それは生命というよりも存在の大きな流れに入ってゆく道である。

私は、大江満雄が「辻詩集」においた次の詩を美しいと思う。

四方海

洋上に物を運ぶ　かの大小の船
きのう海戦に勝てど
きょう我が方も撃沈さるとおもえ
かのびょうびょうたる海

おもい見よ
機械と機械との戦い

「敗れたら生きていないさ!」(堀口大學)などという往年のモダニストの作品のそばにおかれて、この詩はしずかな光をはなっている。

おなじ「辻詩集」に自作の詩を発表している永瀬清子は、みずからの作品とひきくらべ、このような詩を今書くことができるのかと、心をうたれたという。この詩は同時代の何人かの人の心をとらえることがその当時あったのだ。

大江満雄は、いつもこれほどの詩を書いていたのではない。もっと調子の低い戦争讃美の詩も書き、そのことを戦後に彼は恥じている。

はじめて大江満雄と会ったのは、石川三四郎が戦後にはじめたアナキズムのあつまりで、私はこの人に親しみを感じた。彼にさそわれて何度か会い、ある日、彼の家をたずねた。

そのとき、大江さんの机の上に、うずたかくつまれたナマ原稿があって、それは彼が選者をつとめている日本各地のらい療養所の患者の詩だった。らいが国境をこえて、日本とアジアを結ぶという詩人としての直観を聞いたのは、このときだった。この直観にもとづいて彼は伊藤信吉、藤原定をさそって『アジア詩人』という雑誌を出していた。

そのころ私たちの出していた小さい雑誌(『芽』〔第二次『思想の科学』〕一九五三年五月

号)に、大江さんはひとつ文章を書き、その中に私が訪問したとき大江さんの机につまれていた原稿が引用されていた。

鬼瓦よ
おまえをみていると僕は勇気がでる。
呪咀する勇気
その中に微かな純血性がある。

冴《こだま》 雄二「鬼瓦よ」

新しい生命の芽よ芽生えないか

志樹逸馬「癩者」

あつまっていた原稿は、やがて『生命の芽』という一冊の詩集にまとめられた。大江満雄との出会いが機縁となって、私は、らい療養所の評論の選をたのまれ、何カ所かの療養所をたずねた。草津の栗生楽泉園で、トロチェフと再会したのも、大江満雄とつれだって、そこをたずねたときのことである。

作品が雑誌に引用されたのをいとぐちに、志樹逸馬は、『思想の科学』に近づいてきた。多田道太郎、梅棹忠夫、富士正晴と一緒につづけていた京都の集会に、自分では愛生園をはなれることを許されないままに、遠くから「看護婦」という作品を書いておくってきて、それを私は代読した。

　しばらくして長島の愛生園に私はたずねてゆき、志樹逸馬に会って、はなしを聞いた。彼は小学生のときに発病して、多磨全生園に収容され、家から遠ざけられた。後に、彼の詩集が発行されたのが機縁となり、親類の人たちと会うことができたが、それまでは孤独な少年として療養所の内部で、自分の教養をつくった。そのとき彼に、文学への手びきをしたのは、年長の文学好きの青年たちであり、その人びとは次々に死んでいった。栗生楽泉園のトロチェフの場合には、血のつながりのある祖母が教養を彼につたえたのだが、志樹逸馬の場合には、血のつながりのない年長の青年たちがその心にあるものをおさない同病の少年につたえた。いずれの場合にも、中世とおなじく瀉瓶相承がここに実現した。それは、同時代の日本の潮流とかかわりのないもので、大正時代には人気があり後には日本の軍国主義批判の故に人気をうしなったインドの詩人タゴールの詩風を志樹は受けつぐこととなり、日本の同時代にまれな詩風をはぐくんだ。志樹逸馬の作品にある、排他的国粋主義のあとをとどめぬおおらかなながれは、タゴールの詩の系譜に属する人類的な思想詩をつくる。

　私が舟で島をはなれるとき、岸にたって見送ってくれた、哲人のおもかげのある風貌は、今も私の心にある。彼に会ったのは、このたった一回の訪問のときだけであり、その次に長島愛生園をたずねた時には、彼は亡くなっていた。夫人に案内されて彼の家にゆき、遺稿と日記とを見ることができた。

教師としてのよろこびは、逆転の経験にある。生徒が反対に教師を啓発して、生徒が教師となり、教師が生徒になるときである。

4 ある学生

東京のYMCA宿泊部のキリスト教徒が後遺症のある回復者の予約をとりけし、そのことを抗議するだけであった私のところに、その人びとがとまれる家をたてる実行の手順をととのえておとずれた学生柴地則之は、私の先にたつ人だった。

柴地の特色は、まわりのだれかれから切りはなされていないことにあった。めだたない存在である。言いまわしにも、外国人からの引用はなく、大学外の人たちと、かわりがない。だが、彼の言うことは、ゆっくり考えてみると、持ちおもりがした。

四年生の終りに、彼は、他の大多数と同時には卒業できなかった。英語の一学課（私の担当ではない）の試験で、となりにすわっていた安本が、見せてくれと言ったのにこたえて、見せてやり、おなじ答案が二つ出たために落第してしまったからである。彼は、大学院にすすむと言っていたが、この落第のために大学院の入学試験を受ける資格をうしなった。

おどろいて、私が自分で四年生の成績をしらべてみると、彼は、意外に平均点がたかく、成績のよい学生でもあることがそのときわかった。

とにかくこの事故のために、彼は大学院にすすむことができなくなり、回復者ホームをつくっていた大倭教団ではたらくことになった。彼の葬式のとき、法主は、

「新聞学の専攻生だった人が、この教団ではたらくようになって、よかったのでしょうか」

と低い声で言った。

英語一課目の落第で卒業できなかったことが、大倭に生涯を託す道をひらき、彼の天分をひきだしたと、私は思う。

それにしても、おなじ葬儀で聞いたことだが、柴地は、大倭系の社長になってからも、新しく会った相手が早稲田大学出身と聞くと、急にうやうやしくなったという。同志社大学を受けるとおなじときに彼は早稲田大学も受けて落第したことがあるからだろう。柴地の偉大を確信する私としては、この人にしてこのことありという、おもしろみを感じる。

もとにもどろう。大倭での回復者宿泊施設の建設はつづいた。近所の人たちが、この宿泊施設建設に反対して、学生たちをかこんだ。はたらいている学生たちよりもはるかに多い人数だった。

学生側は、委員長は白石芳弘で、その当時工事現場にのこっていたのは、長沢俊夫、辻征雄、福田三郎の三人だったという。くわしいことは木村聖哉の記録にゆずるが、討論の末に学生側は、

「みなさんの同意をとりつけるまでは、この家をつくりません」
と言って、地元の人たちの見ている前で、ある高さまでつんだブロックをこわしていった。

そこであきらめるというのではなかった。

学校の休みごとに、男女数人づれでかれらは、反対派の家をたずねて、京大医学部教授西占貢の論文要旨をたずさえて、この病気は、新薬プロミンの出現以来、完治するものであること、すでにからだにできたさまざまのゆがみはもとどおりにはならないけれども、それは、病気の今後の伝染を予告するものではないことを説いてまわった。

もともと、近所の人たちは、彼ら自身の正義にもとづいて、宿泊所建設に反対していたのではない。若い人たちの誠意にゆずって、やがてつよい反対を示さなくなった。

その時を待って、学生たちはふたたび作業にもどり、宿泊施設を完成した。

地元の反対は一九六四年八月九日にはじまり、あくる年の一九六五年二月一二日、調停案によって終息した。この間に、学生側の助言者となって交渉の原則だけでなくその気合いを今村忠生につたえた谷川雁の役割は大きい。

私の知っているかぎり、敗戦後の日本の学生運動は、ひきあしをいかす工夫がなかった。学生がこのときとった運動方針は、戦後何十年もの学生運動を背景にするとき、めざましいものに見える。

5　すきまのある集団

柴地は、孤立してはいなかった。彼が成績がいいということも、彼が卒業できなかったときに、私はあらためて知ったくらいだから、秀才という印象を、私にあたえていなかったことはたしかだ。私だけでなく、彼の仲間の学生も、とびぬけた秀才と彼を見てはいなかった。たよりにできる仲間のひとり、というおぼえられかたではなかったか。

彼は、三重県柘植《つげ》の駅近くの宿屋の長男だった。春日山の山岸会の共同体で殺傷事件がおこり、警察と新聞記者に追われた山岸巳代蔵がこの宿屋にとじこもった。そのとき彼は宿家の息子として山岸に会った。このころから共同体に関心をもち、学生になってからも山岸会と大倭教の二つの共同体の対比を考えつづけた。山岸会の研鑽に参加し、この共同体に参画することも考えたが、彼を深く信頼してらい回復者ホームの建設に土地を提供した矢追日聖とのきずなから、大倭に身をよせる決断をした。彼の卒業論文は、「ユートピアの原思想——山岸巳代蔵を中心として」と題され、この中にすでに大倭教と山岸会の対比がふくまれている。

日本の村の伝統から、共同体の未来にむかう着眼は、谷川雁をひきつけ、梅原猛に注目された。谷川は、

「自分より若いものでは柴地ひとり」

と言い、梅原は、そのころ立命館大学からひいてひとりで日本古代史の文献を読んでい

たが、

「彼に、日本の神話についての自分の着眼を講義したい」

と言った。

だが、そういうふうに注目されても、彼には論壇に出てゆく心はうごかず、彼の関心はおもに、学生時代につづいてフレンズ労働キャンプを支えることにむけられ、おくれて卒業したあとは、大倭に住んで建設業のブロックはこびをしたり、活字をひろって教団の機関誌の編集と印刷をつづけた。夏のあつい日、汗をながして、ブロックを積んでいた半ズボン姿の彼を思いだす。

彼だけではない。白石芳弘は、京都大学の学生で、当時は黒谷の常光院に下宿しており、住職の橋本峰雄とその夫人橋本佳子が彼と彼の仲間があつまって議論する場を好意をもって見守っていたので、腹蔵なくここで回復者ホームの方針について意見の交換をすることができた。彼は柴地につづいてＦＩＷＣ関西委員会の委員長になった。

学生たちは、大倭の霊場の行事に参加し、黙座しているうちに身体がゆれはじめ、とびあがったりするようになった。その場にいて、白石には何もおこらず、おこらないのに霊動のまねごとをするには彼はあまりにも良心的だった。

ある日、彼はひとりで私をたずねてきた。自分がひとり、霊動がおこらないので悩んでいること。仲間が動きまわっているのが彼には異様に見えること。どうしたらいいかというのである。

私には霊動の体験があった。インドで修行した行者（年老いた日本人）が、東京の私の両親の家にたずねてきて、無念無想になって霊動を得る方法を教えた。このことによって、迷いからはなれ、病いをいやすというのである。そのころすでに私は、アメリカにいたので、私よりあとでアメリカに来た姉（鶴見和子）が、私に霊動の体験をつたえる使者となった。彼女は両親とおなじく信じやすい性質の人だった。そのころ彼女もおり、私もいた米国東部は、清教徒の文化がのこっているところであり、姉弟とはいえ、一室で、この体験をつたえる場所を見つけるのに苦労したことをおぼえている。

そんなわけで、私にとって、霊動はそれほど異常なこととは思われなかった。しかし、「自分に霊動がおこらないのだったら、自分をいつわることはない。フレンズ国際労働キャンプ関西委員会内の、無動派という少数派としてとどまったらいいではないか」とそのとき彼に言った。

考えてみると、霊動は、クエイカー宗と縁のないことはない。クエイクとはふるえるということであり、このふるえによって、十七世紀の英国で、クエイカーは知られたのである。

白石は、自分が、動きまわるもののなかの動かぬものであることが、委員長としてとどまるのにふさわしくないと考えたのだろうが、結局、彼は委員長としてのこり、大学卒業後は大阪ガスにつとめて、柴地に数年おくれてなくなった。

柴地や白石のように、ヒッピーのたましいをもちつづけて、企業の中心にいることは、重い荷物になる。(白石の場合には、彼自身が浮浪者的であったというのではなく、浮浪者風に対して理解をもったということだが)二人とも、早く亡くなった。亡くなったとき柴地は大倭系の会社の社長であり、白石は大阪ガスの幹部社員(一説には社長候補)だった。

集団が均質空間をつくるのは、おそろしい。真面目な若い人の集団にはそのことがおこりやすく、長い期間に均質性がにつまって、逸脱分子に対してまだ理想型に達していないと言いがかりをつけて内部の誰かを敵として指弾中傷することになる。関西学生労働キャンプにそのことがおこらなかったのは、この集団内にさまざまの、よっぱらいとかわりものがいたからで、それらのかわりものをかかえるだけの器量をこの集団がそなえていたからである。かわりもののひとりとして、良心的合理主義者白石芳弘がいた。

「ええかげんなものを、尊重しなくてはいけない」

というのが、おなじくワークキャンパーの樋口寛美(柴地と同級、同学科)の名言であるが、彼のこの批判は、柴地と白石の死を前にして、適切である。いいかげんであることをよそにして、生きつづけることはむずかしい。

6　小さい窓

自分の見聞きしたことから書きはじめると、この宿泊施設の建設運動は、私と会うことの多かった同志社大学の学生の群像になりやすい。現実には、関西委員会の中心に同志社の学生が多かったとしても、この運動のひろがりは、神戸女学院、甲南大学、大阪大学、京都大学の学生をにない手としていた。

私は同志社に一九六一年九月から七〇年三月まで一〇年いた。

私の来たはじまりのときから、二十名にみたない私の演習のグループの中に、ワークキャンプのメンバーがひとりいて、彼が私に、ワークキャンプを紹介したのである。

那須正尚は、北九州福岡の出身で、戦争の記憶をもっていた。人に言われて、家の前の溝の中にうずくまっていると、そこから、家々が焼けるのが見えた。同志社大学に入学後、共産党に入り、安保闘争の中で、離党した。私の会ったキャンパーの中で、戦争の記憶をもち、共産党の体験をもつただひとりで、その次のクラスからは、その双方をもつ学生はいなかった。戦後史の流れのかわりめであった。

彼の卒業論文は、映画論（「黒澤明と木下恵介にみる新感情論」）で、卒業後は労音に入った。その後、月刊雑誌の編集、週刊誌の編集、マンガのコレクター、森林労働者、テレビのフィルムカッター、こっとうのめききなどをしたから、マルティ・メディアの活動をしたことになる。俳句をつくる仲間でもあった。生涯独身。

さまざまの職業についたとは言え、那須は、いっこくな性格で、自分の生きたいと思う生き方をつらぬいた。亡くなる直前に見舞ったとき、彼が最初に言ったのは、「信じていただけないかもしれませんが、わたしは、金にこまっておりません」ということだった。かたわらにいた木村聖哉が、その言葉をうらがきした。

長年彼が自分の好みであつめていたこっとうを売りはらったとき、その額は、ホスピスで彼がすごすはずの期間の費用をうわまわるものだったという。

彼の着眼の独創性と持久力をもってすれば、彼が俗界での成功を収めることはむずかしくなかったが、彼はその道をえらばなかった。

NHKの大河ドラマ『おんな太閤記』には記録のところに彼へのクレディットが入っている。彼の没後、偶然に再放送で見た小関智弘原作の羽田空港近辺の市井の生活をえがく連続放映「ドラマ人間模様」（佐藤オリエ主演）を見たときにも、那須正尚の名がクレディットに出てきて、おどろいた。

彼は現代にまれな志のある人だった。魅力があった。『思想の科学』のように原稿料の安い雑誌に書く人をさがすのはむずかしいが、彼は、なだいなだ、寺山修司などから何度も原稿をとることに成功した。寺山からは、「幸福論」の連載をもらってきた。『思想の科学』から自分で申し出て、『週刊アンポ』の編集者に転じた。脱走兵援助の仕事にくわわり、アメリカ大使館のさがし求める脱走兵金珍朱（韓国から米国に移籍）を護送する困難な仕事をなしとげた。

女性によい印象をあたえたようで、去年、思いがけなく、朝日新聞の「男模様」というコラムで歌手加藤登紀子が「さよなら、私の宮沢賢治」と那須正尚に呼びかけているのを読んだ。死後二年、このように記憶される人である。

死をまぢかにひかえて、彼のそばにやさしい人がたっていた。

「何も思いのこすことはありませんが、女性には借りがあるような気がします」と彼は言った。

こうしてワークキャンプへのすぐれた案内人を私はもつことになった。

国内と国外との六つの大学で私は教えたが、三つの海外の大学ではクラスは小さく、そこから何人もの専業研究者があらわれた。同志社の場合、大学院からは、おなじように何人もの専業研究者があらわれたが、学部からは、母体になる学生数が大きいこともあって、研究者があらわれた例は少ない。だが、私の授業とかかわりなく、ここで出会った学生たちは、それぞれに自分らしいくらしのスタイルを身につけていて、私につよい印象をあたえた。

学生がよく来るので、研究室に、ひとり学生に来てもらっていた。あるとき、私が夕刻おそくかえると、彼女は待っていて、

「かえってこられないので、ここにトロチェフさんが待っておられたのですが、つかれると思って、私の家につれていって、休んでもらいました。今晩、おとめします」

私は、ぶたれたように感じた。

「この病気はうつらないのでしょう」

それは、私が彼女に教えたことだ。それをおうむがえしに私に言うこの人は、徳において私をこえる。彼女の両親が彼女の言うとおりにしたのは、平常、両親がどれほど彼女を信頼しているかを示す。

私は黙っていた。しかし、三十数年後の今も、この記憶は私の中にある。

昨年、この人（水島雅子。結婚して今は石井雅子）に会ったとき、このことにふれたが、彼女はおぼえていなかった。言葉が人を深く動かすとき、その言葉は水源に痕跡をのこさない。

7　国際的とは何か

「国際的」という言葉は、大正時代から入ったものだろう。米国大統領ウィルソンの提唱した国際連盟が、そこに代表をおくった日本政府のすすめる機関だったので、やがて国際連盟が各国政府の交渉の場となったように、日本政府が海外諸国の政府と交渉するさいに派遣する資格のある人々が国際人であり、やがて国際連盟事務次長となる新渡戸稲造が国際人として連想にうかぶようになる。これと平行して、各国の労働運動の連帯のシンボルとなる「インタナショナル」があるが、それは「インタナショナル」であり、「国際」からすぐさま連想される言葉ではなく、やがてそのインタナショナルも、各地の労働者の連合よりもソ連という国家のきめる国策と連動するものとして感じられるようになって終る。

ワークキャンプとは、正式にはＦＩＷＣ（フレンズ・インタナショナル・ワークキャンプ）であり、その名称の一部として、「インタナショナル」が入ってはいるが、それは日本政府が海外の政府と交渉するときに生じる「国際的」ではない。このフレンズ・インタナショナル・ワークキャンプのメンバーは、実は、日本国政府を代表して他国政府と交渉するための委員になるような国際人ではないし、そのための準備をしている国際人候補でもない。

さかのぼって、「インタナショナル」の上にある「フレンズ」について言えば、フレンズとはクエイカー教徒のことであるが、この関西ＦＩＷＣで私の出会ったクエイカー教徒はただひとり、今村忠生しかいない。この人は、京都大学文学部イタリア文学科出身で、クエイカー宗に入信した。私があったときにはすでに融通無碍で、それが今日のクエイカー宗の特色でもあるのだろう。が、山岸会にも共感し、谷川雁の左翼サークル思想にも矢追日聖の古神道にも共感する人だった。この人がクエイカーだとすれば、ＦＩＷＣとキリスト教とのむすびつきは、ゆるやかなものにならざるを得ない。

ＦＩＷＣのＷ、つまり「ワーク」について言えば、今村忠生は、ＦＩＷＣの創立の理念として、言葉は人をへだて、仕事は人を結ぶということをくりかえし語っていた。

宿泊施設をつくる前に、吹田で台風の被害にあった家々のたてなおし、在日朝鮮人学校の運動場の整備などの仕事は、それぞれ、理論闘争が分派抗争の新しい種をまく結果になったのとちがって、もっとおおまかに、しかも個別的に社会の困難を見る視野をそだてた。

ＦＩＷＣの最後に来る「キャンプ」は、今夜出会って、そこで、まっすぐな青年男女が夜をともにする体験だった。雑談があり、歌がうたわれた。その歌の中に英語なんて知る必要はないというのがあって、まさに大正時代の、そして敗戦後の同時代の日本の「国際人」の促成栽培に背を向ける運動だった。

水面下に、男女のひきあう気分がはたらいていただろう。それは、アメリカ渡来のフォーク・ダンス的男女交際とはちがって、むしろ日本古代の歌垣の復興を連想させた。名前こそFIWCと横文字を使っていたが、そこにあったのは、村人の若衆宿と言ってよかった。

8　逸話

こんなこともあった。大宮正勲は内省的美男であり、まじめに勉強する人でもあった。国際文化会館の接客係にあきがあって、彼はその席をめざして試験を受けた。英語がまったくできないので、おなじくキャンパーの樋口須賀子（現樋口寛美夫人）が、二週間の連日特訓をさずけた。短期つめこみ教育は成果をあげたように見えた。試験では、アメリカ人が主に質問したが、大宮はあがってしまって、一言もこたえなかった。彼の温和な風格は、すわっているだけで試験官に好い印象をあたえていた。せめてイエスとかノーとか言ってくれればなあ、とあとで試験官は私になげいた。だが、そんなところが、そのころのキャンパーの英語の水準だった。

もうひとつ余談。柴地、白石のあとに湯浅進が委員長となり、この人もまた私の演習にいた。彼もまた内省的で、仲間の発言に一々びっくりして敏感に反応し、当時の学生運動の委員長の座につく型の人ではなかった。彼の自己反省は彼の執筆中の卒業論文に及び、それの提出当日、学校にあらわれなかった。私は家にもどった。すると、彼を失恋させたといううわさのある同じゼミの女性が、私の家をたずねてきて、

「先生は、あの人のことがわかっていない」

と抗議し、そのいきおいにおされて、私は学校にもどり、まだおいてあった記録帳に書きくわえた。現物は一度提出したが、書き足す部分が必要で、もちかえったとした。この女子学生が当人のところに行って厳重監督して終りまで書くようにすると約束したから、私は彼女の言葉を信じた。失恋のつぐないをこのような形でするというのが、私に、あざやかな印象をのこしている。

私の細君によると、柴地則之は、私の不在のときに、女子学生をつれて、私の家をおとずれ、何度か、めしをたべてかえったそうである。それは、彼の夫人A子であったと私の細君は言い、A子（大阪大学薬学部出身、のちの柴地則之夫人）は、いや別の人でしょうと言ってゆずらない。それにしても、四十七歳でこの世を走り去った柴地が、A子であるにせよ他の人であるにせよ、教授不在のときにその自宅を訪れ、ゆっくりとめしをたべてかえることがあったということは、うれしい。教授の使い方として、有効ではないか。

9　隔離の強制

一九七〇年ごろ、法政大学のそばのコーヒー店で、待ち時間をすごした。となりに何人かの学生が入ってきて、スープをふくむ軽い食事をとっていた。背中あわせのボックスで、板ごしにむこうのグループの気分はこちらにつたわってきた。誰かがスプーンをおとした。彼は自分の不器用を笑い、その笑いが仲間にひろがった。そのことが私をおどろかせ、おどろきは感動にかわった。

となりのグループは、後遺症のある人をふくんでいた。その人をふくめての大学生の支援グループだった。後遺症のある人は突然スプーンをおとして自分の不器用を笑い、その笑いが仲間に伝染する。それは私の世代の者にはないものだった。

私なら、今でも、後遺症のある人に対するときには、きまじめになる。彼がスプーンをおとしたとしても、私の表情に変化はないだろう。意識的におさえているというのでなく、私の反射そのものが偽善的にかわっているのだ。

私が板ごしに感じたこの変化は、その集団の内部でだけのものかもしれない。一九九七年現在、後遺症のある人を、その肉親が自宅にとめないということものこっている。だが、市ヶ谷に近いここでは、かわっていた。

私は、奈良大倭の学生たちのことを思った。大倭に宿泊施設をつくる仕事を数年がかりでなしとげてから、ここを根拠地として、キャンパーの何人かがこの土地に住みつくようになった。

宿泊施設そのものは、らいの歴史の上で新しい時期を画するプロミンの出現以来、完全治癒による学校への進学、就職するものが出ており、この施設を療養所から出て奈良・京都の見物のよりどころとするというはじまりの目的のために使われることは少なかったが、元患者をふくめての会合などに使われたし、社会にのこる偏見に対して元患者でつくる青い鳥楽団というバンドの演奏会を大阪でひらくために、キャンパーが活動するなどして、後遺症のある人びととのつきあいは、初期のキャンパーたちが卒業したあとも三十年近くにわたってつづいている。私がここに描いた人びとにあったこともない若い現役の学生たちは、七〇年ごろに私をおどろかせた新しい態度を自然のものとして身につけている。

それは突然にあらわれた変化ではない。宿泊施設のことで会うようになった藤楓協会理事長浜野規矩雄は、学生たちにたいして意外に好意的で、貞明皇后のくだされた御下賜金ではじまる救らい運動の代表者というところから予期された、ものものしさはなくて、はなしあってみると、実際には隔離など必要のない時代が来ていることを理解しており、若いひとびとの間におこった、外の社会と元患者との交流のこの小さないとぐちをよろこんでいる様子だった。高齢の人が若者に対してよせる、自然の好意というものでもあっただろう。それにくわえて、長い年月にわたって療養園を見てまわっていると、患者にたいする恐怖がなくなり、救らいなどという高みからの正義感ではなく、とじこめられている人たちへの共感がすでにそこにできていた。私の幼ないころからの知人神谷美恵子は、少女のころからのらい者への共感を晩年に実行にうつして愛生園の勤務医となった。

前にふれた草津の栗生楽泉園の園長矢嶋良一がもっていたような患者への共感が、管理体制の中にすでにできており、そのことが、宿泊施設建設を、若い学生の突飛な行動と感じさせなくなっていた。管理体制は、管理するものの側ですでにゆるんできていた。それは、栗生楽泉園だけでなく、長島の光明園でも感じられた。

ただひとつ、おなじ長島の愛生園は、何カ年にもわたって隔離方策をおしすすめてきた理論的指導者光田健輔が園長であることから、入居者との会見についてきびしい制限を守ることを訪問するものに求めた。

光田健輔のことを、私は早くから賀川豊彦の小説で知っていた。軍艦一隻の建造費で、日本のらいはなくなるという光田説が、そこで紹介されていた。

実際に会った光田健輔は、かがやくばかりの健康にめぐまれ、陽気で愛想がよかった。志樹逸馬に会いに来ただけの私のところにわざわざたずねてきて、志樹がはじめて療養所に来たころのすなおなこどもとしての面影をかたり、語りすすむなかで、今まで接した患者のすべてにたいする愛情が感じられた。同時に、患者の家にあがってはいけないと言い、そこでだされたお茶をのむことを禁じ、訪問客宿舎にもどってからはかならず消毒液で手をきよめてほしいと言いそえた。

親姉妹からひきはなされて別名でくらしてきたこどもが、このようにながい年月、いつくしみの眼をもって見守られてきたとき、志樹の中に深い愛情が光田園長にたいしてそだった。その光田園長が、敗戦までの専制主義を非難され、銅像に石までぶつけられるようになったとき、彼が苦しまなかったはずはない。戦後の潮流にくみして、手のひらをかえすような態度を園長に対してとることは彼にはできなかった。その孤独の心情から、彼の詩がうまれ、わずかの文通をいとぐちとして、私とのむすびつきが生じた。

私は愛生園の雑誌に投稿される評論の選をたのまれ、その仕事もあってその後何度か長島に行くようになった。評論を書く人の多くは、日本社会の流れに対して批判の眼をむけており、愛生園の中では左翼勢力に属していた。日本社会で自民党が大多数であるとき、愛生園では共産党が第一党で、社共連合が大勢を占めていた。このようにしてできた森田竹次などの友人たちから、志樹逸馬は一歩はなれたところにおり、さらにはなれて立っている中年の男がいた。やがてこの人はひとりで遠慮がちに私に近づいてきて、

「ずっと前に、会ったことがあります」という。

私が小学生のころだったといって、そのときに一緒にいた二、三の名前をあげた。そのころ彼は商大予科の学生で、私の同級生の豊田彰夫の中村橋の農園にあそびにきていて、おなじく訪問客の私たちと電車で一緒にかえってきたという。このとき電車がゆれながらで、小学生同士つりかわにぶらさがってさわいだことを思いだした。

田中文雄と名のるこの人は、学生のころに発病し、委任統治領の南洋群島に行って自

殺をはかった。死にきれず、内地にもどって、学友にも宮城県の親族にもつげず、ひとりで療養所に入った。大学生の経歴のある人は少なかった。戦前は患者代表になり、外部との交渉にあたったが、敗戦後は、かつて管理者側にたったということで、役職からはずされていた。

顔と手にゆがみはあったが、病気はすでに完治しており、やがて園の外に出て、昔の学友と交際を回復し、私の家を、大きなマグロの切り身をもってたずねてきた。宮城県の故郷で町長選挙にたちわずかの差でやぶれた。その後ビルの屋上から身をなげうって死んだ。一九七九年一月三一日だった。

だが、後遺症のある回復者が故郷にもどって町長選をたたかう新しい時代は来ていた。

10　大阪城公園の掘立小屋

一九七〇年に大阪で万国博覧会があった。米国政府のすすめるヴェトナム戦争に協力しつつ経済上の繁栄を誇る日本の行き方に、異議申したてをしたいと思うさまざまの反戦運動の小さい団体が、東京と神戸の「声なき声」のように一九六〇年の安保反対デモ以来ほそぼそとつづけてきた二、三十人の小グループまでがくわわって、大阪城公園を借り、テントにとまりこんで反戦万博という対抗集会を実行した。

ものすごく暑い日々だった。地上のテントの中でくらすと、じりじりこげつくようで、東京の声なき声の仲間と小さいテントでくらして、このへんが私の体力の限度と思われた。

声なき声をふくめて、べ平連（ベトナムに平和を！市民連合）にあつまった小グループが多かったが、その外にあって私などが名前を知らないさまざまの運動がおなじ敷地にテントをはっていた。掘立小屋のように小さなテントがひとつはなれてたっていた。炎天下、近くによって見ると、そのテントの表側に、びっしりと、はがきがはってあって、一枚ずつがらい療養所の入居者におくった往復はがきの返信だった。入口にはぽつんと、若い男がすわっており、しごくおだやかな表情で、そこにただいた。その力をいれないものごしが、眼にのこっている。彼は、京都大学医学部の二年生だという。徳永進とのはじめての出会いだった。

キャンパーの中では新しい人で、彼は鳥取から来て京都で予備校にかよっているころ、私の演習グループの矢部顕と同宿だったので、ときどきおそくかえって来てバタンとたおれてねてしまうこの同志社大学生に関心をもった。奈良でらい回復者宿泊施設をつくる仕事をして京都の下宿にもどってくるという大学生のくらしぶりにおどろかされた。徳永自身が次の年に大学に入ってからこのキャンプにかようようになり、反戦万博の掘立小屋のただひとりの番人となって炎天下の日なたぼっこをする仕儀になった。すごい暑い日中を、ここで柔和な微笑をもってすごし、行きずりにははがきを読んで好奇心から質問をする訪問客にこたえていた。

今日、徳永進の本が文庫本になって駅のプラットフォームの売店にならんでいるのを見ると、私には旧友再会の気分がおとずれる。最初に会ったときから、三十年に近い年月がながれている。そのあいだ、彼は自分の問題を深めた。

これもずいぶん前のことになるが、テレビを見ていると、病院勤務の医者の連続ドラマが放映されていた。どう考えてみても、その主人公は、徳永進をモデルにしたものだった。鳥取からはなれた京都でこの連続ドラマを私が見ているのだから、地元の鳥取では、さらに注目をあびたことだろう。ひろく知られることには、わながある。

私はグレタ・ガルボが好きだが、こどものころに全盛期の彼女の映画を見たからではない。晩期の「ニノチカ」で彼女がロシアの共産党幹部として出演し、その外国なまりの英語と肩をそびやかしたスタイルで印象をのこしたからであり、この映画は、彼女によって、当時の日米両国の進歩的知識人の到達することのなかったソ連の日常生活の深みへ、確実な洞察の手がかりをあたえているからである。監督がドイツ人ルビッチだったということもあるが、俳優ガルボ自身がオルダス・ハクスリーのサロンの常連としてソ連について彼女なりの認識をもっていたことと思われる。この映画は六十年後の今日、そしてガルボ死後の今日から見ても古びていない。しかし、それにもまして、ガルボがつよい印象を私にのこしているのは、彼女が死んだあとの、ニューヨーク・タイムズだったかの死亡記事で読んだ、晩年になって彼女が友人に語ったという、「名声と欲望とが自分をほろぼした」(Fame and desire have destroyed me.)という自己洞察である。この認識をもって、彼女は、はやばやとハリウッドから引退して、後半生の孤独にたえた。

ガルボを徳永進にくらべるのは突飛なことだが、徳永は、その後も病院勤務医としての日常生活をつづけ、注文に応じて有料無料をとわず小グループ、大グループの前で、はなしの中に詩の朗誦をまじえ、歌をうたい、足ふみならしてハーモニカをふき、そのあいだに、自分の出会ったたくさんの患者の死をみとった。まじめになることからくりかえし自分を救いだし、自分が笑われることを通して、自分のめざすところをつたえた。

もはや五十歳か。十代のころに志をたてた三つのことを彼は、なしとげた。ひとつは中学のころの女友達が看護婦になりその女性と家庭をつくったことである。もうひとつは、故郷の友だちと夢みた共同性のあるくらしのとりでとなる家「こぶし館」を、自宅からかよえる距離につくったことである。三つ目は、大学一年生のときに入ったワークキャンプを通して、らいの患者が回復にもかかわらず隔離されていることを自分の出身県について調べて、その消息を『隔離』という本に書いたことである。

「自分も若いころはいろいろやったものだが……」というせりふは、老人になってからも、彼からは出てこないだろう。

この本をつくる動機は、私が偶然教師になって出会った学生たちのことを、亡くなった何人かの肖像を通して書いておくことにあった。まだ死んでいない徳永進について書くことは、本意ではないが、さけることはできない。

私が京都で心臓の手術をしたときについていた看護婦のひとりは、鳥取県出身で、自分の妹も看護婦で、徳永進のつとめている病院につとめている、自分はまだあったことがないが、やがて京都をひきあげて鳥取にもどり徳永に会いたいと言っていた。

11 流派の交流

らいの回復者に場所をあたえた矢追日聖は、このことだけのための活動をしていたのではない。彼は、紫陽花邑《あじさいむら》というこの共同体全体にとっての祝祭の行事をとりおこない、機関誌を発行し、印刷会社をおこし、病院をつくり、老人の養護施設と精神障害者の施設を維持し、薬局を後援し、彼のもとからもっていた広大な土地に、いくつもの企業があらわれた。彼の運動方針は、古神道のもつおおらかさをうけつぎ、小さくかたまった教義を人にしいることはなかった。

矢追日聖の宗教運動は、クローン人間をつくることをめざさなかった。このことが彼の運動を、ファシズムにかたむくことのない古神道のうけつぎの道をひらくものとした。利益追求につかれた人、出世コースからはずれて傷を負うた人が、彼のところに来て、いやされた。

紫陽花邑の中に、若い洋服屋さん夫妻が住んでいた。夫は、旅券なしに日本に入りこんで住んでいる密入国者だった。それがあきらかになって、彼は、妻と赤ん坊からひきはなされ、韓国に送られた。韓国送りになってからも、日本にもどって妻子と一緒にくらせるようにしたいという声が、学生たちから私によせられた。

べ平連と脱走兵援助の運動が動いているときであり、その脱走兵の何人かを紫陽花邑にとめてもらったこともある。この動きの首謀者のひとりとして、私は、警察から眼をつけられていた。出入国管理事務所に好感をもたれる人物ではない。

そのころ私の家によく来る訪問客のひとりに杉山龍丸がいた。彼は、紫陽花邑をもおとずれ、矢追日聖につよい共感をもち、そこに住む学生たちに好感をもった。杉山に韓国人洋服屋夫妻がひきさかれたはなしをすると、彼は自分が動くと言い、東京で友人に会い、政府の担当者に熱意をもって何度もかけあった。杉山龍丸は、戦時中航空整備少佐のとき、爆撃で重傷を負った傷痍軍人である。明治はじめ以来玄洋社の協力者だった杉山茂丸の孫でもあり、つよいつながりを保守系の政治家にもっていた。杉山の努力がみのって、一度韓国に送りかえされていた洋服屋は、日本にもどってくることができて、ふたたび、妻子とともに紫陽花邑に住むようになった。

私が何事かをしたということもないのに、洋服屋夫妻は女の子をつれて、京都の私の家をおとずれ、たずさえてきた材料を使って、さまざまの韓国料理をつくってくれた。この洋服屋夫妻は、左翼でも右翼でもなく、ただ、出入国管理の犠牲者だったが、このようにして右翼左翼をこえて、国境線をこえる仕事が合法的になされ、はじめ非合法にこえられた国境が、合法にこえられてただされた。その背景となったのが、矢追日聖のつくった大倭教団という古神道の宗教運動だった。

杉山龍丸の父は杉山泰道と言い、夢野久作というペンネームで昭和のはじめに『氷の涯』という中篇小説を書いた。シベリア出兵で中国東北地区に出た兵士が、ハルピンの陸軍司令部で仕事をしているうちに、上司の公金横領の事実をさぐりあて、軍の腐敗にいやけがさし、白系露人の娘と逃亡して放浪するうちに、自分に公金横領の罪がきせられて追われているのを知って、こおりついた海を日本にむかって馬車をとばして国境をこえて走るという物語である。日本陸軍上部の公金横領は、おそらく父杉山茂丸を通して知り得た当時の日本軍のかくされた側面であろう。右翼の巨頭の子にうまれた夢野久作には、右翼からはなれる志があり、その志を創作を通して表現し、さらに実行としても生かそうという計画をもっていたが、父の死からわずか一年の後に自分もなくなって終った。

夢野久作は杉山龍丸に福岡市内三万坪の土地をのこした。龍丸は、その三万坪の土地を次々に手ばなして、自分の計画の実現にあてた。彼の計画とは、まず、インドのガンジー後継者を自分で資金を調達して日本によび講演会をひらくことであり、さらにインドの沙漠を緑化する自分の工夫を実験するために何度もインドをおとずれるという仕事だった。彼の夢は、世界にふえつつある沙漠を緑化する仕事にあった。この計画には、いくら金があっても足りない。父ゆずりの三万坪の土地は彼の手からはなれ、そこに別の企業がゴルフリンクスをつくった。

金を追いもとめる敗戦後の日本社会では、大都市に三万坪の土地があるとすれば、これをもとにして土地ころがしで金をふやしてゆく計画をたてるのが常識である。その常識に反して、三万坪の土地をすべて使い切る道を歩きおわった人がひとり同時代にいた。

ヴェトナム戦争に反対する市民運動をつくる最初の計画をたてたとき、彼は偶然、福岡から出て来ていて、自分も一緒に行くと言い、べ平連創立のメンバーのひとりとなった。

福岡のべ平連に彼は協力をおしまなかった。しかし、すでにこのころ彼は資力を失なっていた。べ平連事務局長吉川勇一が福岡に彼をたずねたとき、

「うまいビフテキを食べさせたい」

と彼に言って、市内の料亭にさそったが、なかで彼が仲居と押し問答しているところを吉川が聞いたところでは、借金がかさんでいて、彼を上にあげることはできないところとわられていたそうだ。かつての三万坪の土地の所有者が東京からきた友人にビフテキを食べさせることができないところまですでに貧しくなっていた。そのむこうみずな生涯を立派と思う。

彼は京都の私の家をもっともよくたずねてきた人で、来るたびに、京都駅で買い求めた赤福一折をもってきた。彼は酒を一滴ものめなかった。ちなみに、彼の父夢野久作も同じだった。親子ともども、酒をのんであばれる右翼壮士からほど遠かった。

夢野久作の全集が出る計画がもちあがった。出版社は私を、編集委員のひとりにしようとした。突然に杉山龍丸から電報がとどき、全集の編集委員になってくれるな、アトフミ、ということだった。つづいて速達が来て、自分には金が必要だが、あなたが編集

委員になると、あなたあてに金の交渉をもちかけなければならず、あなたとわたしのあいだに金銭を介在させたくないということだった。全集の編集委員に私はならなかった。全集刊行は、成功だった。そのもたらした収入も、彼の壮大な夢にとっては焼石に水で、彼の死のあとに財産はのこらなかった。彼の妻子は、彼におとらず偉大な人だった。

彼の納骨式に福岡の菩提寺に行くと、一族の長老ひとりの挨拶があったのみで、その挨拶は、沙漠の緑化を夢みた彼にふれて、祖父杉山茂丸の再来であったとほめたたえた。杉山茂丸と杉山龍丸のあいだにある杉山泰道（夢野久作）には長老はひとこともふれることがなかった。これが九州だと私は感じた。

さらに何年もたって、京都の都市文化研究の組織ＣＤＩの研究会の人が、こんなものがあると言って、私に、福岡でおこなったアンケート調査の一枚を見せた。現地でインタヴューにこたえていたのは杉山龍丸だった。

福岡はいいところで、自分は他のところに住むつもりはない。しかしもし移るとすれば、京都で、京都には友人がおり、京都に近い奈良には自分の信頼する若い人びとがいるという答えだった。

赤福一折だけをあいだにおく私とのつきあいに、彼はこのような思いを託し、奈良の紫陽花邑につどう若い人たちに、彼は日本の未来を見ていた。

らい回復者宿泊施設の建設の運動記としては、大きく脱線した。杉山龍丸の父夢野久作が、日本文学史におさまりきれないように、杉山龍丸もまた、このような運動の記録でとりあげる他に、市民運動におさまりようがない。

12　地面の底

一九六五年から、米軍の北ヴェトナム爆撃がはじまり、私たちは米軍の手だすけをする日本政府に対して抗議のデモをおこした。六五年の四月二四日からはじめたこのデモ（ベトナムに平和を！　市民連合、小田実代表）は、やがて、赤坂の清水谷公園から歩きはじめて、米国大使館前を通り、有楽町にむかう、毎月の行事となった。

いろいろの団体がここに来ていて、どんな人がいても不思議はないが、そこに、らい者に自由をという意味のスローガンを旗にした初老の婦人が毎回あらわれるようになった。この人は、奈良大倭の紫陽花邑にむすびの家ができてから、管理人として移り住むことになり、やがて、その夫も東京をひきはらって、この家に住んだ。

夫の飯河四郎さんとは、べ平連の前史になる一九六〇年以来の声なき声の無党派デモで知り会いだった。飯河夫妻の娘さんが亡くなって、そのおとむらいに来た同級生たちとのつきあいがつづき、そのつながりで、声なき声のあつまりに来るようになったそうだ。このなりゆきを、おなじ武蔵小山の高等学校（戦前の都立八中）出身の鶴見良行から聞いた。

東京の家をひきはらうについて、私は飯河四郎から相談を受けた。むすびの家とは、どういうところか。

私が知っているかぎり、とても人がらのいい青年たちのあつまっているところだ、と私は彼に答えた。そのことを、彼はながくおぼえていて、数年後、十数年後に、その言葉の通りだったと、私にうらがきをした。

ここにあつまる青年を彼が愛したように、青年たちも彼と親しくして、他に誰もいないときにひとりあらわれ、彼に、自分の私生活上の悩みをうちあけた。

問いにこたえることが彼にできたかどうかは、私には、見当がつかない。彼は、およそ非実際的な人で黒ずくめの服装をして、いつも沈痛なおももちの、まるでドストエフスキーの小説からぬけだしてきたような人物だった。その父は、ロシア語－日本語の辞典を編集した人だそうで、彼は早稲田大学を出たあと、社会のためにはたらくことを考えずに、ハルピンでくらし、劇団の活動をしていた。彼の生涯は、かつて同級生だった八木義徳が、長篇小説『海明け』に書いている。おなじくハルピンで、タイピストとしてはたらいていた人が、彼の夫人となった梨貴さんである。

夫妻は、なくなった娘にたいする思いいれが深く、その故に、無償の努力をつづける若い学生たちとひびきあうものが、彼の内にあったのだろう。

完成したむすびの家は、よき管理人夫妻を得て、学生たちのあつまる場所となった。

飯河夫人梨貴さんは、ここを起点として、ハンセン病療養所をおとずれ、邑久光明園に長期入園していた藤本としさんの聞き書きをとって本にする仕事を、元キャンパーの那須正尚の協力を得て、実現した。これは、出版元の思想の科学社にとって、指おりのロングセラーとなり、よい読者を、この国の内外で得ることができた。『地面の底が抜けたんです』という本である。

藤本とし（一九〇一―八七）は、東京の芝、琴平町のおすしやの娘であり、一九一九年、縁談がととのった一八歳のときに発病。順天堂病院の紹介状をもって本郷千駄木町の木下病院に行った。

　自分の病気を初めて知らされた時ですけどねえ、もう、なんというか……そりゃおどろきましたよ。いいえ、知らされたっていいましても、直接に教えられたんじゃありませんでね。木下病院に紹介状をもらって行きましたでしょ、するとちょうど昼食《おひる》の鐘が鳴って、患者さんがゾロゾロッと出てこられたんですよ。そのお方たちを見た時にハッと気づいたんですけど……ほんとにねえ……気を失ってしまって……立ってる地面の底が抜けたんですよ。

この聞き書きをとったのは、那須正尚。一九七三年五月三一日、邑久光明園の藤本としさんの部屋で。

藤本としに那須正尚をひきあわせたのは飯河梨貴で、夫の四郎さんの早稲田のころの友人八木義徳からはじめて藤本としという名をきいたという。八木は小説家で、国立療養所の機関誌の選をしていたことがあり、そこの文芸コンクールで二年つづけて一席になったのが藤本としの作品だった。やがて飯河梨貴は光明園をたずねて、『随筆・藤本とし』というタイプ印刷、手作りの本を五〇〇部限定版として出し、その随筆集を原本に『空を呼びたい』という点字版をつくった。

以下は、飯河梨貴の解説。

視力をなくしてからのとしさんの、生きることの知恵となり肥《こや》しとなっているのは、その殆どが、そうなる前の読んだこと、観たこと、会った人、聞いた話などの経験であるわけで、私はその一つに、としさんの数十回になる歌舞伎見物が随分役にたっていたと思っている。鼓膜に焼きつき、網膜に焼きついているあの華やいだ雰囲気は、本川のお婆ちゃん（療友）の小唄を聞いた時に思い出され、ラジオの勧進帳を聞けば目《ま》のあたり浮かびあがり、深敬園で素人芝居をするときは本物を知っている強さをみせ、どれほどとしさんを楽しくさせているのか知れないと思う。

（藤本とし『地面の底がぬけたんです——ある女性の知恵の七三年史』思想の科学社、一九七四年）

13　それまでに過ぎた年月

私の窓をはなれて、のこされた記録をもとにして、隔離の歴史をたどろう。

日露戦争の終りから、日本は世界の大国としてみずからを考えるようになった。らいについての法律をもうけようという動きは、このときにはじまった。市中に、後遺症のためにらい患者とわかるものごいがいることを、欧米からの旅行者に見られると、はずかしいと政府が考えるようになった。

すでに熊本では、清正公をまつる神社にあつまるらいの病者を見て、その療養のために、自分の資産を投じ、一生をささげることを決意して回春病院をつくったイギリス女性ハンナ・リデルという宣教師がいた。日本政府は、リデル女史のように、病者をたすけるという目的ではなく、浮浪者を隔離して市民の眼からかくすという目的をもつ法案をつくり、それは、一九〇七（明治四〇）年に、法律第十一号「癩予防に関する件」として帝国議会で可決された。法のもとは、一八九九年の第十三議会に根本正議員から出された「癩病患者及び乞食取締りに関する質問」であり、さらに三年後の第十六議会に斉藤寿雄議員の出した「癩病患者取締りに関する質問」である。そして一九〇七年の第十八議会で山根正次議員の議員立法案を受けて政府案が可決され、この法律によって、患者を隔離する方針が法律のうらづけを受けた。

当時の政府の調査では患者の数は三万人以上ということだったが、当時の日本国家の財政は全員を収容する施設をつくることはできず、法律可決後五カ所の施設にようやく千百名を収容することができたにとどまる。これでは、強制収容を実行するわけにはゆかず、患者の大多数は、自宅療養にまかせることとなった。強制収容は、さらに日本の軍事大国化と並行して、大正を経て昭和に入ってようやく実行された。

一九一五年に、全生園で、男性患者に断種の手術がおこなわれた。断種は、子どものできるのをふせぐことが目的であり、遺伝する病気に対しておこなうのが医学上の根拠であるはずだが、らいは伝染するから隔離によってそれをふせぐという名目で法律をつくったその医学上の見解にそむく処置であった。しかし当時の医学界でそのような論議のないままに、この処置はなされた。しかも、当時は、遺伝性の病気をもつものに対しても、断種という処置は行なわれていない。らいの収容患者に対してだけこの処置がなされた。この矛盾。

これはなぜだろうか。少なくとも、日本はハンセン病に対して、これは遺伝ではない恐ろしい伝染病だという（これもたいへん過大な宣伝ですが）論拠で国家は隔離を正当化してきたわけです。遺伝ではなく恐ろしい伝染病だから隔離するというならば、遺伝ではないハンセン病患者に対して断種を行なうということは、これはたいへん矛盾した議論になります。しかも、その矛盾した議論が実行されたところにハンセン病にたいする大きな問題があるのです。

隔離された入園者に対し、療養所を逃亡することを防ぐため結婚を認める。その代わりに断種をさせる。断種の理由として、患者は自分の生活を自分でできないにもかかわらず、子供など生んでもいったい誰が養育するのか、最終的には国家が養育することになり国家にとって大きなマイナスである。また、妊娠によって女性患者の病気の進行の恐れがあるということがいわれました。

しかし、同時にまたハンセン病患者というものは身体が不自由になって労働力にならない、この意味で身体障害者の問題とイコールに考えられたのです。また現象的な見方ですが、子供に親から感染するようなことになれば、結局、遺伝的な病気が親から伝わるのと同じ結果になる、こういうことで断種が正当化された。

このように遺伝ではないと言いながら、一方では断種を強行する。この背景には、優秀な子供をつくるべきだ、障害を持った人間は国家にとって大きな損失であるという優生思想というものがハンセン病にも及んできたことがあります。（藤野豊の報告、皓星社ブックレット『フォーラム　ハンセン病の歴史を考える』〔一九九五年六月二五日、多磨全生園公会堂で聞かれたフォーラムの記録〕皓星社、一九九五年）

日本の国が台湾、朝鮮、やがては南洋諸島を支配するようになり、戦争の拡大とともに占領地域をもひろげるにつれて、日本政府のライ撲滅方式も、ひろくこれらの地域でも実行した。資料でうらづけられるところでは、一九四三年七月、日本が占領していた南太平洋のナウルで、現地の患者三十数名を日本海軍が沖合に舟でつれだし銃撃して舟ごと沈めたという。（前掲、藤野豊報告）
日本国内においても、軍事目的に役にたたないという理由で、戦争の進行とともに、患者への待遇は悪くなった。

一九一六年以来、施設長は、患者に罰をくわえる権限をもつことを法律上あたえられていたが、中日戦争以後、この権利がきびしく活用された。長島愛生園の園史『隔絶の里程』によると、一九四二年から四五年にかけて、四年間で、逃走件数四一三件、死亡者八八九人が記録されている。

敗戦後の一九五一年に、入園者の自治体連合「全患協」が組織され、らい予防法の改正を要求した。その要求はしりぞけられて旧法そのままの「らい予防法」が衆議院を通り、参議院にまわった。そのとき、患者代表は多磨全生園にあつまり、一九五三年七月三一日国会にむけてデモ行進を計画した。はじめにあつまった六百人のうち二百五十人がのこって本館前にすわりこんだ。

国会まで三十二キロ。総勢三百五十人。武装警官二百人がデモをとめようとして、こぜりあいがおこった。にらみあいは六時間におよび、女性が一人、そのときの日射病が原因で亡くなった。

「心掛けが悪いからそんな病気になるんだ」

という声が警官からおこった。

「そういう奴がいるから、俺たちは引き下がらないのだ」

とデモ側はこたえ、

「言った奴を引き摺り出せ！」

と身をもって警官にぶつかっていった。流血の惨事は患者側の自制によってかろうじて

とめられ、

「石を投げるな」

「謝らせるから挑発にのるな」

という声がデモの内部からおこった。警官側は、田無でくいとめて一歩も彼らを都内にいれないこと、という方針を守りきれなかった。


結局、近所の結核療養所など国立施設からバスを五台借りて、国会前の代表団のすわりこみをはげましてから園にもどるという計画におちつく。法律の通過は七月三一日から八月一日にのばされた。しかも八月一日午前四時一五分、参議院厚生小委員会は、政府原案に付帯決議九項目をそえて、通した。（全患協事務局長をながくつとめた鈴木禎一の報告、皓星社ブックレット『フォーラム　ハンセン病の歴史を考える』）

付帯決議の中には、戦後らしく「五、強制診断、強制入所の処置については、人権尊重の建前にもとづきその運用に万全の留意をなすこと」「七、退所者に対する更生福祉制度を確立し、更生資金支給の途を講ずること」などが入っており、本文「第六条都道府県知事は、らいを伝染させるおそれがある患者について、らい予防上必要があると認めるときは当該患者又はその保護者に対し、国が設置するらい療養所に入所させるように勧奨することができる」を、ゆるめている。隔離強制は本文で勧奨（すすめる）とかえられ、そのすすめには、人権を重んじなくてはならないとしてさらにゆるめられてはいる。それは、旧法が現憲法ときしみあうものであること、そして一九四七年の新薬プロミンの導入以来医学上の隔離強制の根拠がうすくなっていることを、医者が事実上はみとめていたことを示す。九項目の付帯決議のあとに、「近き将来本法の改正を期すると共に」という結びの文章がおかれていることは、審議にあたった議員の中で、すでにこの法律の正しさについての信念がゆらいでいたことを推察させる。しかし、旧法を廃止する動きがおこるまで、さらに四十二年の年月がすぎた。余命がかぎられているという自覚をもつ老齢の患者とその親族にとっては苛酷な年月であった。何人もがその期間に死亡した。

旧法をくつがえす運動は、患者の運動と呼応して、らいにかかわる医学者、療養所職員からおこった。

日本のらい研究者の会「日本らい学会」は一九二七年に発足し、そこでは光田健輔の絶対隔離論が主流となってきた。少数派として、京都大学の小笠原登、そのあとをつぐ西占貢、北部保養院の中条資俊、東北大学（後に東京大学）の太田正雄がいた。

一九三三年の第六回日本らい学会の昼食会で、太田正雄は、次のように発言した。

太田「学会で言う機会がなかったのでここで申しあげる。光田氏から話を聞くと『癩はなおらぬもの』という印象を受ける。万国の癩会議（一九三〇年の国際連盟らい委員会と一九三一年のレオナルド・ウッド・メモリアルらい会議）でも光田氏のような態度、すなわち、なおらぬという印象を与える人はウヰルソン氏だけに見受けた。実際にそんな人は少ない。どうも光田氏から話をきいている人たちは、なおらぬという確信があるようである。あるいは実際療養所に収容されている人はなおらぬ人が多い。なおる程度の人は療養所に行かぬ者が多い。セグレゲーションだけが絶対の道ではない。セグレゲーションをする質のものとせぬ者との二つに分けねば考えられぬ。健康な人、栄養の善い人にはなかなかうつらない。十数年雑居しているような場合に伝染するある種の癩は、絶対に伝染せぬと自分は信じている」（「癩治療薬問答其他、癩学会懇談会傍聴記、日本ＭＴＬ」三四・二、成田稔『「らい予防法」四十四年の道のり』皓星社、一九九六年による。）

太田正雄については、光田との見解のちがい故にこの人が迫害を受けたということを聞かない。それは彼が帝大教授であるばかりでなく、詩人木下杢太郎として明治末以来名声をもつ人であるということを背景としている。京都大学助教授で、らいの伝染力の弱さを主張し、むしろ貧困と体質が発病のひきがねになるという考えから、ハンセン病患者を外来患者として通院させて治療していた小笠原登の場合は、学会で光田系の学者の中傷のまととなった。愛生園で光田健輔園長の絶対隔離説にならされていた田中文雄は、一九四一年十一月十六日に、小笠原が、「らい菌は感染力のきわめて弱い微弱な菌である。乳幼児期の接触感染さえ防げば、成人感染は、ほとんど起りえぬといってもよい。したがって隔離主義をとるべきではない」という発表をおこなったときの光景を次のようにえがいた。

お世辞にも学会などと云えたものではなかった。博士の報告に対して野次や、床をわざとふみならす靴音で騒然たるものであった。反対派の人々は、初めから、博士を吊しあげようと云う感情的な気持で殺気立っていたことは、参加した数名の人々から、私は直接きいている。(八木康敞『小笠原秀実・登』リブロポート、一九八八年)

14　五千年の背景

らいは熱帯でおこった。西暦前二四〇〇年ころのエジプトのパピルスに、すでに記されているという。五千年前にすでにあった病いである。西暦前六〇〇年ころのペルシアにおいても記事があり、インドでは「チャラカ・サンヒター」と「スシュルタ・サンヒター」に、中国では「論語」に記されている。いずれも西暦前の著作である。一—二世紀のギリシヤ、ローマの医師もこの病気について記している。

ヨーロッパ人に、この病気のおそろしさをしらせたのは、旧約・新約の聖書で、さらに後に中世に入って熱帯からヨーロッパにおそらくは十字軍の移動とともに患者の移動がなされ、十三世紀に頂点に達し、その後、おとろえた。病原菌の発見はおくれて、十九世紀後半、一八七四年にノールウェイのA・G・H・ハンセンによってなされ、このことから、ハンセン病と呼ばれる。

　らい菌は小さい傷から侵入し、皮膚の中の神経をつたってゆっくりと増殖する。発病までの潜伏期間は三年から一〇年と見られている。予防のためには、BCG接種やスルフォン液の内服がある。治療のためには、ジアミノジフェニルスルフォンなどのスルフォン剤をながく内服する。リファンピシンも有効。両方ともながく服用することが必要という。

　以上は現行の百科全書（平凡社、一九八五年）中の肥田野信・立川昭二筆の項目「らい」によって得た知識である。

　おなじ記事によると、世界のらい患者は一千万人、その多くは中央アフリカ、インド、東南アジア、南アメリカに住むという。大江満雄が、アメリカ合州国の占領下にアジアとのむすびつきを絶たれた日本で、この病気によって日本内部のアジアから日本の外のアジアへの道をさぐろうとしたのは、詩人の直観としてするどい。国家権力を媒介として大東亜共栄圏を構想するのとは反対の動きを、戦時権力との協力を越えて逆に編みだした道すじであり、大江による自分自身の転向体験の遡行といえる。

　イエスの伝説は、らいと結びついて語りつたえられた。日本には別の伝説がある。

　奈良朝の光明皇后（七〇一―六〇）は、ひかりかがやく美しい女性で、光明子と呼ばれ、十六歳で後の聖武天皇の妃となり、七二九年に皇后となった。父の藤原不比等から財産と邸宅をうけつぎ、邸内に皇后宮職をおいて、国分寺、国分尼寺、東大寺の創建を天皇にすすめ、さらに施薬院、悲田院をおく。浴室でみずから一千人の垢をあらい、らい患者のうみをすいとったという。

紫陽花邑の矢追日聖は、光明皇后がらいのためにつくした浴室がそこにあったという言いつたえをうけて、ここに交流の家をたてる決断をした。

カトリック教の聖者列伝を見ると、おなじような伝説が出てくる。伝説ではなく、現実にそのような生涯をおくった人として、ダミアン神父のことが現代に語りつたえられている。

一九九四年は、R・L・スティーヴンスンの死後百年にあたったので、この作家の伝記が何冊も出版された。

スティーヴンスンは、その最晩年を南太平洋ですごし、そこで死んだ。

ある日の午後、とスティーヴンスン夫人は書く。貝をさがして浜を歩き、つかれて砂の上にすわっていると、椰子の樹のむこうからおずおずと私たちを見ている人がいる。夫が彼をまねくと、彼は近づいてきた。シガレットをわたすと、彼はそれを一度か二度すいこんでから土地の礼儀にしたがって、すぐに夫にかえした。彼の手はまがっていて、らいにおかされた人のものとわかった。夫は、煙草を受けとって、おなじく土地の礼儀どおり、そのシガレットを終りまですいつくした。

そのような出会いがもう一度、今度はらいにおかされた少女とあった。スティーヴンスンは、モロカイ島にゆくことを決心した。

モロカイ島には、らい患者の集団が住んでいた。そこは、ダミアン神父が住んで、彼らを助け、やがて自分も感染してなくなったところである。八日ほどスティーヴンスンはこの島にとどまり、彼らとおなじくらしをして、ダミアンについてきいてまわった。友人コルヴィンにあてて書いた手紙によると、ダミアン神父はヨーロッパの農民らしく、よごれをいとわず、がんこで、かならずしも正直というわけではなく、おろかでもあり、ペテン師のようなところもあったが、すばらしく気前のいい人であり、根本的には誠実であり、もちまえの陽気な気分で島の人びととつきあった。

スティーヴンスンが一八八九年にサモアにもどると、この亡くなったベルギー人ダミアン神父が、プロテスタントの牧師でホノルル在住のハイド博士の中傷にさらされているのを知った。ダミアン神父は、カトリック教会の命令でモロカイ島にわたったのではなく、自分の意志でわたったのであり、らいにかかったのも女性との性関係によるものであり、彼の死は、彼自身の悪業と不注意にたいしてくだされた罰であるというものだった。

一八九〇年二月二十五日付けのハイド牧師への公開状で、スティーヴンスンは、ダミアン神父の記憶を中傷からまもろうとし、やがてパンフレットを書いて、その主張をひろく知らせた。パンフレットを刊行するにあたって、ことによると、その行為が、英国および米国のプロテスタント社会をむこうにまわすことになり、南太平洋でのスティーヴンスン一家を破滅においこむかもしれないと考え、家族に読んできかせて、それぞれ

の意見を聞いた。妻のファニーのこたえは、

「印刷しなさい。出版しなさい」

というものだった。

スティーヴンスンは、ダミアンが豚小屋のような家ではたらきつづけて死んだという事実を描き、そのおなじ時にハイド牧師たちがハワイでこの文明社会の指導者として金持ちのくらしになれ、そのぜいたくの中から言語のレヴェルでの正義にもとづいてダミアンを非難することの不つりあいに光をあてた。ダミアン神父は、あなたや私のようなものよりはるかにすぐれた人として、私たちの夢みさえしないことをやってのけた勇敢な人であると述べた。

この攻撃のまととなったハイド牧師が裁判所に、論争をもちこまなかったので、スティーヴンスンは生活上の破滅をまぬかれた。このパンフレットによる収入のすべてを、スティーヴンスンは、らいのための事業におくった。

とびはなれたことを書くようだが、らい予防法廃止へのながい歴史をたどっていて次の資料に出会った。邑久光明園園長牧野正直は、一九九五年に、らい療養所の雑誌に「らいにかかって何が悪い」（『青松』五〇六、二）と書いている。強制隔離が、理論上の根拠を失っているにもかかわらず、廃止されないなかでの職員としての気分の動きを表現している。すでに一九五三年七月に全国国立医療労働組合が「白書らい」で情理をつくして現行法の根拠のなさを説いているにもかかわらず、四十年余たってもなお隔離の

方式にしたがう同僚に対する反論として発表されたものである。ダミアン神父ならずとも、そのような心の動きが、この病気にかかわっていると心のうちにわいてくる。株屋の息子の位置をはなれてらい園の園長になった岩下壮一神父にも、生涯のはじめにした決心を晩年になって死の近づいてくるのを知って実行し愛生園の医者となった神谷美恵子にもその感情は働いただろう。らいと誤診されてあとでそれがまちがいとわかってから療養所に生涯とどまってはたらいた井深八重（一八九七―一九八九）にも、その感情の動きがあった。

〈「このあいだハンセン病にかかってね、退院してきましたよ」と、人前で平気でいえるようになる日が、待たれる――〉（八幡政男「ハンセン病」、鈴木二郎・八幡政男監修『現代の差別と偏見』一六三、新泉社、一九六九年）（成田稔『「らい予防法」四十四年の道のり』による）

全国国立らい療養所所長連盟は一九六四年に発足し、一九七六年ころかららい予防法をあらためる試案を考える方向にうごきはじめた。一九九四年十一月に入って、ハンセン病予防事業対策調査検討委員会の座長をつとめたことのある大谷藤郎が、大谷私案をつくり、所長連盟がこれを認めるという形で統一見解を公表した。新しい法律をつくり、それとひきかえに「らい予防法」を廃止するという方針である。

「現行らい予防法に関して私の個人的見解を述べよ」と求められるならば、「今日の医学的人権的国際的視点に照らせば、現行らい予防法には『間違いにちかい多くの問題点』があり、ただちに改正（廃止も含めて）するべき内容を持っている」と考えております。またこの私の見解は、全国在園者の皆さんの総意として平成三年四月にまとめられた全患協（曾我野一美会長）の「らい予防法」改正に関する要請書の趣旨と殆ど同じであると思っています。

同要請書においては、「現行『らい予防法』の重大な欠陥は、ハンセン病は治る病気であり、その伝染力は微弱であるという医学の定説を無視していること、また強烈な伝染力をもつもの、治癒しないものと決めつけていること、更に予防、医療、福祉などが軽視されているところにある」として、「（同法が）隔離撲滅政策を踏襲し、強制収容の条文を中心にすえ、外出をきびしく制限すると共に、患者の所有する物件の移動まで禁止することが規定され、所内の生活を完全に取り締まるというネライで特別の秩序維持規定を設けるなど、患者の基本的人権を侵害した法律であって、国際的にも前時代的差別法として指弾されていることを第一にあげなければならない。更に医療提供の実際及び福祉に関する具体的内容について規定がなく極めて不完全なものである」と断定して、「『らい予防法』の基点を隔離撲滅から開放政策へ転換することは、世界のすう勢であろう。政府は、速やかに勇断をもって、現行『らい予防法』における非を認め、現代の知識に基づいて、ハ病に関する正しい理解を周知徹底させる努力を重ねつつ、真にあるべき法律とするための格段のご尽力を要請する」と述べております。

「外出制限、秩序維持、従業の禁止、物件移動禁止、秘密保持、病名変更、家族援護などに関してであり、条文の多くは時代錯誤も甚だしく、空文化しているが、それらが依然としてハ病患者と家族の名誉を傷つけ、辱めていると同時に偏見や差別、社会的迷妄の根拠になっている」ことを指摘しています。

私も同じような見解であります。（大谷藤郎「らい予防法改正に関する私の個人的見解」一九九四年四月二〇日）

個人の見解として起草し発表しているにもかかわらず、自分の言葉に書きかえて述べるという形をとらずに、患者の要請書を引用して、患者のながいあいだの不合理な苦痛を個人としてうらうちする形をとっている。

個人が運動をうらがきして支持する形をとっているところに、起草者の信条のありかがあらわれている。この文書は、まず第一に患者の苦しみの表現なのである。

15　廃止のあとに

一九九六年一月十八日、菅直人厚生大臣はハンセン病患者代表と直接に会って、

「ながいあいだみなさんに、ご苦労をかけた」

と謝罪した。

一九九六年四月一日、らい予防法は廃止された。

廃止されたあとに、問題がのこっている。ながく療養所にとじこめられてきた人たちをどのように、その外の日本が受けいれるか。すでに回復しており、しかし後遺症のある元患者を、外の社会が、新しい職場にどう受けいれるか。日常のつきあいのなかにむかえる心のむきをつくれるか。

もうひとつは、法をつくりそれをかえないで使ってきた政府、官僚、医療職員が、これまでどうしてこんな、状況とかみあわない法律をつくってきたかのすじみちを、記憶の中にとどめることができるか、という問題である。

この二つの問題は、「らい予防法」廃止後に、私たちのとりくむ新しい課題である。

老人は、身体障害者であり、今の日本には二千万人の身体障害者がいると考えよう、と詩人吉本隆明は言う。その二千万人の中に吉本自身も入り、私も入る。そういう仲間として、同時代の問題を、ともに考えてゆきたい。老人が老人と助けあう、身障者が身障者と助けあう仕方を考えてゆくことがあたりまえになれば、ハンセン病元患者を受けいれる気風もそこからそだつ。

ここには、日本のなかにくらして、いながらに外の世界とむすびつく道がさぐりあてられている。それは国際的というよりも民際的という意味でのインタナショナルなくらしかたであり、大江満雄が、「らいは日本をアジアとむすぶ」という表現の中にさがしあてた道すじである。
大江満雄は、晩年は東京をはなれて、質素にくらし、公けの場に詩を出さなくなったが、日本経済の高度成長期の末ごろになって、年賀状がわりにこんな詩をおくってきた。

エゴの木　ある詩友へおくる書簡詩

大江満雄

わたしの心の中の
一本の〝エゴの木〟は
いつのまにか　わたしの背丈（せたけ）よりも大きくなりました
（山野に生えている〝えごのき〟は　白色の数花をつけています
実から有益な油がとれます）
わたしの〝エゴの木〟には一つの花も実もありませんが　もしかしたら
多くの〝こころ〟に　はいってまなんでいたら　七色の花が
咲くかも　と　ひそかに〝主よ〟と祈るときがあります

（『キリスト新聞』、一九七八年一月一日）

戦時軍国主義のたかまりの中で、おだやかに状況を見る「四方海」を「辻詩集」の一部として世におくり、戦後のゆたかさの中でエゴの中にうごめくさまざまの可能性を見る「エゴの木」を世におくる。二つの状況の中で、この二つの詩をそだてた大江満雄をなつかしく思う。

ハンセン病のことを考えた人びとは、太田正雄にしても、浜野規矩雄（もと藤楓協会理事長）にしても、ふるい「らい予防法」のもとにあって、世界のハンセン病患者のことを考え、そこからもどって、日本の旧法を廃止する方向にめざめた。直接に日本でハンセン病治療にあたった人の中から、西占貢（小笠原登についで京大でハンセン病治療にあたった医学部教授）のように、日本の外に出て余生をインドでハンセン病治療にささげた人がいる。フレンズ国際ワークキャンプは、数年つづけて韓国の元患者の定着村で労働合宿をつづけている。この病気ととりくむことは、日本の中から動かないとしても、外に出てゆくにしても、日本とアジア、アフリカ、ラテン・アメリカとをむすびつける。

「戦争は文化の母」という考え方を、私は自分のそだつころ、陸軍省の宣伝パンフレットからまなんだ。この考え方は、国家と国家とがたがいにきそいあって、興亡をかけてたたかうことを目的として国民生活をきびしくきたえてゆくならば、技術は進歩し、その進歩した技術を国民にひろくつたえてゆくのに役だつという意味ではよくわかる。たしかに技術文明の進歩を戦争は加速してきた。

そういう進歩を国民生活の目標とするなら、身障者は足手まといである。進歩の足をひっぱる人口ということになろう。官僚の中心部をつくる健常な中年の男たちの文明観からすると、その足をひっぱるものとして老人があり、そして乳幼児もいるだろう。アジア、アフリカの人びともまた、後進国民として、進歩の恩恵にあずかるとしても、進歩の足をひっぱるものというまなざしをさけることはできない。

だが中年はあかん坊からそだったものであり、やがて老いる。国家間の軍事的・経済的競争によって進歩する文明への讃美は、私のように老年の身障者の眼からみると、うけいれがたい。

軍事的・経済的競争を主な目的とする国家は、その国民を均質化してゆく。国家の内部にデコボコがあることを許さない。デコボコをならしてゆくことを通して、文明生活のより高度の能率を実現するのである。

ハンセン病に私が出会ってからの五十年を考えると、それとゆるやかな仕方でかかわってきたさまざまの運動が、デコボコにとんだものであったことが、思いだされる。そこにはさまざまのおもしろい人がいた。突出した仕方でおもしろい人もいたし、へこんだ仕方でおもしろい人もいた。これらの運動の中にいろいろのアナボコがあり、そのアナボコをうめてしまおうとしなかったところから活気がうまれた。そう考えると、日清・日露のたたかいをへて世界の先進国の仲間入りをして、軍事的・経済的競争に勝ちぬく文明をきずきあげる努力のおとしごととしてうまれたらい予防法の九十年間に、この法律にささやかな抵抗を試みた歴史のひとこまとして、むすびの家建設の運動を見ることができる。

私の家の近くに論楽社という私塾があって、こどもたちのあつまる場所になっている。親の望むような進学の手だすけをしているかどうかは、うたがわしいが、主宰者の夫婦は元気である。その論楽社から、十九歳から二十歳の青年が四人たずねてきて、らいのことについてたずねられた。この人たちは、療養所にゆき、らい予防法廃止後も、園の内外の患者と元患者とのつきあいを保っている。療養所の詩人、島田等がなくなった時、この人たちは、長島に行って葬儀に参列した。

ゆたかな日本にうまれてここにそだったこの人たちの中に、ハンセン病は、おもりとなって彼らの心を支えている。

論楽社の出した小冊子の中に、島田等の詩集がある。

非転向

望月を過ぎても

月は明るかった
待つことの痛みが、こんなにも
汗をかかせる
感じさせる

愛する人から
愛されても理解されることのないかなしみは
私が選んだものだ

一人なら
孤独もない

生きつくし
生きつくしても
私を許さない私であり
私を貪りつづける私である

眠ろう
月は惜しいが
眠ってこそ夢がある

（島田等『次の冬』論楽社、一九九四年）

ハンセン病療養所の中にいる人たちには、高度成長の日本におしまけない不屈の姿勢がある。島田等の「非転向」という詩に、この心のむきがきざまれた。その心のむきは、療養所をこえて、この若い人たちの中に、つたわる。

付・「むすびの家」の人びと

大江満雄（おおえ・みつお）

詩人。一九〇六年（明治三九年）七月二四日、高知県幡多郡奥内村泊浦に大江馨、（橋本）ウマの長男として出生。一九二〇年上京し、大江卓の長男太の経営する大江印刷会社（活版部のない石版印刷を主にした会社）に就職。石版印刷の技術を習得。一九二三年、原宿同胞教会で横田格之助牧師から受洗。生田春月主宰『詩と人生』に最初の詩を発表。一九二八年、詩集『血の花が開くとき』（誠志堂）。一九三四年、エッセイ「詩人・藤井ちよ」（『詩精神』）で、『まるめろ』の歌人を論じる。一九三五年、詩「私の胸には機械の呼吸がある」（『詩精神』）。一九三六年一〇月、検挙され三カ月留置された。一九四二年、評論集『日本詩語の研究』（山雅房）。一九四三年、地誌『蘭印・仏印史』（鶴書房）。一九四四年、評論集『国民詩について』（育英出版）。

一九五〇年、現代詩人会発起人のひとりとなる。五島列島へ行き、はなれキリシタンのことをしらべる。一九五三年、『アジア詩人』創刊。ハンセン病者の詩集『いのちの芽』(三一書房)を編集した。一九五四年、詩集『海峡』(昭森社)。一九五五年、詩集『機械の呼吸』(アジア詩人研究会)。一九五九年、「キリシタンの転向――イルマン不干ハビヤンの場合」(『新日本文学』)。一九六二年、「日本思想への転向者フェレイラ」(『思想の科学』)。一九六七年、「浦上キリシタン農民の論争性」(思想の科学研究会編『共同研究・明治維新』徳間書店)。

一九九一年(平成三年)四月、高知県中村市の四万十川河畔に詩碑「四万十川」が建てられた。一〇月一二日、永眠。作品の多くは『大江満雄集』(思想の科学社、一九九六年)上下二巻に収められた。しかし、その他にも作品は多く、伝記は書かれていない。稲川マツと結婚。一女一男あり。

小笠原登(おがさわら・のぼる)

一八八八年(明治二一年)七月一〇日、名古屋郊外甚目寺に生まれる。一九二五年医学博士となり、京大医学部付属医院副手として皮膚科に転じ、一九二六年一月かららいの診療を担当。一九四一年、助教授、一九四八年、国立豊橋病院皮膚泌尿器科医長。一九五七年国立らい療養所奄美和光園医官。一九七〇年(昭和四五年)一二月一二日、死去。八二歳。

日本でただ一カ所らいの外来診療と入院治療を並行して行なっていた京大の皮膚病特別研究施設には、一五〇〇余名のカルテがのこされている。「らい予防法違反、医師法違反を覚悟の上で登が残したカルテである。これこそカルテなき日本の暗黒療養所時代の空白を埋める唯一の貴重な資料でもある。」（服部正「福祉の倫理――小笠原登の生涯」（『東方界』一九八〇年一月号））

小笠原登は「健病不二」という理論をもっていた。これを服部正は「すなわち健病の関係は昼夜のそれに似て、真病というものは無く、生理現象に対し、時に応じ場合に随って任意な標準の下に判断をかえて或は病気と云い或は健康と云うに止まる、という意味であろう」と解している。僧侶であり日露戦争当時非戦論の論陣をはった幸徳秋水の影響をうけてアナーキズムを十五年戦争下においてさえもまもりそだてた兄小笠原秀実（一八八五―一九五八）の哲学につらなる考え方だった。

一九四〇年代の太平洋戦争下、バラック小屋のような皮膚病特別研究施設に、小笠原登は、兄秀実の弟子で大津石山の浄光寺住職石畠俊徳の助けをうけて、敗戦の日までハンセン病の治療をつづけた。生涯独身。伝記に八木康敞『小笠原秀実・登』（リブロポート、一九八八年）がある。

志樹逸馬（しき・いつま）

一九一七年（大正六年）七月一一日、東北地方に教育者の末子として生まれた。

一九二八年父の死にあい、一家は東京に移った。一九三〇年九月、ハンセン病と診断され、同年一〇月東京府立全生病院に入院。一三歳だった。養鶏部につとめ、主任高嶺氏の生き方に深くまなんだ。一九三三年八月、岡山県長島の愛生園に移り、ここでも養鶏部につとめ、主任柴氏の影響でドストエフスキー、トルストイ、武者小路実篤、島木健作、真渓涙骨、友松円諦の著作にしたしむ。図書館にある『明治大正文学全集』と百科事典とをしっかりと読む。一九三八年おなじく図書館にあったタゴール『サダナ——生の実現』の日本語訳の全文を筆写した。同時代の流行と別天地を行く。

一九三九年秋、大阪に出て一円五〇銭の日給ではたらく。しかしおなじ汗をながすなら病友のためと思いなおして帰園。一九四二年クリスチャンで歌人の治代さんと相知り、彼自身もキリスト教徒となった。五月一五日、結婚。一九四三年、両手が麻痺し、指はみなまがった。養鶏部主任をやめる。詩を『愛生』に発表。藤本浩一・永瀬清子の選で、ほとんど毎月あらわれる。一九五三年から大江満雄の知遇を受けた。一九五九年(昭和三四年)一二月三日、永眠。四二歳。

一九四二年以来文通のあった原田憲雄・原田禹雄が『志樹逸馬詩集』(方向社)を編み、一九六〇年出版した。そのうしろに、二人の手でくわしい年譜と、志樹夫人治代による晩年の記録がおかれている。ながく交際をたっていた親族との文通を回復、なくなる年の三月に二人の姉とあった。

闇の中にも目をひらいていたいと思う
人はたいてい
目をつむる
眠る

だが
このしずけさの中にこそある
闇の声に
わたしは耳をすましたい　（「闇」）

杉山龍丸（すぎやま・たつまる）

一九一九年（大正八年）五月二六日、福岡に生まれた。杉山茂丸の孫。杉山泰道（夢野久作）の長男。母はクラ。陸軍士官学校（第五三期）を出て航空技術将校となる。祖父の人脈をたどり、戦争中止の説得をしたが、日本は行くところまで行かなければならぬと覚悟した。戦争の末期、東条暗殺の計画に入っており、戦争終結の計画にくわわっていたということも、その後の彼の経歴を見るとうなずける。彼は自分自身のことはあまりはなさず、自分の戦争記録『幻の戦闘機隊』を書いていたことも、多田茂治『夢野一族』(三一書房、一九九七年)ではじめて知った。

一九四三年春、航空技術学校をおえて、北陸の飛行第三戦隊、(九七式砲爆撃機隊)第一中隊整備隊長。一九四四年フィリピンへの転属総二千人の副輸送隊長として高雄をへて目的地にむかうが、七月三〇日未明バリンタン海峡で魚雷攻撃をうけ全員退船。漂流一四時間で救助された。隊員の三分の一と全器材と全兵具をうしなう。四五年三月三〇日ボルネオのタワオ基地で機銃掃射にあい、右胸部に手傷をおう。

敗戦後、航空技術学校で一緒だった佐藤行通にあったのが転機となり、インドにひきこまれる。ガンジー塾体験から、日本におけるガンジーの弟子となることを決心。沙漠緑化の方法を研究し、インドにわたってつたえる。親ゆずりの財産のすべてをついやして努力。脳出血のため一九八八年(昭和六三年)九月二〇日死す。

ロバート・ルイス・スティーヴンスン

灯台建築家の息子として一八五〇年スコットランドのエディンバラに生まれた。父のすすめでエディンバラ大学工科に入ったが科目が気にそまず、怠けがちであったところ、おなじ学科の日本人が猛烈に勉強するのを見て、なぜかと尋ねたところ、彼らの師吉田寅次郎の生涯についてきかされた。その話に深い感銘をうけて『吉田寅次郎』という小伝を書いた。吉田松陰の伝記として世界でもっとも早い作品のひとつである。この感銘にもかかわらず、工科にはとどまりがたく、法律に転じ弁護士となったが、それにもとどまりがたく放浪の末、子づれのアメリカ夫人ファニー(これもわがままでおもしろい女性でその伝記が出ている)と結婚。その子にたわむれに地図を緇いてみせ、その島の地図についてはなしをするうちに海賊の物語『宝島』がうまれた。『ジキル博士とハイド氏』『バラントレイの若殿』など、ひろく読まれる作家となった。結核をわずらい、自分にふさわしい気候を求めて太平洋諸島を周航し、一八九四年サモア島でなくなった。

スティーヴンスンの文章をきらいな人にE・M・フォスターがいる。文章の好ききらいは仕方のないものだが、その反面、スティーヴンスンの文章を好んだ人に、文体に気むずかしいヘンリー・ジェイムズがいた。夏目漱石はスティーヴンスンの作品を好み、『坊っちゃん』のタネをそこからとった。日本の近代文学屈指の文章家中島敦は、サモア島における晩年のスティーヴンスンを主人公として『光と風と夢』(一九四二年)を書いた。

高島重孝(たかしま・しげたか)

一九〇七年(明治四〇年)東京麻布に生まれた。慶応義塾大学医学部卒業。教室助手をへて一九三三年に栗生楽泉園医官となり、以後四十五年ハンセン病の臨床につくした。

「先生はハンセン病という言葉が嫌いだった。何で、らいでいけないのか……。『言葉を変えて、人の目がかわる位なら、わしゃあ、らい、なんか、やらんよ』が口癖だった。」(行天良雄「『らい』とともに」『愛生』一九八五年八月号)

一九五七年光田園長のあとをついで長島愛生園の第二代園長となり、隔離政策によらなければ日本からハンセン病はなくならないとするこれまでの考え方を見なおす方向にふみきった。一九八五年(昭和六〇年)一月二三日、神奈川県伊勢原市にて死去。

田中文雄(たなか・ふみお)

田中文男とも言う。本名は鈴木重雄。一九一二年(明治四五年)四月二一日、宮城県に生まれる。一九七九年(昭和五四年)一月三一日、気仙沼市気仙沼プラザホテル(五階建て)の屋上から投身自殺した。前庭に従業員が二人いるのを見て、「あぶないからどいて」と遠ざけ、手摺りを越えて飛び降り、二五メートル下のコンクリートに身を打ちつけて死んだ。遺書はない。

精神薄弱者支援施設「洗心会高松園」建設に理事長として力をつくし、開園を二カ月後にひかえていた。

東京商大(現一橋大学)予科に入学し、学部進学を前に突然に姿を消し、友人・親族から消息を絶ったという(一橋昭和一二年会代表、大軒節夫弔辞『愛生』一九七九年

五、六月号)。その後二五年間「田中文雄」の名でハンセン病患者の社会に生きた。プロミンによる完治のあと、社会復帰し、一九七三年の本吉郡唐桑町の町長選挙に立候補し小差で敗れた。その生活は、田中一良著『すばらしき復活』(すばる書房、一九七七年)に描かれた。

谷川雁(たにがわ・がん)

一九二三年(大正一二年)一二月二五日、熊本県水俣に生まれた。本名谷川巌。『西日本新聞』記者時代にストライキの代表として活動し、くびになる。結核のため帰郷。詩集『大地の商人』(一九五四年)、『天山』(一九五六年)。五〇年代に三井三池闘争にくわわり、大正炭鉱をとりでとして大正行動隊を組織し、さらに退職者同盟を組織して部分的勝利をおさめた。一九五八年に『サークル村』を創刊。二年ほど活動して、中村きい子、森崎和江、石牟礼道子らの力ある書き手の登場の場とした。評論集『原点が存在する』(一九五八年)、『工作者宣言』(一九五九年)。東京に出て株式会社ラボをつくり新しい言語教育をおこす。退社後、黒姫にこもり、こどもとともに活動する「十代の会」という言語教育のサークルをつくり、宮沢賢治の作品を演じてその深さをさぐる。『賢治初期童話考』(一九八五年)、『ものがたり交響』(一九八九年)。一九九五年(平成七年)二月二日死去。

目前の相手にからんでものをいう独特の方法で評論を書いた。それはサークルの思考方法と言える。死の直後刊行の自伝的作品『北がなければ日本は三角』（河出書房新社、一九九五年）は、こどものころに家に来てとまっていた女の子の挙止作法をたどって、本来的な日本のゆきかたをえがく。

雁の父は医者だったので、一九三三年チブス流行の季節に、家の中に蚊屋をはり、その中で食事することになった。その前に昇汞水《しょうこうすい》で手を消毒しなくてはならないと言われ、それは新入りの少女の気にいらない。彼女は煮魚のしっぽを指でつまみあげたりして、雁の兄弟から「きたない」と言われると、「北がなければ日本は三角」と応じた。

「この答は私たちを驚倒させました。父母ともに執着していた清潔思想のお家芸が、軽いフックの一撃で吹っとばされたからです。何たる大思想ぞ、私と弟は、寝室の蚊屋の釣り手をかわるがわる一箇ずつはずしては、三角になった日本を笑いながら検証しました。」

ダミアン神父

一八四〇年一月三日、ベルギーのトレムロー村にフランソワ・デ・ヴーステルとカトリーヌ・ド・ヴーステルの第六子としてうまれた。本名ヨゼフ・デ・ヴーステル。一八五九年、一九歳のときに兄のあとを追って聖心会の修道院に入る。会のしきたりで新しい修道名をいただく日が来て、シシリー島の医者で四世紀のはじめに兄弟コスマとともに殉教して聖人とされたダミアンの名をえらんだ。

一八六三年一一月二日ドイツのブレーメルハーフェン港を出発し、あくる年の一八六四年三月一九日ハワイ群島に達し、ホノルルに上陸した。ハワイにはもとはハンセン病がなかったが、ヨーロッパ、アフリカ、中国から一九世紀なかばにもちこまれ、やがて強制隔離の方針がきまると、患者はいやがって山の中にのがれることがあった。警官は銃をとって山狩りに出発した。ダミアン神父は警官をおさえて自分も山にのぼり、銃をとってかまえている男のそばによった。夫は、よそものの白人（当時はハワイは米国領土ではなく、独立国だった）がどうして夫婦をひきさくのかと反論した。ダミアンは、もし法律にしたがって妻が山をおりるなら、夫も妻とともにモロカイ島（隔離予定地）にゆけるように政府と談判しようと言った。夫は承知し、警官とのあいだの流血はさけられた。

病人は船にのって立ちさったが、ダミアンの心はいやされなかった。一八七三年五月一〇日ダミアンは司教の了解を得てモロカイ島にわたり、その地にのこって一八八九年四月一五日に死んだ。

ダミアンがハンセン病に感染したことはダミアンの死後、さまざまの中傷記事のまとにされたが、それをこえて、一九三六年五月三日、ベルギーのアントワープ港に、ダミアン・デ・ヴーステル神父の遺骸がハワイからかえり、たくさんの人びとが、そこにあつまった。小田部胤明『ダミアン神父』（中央出版社、一九五四年初版、一九九三年改訂版)による。

コンスタンティン・トロチェフ

亡命者のあとをたどるのはむずかしい。私のくらしの中にあらわれた一家について、沢田和彦「女優スラヴィナ母娘の旅路」(『埼玉大学紀要・教養学部』第三二巻第一号、一九九六年)が発表された。この論文の周到な調査にもとづいて、以下を書く。

コンスタンティン・トロチェフは、一九二八年九月九日、菊の節句に神戸の山手一六番で生まれた。父はミハイル・アレクサンドロヴィチ・トルシチョーフ(一八七五あるいは七六―一九四〇)。父ミハイルは革命後ペルミ近くの獄につながれたが脱出してシベリアを横断。ウラジヴォストークでロシアの巡洋艦をのっとり亡命者をのせて下関にきた。ミハイルは、ロシア国民音楽派五人のひとりキューイからピアノをならったことがあり、長崎のジャズバンドでひいていた。やがてスラヴィーナ劇団の一員となり、キティー・スラヴィナの舞踏の伴奏をひき、一九二七年末に、鹿児島市のロシア正教会で結婚式をあげた。式をおこなったのは、日本ハリストス正教会最初の信者沢辺琢磨の長男沢辺悌太郎司祭だった。一家は一九三二年ころ長崎市南山手のカトリック修道院「マリア園」付近の洋館に住んだ。このあたりにはロシア人が多く住み、マリア園の手前から小曾根町にくだる石畳は、当時ロシャコンスイの坂と呼ばれた。コンスイは「コンスル」(ロシア語)のなまり。ロシア正教会は、ロシア寺と呼ばれた。一九三五年に、エカテリーナ（芸名キティー・スラヴィナ）は夫と離婚。ミハイルは満州に去り、五年ほど後に大連で没した。母と娘と孫とは東京に移り、娘は佐藤千夜子のレコードで知られる中山晋平曲「紅屋の娘」「出船の港」「江戸子守歌」「麦打ちの歌」「島の娘」「むすめ心」「つのる思い」「とめては見たが」「秋の夜」「廓の雨」などに振りつけをして舞台でおどった。一九三七年二月一一日にニコライ堂でセールギイ府主教によってプーシュキン死後百年のパニヒダがとりおこなわれ、ついですぐ近くのＹＭＣＡ（トロチェフが後年、宿泊予約をとりけされたところ）で、日本在住亡命露人教会によりプーシュキン記念の夕べがもよおされ、『エヴゲーニー・オネーギン』と『ボリス・ゴドノフ』の噴水の場と庭園の場を、母アンナが僭称皇子とオネーギン、娘エカテリーナ（キティー・スラヴィナ）がマリーナとタチャーナを演じた。また母アンナは、「タチャーナの手紙」を朗読した。二十年後、大江満雄と私の前で八十歳のアンナがプーシュキンの一節を朗々と読んだのにはこのような前史があった。一九三七年にエカテリーナはイギリスの版画家と再婚し、一九四〇年にアメリカに去った。トロチェフは新しい父になじまず、祖母とともに日本にとどまる。母は一九四九年一二月二一日にハリウッドで病没した。二人はついにふたたび会うことがなかったが、母は息子の病気の治癒を夢で知ったという。一九四七年にセント・ジョゼフ校時代の恩師が新薬プロミンをとりよせてくれ、この薬を日本ではじめて服用した患者がコンスタンティン・トロチェフだった。

大江満雄の努力でコンスタンティン・トロチェフの日本語の詩四十編をふくむ『詩集・ぼくのロシア――十月革命』が一九六七年に昭森社から出版された。

ロシアよ　ロシアよ
僕の広い国
ぶたれた
いじめられた
殺された
僕のロシア
アカハタのかげに
泥の「ボルガ」
骨の森
血の沼
君の涙をふきたい
君の傷を洗いたい
僕の手が
病気の鎖でしめられた

このうたのこだまも聞えない

僕のロシア（「ぼくのロシア」）

一九六七年、それまで無国籍のままでいたコンスタンティン・トロチェフは、日本国籍を取得した。ドルツコーイ＝ソコリニーツキイ公爵家の長女として一八八一年に生まれた祖母アンナはその前年、一九六六年六月一八日永眠し、草津温泉町立墓地に葬られた。

西占貢（にしうら・みつぐ）

一九二〇年（大正九年）三月四日、神戸に生まれる。一九四二年京都大学医学部入学。三高在学中、御殿場に開かれたYMCAの夏期学校に参加。そのとき神山復生病院で岩下壮一神父と出会い、ライフワークとしてらいに取り組む決意をしたという。

小笠原登の後継者。京大助教授時代の一九五九年、インド国立がんセンターに留学した。これがインドとの交流の始まりで、翌六〇年教授に昇進。

ＦＩＷＣは「むすびの家」建設に取り組む過程で、らいの医学的知識について教授からレクチャーを受けた。

業績としては、らいの病型の分類についての研究やらいの病理学の電子顕微鏡的基礎、フリーズ・レプリカ装置の開発等により、桜根賞（日本らい学会賞）および瀬藤賞（日本電子顕微鏡学会賞）を受賞。一九六八年と一九八三年には、日本らい学会総会会長を務めている。

定年退官後、インドJALMA中央らい研究所で研究と後進の指導に当たっていたが、脳出血で倒れ、一九八五年（昭和六〇年）一月一八日、ニューデリーで病没した。六四歳だった。キリスト者であり、穏和な人柄だった。「むすびの家」の建設について、背後から支援を惜しまなかった。

浜野規矩雄（はまの・きくお）

一八九七年（明治三〇年）九月六日、千葉市佐倉に生まれた。慶応義塾大学医学部卒業。埼玉県防疫医となる。終生衛生技術官をほこりとし、学説は学者のたてるもので、自分は学者ではなく、研究の手だすけをする行政官としての分を守った。一九五二年から藤楓協会常務理事、一九五八年には同会理事長。貞明皇后の心づかいを受けて、御下賜金をもとに、その子、昭和天皇および秩父、高松、三笠の三殿下の相談で、つくられた財団と聞いていたので、いかめしい人と覚悟をきめて会ったのだが、意外にも、ハンセン病の後遺症になやむ人たちの社会復帰のために努力する青年たちに好意をもち、肩いれする様子を見て、その人柄に感銘を受けた。ローマ市マルタ騎士団主催「らい患者社会復帰に関する国際会議」（一九五六年）などに出て、患者の社会復帰の当然であることにすでに心をきめていた人だった。一九六六年（昭和四一年）一月五日、病没、六八歳。

光田健輔（みつだ・けんすけ）

一八七六年（明治九年）一月一二日、山口県佐波郡中関の吉村家に生まれ、母の実家光田家をつぐ。一八九五年私立済生学舎に入学しあくる年に卒業。一八九六年淋巴腺のなかにハンセン病と結核の合併せる像を発見。東京市養育院に雇員として勤務。ハンセン病伝染の危険を政府に進言し、東京市養育院内にハンセン病患者専用の回春病室ができた。一九〇三年在京山口県医学総会でハンセン病の調査報告をして、この会の会長で衆議院議員山根正次が「らい予防法案」を議会に提議することを全会一致で決議する動因をつくった。中央政治の有力者へのはたらきかけに長じる。一九〇七年、第一府県立全生病院医長、一九一四年全生病院院長。一九三一年国立療養所長島愛生園初代園長。一九五一年文化勲章。一九五七年長島愛生園を退官。一九六四年（昭和三九年）五月一四日岡山病院で死去。

強制隔離の実施に勢力をふるった。そのために、患者とその家族を苦しめた。その反面、ハンセン病の伝染をふせぐためにつくしたことは否めない。彼はその生涯をハンセン病にかたむけ、患者を愛することも深かった。

彼の真剣さにゆずって、その学説がもはや修正さるべきことが知られてからも、彼に遠慮して強制隔離廃止をとなえる人がすくなかった。

森田竹次（もりた・たけつぐ）

一九一一年（明治四四年）一二月五日、福岡県柳川市に生まれた。日米戦争開始後の一九四二年六月一五日長島愛生園に入る。旧制中学中途退学といわれるも、確実ではない。敗戦後には患者運動にうちこみ、実行とむすびついた数々の記録と評論をのこした。著書に『偏見への挑戦』『死に行く日にそなえて』『全患協運動史』。一九七七年（昭和五二年）四月一六日、多磨全生園で死亡。

愛生園の患者社会は、私のおとずれた一九五〇年代には政治の中心に共産党がいたため、園の外の日本にくらべて共産党の気風にゆとりがあった。ここで会った森田竹次は、器量をもつ思想家であり、その作品は、患者の評論中の白眉であった。つよい感情にささえられ、ひろく目くばりがきいていて、今もたよりになる記録である。

矢追日聖（やおい・にっしょう）

一九一一年（明治四四年）一二月三日、奈良県生駒郡富雄村に生まれた。本名矢追隆家。一九九六年（平成八年）二月九日、おなじ土地で死す。立正大学史学科卒業。一九四三年東京から実家にひきあげた。農業にうちこむ。敗戦を、神国なるが故の神の裁きとうけとめ、敗戦の日、一九四五年八月一五日に大倭教の立教宣言をおこなう。日本が世界を征服して日の丸を立てるのではなくて、神意にそうて平和社会がまず日本にできて、時の流れによってやがては世界にひろがってゆくというすがたがあらわれた。

「大らかにして和やかな姿をもつ社会なんです。」

（矢追日聖『ながそねの息吹〈ことむけやはす（二）〉』野草社、一九九六年）

「先祖の神さん、つまり人格神を言うのに、天津神さん国津神さんという二つの名称があるんですけれど、天津神さんというのは、それは全部渡来してきた、よそからきた神さんなんです。

古代人が浜に立って海を見たときに、空と海の水とが向うで一緒になっている。水平線から舟が見えてくる、見えてきたときに丁度、天から海の方へ舟で降りてきたような形に見えるんで、外国からおいでになった民族、それが全部天津神さんということになるんです。

そして元々この大和の秋津島におられた人間、この土地におられた人が国津神さんということなんです。神さん、神さんというけれども、我々と同じ人間なんですけどね。

だから外国からこられた神さんを、天から降ってきた、いわゆる高天原から天降ってきたように古典は説明してますけれども、あれはみんな渡来人なんですよ。言いかえたら外国人ですね。」

「だから大倭教は団体をつくらない宗教法人なんですね。宗教団体とは私は認めません。団体をつくったら団体我というものが出てくるんですね。そうしますと団体そのものが本当の純然たる宗教的な集まりじゃなくしてね、企業家の集まりになってしまうんです。」

「それで団体をつくらない宗教活動という場合、一体自分はどういう方向にいけばいいんかと、これが私の問題でした。」（同前）

矢嶋良一（やじま・りょういち）

一九〇五年（明治三八年）六月五日、群馬県吾妻郡吾妻町に生まれた。慶応義塾大学医学部卒業。助手兼全生病院医官として、一九三二年から栗生楽泉園勤務。四九年に栗生楽泉園長。六三年多磨全生園長。七六年退官。一九九四年（平成六年）八月一八日逝去。

医学部学生のころから故郷の草津町湯之沢部落居住のらい患者にミス・コンウォール・リー女史がみとりをつづけていたことを知り、感動した。全生園で臨床経験をつんだ後に草津の国立らい療養所栗生楽泉園の創設にあたり、初代医官として内務省から発令された。七〇歳での定年退官まで、この道を歩く。官僚の型からはずれた、のびやかな気風で、はなしのおもしろい人だった。

山岸巳代蔵（やまぎし・みよぞう）

一九〇一年（明治三四年）八月一二日、滋賀県蒲生郡に生まれた。老蘇小学校高等科卒業。京都の絹織物問屋大橋商店に奉公。その後四、五年、行方不明となり、おそらくは左翼運動にくわわっていた。東京で警官に尾行され、逃げこんだのが養鶏場だったといううわさもある。アナキズムとしたしみ、一燈園の共同体の運動にくわわったこともあるという。一九二二年帰郷して養鶏にうちこむ。寒冷育雛、省力を特徴とする養鶏法を編みだし、一九五三年には山岸式養鶏会をはじめた。彼は金もうけを目的としてはいなかった。あつまった人たちに、養鶏のあいだに考えてきた人間社会の新しいありかたをつたえ山岸会をつくった。それはイデオロギーをなかだちとせず、農業と牧畜のなかですでにつかっている言葉によってくみたてる、人間同士のむすびつきの提案だった。戦争の一五年間に私をすてて生きることになれた農民にとって、金本位であたらしく設計する農業生活はわずらわしく感じられ、山岸のとなえる無所有共同のくらしかたは納得のゆくものだった。自分の土地を山岸会にわたし、共同生活に入るものはふえてゆき、山岸会はのびてゆく。しかし急速な増加は内部混乱をおこし、傷害事件がおきて、週刊誌に中傷のまととされ、警察につけまわされ、一時山岸巳代蔵は、共同体からはなれてかくれていた。

彼の考えは一九五四年に発表した『ヤマギシズム社会の実態』に手がかりがある。

それは、東西古今の書物からの引用（これは大学生と大学教授、大学出の雑誌編集者や新聞記者の専売）がなくて、ゲームのルールである。七日間一堂にあって外に出ないで、このゲームをつづけると、山岸会の考え方がなんとなくからだの底からわいてくる。第一夜、第二夜は、なんだマルクスもわからんでこんな文法のはっきりしない本がよめるかと主張していた大学生、風呂がきたない、めしがまずいと非難していた都会出身の若者が、第六夜くらいにひっくりかえって、無所有の理想がまだわからんのかといたけだかになって、のこりものにつっかかってくる。満州事変以後の十五年を集約する劇を見るようだった。第二夜くらいにもうこんなところにはいられないと、窓からとびだしてオートバイで逃げさった十代の少年二人をつなぎとめる力は（私の参加したとき）まだこのテキストにはなかった。一九六一年（昭和三六年）五月三日山岸巳代蔵は死んだが、創唱者ぬきで、共同体はさかんである。

論楽社（ろんがくしゃ）

京都岩倉にあり、こどもたちのたまりとして活動をはじめ、やがてひろく社会についての公開講座、島田等『次の冬』『病みすてられた人々』などのブックレットの発行に手をそめる。らいの旧法廃止以後も、元患者の生き方につよい関心をもつ若い人たちを支援している。一九八〇年創立。

Ⅱ　日付を帯びた行動

いくつもの太鼓のあいだにもっと見事な調和を

足なみのあわぬ人をとがめるな。かれは、あなたのきいているのとは別のもっと見事な太鼓に足なみをあわせているのかもしれないのだ。

——ソロー——

日録

「もし、あの大戦で自分の家がやけなかったならば……」とか、「もし、そのとき私がこれこれのことをしていたならば、状態はこんなふうにかわったであろうに」とか。そういう事実に反した条件命題、反事実的条件命題は、実証科学の方法からみれば、実証不可能であり、したがって、問題にしないほうがよいということになっている。

にもかかわらず、私たちの行動に方向をあたえるものは、あきらかに、これらの反事実的命題なのである。

「あのとき、こうであればよかったのに」というのは、自分の責任をはなれたことについての考えだが、自分が直接参加したかぎりでの歴史については、「あのとき、こう動けばよかったのに。そうしたらこうなっていただろうに」という命題の形をとっている。歴史の中を生きるということは、この種の命題が己が肩にふりつもってゆくことにほかならない。一九六〇年五月―六月も、この種の命題をさらに多く自分の肩の上につもらすことになるだろう。

完全なたちおくれ

一九六〇年五月十九日（木）　午前十時半、自民党は五十日間の会期延長を衆参両院議長に申しいれた。午後四時半、会期延長をめぐって衆院議院運営委員会の理事会がわれた。荒船委員長はごういんに開会を宣言して、与党議員だけで会期延長を可決した。このことの中に、以後の動きのパン種があった。怒った社会党は、議長室前にすわりこんだが、午後十一時すぎ、警官五百人が院内に入り、社会党議員をごぼうぬきにして議長室前からとりのぞく。午後十一時四十八分、清瀬一郎衆院議長は議長席にのぼって、開会。五分間で会期延長を議決。さらにあくる二十日午前零時六分ふたたび開会して、十二分で、与党議員のみで、新安保条約を可決した。自民党反主流派の河野・三木・石橋・松村派は採決にくわわらなかった。五千人の学生たちが、議会の外で雨のふる中をすわりこんで徹夜。

あとから考えてみれば、アイゼンハウアー訪日のためのおくりものとして、訪日の六月十九日までに安保条約を承認するためには、この五月十九日がぎりぎりの期限だったので、岸首相らがこういう手をうつことは、当然だった。考えておかなかったほうに、推理力の不足がある。いかにも岸首相らしい仕方でこのとき、議会主義の原則がくずされた。

この日の私の日記は空白である。この数日前、東工大の組合で新安保に反対する声明をだそうということになり、その発起人の集会をして、文案がちょうどできたところであった。完全なたちおくれである。状況の歯車と私の行動の歯車とはぜんぜんかみあっていない。

しかも、これも、いままで何度もあった失望の一つとかんじられた。今度も、何も役にたたないままに、とにかく政府の方針が正しくないという判断の表明をすれば、それ以上のことはしなくてもよいように思えた。

私としては自分の持場で、自分ができることをやっていればよい。さしあたってこの数年力をいれて来たのは、転向の共同研究なので、その下巻の完成に集中しようと思う方針に、新安保の強行採決は何の影響もあたえなかった。ちょうど翌日が転向の研究会なので、そのためのリポートの用意をしていた。翌日、「軍人の戦後転向」という話をしにいったら、集まりが悪かった。転向研究グループ中、鈴木均、藤田省三の両氏は、おなじ時刻に、国会周辺で会ったと言う。

群馬県では商工団体連合会系の商店が、新安保強行採決抗議のための閉店ストに入った。めざめているものはバラバラな小さなかたまりだった。だから、この強行採決直後、藤山外相は「これで外交の基調ができた」と楽観することができたし、川島自民党幹事長は「今週は冷却期間、来週になれば事態収拾の動きがでるだろう。民社党に期待する」という見とおしで安心していることができた。支配者の楽観には根拠があった。

五月二十二日（日） 私は大相撲の千秋楽のテレビを見に行っていた。優勝した若三杉が各種の記念品をもらうのまでねんいりに見てかえって来ると、夕刊で、岸政府の下では公務員としてとどまれないという竹内好教授辞任の記事がでていた。

五月二十三日（月） 東工大に出て行って、「新安保条約議決に反対する」という時代おくれになった声明を「国会解散要求」にかきあらためることを組合の書記長高木氏と相談した。

岸内閣反対に全力をいれようという感情はあるが、どういう仕方で、それをしたらよいのかわからない。学校の講義は、「戦後転向思想史」と「同時代史」と二つの主題にしているので、どちらも、岸内閣による今度の強行採決の評価、これをくつがえすために何をすることができるかという問題にかかわっている。敗戦直前・直後の共産主義者・社会主義者の結集の弱さから考え、また日本の進歩派がいつも実力以上の計画をたてて自滅してしまうことから考えて、すじのとおった保守主義政権を共産主義者、社会主義者、その他無党無派の急進主義者をふくめてつくるという線上で、この状況の収拾をはかること以上の事業はできないように思った。敗戦直後の転向史は、このことをさしている。

数日前の請願のときにも、こういう判断があって、石橋湛山氏のところに請願書をあずけて来たのだが、そのときには、積極的に結びつきをつくろうという考えもなく、自分の認識が正しいとしても、それは無効になるというふうに考えていた。要するに、これまでのところでは、義務とかんじて動くということにすぎず、義務観念をこえて内側からわきあがってくるような行動の動機はなかった。

主題の成立

六月四日（土）　国鉄を中心としたゼネラル・ストライキが、おこなわれた。実力行使参加人員は五百六十万人。国鉄は始発から午前七時までとまった。実力行使のおわったあと、国会周辺に十三万。全国四百六十八カ所で五十八万のデモがあった。

政府は椎名悦三郎官房長官の談話の形で公式見解を発表。「一般に予想より平穏で、これは国民の良識がストに同調しなかったためである。同調者がなく、混乱が比較的生じなかったことにより、今回の事態は国会正常化の一つの有力な資料になると思われる。違法行為にたいする処罰は、実情を調査のうえ各省庁でおこなう。」

自民党の川島幹事長は四日朝、岸首相を訪ねて六・四ストの情勢報告をおこなったあとで、次のような談話を発表した。「再三の当局の説得にもかかわらず、国鉄労組等官公労組合が中心で違法ストを決行したことははなはだ遺憾であって責任者は厳重に追及されなければならない。政治ストは絶対に許さるべきではなく、国民は内心非常ないきどおりを感じている。つくりあげられたデモやストには国民はおどらされていない。われわれ（川島幹事長たち）は、議会政治の擁護にまいしんするものである。」

このころからの私の日記には、人の名前と電話番号、連絡方法が無数に書いてあるばかりだ。日記というよりは完全なメモになってしまった。人と会うと、そこではじめて会った人でも、十年、二十年も知っている人のように用件の中心から話をはじめることがふつうになって来ている。奇妙な状況。誰とかがスパイだとか、挑撥者だとか、帝国主義の手先だというようなことは、口にのぼらない。戦争後の「民主主義高揚時代」にあった、誰は誰の線だとか、ブハーリン主義だの、プラグマティズムだの、トロツキズムだのという、理論の線のよみ合いの手続きは、すべて忘れられてしまったかのようにみえる。ほんとうか？　戦後日本史のあやまちがあったからこそ、今日のこの流派をとわぬ事業計画本位の人びとの離合集散の形ができたようにもとれるが、このままの形で遺産となるのだろうか。組織をつくるときの、混沌とした状態。しかも、組織がまだないから、それをつくることに参加している誰か個人の名でおぼえておくほかない。しかも、その個人が、組織の会長とか理事とかいうのでなく、平メンバーとして参加しているというだけで、けっこう連絡の相手として用がたりてゆく。というのは、この段階での、岸首相反対運動の組織下では、誰がどの会の幹部になるということは大切ではなくて、積極的な関心をもつひとりの平メンバーが、どんどん自分で企画し、会を招集したり、声明を起草したりすることができた。その平メンバーが組織の正式の代表者でないからといって幹部からしかられることはすくなかったし（というのは政府側の次々につくってくる既成事実に対応して早くうごかなくてはならなかったから）、また幹部からしかられた場合には、その平メンバーは、その会を脱退することもなく、その会とは別のあたらしい会を次々に同志を見つけて組織してゆけばよかったからだ。

いっぽうにおいては、組織の時代であったが、いっぽうにおいてはこれほど個人に依存した時代であったこともすくない。すべてが、すばやく個人から個人へのパス・ボールでうごいているので、政府の側では、どういう目的をもつ、どのようなグループが岸反対の運動をやっているのか、理解できなかったと思う。そこで、岸首相の言明のように、すべては国際共産党の陰謀であるという説明になるわけで、この説明の仕方で、岸首相は、一九三一年満洲事変時代の政府の説明のすじをそのままひきついでおり、地金をだしたわけだ。岸首相、井野法相、椎名官房長官、賀屋自民党外交問題調査会長、川島自民党幹事長などは、ここ数年、あまり自分たちの意志がそのままとおってゆくことになれて、時代に適応する努力を停止し、一種の退化現象をおこしている。六・四ストにさいしての政府側の声明は、そのことを見事につたえている。

六・四ストのときには、岸内閣反対運動は、もう一部の学生、前衛政党、労組だけでなく、一般市民層に支えられていた。五月十九日以後の約二週間にできた市民のあいだの空気のちがいは、デモ隊が進んでゆくときに皮膚にかんじられた。

五月二十四日のデモと、五月二十六日のデモと、だんだんにデモの波は大きくなっていた。五月二十六日のデモでは、学者文化人集会のデモ隊が最前列数十人をのぞいてあとは蛇行に入り、銀座の電車をとめてしまうほどの熱烈さだった。このとき、一緒にジグザグをやっていた久野収氏が、「やっぱり駄目だな。日本以外の国だったら、道を歩いてゆく人が入ってくるようになるのだろうが。そういうことはないね」と、嘆いていた。実際には一人、コックさんのような人が白いかっぽう着をぬぎすててデモ隊にいれてくれといって来たのだったが、それは私の見たかぎり一人だった。

それから九日後の六月四日朝晩のデモでは、画家の小林トミさんの発案で、「誰でも入れる声なき声の会」というプラカードをつくって歩いたところが、午前中は、最初は二人から三百人にふえ、午後は最初二十人からやはり三百人以上にふえた。道の両側から、人が入ってくるのだ。久野さんが嘆いていた困難が、わずか九日のあいだにこえられたのだ。大衆運動のうずが、そのうずそのもののなかでどんなに早く人の行動形態をかえてゆくか、また行動形態をとおしてその中にイムプリケイション（含意）としてふくまれている思想そのものをもかえてゆくことになる。

これはモッブとか、群集心理としてとらえられるものではないように思う。ここに入って来た人びとがどういう人たちなのか、世話人になった私たちも知らなかったが、

『週刊朝日』の記者がその人たちに会見してそれぞれの独自の経歴と動機をしらべて記録をつくってくれた（『週刊朝日』六月三十日号）。列の中に入って来た人たちは、今度はすぐに、列外の歩行者たちに呼びかける。「一般市民の自由参加の会です。一緒に歩きましょう。」今までに、すでに五度、集会やデモがもたれたわけだが、二度以上参加した人たちは自分であたらしくプラカードをいく枚も人の分までつくってもって来たり、みんなにわけるためのおべんとうをつくってもって来たりした。自由に集まった市民が自分たちであたらしく秩序をつくることができるという人民政府の一つのヒナ型をそこに見るような気がした。堺利彦の娘の近藤真柄さんは、六十すぎと思われるが、六月四日に一緒になって以来、六月十八日夜半のすわりこみのときをふくめて、いつも見える。明治以来の大衆運動の歴史の中で、道を歩いている市民が参加して列が長くなってゆくような場面が日本に来るとは、考えられなかったのではないか。何かそういう感慨をもって、近藤さんたちは市民の行進について歩いているように思う。

もう一つ、この会のビラをつくっている中にビラが詩になった。安田武氏の作。それに曲をつけようという話がもちあがったのが、十三日（月）の夜。今までの軍歌のようなデモの歌とがらりとかわって、童謡ふうにのびやかなデモの歌にしたい。「ひよこが三匹」をつくった中田喜直氏はどうか。そこで中田氏に電話をかけたら、夜半にかえるという。ほんとうの深夜に一面識もない、しかも職業のジャンルもかけはなれている中田氏に電話をかけると、彼は話の趣旨をすぐわかってくれた。翌日、歌の文句をとどけると、そのあくる朝、あたらしくつくった曲を寄付してくれた。すぐにガリ版にきって、十五日午後のデモには、それを歌って市民の行進があった。これは、一日半でつくられ、歌われた「声なき声の行進歌」の由来だが、こういう話は、五月十九日以来、各地に数知れずあるだろうと思う。十年前に木下順二は、能にふれて書いたエッセイの中で、劇がはじまる前に、すでに観客の中には何がおこるかわかっている。それでこそ、テーマ（主題）が、しっかりとそこにあると言えるのだとのべた。五月十九日以後、日本の市民層の中では、このような仕方で、独裁者岸首相に反対するというテーマができていた。このテーマについての把握がすでにあるために、知らない人に電話をかけても、電話一本で即座に事業がすすんでゆくのだった。電話がこれほど役にたつとは今まで考えてもみなかった。「電話で失礼ですが」というあいさつのことばは五月十九日をさかいにわれわれのあいだでは消えてゆくのではないかと思う。

主題のヒビワレ

六月十五日（水） 早朝からゼネストがあり、総評、中立労連系の百十一組合、五百八十万人が参加した。その規模は六月四日のゼネストよりさらに大きい。ゼネストの後、国会周辺にむかうデモは、三十三万におよんだ。

政府は、十日の米国大統領新聞係秘書ハガティー氏包囲事件後も、米国大統領訪日の計画をかえず、すすめている。それだけでなく、ハガティー氏包囲事件の責任を追及して、法政大学、東京教育大学に警官をいれてしらべたことで、両大学の教授会は大学自治の侵害としてこれに抗議し、まえから要望されていてできなかった学生・教師の共同行動の条件が、岸内閣のかさねての攻撃を機会に、一挙にできた。未だかつてみないほどのあつみをもつ教授団が、国会のわきにたたずみ、夜はすわりこみをし、夜半すぎてから突如として武装警官のなぐりこみをうけて、多くの負傷者を出すようになる。

午後五時すぎ、参議院通用門付近で、右翼のトラックが全学連のデモ隊につっこみ、クギのついた棒でおそいかかり、六十人の負傷者を出した。警官は、これを見ており、右翼の攻撃がくぎり目に来てからわって入った。午後六時すぎ、全学連主流派七千名は、衆議院南通用門のトビラをひきたおし、バリケードとしてならべてある警官のトラックをひきだし、国会内に入った。構内に入ったとたんに、警官隊に退路をたたれ、警棒でたたかれて負傷者約五百名を出した。東大女子学生樺美智子さんは、死亡。

このあと、学生たちと警官たちのあいだににらみあいが夜半すぎまでつづいた。警察のトラック二十台が焼かれた。午前一時半、警官隊は催涙弾を発射し、国会外の学生たちにおそいかかり、なぐり、けり、つかまえた。検挙されたもの二百二十七人。負傷者は、大学教授たち、ラジオ、テレビなど報道関係者をふくめて、数しれない。とくに、ラジオ関東のアナウンサーは、「今放送中でありますが、警官隊が私の頭をなぐりました」という大放送をしたそうである。

政府は午前零時すぎから臨時閣議をひらき、「事件は国際共産主義の企図におどらされた破壊的行動である」と声明した。

この日も、「声なき声の会」の行進をするというので、日比谷公会堂前に集まった。それはちょうちんをもってきらくに歌いながら歩く、なるべく明るいのびやかな行列にするつもりだった。ちょうちん屋とゆきちがいになってしまった。いつまでも待っているわけにもゆかないので、本隊は出発することにし、世話役の判沢弘さんと私と二人のこってちょうちんをとりに行った。二人で手いっぱいのちょうちんをかかえ、本隊を追って国会前まで来ると、いたるところに負傷者がすわり、どこにどこの大学生がいるのかわからないほど混乱している。全体の状況は誰もわかっていない。身許不明の女子学生が死んだというしらせが、学生たちのあいだをながれてゆく。ひと山のちょうちんを壁のところにおいたまま、「声なき声の会」の本隊を追ってゆくと、首相官邸前にいた。とにかく、そのまま、ちょうちんに火をつけ、「一緒に歩きましょう」の歌を歌って、新橋をぬけ、八重洲口まで歩いてわかれた。「市民のみなさん、勇気を出そう」という歌の言葉は、つくられたときにはどういうわけで歩くことがそれほどの勇気を必要とするのかわからなかったが、右翼や警官のおそいかかってくる危険をおかして子供づれの市民のグループが歩いてゆくという今の状況の中で、生きて来た。

あとで「声なき声」の行進の参加者の一人両沢葉子さんは、言った。「私たちが国会のわきまで来たときに、学生たちが、行かないでくれ。一緒にいてくれと泣くようにしてたのんでいたのです。そのときに、しばらく私たちの仲間はそこにたっていたのですけれど、他の労組のグループはどんどんとおりすぎていくし、私たちのグループのリーダーが進もうというので、はなれていってしまったのです。あのときリーダーの人が、私たちの隊を二つにわって、のこれる人はのこるし、のこれない人はもっと行進をつづけて流れ解散するように言っていただけたら、一番よかったのじゃないかと思います。」

私にとっては未知の人であるこの参加者の意見が、今まできいた中で一番正しい判断のように思う。しかし、それは、国民会議が六月十五日のみならず、六月十八日にも固く禁じた指導方針である。こうして学生たちは孤立し、自分たちの才覚だけにまかされ、もっとも人数が薄手になった未明に打ちたおされた。

「声なき声」の行進が八重洲口で流れ解散したあと、私たちは何人かで、国会前にかえり、学生たちの中に入った。その途中、何人かの母親たちが学生たちのまわりにいて、ハンケチや繃帯を供出しているのを見た。それから、いつも、「声なき声」の行列の最後尾について、道ゆく人に「お入りになりませんか。お入りになりませんか。」と泣くようにくりかえしたのんでいる中年の婦人にばったりゆきあった。

「今日は、『声なき声』には来られなかったのですか?」

「はじめにはいたのですけど。私の息子が早稲田に行っていて、ここのどこかにいるものですから、気になって。」

そうして、気持のおちつかぬふうで、むこうに歩いていってしまった。七千人の混乱の中で息子をさがしあてることはできないと思う。しかし、このとき、「声なき声」に入ってくる人の思想の根のようなものにふれたと思った。あのお母さんは、息子たちの仲間が孤立し危険な状態におちることを恐れていたのである。だから、道行く人の一人一人に、何とかして列にくわわって、国会をとおまきにでもして息子たちを守ってほしいと思っていたのだった。一般市民の気持ちは、そういうものだったと思う。この気持ちのながれと、共産党、社会党、総評などの団体の上部役員の連絡機関である国民会議の指導方針とは、かなりはずれたものだった。それらの各団体は五・一九を機会に、自分の団体を強化しようと努力していた。一般市民の気持ちとしては、マルクス主義にも、トロツキズムにも関心がない。ただ腐敗した政治の中にむかってつっこんでいっている学生たちを助けたいという感情があるのだ。実はこのために、穏健な一般市民の運動が、急進的な学生運動とかよいあう構造をもつことになる。整然とデモをくみ、挑発者の入ってくる危険を排除し、危地におちた学生たちをよそにすすんで流れ解散してゆく方針は、たとえ、それがもっとも純正なマルクス主義の体系の把握の上にたつ行動だとしても、この市民の立場から見るといいかげんだと考えざるを得ない。

夜はふけてゆき、学生たちは警官隊とにらみあっていた。その中に、「国民会議が緊急動員をかけたから、今に労組の組合員が来る」というニュースがながれて来た。それでは、労組の人たちが新手となって交替してくれるまで、そのしばらくのあいだだけこの場をもちこたえればよいのだ。学生たちの心の中には、女子学生が殺され、五百人以上の青年の学生たちが警官隊にきずつけられたことにたいして、労働者と市民の怒りが燃えあがっているものと思われた。あとしばらく、いくらなぐられても、素手のままここに警官たちの前にたちはだかっていればよい。

しかし、労組の人たちが来るということが誤報であったことがわかったことさえ次の日のことであった。なるほど、国民会議は、緊急動員をかけはしたが、それは、翌日午前十一時に集まれというものだった。私はニュースをあやまりきいて、ぬかよろこびしていた学生たちの表情を忘れることができない。もし、国民会議の指揮の下に、労組の人びとが国会にむかってもう一度もどって国会をとおまきにしていたら、次に学生と教授団をおそった催涙ガスと警棒の乱打と逮捕はさけ得たかもしれない。それがなされたとしても、のこった学生たちと労働者はもう一度、国会前にもどって、整然と警官隊とむきあっていることができたろう。この状態で学生たちの運動をトロツキズムと分類し、大衆運動をうらぎるものと評価する、その思想史的知識の応用の仕方に私は反対する。

学生たちはいらだって来た。最初の乱闘で死者・負傷者を出してからすでに六時間たっている。警察のトラックがいくつか焼かれはじめた。全学連の指導者はとめてはいるが、とまらない。やがて一時半、ぱんぱんと音がして前列のほうがあかるくなった。急に眼がからくなったように感じた。ほとんど同時に、鉄カブト、警棒に武装した警官隊が、素手の学生大衆にむかっておそいかかって来た。私は学生たちの中にいたが、どうして検挙をまぬかれたかよくわからない。となりの見知らぬ女の人の返り血をあびてジヤンパーが赤くなった。その人は、私にしきりに「警察の人ですか」とたずねていたが、そうでないと知ると安心したようだった。学生ではなく、つとめているのだが、学生たちの中に入って来たのだと言っていた。もう一人、これは何度かあったことのあるサラリーガールが、靴も靴下もなくなり、はだしでほりばたを有楽町にむかって歩いてゆくのに会った。この人たちは、ほんとうは学生たちが先頭にたって動くのが正しいとは思わないが、しかし、今の運動の先頭にたって一生懸命やっているのは学生たちだから、労組からはなれて一人で決心して来ているのだといっていた。

有楽町に行くと、学生たちが道路のわきにすわっていた。私は、数年前から知りあいの工大生のSともう一度、国会前の現場にもどってみた。警官にけちらされてそのままかえることが残念だった。もう一度かえってそこにすわっていたいと思った。そういう気持ちをもったものもいるらしく、ばらばらに、学生たちはかえって来ていたが、大きな集団をつくってはいなかった。新聞社の人たちから、昨夜労組の人たちに緊急動員がかかったというが、それはどうなったのかときいて、ようやく、前に書いた真実を知った。われわれは、有楽町までかえり、学生たちと相談して、始発の電車でかえった。その日の午後のデモも、またその次のデモもさらにひろがり、十八日の国会周辺のデモは三十三万人（国民会議発表）となり、五月十九日以後最大のものとなった。

同じ主題をとらえなおそう

六月二十三日（木）　批准は終り、日米安保条約が発効した。岸首相は、退陣の決意を表明して次のようにのべた。

「私は責任ある政府の首班として今日まで世の毀誉褒貶をかえりみず、一身をなげうって、ひたすら国の興隆と国民の幸福のために微力を傾けました。（中略）ここに私はこの歴史的意義ある新条約の発効に際し、人心を一新し、国内外の大勢に適応する新政策を強力に推進するため、政局転換の要あることを痛感し、総理大臣を辞するの決意を致しました。」

上野駅からタクシーにのると、運転手が言った。

「学生があんなところで金集めているけれど、金なんか集まるもんかね。おれだったら、津波（チリ津波）のほうに金をいれるね。政治は政治家にまかせておいたらいいんだ。おれののせるお客の五十人の中、四十人までは、そういうね。」

タクシーの運転手は、デモのために収入がへっている。だから、「デモにゆく人なんか、お客としても、のせたくないね」と言うのだ。

五月十九日から六月二十三日まで、ひと月以上もたっている。六月二十三日をさかいとして、われわれはあたらしい局面に入った。このひと月の試行錯誤の上にたって、何が、これからの局面での行動のしるべとして持ちこされるか。わりあてられた紙数はつきた。以下走り書きとして書く。

(1) 今からひと月と五日前に、私が今日のような状況の出現について予測をもち得たら、あれもできたし、これもできたと思う。だが、そのような予測を私はもっていなかったということの記憶をしっかりさせておかなければならない。今後についての予測もまた、つねにまちがいうる。

(2) 私は教師だったが、学生をもっとよく知っていたらよかったと思う。教師をやめた今のほうが、深い結びつきを学生とのあいだにもっている。これは、日本の大学制度がどんなものであり得たかについての悔恨をふくんでいる。教師と学生との協力によってこれから計画する帰郷運動の形に、このような悔恨は生かすことができる。

(3) 今までの運動の展開の仕方の中に、こう動けたならばそれが勝利のきめ手となっただろうと思われるようなきっかけはあったのか。私はなかったと思う。

(4) では、今までの運動方針を出して来た国民会議と全学連は、よりよく動くことはあり得なかったのか？　全学連は、けが人を出さないようにもっと配慮してもらいたかった。だが、全学連にけが人が出ないためには、国民会議指導下の労組がもっと学生たちを助けて、とおまきにしてでも学生たちを支援していたら、状況はより有利に進展していたと思う。完全な勝利がこのことをとおして得られたとは思わないが、六月十五日の時点でもっと徹底的に力をあわせておすことに成功すれば、その場で岸首相退陣・解散へせまり得たかもしれない。六月四日のゼネストを激化しようとした全学連主流派を抑え、国鉄労組の指導のもとにゆるやかなストライキをおこなったことについては国民会議の方針が正しかったが、六月十五日に危地におちた学生大衆をかばおうとしなかった国民会議の方針が正しかったとは思えない。ある状況で正しい方針も、別の状況に移し植えてそのまま正しいというわけにはいかない。

(5)　反岸運動に参加している学生、組織労働者、一般市民、中小資本家（農民的部分はまだない）のよりよい結合の方法は、五月十九日、六月四日、六月十五日、六月二十三日のどの時点においてもあった。よりよい結合をもとめる声は、この運動に参加した大衆からあがっているが、現在のどの既成組織の指導部も、それにこたえていない。六月二十三日以後は、この問題が、運動の進退を決定することになる。岸首相という見事な敵のシンボルを失ってから後は、これら異質の部分の結合は、外部の状況にたよってはできず、運動内部から工夫し創造されなくてはならない。今のままでは、農民の中に深く入ってゆく指導方針をつくりだすことができると思えない。

六月二十三日以後は、外部の条件の変化に、勝敗のめどをもとめては失望するばかりであろう。おそらくは来年にかかる長期戦の中で、今後の勝利とは、五月十九日—六月二十二日の段階で成立した連合戦線をくずさずにもちこたえるということにある。このことを現在から来年にかけて持続することができれば、当然に新大統領の下におこるアメリカのアジア政策の転換にさいして、日本の民主統一勢力は独裁的官僚主義勢力を孤立化して排除することに成功するだろう。

すわりこみまで——反戦の非暴力直接行動

この前の戦争のころからひきずっている問題からはじめる。開戦の当日だったと思う。その直後だったことは、まちがいない。そのころ親しくしていた外務省の官吏と話していて、この戦争をやらないほうがよかった、とくどくどといっていると、急にかれが、

「じゃあ、どうすれば、よかったんだ」

と、かなりの怒りをこめて言いかえした。

その状況を、私は戦争中、何度も思いかえしたし、戦後も思いかえした。いまも、そこにかえってくる。この対話は、それ自体としては、かわりばえのしないものだが、その中に、官僚としての考え方と私人（官僚でない人）としての考え方の二つのモデルの対立があらわれているように思う。

官僚の考え方は、すでにしかれているレールの上で、その先をどう行くかを思案する。既成事実は手つかずにおいて、その上に未来をくみたてる。私の友人は、日米戦争が日

本の敗北をもたらすことを知っていたし、これを支援するだけの根拠のないものだということをみとめていた。だが、かれの考え方には、レールの外にふみだすという可能性がとらえられることはなかった。

国際政治は国家と国家との対立を中心として展開される。国家は、巨大な官僚機構によって運営される。官僚機構をささえる官僚たちの考え方は、すでにしかれたレールの先を、どうついでゆくかに限られてゆきがちだ。そうして、くりかえし、手づまりがくる。

私人の考え方は、それが官僚政治のレベルで、どのような手続きで実現されるかをとびこえて、何がいいか、何が悪いかという太い線でとらえる。だから、逆にいえば、官僚の側は、私人の集団としての大衆にたいしては、法律上の手続き論とか現実的利害の計算をとびこして自分たちの決定した政策を、正義としてつねにうったえる方法をとる。ほんとうはよくはないが、手続きにしばられてこうきめた、というようなことはあまりいわない。

日本では、官僚だけが公けの立場を代表するという空気がつよく、公けの問題は、すべて官僚が解決してくれるという考え方にかたむきやすい。官僚のすることを批判する公けの基準が、戦前には勅語に求められ、戦後には世論に求められる。勅語に求められる場合は別格として、世論に求められる場合には、つねに量が問題になる。量は全体としては、マス・コミュニケーションの影響の下におかれ、独占資本の操作にゆだねられる。この状態から世論をすくいだして体制を批判しようという動きもまた、量をつくりだすことに熱中する結果、きわめておざなりな画一的な意見の束をつくってしまう。私たちは、官僚がそのまま公共だという考え方をこえ、世論の量が公共だという考えをもこえて、官僚であろうとなかろうと、量として大きくとも小さくとも、社会全体の問題を考えるところには公共の立場がなりたつという方向に進み出るほうがいい。公共の立場にたって考える私人の権利が、いまあらためてつよく主張されることが必要だ。

べ平連が八月十一日から十四日にかけてひらく日米市民会議は、日本とアメリカの自由な私人が、私人であることを活用して自由にしゃべるための一つの機会である。この会議の発案者小田実は、書くことにまさるしゃべることの値うちをかねてから力説していた。かれが、日本の中でのしゃべりあいの促進運動にあきたらず、アメリカ、ヨーロッパまでわたって、一緒にしゃべる運動を進めてきたことには、きっと意味があると思う。

あつまる人たちが政府内の官僚として責任をもつ人でないということは、この会議に、日米閣僚会議よりも根源的な性格をあたえる。アメリカ政府はベトナムでベトナム人とたたかう戦争を進めている。この戦争をすすめるアメリカ政府を日本政府は支持し、これに協力している。このような日米政府間の協力にうたがいをもつ私人があつまって話しあうということから、日米の新しい関係への展望がひらける可能性はあると思う。こういう小さな私人国際会議が、日米のあいだだけでなく、他の複数の国々の私人のあいだに、いくつもうまれて活動し、相互に連絡をもつことを通して、新しい世界の形への展望がひらけるのではないか。

市民間の新しい連帯

しゃべるというのは、戦後の日本では十分に尊重されてはいないものの、ともかくひろくゆるされている意見の発表形式である。この形式を、自由に、最大限に活用することが望ましい。しかし同時に、しゃべりつかれたあとの気おちをどうするのか。しゃべることの意味が、何かの仕方で、他人とはいわないまでも、すくなくとも自分の生活の中にしみとおり、それをかえてゆくことがないと、しゃべることのあとにくる反動がひどさをましてきて、やがて、しゃべることをやめることになりかねない。しゃべること以上のところにふみだすことが、しゃべることを保つためにも必要だ。私たちの日常の生活を通して、しゃべることの意味を別の仕方で表現ができればいいのだが。

ここで、もう一度、戦争中の記憶にもどって考えてみる。戦争中、私は、戦争に反対する何の行動もすることができなかった。反対の意志を日記に書きつける。信用できると思う人にしゃべる。それ以上のことは何もできなかった。しようと思うのだが、指一本あがらなかった。その時の奇妙な感じは、いまもあざやかにおぼえている。戦争にたいする絶望感よりも、自分にたいする絶望感のほうが深かった。

戦後数年たってから、指一本あがらないという自己意識はうすれてきた。しかし、こでしまうのではないかという恐怖感をぬぐいさることはできない。

問題は、この前の戦争の時のような状態がもう一度くるかどうかだ。

この前の戦争のただなかで、日本の軍国主義を否定する立場に身をおいて『戦中手記』を書いた詩人鮎川信夫は、敗戦後には吉本隆明に触発されて、「戦争責任論の去就」その他一連のエッセーを書き、詩人たちが自分たちの戦争責任を回避したまま戦後の反戦運動の側に身をうつすことを非難した。この同じ詩人が一九六一年には、「政治嫌いの政治的感想」を書いて、安保反対運動に参加しなかった理由を書いている。

それは、安保反対運動に反対だったから、というのである。

安保反対論者は、「安保がないと中ソに侵略されるから安保があったほうがいい。かつてソヴィエトは日ソ不可侵条約を一方的に破ったことがあり信用できない」という議論に反対して、そういう見方は一方的だという。第一に日本軍はソ連に侵略できるような態勢をととのえていたのだから、ソ連が一方的に不可侵条約を破ったと非難する資格がない。第二にソ連が日ソ不可侵条約をおかしたのは、ヤルタ会談でむすんだ米英との約束にもとづくものであり、そのことにたいしてはソ連だけでなくアメリカも責任がある。このような弁明の仕方に、鮎川は納得することができない。それに、これはもっと根本的なことなのだが、新聞が新安保強行採決に反対の意見を大きく書きたてると、それに乗じてわっととびだすような大衆運動がまんできない。新聞をアテにして、新聞の論調の上に反対運動をきずくような進歩的文化人の論理には、あきれはてるというのだ。

「詳しく知りたい人は、『ハンドブック』(『世界』一九五九年十一月号の付録「安保改訂ハンドブック」)の全体にわたって、今からでも遅くはない、仔細に検討するがよろしかろう。進歩的文化人の論理の過ちの総決算を、あたかもパノラマをみるように愉快に見物することができる」(鮎川信夫「政治嫌いの政治的感想」『政治公論』一九六一年二月、第四一号)

鮎川によれば、自衛隊くらいの防衛力を目のかたきにして、ソ連がせめてくると考えることは、現実的な推論とは考えられない。自衛隊がどこかの国に侵略をはじめるだろうと本気で考えることがバカげている。すでに絶大な軍事国家となった中ソが、日本の自衛隊くらいの兵力による侵略をおそれているなどとは思えない、というのである。

この鮎川の議論は、六年前の安保強行採決反対運動にあるていどあてはまるだけでなく、大衆的規模の政治運動にもひろくあてはまるものだと思う。私人の大集団による政策批判の運動は、(ある一時期だけ相対的に政治の動向からはなれた)マス・コミュニケーションの煽動によりかかる場合が多いし、その推論の根拠も論理的に十分に考えぬかれたものではない場合が多い。だからといって、私人の集団による政策批判の運動が、つねに同じくらいバカげているとか、だから一切やめてしまうのがいい、と結論することはできない。鮎川の議論も、まっすぐにそういう結論とむすびつくものではないだろう（それに近い感じも少しするが）。

鮎川の議論は、大衆運動の政治論議は、おおざっぱな情報とあらっぽい推論の上にくみたてられる他ないものだから、知識人はこういうものを問題にしないことにして、政府の政策の根拠となっている情報の分析と政府のつくりだしうる政策の代案を工夫することに集中すべきだ、という解釈へと導くことがありうる（必ずそうだというのではない。私は鮎川の議論に啓発されて、これを他山の石として尊重するような大衆運動があらわれることを希望している）。

これを代案主義と呼ぶとすれば、代案主義にはいくつかの類型があると思う。一つは、官僚の考え方に身をよせて考えてゆく仕方で、これまで自分の国の政府がすでにしいてきたレールを無条件でうけいれて、その先のさまざまのありうる代案を検討するというのである。もう一つは、これまでのレールをさかのぼって、かなりのていどまで破ってやりなおしを考えるほどの自由を保って、同時代の状況の中で実現可能な代案を工夫する方法である。

二番目のもののほうが、政策科学の本格的な道すじだろう。専門的学者や知識人が、このことに力を主にさくということに反対はない。だが、代案を考えるという姿勢は、しばしば、第二の道から第一の道に近づいてしまう。そうすると、現在の当事者である官僚が見ることのできることしか見られなくなり、見ることのできないものの量が急速にふえてゆく。政策科学と、それにもとづく代案主義の限界は、論理的にあるというよりも、その担当者の身のおき場の知識社会学的条件によってきまってくるものだ。すぐれた仕方で展開される代案主義が、知識人にとっての第一義の道だと考えられるとしても、それにつよく反対しようとは思わない（私は、あとにのべるように、これを、知識人にとっての第一義の道と思っていないが）。

だが、警戒すべきことは、本格的な代案主義をとることが知識人の任務であると看板では主張しながら、その中身においては官僚的な考え方におちいってゆくことである。それは何も代案主義にかぎられることではない。どのような思想の流儀においても、このように、よりすぐれた道すじと、よりつたない道すじとが分れてくる。このことは言葉の意味のもつ条件からきている。俗流のおおまかな仕方で展開される思想の道すじは、それなりの意味をもっている。だが、精密を看板にして自他をあざむきつつ、実は俗流の粗雑な意味しか持ちえない考え方には、警戒を必要とする。

『朝日ジャーナル』の読者は、ここで私が代案主義と呼んだ思想的潮流の中にあるものと思うが、どうだろうか。もしそうとすれば、この週刊誌の編集者・執筆者・読者にとっては、より粗雑な代案主義から、くりかえしみずからをすくいだして、より精密かつ根本的な代案主義への道にもどるように努力することが、恒常的な争点として残るだろう。また、どんなにすぐれた代案主義があっても、代案主義の視野からおっこちてしまいそうな問題の側面の存在にたいして、自覚をもつことが必要になる。代案主義の性格を示す文章を一つ、引きたい。朝日新聞の記者によって、この『朝日ジャーナル』に書かれた記事である。

この文章の筆者は、アメリカに滞在中も、アメリカのベトナム政策にたいする批判をもちつづけ、もっているだけでなくアメリカ人にたいしてそのことを口に出してつたえた。そういう議論をあえてするというところに、筆者の誠意（それはアメリカにたいする誠意でもあり、同時に日本人、ベトナム人にたいする誠意でもある）が見られる。かれはアメリカ人のよいところをよく理解する。

「かれらはみんな愛国者だけども、小生が『日本人は少なくともジョンソン大統領よりは、アジアの心をよく理解していると思う』というと、『そのとおりだ』とほがらかに笑う余裕をもっていました」

こういうふうに、アメリカのすぐれているところを理解するのはいいことだ。しかし、アメリカにたいしてとられた、このすぐれた理解の方法は、ベトナムにたいしてはとられないようである。このことは、筆者の個人的な思考方法の特徴ではなくて、日本人一般の思考方法の特徴にも結びついている。かつて竹内好が明らかにしたように、日本人の思考方法は、優等生的な思考方法であって、「先生」と見たてられたものにたいしては注意を集中するし、その先生から吸収するところが大きいのだが、「先生」でないと考えられている生徒仲間とか「反面教師」からは、まなぶことができないのだ。

この記者は、アメリカの帰りにベトナムにたちよって、現地を見てさとった改革案として、次のような方法をのべる。

「一つの方法は、ちょっと時間がかかるけれど、ベトナムの優秀な青年をできるだけ先進国に留学させて（いまのように金持子弟の徴兵のがれのためのパリ留学でなく）、オレの国はこんなことでよいのか、と心から恥ずかしく思わせることです。いまは征韓論を押えた大久保利通ではないけれど、アメリカや日本で生活してくれば、仏教徒だのカトリックだの、宗教問題で血を流したりする時代でないと考えるものも出てくるでしょう。アメリカも、一日一〇〇億円を越す戦費のことを考えれば、大量の留学生を受入れることも可能でしょう。そして共産主義の戦いとは別に、かれら自身の手による国民性の改革を並行してやらぬことには、どんな形式の政府をつくったって、あまり希望がもてないような気がします」（松山幸雄「アメリカとベトナムの落差――聞くと見るとは大違い」『朝日ジャーナル』一九六六年五月二十九日号）

海外留学した少数知識人が、「先進国」でまなんできた学識を根拠として母国の大衆を指導するところに、ベトナム国民性の改革の道がひらけるというのである。学識をもつ少数知識人は、どれほどの期待にあたいするか。今日の「先進国」(ここではアメリカと日本があげられている)は、ベトナムの改革への意欲をわきたたせるような教育をベトナム青年にあたえるのだろうか。フランスへ留学したベトナム青年はダメだが、と書いてあるが、今日のアメリカと日本とは、フランス以上にベトナム人の模範になることができるだろうか。

この松山記者の文章は、彼が誠意と率直さをもつ人物であることを示すとともに、アメリカ批判をしながらも、自分の視点がアメリカ政府の官僚の視点と同一化してゆく過程をも示している。ここには、日本の学者や知識人がその中でくらし、その中で考えている知的環境の一つのモデルがあると思う。

「思想」回復をめざして

知識をもち、状況についての見通しをもつ人が、かならずしも状況打開のための行動をおこすものでないことを、まず確認したい。私は、自分の戦争下の記憶をほりおこして、そのことを自分について確認する。私は第二次世界大戦での日本の立場が正しいと思ったことはなく、日本が負ける以外の終末を考えることはできなかったが、同時に、戦争反対のための何らの行動もおこすことはしなかった。

それは、怠けぐせとか、物理的勇気の欠如というのとも少しちがう。というのは、物理的な苦痛としてはかなり痛い目にあって、ともかくも耐えたたし、軍からあたえられた雑用を必要以上に勤勉にやったからだ。自分の信じていない戦争目的のために、その仕事が直接に殺人に関係しないとはいえ、勤勉にはたらく自分がバカらしくて仕方がなかった。その勤勉なはたらきが、政府の命令にそむく行動の方向には、むかないのだった。そういう行動の起動力となる精神のバネが欠けていた。それは、知識の構造に欠けたところがあるためではなく、肉体の反射の問題だ。「思想」という言葉を、知識だけでなく、感覚と行動とをもつつむ大きな区画としてとらえるならば、それは思想の問題だ。知識としてはひろくこまかく正しくて、思想としてはもろい存在というものがある。知識人がつねにそういう存在だということではないが、そういう類型に近づきやすい存在、そういう類型に近づく危険をつねにもっている存在だということができる。

知識と感覚と行動とをつなぐ回路をどのようにして自分の中に設計できるか。そういう回路の見とり図をかくことだけでなく、実行の方向にふみだすことが大切だ。知識と感覚・行動が絶縁している場合、人は、大局的に見て権力者のいうなりにあやつられる。権力者が法律の細目をつくり、その解釈をも自分たちの政策にあわせるようにしてゆく時、細目まで法律を守るという姿勢は、きわめてゆるやかにわれわれの国家批判をより消極的なものにかえてゆく。権力者が法律を守るだろうと、われわれが安心して期待できる時には、われわれが法律をこえてまで何かの意思表示をすることは、ただ心の中で万一の時にそなえて練習していればよいことだ。

だが、いまの日本のように権力をもっている人びとが、平和憲法を守ることにあまり期待がもてない時には、法律の細目にふれる行動を通してでも、法を守ってくれとはっきり要求することが必要になる。そのための実地の練習をすることに意味がある。ベトナム戦争が、そのために適切な機会かどうかは、わからない。前にあげた鮎川信夫の論法をもってすれば、ベトナム戦争にアメリカの原子力潜水艦寄港や沖縄軍事基地の利用をもって協力している日本政府のやりかたは、それほどフンガイにあたいするものではなく、これを機会に米中衝突がおこって日本の自衛隊が戦力として利用されたりする可能性も大きいとはいえないかもしれない。状況の全体は計算されつくすことがない。数十年の後に現在を見るのでないと、確定的な反証をあげることはできない。

にもかかわらず、ふたたび鮎川の論法にもどっていえば、現在の日本の政治の中心には、開戦当時および戦中の日本の政治に責任ある人びとの集団がすわっている。それらがかつて無責任に戦争を推進して敗戦をもたらしたことを考えるならば、現在かれらが平和を守るためのさまざまの措置を約束するとしても、信じがたいと考えるのが当然であろう。もしも日本が、戦後にいわゆる自由陣営の一員として更生したのならば、軍国主義国家としての大死一番を記念して、戦時の指導者は政界の第一線から引退すべきだった。

幕末の政府内部にあって政局の転回を実現した勝海舟が、維新後の政府において大臣になったことには、十分の政治的根拠があると思うが、この勝にたいしてさえも、福沢は「瘠我慢の説」をおくって批判の意をつたえた。軍国主義時代の政治指導者たちの戦後民主主義時代でのけじめのないかえりざきは、維新以後の勝のかえりざきと同じに見るわけにゆかない。私が、日本の現在の政治についてこだわりを感じているのは、その点についてである。昔ながらのこの無責任な指導者にどこまでつれてゆかれるかわからないという恐れをもっている。

非暴力行動の意味

つれてゆくほうのほんとうの主体は、アメリカ政府で、日本の政治的な指導者は、そのとりつぎ役にすぎないのだから、次にアメリカの方針が問題になるだろう。私は大きく見て中国とアメリカの対立について、軍事的に孤立化され、封じ込められている中国の側を支持したいと考えるが、それもおおまかな計算にもとづくもので、中国政府の思想を細目までも正しいと思っているわけではない。

しかし、ことをベトナムにかぎると、ベトナム人の住んでいるベトナムに三十万人の兵隊をおくりこんで戦争をすすめているアメリカのやりかたが正しいとは思えない。ベトナムのことはベトナム人がきめたらいい。ほっておけばベトナム人が共産主義をえらぶというならば、どうしてそれをほっておかないのか。アメリカが自分たちの力で自分の国を守り、中国よりも、ソ連よりも、自由かつ民主的かつゆたかな文明をつくることを通して、他の国々に影響をあたえるように根本的に自己改革をする必要があるだろう。こういうおおまかな状況把握は、まちがっているかもしれない。そういう自己限定は失いたくないと思う。私は、戦争中から殺人をさけたいということを第一の目標としてきた。その信念の根拠を自分の中で求めてゆくと、人間には状況の最終的な計算をする能力がないのだから、他の人間を存在としてなくしてしまうだけの十分の根拠をもちえないということだ。殺人に反対するという自分の根拠は、懐疑主義の中にある。だから、私はあらゆる死刑に反対であり、スターリンによるにせよ、アメリカ政府によるにせよ、また東京裁判のような形をとるものにせよ、政治裁判による死刑執行を認めることができない。まして戦争という方式で、国家の命令でつれだされて、自分の知らない人を殺すために活動することには強く反対したい（論理的には、これはベトコンによる殺人にも反対ということになるが、それはアメリカ軍が撤退したあとで、殺人行為がなされた場合のことだ）。

　そういう懐疑主義の原則と、自分の底に国家批判の精神のバネをつくりたいという理由のゆえに、私は、ハノイ、ハイフォン爆撃のつたえられた翌日から三度ほどアメリカ大使館前のすわり込みに参加した。この計画は、昨年十二月からすすめており、ハノイが爆撃された場合、核兵器が使われた場合、アメリカが宣戦布告した場合には、アメリカ大使館に意思表示し、沖縄を含む日本の軍事基地が明白な仕方でベトナム攻撃に使われた場合には国会に意思表示しようということになっていた。

　グループは、非暴力反戦行動委員会という名前の小さな独立集団で、代表者は栗原幸夫である。このグループのやりかたは独創的なものではない。プログラムのくみかたでは、ラッセルらの百人委員会のビラからまなんで、合法部分と非合法部分とのくみあわせを考えた。事件のしらせがあってから即刻のデモはとどけ出るのがまにあわないから、それ自身非合法だし、すわり込みも非合法ということになる。これにたいする罰をうけることに、すべての人びとをさそうわけにいかないから、一緒にいるということだけで一致する人びとをひろくさそうことにした。これまでのところ、ひどくけがをしたものはないが、これからどうなるかはわからない。

直接行動としても、このグループが日本で最初のものではなく、京都の野村修らの青年行動委員会がベトナム戦争反対の目的で同じことを去年から今年にかけてやってきた。また日本山妙法寺は、藤井日達上人の指導の下に、戦後二十年間を通じて、一貫して反戦非暴力直接行動をつづけてきた。私たちとしては、私たちのまだ知らない、志を同じくするさまざまの集団と連絡して今後を考えてゆきたい。

なぜ非暴力の形をとるのか。その根拠は、これからくりかえし討論される必要がある。久野収の評伝（『世界の知識人』講談社、一九六四年）によれば、ガンジーは、自分を弾圧する相手もまた人間性を共有しているから、相手の人間性をよびさます方法として非暴力直接行動を考えた。その底には、真理把持（サチアグラハ）の思想がある。私は前にのべたように、懐疑主義の根拠にたつので、共通の人間性と不動の真理とを、非暴力直接行動の根拠としてとらえることはできない。これが真理だと他の人びとにすすめる確信をもたないままに、自分の根拠を人に明らかにすることができるばかりだ。私としてはこうしないと、自分の同一性が失われると思うからこういう行動をとる。

三つほど非暴力についての感想をつけくわえて、この文章を終ることにしたい。

(1)　非暴力直接行動をとる場合、その効果の考慮は二番目のことだ。第一のことは、この行為が自分の反射を新しくするだろうという期待だ。政治的効果については、確信はもてない。ジョージ・オーウェルは、そのガンジー論の中で、ガンジーの非暴力運動が大きな政治的成果をあげることができたのは、その相手がイギリス帝国主義だったからで、相手がナチス・ドイツだったら同じ行為は状況に適合しなかっただろうとのべた。『ザ・マイノリティ・オブ・ワン』というアメリカの雑誌は、ベトナム人の焼身自殺という非暴力直接行動の極端な形が今日のアメリカでは「きちがいのすることだ」として通っており、何の反省のきっかけにもなっていないことから見て、アメリカ国民の現在の精神状況は、ナチス・ドイツの精神状況より悪質だとのべる。非暴力直接行動が、日本の政府にたいして、またアメリカの政府にたいして、適合した方法だという保証はない。

(2)　日本山妙法寺の藤井日達上人は、現在の物質文明がゆきづまっているという論議の上にたって、その非暴力直接行動をすすめる。その点で、私などと意見がちがうだろうという表情をもって対された。私は藤井上人に同感だ。ベトナム戦争が終ったら、それで世界がよくなるとか、社会主義になれば、それで世界がよくなるというふうに考えることはできない。根本的な仕方で、いまの文明のもっている価値の均衡感覚がかわらないと、いけないという気がする。非暴力の思想は、カーペンターの言う意味での「文明の救治」、さらには進歩という観念の改定を要求するところまでゆくと思う。そういうところから今の文明をのぞきこむ時には、自分に対している警官を憎む気持はおこらないだろう。

(3)　非暴力直接行動が、戦争反対のただ一つの道だと考えることは、あまり感心したことではない。どんな仕方ででも戦争に反対する道すじが捜しだされればよいのだ。武田繁太郎という小説家が、「『ニューヨーク・タイムズ』に反戦広告を出すなんていうことをしているのはくだらない連中だ。スペイン戦争に従軍してたたかったマルローやヘミングウェイはえらかった」といってベ平連のなまぬるい平和運動に水をかけていた（武田氏はマルローやヘミングウェーをほめているが、自分ではベトナムに行ってたたかうわけでもないらしい）。ベトナムで、十代の尼さんが焼身自殺をしている時に、天下泰平の日本では、五円、十円とあつめてアメリカに反戦広告を出そうとしている。その両者のくみあわせの奇妙さを恐れずに進めるところに今日の平和運動があるのだ。

非暴力反戦行動委員会もありうるし、ベ平連の反戦広告や市民会議もありうる。そしてそれらにくわえて、代案主義もありうる。

たとえば政治学者の衛藤瀋吉の「不介入の論理」に私は賛成のところが多いし、自民党の宮沢喜一の憲法論にも共感をもつところが多い。ただ、先進国に留学できず、ベトナムで大衆行動をしている連中は、バカだと考えるような型の代案主義はつまらない。

一つの思想的流儀が、それ自身として、悪人のものであることはないし、それ自身としても善人のものであることもない。私は唯名論者だし、折衷主義者だ。すぐれた代案主義が育ち、そのためのきっかけに直接行動がむすびつくことがあれば（それにも論理的な保証はない）、よいと思うだけだ。ここに見とり図を書いたよき折衷の実現する可能性も決して大きくはない。悪しき折衷におちいる危険を排することはできない。

おくれた署名

『ニューヨーク・タイムズ』に反戦広告を出した時、いろいろの批評があった。その中で、署名のない声明は無責任な感じをあたえるというのが、まじっていた。

批判をしたのは、ノーマン・ウィルスンというクエーカー派の平和活動家で、前に彼が日本に住んでいたころ、私はあったことがある。

私は、この批判を新聞で読んで、なるほどと思った。私たちが、この広告を出す時に、ただ「べ平連」とだけ署名して、個人名を書かなかったのは、アメリカ人は、私たちの名を誰も知らないだろうからという、日本流のへりくだりのためである。しかし、アメリカやヨーロッパの習慣からすれば、名前が知られているにしろ、知られていないにしろ、声明には、その声明にたいして責任をもつ誰か個人の署名が必要と考えられている。ウィルスンが言ったのはそのことだろう。

発案者、開高健の署名だけでも、あったほうがよかった。今度この本（鶴見・開高・小田編『平和を呼ぶ声』一九六七年、番町書房）に公表されるお金のおくり手の手紙は、あの広告の主がどういう人々であるかを、はじめて明らかにする。一昨年の広告に署名がなくてよかったと弁解するつもりではないのだが、今この本を出すことによって、一年半おくれて私たちは、一昨年の反戦広告に署名を付することができた。このようにして広告主を明らかにすることは、呼びかけ人少数の名前で広告を出すこと以上に意味があると思う。

反戦広告には反対だという反響もあった。西崎京子の「ロサンゼルスの日本人」（思想の科学研究会会報五〇号）によると、反戦広告がのったすぐあとの十一月十九日（金）の『羅府新報』に次のような記事がのったそうである。

或る提案　　山下上人

京大教授桑原武夫（きゃうだいけうじゅくわはらたけを）、作家開高健氏等（さくかかいかう?しら）が参加（さんか）している「平和団体」（へいわだんたい）が、「ニューヨーク・タイムズ」に広告（くゎうこく）を出すという。ベトナムの平和（へいわ）を呼（よ）びかけ、北爆（ほくばく）を中止する様（やう）に、アメリカの国民（こくみん）に訴（うった）へるつもりだという。

我々（われわれ）アメリカに住（す）む日本人には、北爆（ほくばく）の意味（いみ）が非常（ひじゃう）によくわかって居（を）り、日本の言論界（げんろんかい）の人々やインテリ層（そう）の連（れん）中が我（われ）も我もと反米熱（はんべいねつ）をあほりたてて居（ゐ）るのを見（み）るのは、実（じつ）に切歯（せつし）の至（いた）りである。いわんや、その反米熱（はんべいねつ）をアメリカへ持（も）って来て、「ニューヨーク・タイムズ」等（など）に広告（くゎうこく）を出すというのだから、我（われ）々として、実（じつ）に迷惑（めいわく）千万と言（い）わざるを得ないのである。

それを我（われ）々は黙（だ）まって見（み）て居（を）ってよいのであろうか？　私（わたし）はここに一つの提案（ていあん）がある。それは我々の方（はう）から、アメリカのベトナム行動支持（こうどうしじ）の決議文（けつぎぶん）或（あるひ）は声明書（せいめいしょ）を日本の新聞（しんぶん）へ広告する事（こと）である。それは地方的（ちはうてき）でもよい。団体（だんたい）としてでもよく、又、地方の有志（いうし）としてでもよい。我々は今（いま）、早速（さっそく）この運動（うんどう）を始（はじ）め、成（な）るべく、アメリカの全（ぜん）日系（けい）人の運動として発展（はってん）させなければならない。

さしあたり、今回羅付《ママ》（らふ）で催（もよほ）される加州（かしう）ガーデナー大会でもそれを決議（けつぎ）すべきであろう。又（また）、市民協会（しみんけふかい）がこの運動のイニシアチブをとる事も考（かんがへ）られるのである。或（あるひ）は、各県（かくけん）人会等が、アメリカ支持（しじ）の決議文（けつぎぶん）を作（つく）って、それぞれの故郷（こきゃう）の新聞（しんぶん）へ送（おく）るのもよい事（こと）であろう。

日本を中共（きょう）と結婚（けっこん）させ、心（しん）中する様（やう）に働（はたら）きかける日本の知識（ちしき）人の無謀（むぼう）を食（く）いとめるのは今（いま）である。諸君（しょくん）の賛同（さんどう）を求（もと）める次第（しだい）である。

漢字のあとにすぐひらかなをかっこにいれてつけているのは、アメリカに住んでいる日系米人（一世、二世、三世）が、漢字を読みくだす力を失ってきてるからだろう。山下上人のこの提案は、実現したということをきかない。べ平連の反戦広告につづいて松田守弘という人が、おなじ『ニューヨーク・タイムズ』の紙面を一ページひとりで買いきって広告を出した。これも反戦広告だった。日本人であってアメリカの新聞に広告を出した例には、ベトナム戦争支持の広告はない。戦争支持の声は、これまでのところ、反戦運動をひやかすという仕方でしか、あらわれていない。民間の声としては、そうだ。しかし、日本政府の公式の声明、政府が海外におくっている日本の外交官の言論と行動としては、ベトナム戦争を支持する日本の声だけがつたえられている。日本政府の声は、日本人の支払う税金で海外におくられているので、（世論調査によれば）日本人の五パーセントくらいにすぎないアメリカのベトナム戦争推進政策支持の声を、日本の公式の意見として世界につたえる日本政府の声明を、税金外のお金をあつめてうちけす仕事が必要とされてくる。

ここに集められた手紙の束は、量としてこれまでに明らかにされたベトナム戦争反対の世論が、どのような質をもっているかを明らかにする。新聞の見出しによってあやつられただけの意見、革新政党のかけ声に同調するだけの意見とは言えない実質をもつ意見が、それらを伝える人々の姿とともにここに明らかにされている。

手紙の中に、ベトナム戦争の問題を、家族会議で考えたというものがかなり多くある。このことは、戦後の日本の社会思想の性格をよくあらわしている。息子が千円だした。息子が千円なのに親も千円というのもどうかと思うがといっておなじく千円おくってこられた船員の手紙がある。戦前の家族とちがって、戦後の家族は平等のメンバーの関係であることが、うかがえる。千五百円のおこづかいのうち、二百円をさいて、反戦広告費をおくるという手紙も、今の高校生の予算とその中に反戦意識のもつ比重がわかって興味がある。

家族会議だけでなく、職場会議、学級会議、ヤキトリ屋の会議などを舞台とした手紙が書かれている。

反戦広告を出すという運動が、お金を出して他人に平和運動を肩がわりしてもらうという頽廃した姿勢を平和運動にもちこんだという批判を岡村昭彦からきいた。私は、この説は、説としては正しいと思う。昨年（一九六六年）十月二十一日の総評を中心とするベトナム反戦ストライキが実行される直前に、労働組合の中で、政治ストをやって処分者を出すよりも、お金をみなでつみたてて、それをベトナムに送って救済資金としたほうがいいという提案があったという。二・一ストは、このような反対意見をこえて行なわれたのだが、それは別として、処分者を出さぬように工夫してお金だけ送ろうという提案にはある種のプラグマティックな有効性があると思う。その種のプラグマティズムが、はじめはある種のスマートな反戦運動としての有効性をもちつつ、それが反戦運動として国家体制とのあいだに当然にもつはずのまさつをさける傾向をつよめてやがては反戦運動をやらない立場になめらかに移ってゆくことを推定できる。その運動に参加する人ひとりひとりの善意とは無関係に、この種の運動は、あたえられた状況の中にのみこまれることが多かった。その危険をいつも、おぼえておくことが必要だ。ベ平連の反戦広告にたいするこの種の批判はこの広告に参加した私たちとして軽く見ることはできない。

しかし、その社会全体の状況が、反戦運動にとって有利でない時、そこで計画される反戦運動の形で、マイナスの効果をもたないものを考えることはむずかしい。どんな反戦運動の形を考えても、それがもちうるマイナスの効果を想定することができる。では、何もしないほうがいいのか？　自分が動くことで、雪崩がさそいだされて他の人を危険におとしいれるというような最悪の状況においては、何もしないことが一番だ。しかし、今の日本の状況が、そういう最悪の状況とは思えない。三分、あるいは四分のマイナスが考えられても、反戦行動のための新しい工夫は試みられていいと思う。三分の害があるから、その計画全体がまちがいだという種類の「理論」があまりにも多い。

長野市で昨年（一九六六年）十一月二十日、ベトナム戦争についてのティーチ・インをした。この会についての予告の形で、『信濃毎日新聞』十一月十六日号にかなり大きく紙面をとった広告を出した。日本人が日本国内の新聞に出した反戦広告として、これは、おそらくはじめてのものだろう。一昨年、北ベトナム爆撃がはじまった時、都留重人、加藤周一らが東京の中央紙に反戦広告を出そうとしてことわられたので、投書の形で意見を発表したことがある。その日、東京の新聞で実現できなかったことを地方紙で実現できたのである。

『信濃毎日』の新聞広告は、日本国内紙上の最初の反戦広告として意味があっただけでなく、大都会以外の生活環境の中で自分の氏名を明らかにして反戦活動をすすめる可能性を示した実例として意味があった。

おたがいに顔見知りの人の多い環境では、自分の氏名を明らかにして反戦運動をすることは、むずかしい。しかも不特定の見ずしらずの人によって進められている運動では、支持を得ることはむずかしい。『信濃毎日』の広告は、その署名人となった七十四人の人々が、新聞の読者にとって、あの会社にいる誰それだというイメージの浮ぶ人であったということで、総合雑誌の論文とはちがう信頼感をあたえた。この意味では、この広告は、先例となった『ニューヨーク・タイムズ』の反戦広告のもっていた無署名かつ無責任の性格をぬぐいさった、すぐれて市民的な性格の行動だった。この『信濃毎日』の広告にたいして、たんに『ニューヨーク・タイムズ』の模倣であるとか、売名だとかいう批判が、戦争反対の陣営内部から出ている。

ちがう行動はちがう理論によって支えられているのだし、同じ反戦の目的をもつちがう行動がある時、反戦運動の中でおたがいに批判があることは当然だ。しかし、その批判が、ある種のマイナスを見つけると、そのマイナスをもつ行動の全体がまちがいであるとして言いつのるのは、粗雑な論理にたっているからだ。「すべての何々は、……である」というふうな全称命題をつみあげて、状況判断をし、行動の検討をたてるスタイルをもつ学生運動は、その論理によって、自分たちが正しさを独占することになり、自分たちの立場からすこしでもそれた立場のものの意見をいれて理論を構成することができない。その理論闘争の結果が、集団相互の肉体的ななぐりあいになることは、納得できる。このような学生の論理は、大学卒業後も、体制批判の側にとどまる人々の中に、ややかくれた形で温存されている。その結果が、『信濃毎日』広告や『ニューヨーク・タイムズ』広告にたいする批判としてあらわれる。だが、その種の批判にこたえて、「すべての……」というような言葉や「絶対に」というような言葉を使わないように助言して、よりプラグマティックな反戦運動を展開するようにすすめたら、その結果は、全称命題本位、絶対意義的に意気けんこうとした反戦運動をくずして、茶の間の平和的なヒューマニズムに変質させてゆくのではないか？　平和運動がもっとプラグマティックなものであってほしいという批判が、結果としてみれば平和運動を体制順応型の悪しきプラグマティズムにみちびいてゆく。

その危険は残る。その危険をふせぐ道は、ちがう種類の行動が準備され、くみあわされ、併行してすすめられてゆくことに求められる他ない。風呂銭ののこりでも、お茶代ののこりでも出してくださいという反戦広告へのさそいは、これまでデモなどに出てこなかった人々が反戦行動に参加する可能性をひらいた。このことのプラスは動かない。同時に、反戦広告以外のさまざまの種類の反戦行動が工夫され、おしすすめられることが必要になる。

この反戦広告には効果がないから無意味だという批判もきいた。しかし、アメリカ上院での日本の反戦感情についての証言などを見ても、このわれわれの行動が一つの衝撃となったことがわかる。ベトナム戦争はまだつづいている。この戦争をやめさせるだけの力をこの一回広告に期待するかのような批判の仕方が奇妙なものだと思う。

最後に一つ、この反戦広告の募金運動は、小田実、開高健、城山三郎、桑原武夫、久野収、鶴見俊輔の六人の呼びかけではじめられた。しかし、この仕事を、機関車となって終りまでひっぱったのは、開高健、久保圭之介のティームだった。人からお金を集めることは、自分でお金を出すこととは別種の苦労である。この反戦広告についての文章を、中心になった開高、久保両氏にかわって私が書いたのは、お金を実際に集めてまわった彼らが、これだけの大金をあつめたことについてほとんど自己嫌悪に近いはじらいを感じていることに同情するからだ。

二十四年目の「八月十五日」

一

戦争が終わってしばらくしてからのことだった。小学生だった弟から、一年生の親泊君という子が、父母兄弟といっしょに自決したということをきいた。

一年生だった男の子に、親はどのように言いきかせたのだろうか。その子は、どういう気持で死んだのだろうか。

偉いことをするな。しかし、ひどいことをするな、というのが、私のその時の感じだった。

その後の二十三年間に、親泊氏一家のことは何度も私の心にあらわれては消えた。

東京玉の井近くの診療所で、よるべのない人たちを患者として、自分をすりへらして治療をしている医者の記事が、新聞に出たことがある。自決した親泊氏の弟にあたる人だということだった。親泊氏の記憶は、この肉親の中に生き続けたのであろう。

二十四年目の今になって、私ははじめて、親泊大佐の遺書を読むことができた。日高六郎編『戦後思想の出発』という本の中に、その全文がおさめてある。

親泊朝省は一九〇三年に沖縄で生まれた。第三八師団参謀としてガダルカナルで戦い、撤収を指揮した。ここで部下を多く失ったことは、彼に影響を与えたであろう。のち陸軍報道部、内閣情報部に勤務して敗戦の事務にあたったあとで、一九四五年九月二日、夫人、子どもとともに自決した。四十二歳。

「草莽《そうもう》の文」というこの遺書は、敗戦後五日たった八月二十日に書かれた。

「現政府が、大東亜戦争は敗北したが、国体の護持は出来たという思想とは異り、私は大東亜戦争は道義的には勝利は占めたが、残念ながら国体の護持は困難となったことを大東亜戦争の結果において痛感する。

道義的にこの戦争が勝利に帰したとする理由は、わが聖戦の目的が、昭和十六年十二月八日以降、判然とした理念の下に戦われ、一切の行動がこれにしたがったことに第一の理由があるのである。」

アメリカ、イギリス、オランダにたいする戦争においては、道義として、日本が勝ったとする。それは、米英蘭の植民地を解放しようという戦争目的を終わりまで守りぬいて、全力をつくしたからである。しかし、米英蘭にたいする以前の戦争については、彼は、それを正当化しようとしない。ここに彼の武人としての誠実さがあると思う。

彼は言う。

「たとえば満洲事変、支那事変の発端のごとき、現地軍の一部隊、一幕僚の独断により大命をないがしろにしたような印象をあたえ、満洲事変以来みだりに政治に関与してことさらに軍横暴の非難を買うがごとき態度を示したがごときはそれである。また外征軍、とくに支那において昭和十二、十三年ころの暴状は、遺憾ながら世界各国環視の下に日本軍の不信を示したといえる。すなわち無辜《むこ》の民衆にたいする殺戮《さつりく》、同民族支那人にたいする蔑視感、強姦、掠奪の結果は、おそれおおきことながら、ある高貴のかたをして皇軍を蝗軍と呼ばしめたてまつるにいたったのである。」

昭和十六年十二月八日の米英蘭にたいする開戦は、状況をかえたという。親泊氏の思想によれば、戦争とは、道義的に十分な根拠をもつものが気力をつくしてたたかう時に、はじめて正しいものとなる。中国にたいする戦争は、この意味では正しくない戦争だった。しかし、アメリカなどにたいする戦争は、正しい戦争といえるという。神風特攻隊までくりだしてたたかう勇気をしめしたことで、日本は、たとえ勝負に負けたとしても、精神の戦争には勝ったのである。これにたいして、アメリカは最後には原爆などというものをもちだしてきた。このようにむごたらしい兵器をもちだしたことにおいて、アメリカは精神の次元における戦争に敗れたのだという。

目的こそ正しければ、原爆にたいして竹槍をもってたちむかって何が悪いかという思想がここにある。道徳の問題として考えれば、この思想には根拠があると私は思う。しかし、政治の問題として考えた時には、どうだろうか。

竹槍をもって原爆にたいするような状況に国民をつれていった政治家は、政治としてはまちがったことをしたのではないか？　アメリカ相手の負けるにほとんどきまっている戦争に国民をひっぱっていったことについて、日本の政府は政治上の責任を問わるべきである。そこには、親泊氏の視野の中からおちてしまっている政治上の開戦責任の問題と敗戦責任の問題がある。

戦後二十四年目の今日では、親泊氏の考え方とは反対に、政治上の責任を主に考えて道徳上の問題をおとしてしまう傾向がつよくあらわれている。竹槍で原爆にたいするのはバカバカしいという見方だけがあって、正しい目的ならば竹槍によってでもたとうという気概はなくなってしまったと言ってよい。その風潮にたいする反動として、戦争以後に育った若い人々の間に、一九四五年にあんな降伏の仕方をせずに玉砕まで戦ったらよかった、そうしたあとではじめて日本に真の民主主義がうまれただろうという戦争観があらわれている。

二

ほんとうに一億玉砕までにつきすすんでいたら、親泊大佐のように誠実な日本人はほとんど死にたえ、そのあとでの戦後の再建は、真の民主主義の実現などというものではなかっただろう。

一九四五年に一億玉砕までつき進むべきだという説を今日たてる若い人は、文学的創造の問題にひきよせて政治の問題を考えており、それでは、政治としてはウルトラをめざす政治運動だけが生まれることになる。ナチズム、ファシズム、スターリン主義、ニヒリズム、政治の断念というようなさまざまのウルトラ政治思想とむすびつくことになる。こういう考え方は、結局はニセものだらけの人類を水爆で滅ぼしてしまいたくなる衝動にゆきつくだろう。極端にまで行きつかなければおさまらない精神は、文学の創造の上ではおもしろい働きをすることがある。しかし、経験的事実の把握には、不向きであり、政治上の問題の解決を立案する上でも不向きである。敗戦後の一時期に、政治に文学が従属するものと考えられて、文学が政治にひきまわされていたことへの反動として、今度は文学にひきよせて政治を考える動きが出て来たことは当然だとは思うが、これもまた文学と政治を混同するという点では、同じく不十分である。

私は道義の面においても、文学としても、親泊大佐に脱帽するが政治家としての親泊大佐には脱帽しない。

二十三年前に、親泊氏のことを最初にきいた時からそうだったが私は親泊氏の息子の問題として、この事件を考える。そう考えることで、親泊氏の思想の政治的意味がはっきりすると思う。

親泊氏は、すくなくとも息子に対する政治指導者として、小学校一年生の息子に死を強制すべきではなかった。不安定であるなりに、七歳の少年としての生の可能性を与えるべきだった。親泊大佐を政治的に指導した時の内閣や議員たちは、親泊氏などをふくめて、どんな不安定なものであろうと生をえらぶ権利を民衆から奪うべきではなかった。

真剣に考える人は、ほんものになりたいと願い、ほんものになれないくらいなら死んでしまえと他人に言いたくなるだろう。しかし、ほんものというのは、空想の中以外にいるものだろうか。ニセものは死ねというのは、つきつめて考えれば、自分はほんとうは生きているより死にたいのだと考えることではないのか。

私が二十四年目にはじめて親泊大佐の遺書を読んで、ほんものを追い求める精神の高さに感動するとともに、ニセものとともに生きる辛抱をもってほしいというもののたりなさを感じる。このことは、戦後をどう評価するかということと結びつく。

私は戦後を、ニセの民主主義の時代だと思うが、しかし、だからといって、それを全体として捨てるべきだとは思わない。ニセものは死ねと、ほんものとしての立場から批判する思想を、私は、政治思想としては、信じることができない。それは精神の怠惰の一種、辛抱の不足の一種だと思う。

しかし、自分をほんものと規定しないかぎり、ニセものをニセものとして見て批判する運動には共感をもつ。自分を幻想なきものと規定しないかぎり、民主主義をふくめて戦後のさまざまの幻想を批判する運動に共感をもつ。戦争中の軍国主義と超国家主義のにない手がそのまま戦後の平和主義と民主主義のにない手であるような日本の現代が、ニセものでないはずはない。

おとぎばなしや物語など、文学におけるような転生は、この世にない。そのような転生を期待せずしかも転生のモティーフをかかえて運動をつづけるということが、政治の領域での理想主義の限度ではないだろうか。

二十三年間の戦後日本の民主主義に失望することはない。この民主主義が、実は軍国主義者によってになわれてきたこと、今も部分的にその状態が続いていることを直視して、これと正面から対立することを自分に課して生きてゆけばいい。ニセもののニセもの性をあばくあらゆる動きを、その動きがみずからをほんものと規定している点を別とするならば、私たちは受入れるべきだ。戦後日本の民主主義のニセもの性を照し出す実にさまざまの光源から、私たちは光をかりてくる必要がある。在日朝鮮人の問題、沖縄の問題、占領軍からも政府からも見捨てられてきた原爆被災者の問題、十五年戦争の事実をかくそうとする教科書検定制度の問題。それらの問題からとって来た光によって、私たちは日本政府のとなえる民主主義のニセもの性をはっきりさせるとともに、私たちの戦後民主主義のニセもの性をあわせて照し出し、そのニセもの性とともに生きる決意を新たにしたい。ニセものであることのたのしみが、人生のたのしみではないのか。自分のニセもの性をみずから笑うたのしみが、私たちが開拓することのできるもう一つのたのしみではないのか。

バートランド・ラッセル――若い人に学ぶ謙虚な反戦家

バートランド・ラッセルが死んだ。九七歳。日本流にいえば（数え年）九九歳で、百歳に一つたりない。こんなにながいきした哲学者を、私は、他に知らない。私は、彼がながいきしたことよりも、彼がながいきして、しかも、もうろくしなかったことにおどろく。それは、肉体の力だけから来たものではないだろう。自分よりも若い人びとの生きかたと仕事からまなぶことをやめなかったことから来たのだと思う。

ラッセルは二八歳の時に『ライプニッツの哲学』(*A Critical Exposition of the Philosophy of Leibniz*, 1900) を書き、三一歳の時に『数学の原理』(*The Principles of Mathematics*) を書き、三八歳から四一歳にかけて『プリンシピア・マセマティカ』(*Principia Mathematica*「プリンキピア・マテマティカ」) 全三巻を完成した。学問を技術としてとらえるならば、ラッセルの仕事は、この時までのものがもっとも重要なものだ。しかし、ラッセルは、それからさらに六〇年ちかく生きた。

ラッセル自身は、学問を主として技術として考える見方を、終わりまで保っていた。

この見方からすれば、一九一〇年代以降の自分の学問的著作は、いくらか低いものと考えられただろう。しかし、彼は、中年にはいってからも、自分よりも先に進んでいる若い人たちの技術から学ぶことをやめなかった。自分の講義をきいていたウィトゲンシュタインが『論理哲学論考』を書いて論理学的懐疑主義をおこした時に大いにこれからまなび、さらにウィトゲンシュタインの影響下にカルナップらの分析哲学がおこった時も大いにそれから学んだ。ラッセルの初期の哲学上の立場を示す『哲学の問題』（*The Problems of Philosophy*, 1912）では、言葉のそれぞれの部分に対応する現実の一部があることを前提とする実念論がとられていたが、カルナップらの分析哲学からまなぶことをとおして、彼は初期の立場をすてた。

晩年になって彼は、『西洋哲学史』（*A History of Western Philosophy*, 1945）を書いたが、その序文にも、この本の中で自分が原資料にあたって専門家として発言のできるのはライプニッツだけだと、正直にことわっている。その他のことについては、同時代のより若い人々の仕事からまなぶという謙虚な姿勢をとり続けた。

私は、一六、一七歳のころ、ラッセルの講義をきいたことがある。一度は、ハーヴァード哲学会という少人数の集会で彼はピタゴラス主義について話した。その話は『西洋哲学史』のはじめに収められたものと同じだったようにおぼえているが、その時に彼は、話が記号論理学の技術的な問題に近づくごとに、その当時の若い教師だったクワインの仕事にふれた。ラッセルのような老大家でも、学問の技術ということでは、若い人の仕事を学習してゆくほかないのだなという印象が、いまものこっている。

同じ時に、もっと大人数にたいして、ハーヴァード大学の「ウィリアム・ジェイムズ講座」がひらかれ、ここでラッセルは、後に『言語と真理に関する研究』(*An Inquiry into Meaning and Truth*, 1940)にもおさめられた一〇回つづきの講演をした。ちょうどその直前に、ラッセルは、その離婚についての意見のために、一度はきまっていたニューヨーク市立大学教授の職を市民の反対でうばわれた。そんなこともあって、この公開講座には、開講の時には、三〇〇人あまりの市民と学生がききに来ていた。年をとった夫人が聴衆の中に何人もいた。講演が二、三回つづくうちに、聴衆はすくなくなり、最後にはがらがらだったように覚えている。しかし、そういうなかでラッセルは「自己修飾的」と「他者修飾的」とはどういう意味か、とかそんな話をゆうゆうとつづけてゆき、演壇の下には、若い美しい夫人が腰かけて、きいていた。人があつまっても、あつまらなくても、市民にひらかれた場所で、学問の話をするという空気は、やはりいいものだった。

一九一四年、第一次世界大戦がおこったときから、ラッセルは反戦運動にのりだし、投獄され、ケンブリッジ大学での職を失う。この時だけ記号論理学研究から一時逸脱したということでなく、この逸脱を九七歳の生涯の終わりまで保ったということに、技術としての学問をこえる、彼の思想の偉大さがある。原水爆、ベトナム戦争にたいして、彼は、文章を書くことだけでなく、デモとすわりこみをとおして反対し、ふたたび投獄されたこともある。

ラッセルは、自分をこえた真理にたいして謙虚であることを長い著作活動をとおしてつねに主張した。この謙虚さの追求が、青年時代の彼に数学への情熱をあたえ、中年以後の彼に（権力者のごうまんにたちむかう）平和運動への情熱をあたえた。それは、イギリスの貴族としてうまれたことで彼の身にそなわったさまざまな性質にたいする、彼の生涯かけての挑戦だったのではないか。

坂西志保――独行の人

こどもの時にうわさをきいた人については、親しい感じがついてまわる。こどもにとっての経験の場がりんかくのはっきりしないものだから、他人からきいたことでも、自分の経験したことのようにあざやかに感じるのだろう。

坂西志保さんは、私にとって、父の話の中の人物として登場した。

やがて、もうこどもとも言えないが、十五歳のころ、一九三八年の正月、しばらくワシントンの斎藤博大使の公邸にお世話になっていたことがあった。この時にも大使の話の中に坂西さんがよく登場した。誰だったか、四十年も前のことなので誰からきいた話と書いてまちがっているといけないから略すが、斎藤大使をかこんで話している外交官の一人が、ニューヨーク在勤のころに、坂西さんが時々ふらりと来てとまっていったといって、

「荷物を何もさげてこないのですね。コートのポケットに歯ブラシ一本だけいれて、これはもって来たというんです」

アメリカに来て、歯ブラシ一本をポケットにいれて友だちの家にとまりにゆく女性という人柄が、私の中に住みついた。

そのころは米艦パナイ号を日本軍が誤って爆撃したあとで米国人の対日感情は悪く、日本大使としてこの国に滞在するのは苦しい時期だった。

斎藤大使は、パナイ号の事件のあとで、事情を説明する演説をしたそうで、ちょうどその前に新しくいればをいれたところだったので、

「ウオー（戦争）と言おうとすると、いればがとびだしそうで困った」

と苦笑いをした。

大使はほとんど飯を食べず、ウィスキーがぼくの飯だと言って、ウィスキーをおもにのんでいた。私がこどもだと思って、よくいろいろの人について遠慮なくじつにたくみにずばりと言われたが、その悪口はたんかのようにたのしさがあった。悪口のやり玉にあがるのはたいていは日本の支配層の人たちだった。武者小路実篤、志賀直哉などの古い友人のことを話す時にはたのしそうだった。坂西さんのことが話題になる時にも、おなじように愉快そうだった。米国にゆくとかたくるしくして儀式ばったこととしか言わない日本人の間で、自分の思うことをはっきり言って生きている坂西さんのスタイルが、自由人の気質をもちながらも官僚の身分にしばられていた斎藤大使に好もしく思えたのだろう。

実物の坂西さんにはじめて会ったのは一九四二年六月一八日、おなじ交換船にのりあ

わせてニューヨークのエリス島をはなれた時である。それから二カ月半、おなじ船ですごした。

話し方が一風かわっていて、

「小鳥をつかまえて、そのしっぽに塩をのっけてやるんだ」

というような、英語のたとえをそのまま日本語に移したような言いまわしが、口をついて出てきた。少しへんだなと思いながら、そういう言い方が、坂西さんからきくとあたりまえのようにも感じられた。

一九六〇年の六月、日本国内の世論の分裂のまっただなかに米国からアイゼンハウアー大統領が来ることは望ましくないという判断を書いたビラを、戦前の日本人米国留学生十数人で相談してつくり、坂西さんにも参加してほしいと思って訪ねた。築地の料亭で、その名は忘れたが、そこで死刑制度廃止の研究会がひらかれていて、そこに訪ねてきてほしいと指定されたのだった。料亭の玄関に坂西さんは出てきて、

「このビラの趣旨には賛成です。しかし私は、集団のメンバーとして何かすることが信じられなくなっているので、私ひとりで何かやってみます」

と言われた。

その時、十二名の連署でつくったビラを、私は、米国大使館の前でくばったが、このビラ以上に、坂西さんがひとりで努力されたことは効果をもったであろう。

坂西さんから私にむけての最後の信号は、「語りつぐ戦後史」という対談記録の「思

想の科学」連載を終えた時に、ある出版社にすすめてそれを単行本にして出すようにと言われた時だった。結局は思想の科学社から本にして出したので、この話は実現しなかったが、私の仕事を見ていられたということにやや意外の感じをもったし、感謝した。

坂西さんがなくなられたのを、私は京都で新聞で知った。ひとりで迎えた淋しい死という意味の見出しだったけれども、「ひとり」という見出しは誰しもひとりで死ぬという事実をよくとらえていないし、「淋しい」というのはこの堂々と生きた人の気風にふさわしくないと思った。

坂西さんは多くの点で私とはちがう意見の持主だった。だが、民主主義の腐敗していない部分をになう人として、私はいつも一方的に坂西さんに対して敬意をもっていた。

小林トミ――「声なき声の会」世話人

元日に、新年のごあいさつと思って、電話をかけました。お姉さんのやすさんの答えに、はりつめた空気を感じました。次の日、トミさんがなくなられたしらせがありました。

四十三年前、トミさんがひとりで歩きはじめたところから、ひとつのことがおこりました。戦争はいやだという誰でもの心にある声がひとつのともしびとなり、それは他の誰かの心にまたひとつのともしびをつくる、そういう動きです。

分類の都合で、それは市民運動と呼ばれます。しかし、トミさんはこれを市民運動と思ってはじめたのではありません。

トミさんは、今まで一度もデモに出たことのない絵の先生としてはじめた。トミさんがあってこの運動はあった。

一度、トミさんがその本領を発揮したことがありました。声なき声の中から、死を決して権力と対決しようという声があがって、声なき声の大部分がその声についていったときです。トミさんは、自分はひとりになっても、普通にできることを守るといって、さっさと家にかえってしまいました。そしてその時をこえて、もとの運動の形をつづけました。

戦争はいやだという、普通の人が誰でも感じていること、それを誰にでもできる形であらわしつづける。それがトミさんの呼びかけです。

四十三年間。トミさん、ありがとう。

二〇〇三年一月六日

高畠通敏——学問と市民運動をつないで

秀才はたよりにならない、という年来の私の偏見を打ち破る人だった。彼がなくなって、そう思う。

満二十歳のとき、彼は、ふいに思想の科学研究会の集まりに顔を出した。そして、会の中に当時ただひとつ残っていた共同研究、転向研究会の牽引役となった。やがて彼は藤田省三をこの会に引きよせ、毎週一度ひらかれる会合を、知的刺激のある場所とし、終わりまで保った。八年間続いた転向研究会の途中に、六〇年安保の強行採決がはさまり、そこで起こった、道の両側から誰でも入れるデモの形をつくった「声なき声の会」の小林トミを助けて、みずから事務局長となり、デモが下火になるいくつもの時期をしのいで、この会を今日まで保つ力をつくった。

やがて、「声なき声」をひとつの流れとしてふくむ新しい流れを、北ベトナムに対するアメリカの爆撃をきっかけとして計画し、小田実を代表とする新しい運動を発案して、これに「べ平連」（ベトナムに平和を！　市民連合）という名称をあたえた。その三年前の、天皇制特集号断裁をきっかけとして出版元から離れた雑誌「思想の科学」を自主刊行する思想の科学社の設立。それらすべての事務の根元に彼はいた。

彼が東大法学部学生として私のところに姿を見せるようになったとき、法学部教授だった丸山眞男は、わざわざ私に、「彼は秀才だからつぶさないでくれ」と言った。私は彼にその伝言を伝えたが、その後の彼の活動は、学問上の仕事と市民運動の事務とを両立させるものとなった。

仕事として、彼は、京極純一、カール・ドイッチュの影響を受けた数理政治学の技法を受けつぐ。その政治のとらえかたは、人間が生きてゆく関係をつくるところに政治は始まるというもので、家族をすでにひとつの政治ととらえ、無意識の働き、地域のつきあい、慣習法、国家、世界のさまざまな職業上の交流があるという重層性が、彼の選挙の数量的分析を、より大きな構図の中のひとつの中継ぎ駅とする。立教大学という場において、彼は、教授と学生の関係を政治と見ており、その学びあいは卒業後の日常生活の中でも続けられる。立教大学高畠ゼミOB・OG会のつくった文集は、日本の大学の歴史の中でまれな記録となっている。

佐野学、鍋山貞親の研究、大河内一男の戦中の仕事の研究は、転向論として的確な分析を残した。やがて「管理社会」という造語によって、現代日本に対して新しい視野をひらき、研究を転回させた。

彼が戦前、滝川事件以来の負け犬として政治運動を継承した智恵を久野収から受けつぎ、さらに、明治以前からの慣習への感応のするどさを神島二郎から受けついだことは、高畠の政治学を独特のものに育てた。

自分の生い立ちについて話すことは少なかったが、彼の父は、東大新人会出身の労農派系の弁護士で、父親をとおして前代の転向体験が彼に流れ入っていた。それにくわえて、中学生のときに信州上田での疎開生活の中で迎えた敗戦後の日々があり、彼はそこで十代の同世代人の転向体験を共にした。このことが、転向研究会の主要なメンバーとなる若い人びととの交流の基礎となった。戦後日本の学会がその一部となるアメリカの学界の中にあって、一風かわった学風を彼が保ち得た背景である。

一昨年、私は彼にまねかれて新潟に行った。彼が、田中角栄王国について実証的研究をつみかさねていたことは知っていたが、そこに行ってみて、地域に根ざして彼と研究をともにしている人たちがいることを知った。彼は、アメリカに心を奪われる人ではなく、東京に心を奪われる人でもなかった。その政治学は、独特の形をもつものとして成長していた。

飯沼二郎——きわだった持続の人

飯沼さんは、私といれちがいに京大人文科学研究所に入ってこられたので、私と同僚だったことはない。農業経済学は私から遠い専門分野で、ここでも学問として交錯するところがない。飯沼さんは「朝鮮人」という雑誌を起こして、在日朝鮮人のことを考え続ける場所とした。この雑誌をとおして親しくなった。彼が一つのことをはじめると、それから手を離さない。その持久力にひかれて、四十年のつきあいを保った。

米国の日本占領のとき、米国の中央政府は日本本土に住む朝鮮人を考えるゆとりがなく、占領政府にワシントンから指令がこなかったと、占領軍にいたワーグナーは「日本における朝鮮人少数民族」に書いた。その結果、日本に住む朝鮮人少数者に対しては戦前戦中の日本の官僚による扱いがそのまま残った。

そのひとつが長崎の大村収容所であり、戦後になっても、入国管理法に違反した米国人に対しては、九州のホテルに軟禁したりしたが、日本の旧植民地朝鮮と台湾の出身者は大村収容所に入れた。そこからの一通の手紙にこたえて、飯沼さんは「朝鮮人」という個人雑誌をつくり、大村収容所が、朝鮮・台湾出身の違反者に対する差別処置をやめるまで発行を続けた。

雑誌の中身は毎号、在日朝鮮人と編集同人との座談会であり、その場所は飯沼さんの家であり、夫人の手料理でもてなされた。

新しい号ができると、飯沼さんはまず予約購読者に送り、つぎに、リュックに雑誌をつめて、京都と大阪の書店に置いてまわった。前に置いたものの残りを回収するのもそのときで、一冊も売れていない所もあったが、めげることがなかった。雑誌は、弁護士小野誠之氏が、朝鮮・台湾出身者のための特別の収容所としての働きは終わったということを確認するまで続いた。具体的な目標をかかげて、それが達成されるまで続けるという、日本の市民運動で希有の例となった。

これは、京都という町がそのはじまりからもっている、よそ者への寛容という特徴に助けられた。桓武天皇がこの都をひらく前に、京都には朝鮮からの渡来者の集落があった。この特徴からか、京都には東京ほどの差別がないと思う（たとえば関東大震災のときの在日朝鮮人六千人以上の虐殺）。日本国内のよそ者に対する寛容ということにも、その特徴は影響を及ぼしている。「朝鮮人」の同人の多くは、京都の外からきて住んでいる者たちだった。

雑誌「朝鮮人」は、飯沼さんが中心にいたもうひとつの「君が代強制に反対する市民運動」の根底をつくった。戦前戦中に日本に移住を強制されて、炭坑その他の苦しい作業をになうことになった朝鮮人・中国人の子弟に、学校の式典で君が代唱和を強制することへの反対運動である。この訴訟は負けたが、判決はこの運動の根拠を認めた。しかしその後、日本の教育はじりじりと、日本国によるアジアへの侵略を忘れる方向に進んでおり、それに対する抵抗は、今後も続けるほかない。

私が生きてきた八十三年、日本の知識人（大学出）は、同時代の日本史について記憶を長く保てない人だということを教えられた。同時代人の中で飯沼二郎は、きわだった人である。

小田実——共同の旅はつづく

ながいあいだ、一緒に歩いてきた。

その共同の旅が、ここで終わることはない。

小田実の死をきいて、そう思う。

一九六五年にべ平連をはじめてから、共同の旅は、すでに四十二年。小田実と共に歩きつづけた道を、彼は、明るいものにした。そういう力をもつ人は、私の記憶では、多くはいない。そういう人だった。

高校生のころから小説を書きはじめ、米国留学、その帰りに、ひとりで見たものについて、『何でも見てやろう』の腹案を得て、この本を書いた。それは、戦後の日本に新しいスタイルの文学をもたらした。

紀行文として、鷗外、漱石、荷風ともちがい、むしろ、幕末の越境者万次郎に通じる風格をもっていた。

万次郎が米国に対した時、米国は大きい。小田実にとって、ヴェトナム戦争に反対した時、米国は大きい。しかし、彼は、その米国の大きさにひるまない姿勢をもっていた。この独特の姿勢が、当時の日本人に共感をもたらした。米国の軍艦から離脱した十代の米国人が、それぞれ、米国の軍事力を内部から知っていて、それに対抗する道をひらいた時、彼らは、米国の力にひるまず、離脱者の目的に協力する日本人の仲間を見いだした。両者のあいだに、互いによく知らないままに、よく似た仲間がいた。その協力の姿勢はすでに四十年を越えて、お互いの中にひびきあう力をもっている。

小田実は、高校生のころ、中村真一郎らの影響を受けた。ハーヴァード大学に留学してから、トマス・ウルフの文体の影響を受ける。

自分を今この一瞬取りまく、ばらばらのものを同時、無差別に感じとり、心にきざみつける文体を、彼はトマス・ウルフから受けとった。

過去の文学から、洗練された技法をうけつぐのとはちがう。若いとき東大で学んだギリシャ語を自分の中に保ち、病気に気づいてからも、自分でホメロスを訳しつづけた。もっとも古い西洋の古典と合流する身がまえは、人生の終わりに立って、この時代全体を見わたし、人間の文明を広く見て何かを言おうとする、彼の文学の特色、彼の人間の特色である。

最後の小説『終らない旅』には、世界に対する彼の姿勢があらわれている。『何でも見てやろう』と肩を並べる名作である。彼と旅をしたことは私の光栄である。これからも共同の旅はつづく。

Ⅲ　脱走兵たちの横顔

脱走兵の肖像

1　小説

一九三〇年（昭和五年）は、日本が十五年もつづく戦争に入る前の年である。この年に、二つの読物が、われわれの前にあらわれた。

ひとつは、『少年倶楽部』に連載された山中峯太郎の「敵中横断三百里」で、日露戦争のころ、ロシア軍の背後にしのびいって状況をさぐってくる豊吉新三郎軍曹その他の騎兵斥候隊の話である。もうひとつは、ヤロスラフ・ハシェク著、辻恒彦訳の『勇敢なる兵卒シュベイクの冒険』（衆人社）で、チェコの犬屋が兵隊になるのをのがれようとして、刑務所、精神病院を転々とし、兵隊にされてからも奇妙な才覚で軍隊内の脱走をくりかえす話である。

二つの話をくらべれば、「敵中横断三百里」のほうが、小学生の私にはおもしろかった。シュベイクのほうは、ずんぐりした中年男の兵隊服姿と、その男が上官の倉から盗んでのむグロッグとかコニャックなどの奇妙な酒の名前とむすびついて、なにかひっぱる力をもっていた。山中峯太郎の小説のさし絵は樺島勝一で、ハシェクの小説のさし絵はヨゼフ・ラダだった。二つの小説は、さし絵の力で、私の中に定住するようになった。そのうちゆっくりと、豊吉新三郎軍曹よりもシュベイク二等兵のほうが大きく育っていった。

偉大な時代は、偉大な人間を求める。世のなかにはナポレオンのような名声もなければ経歴もない、つつましやかな無名の英雄たちがいる。これらの人々の性格を分析すれば、アレクサンドロス大王の栄光も、とみに影がうすくなるであろう、と思われる。今日プラハの街を歩けばボロ服を着たひとりの男に出会うが、その男はこの新しい、偉大な時代の歴史に、自分がいったいどんな意味を持っているか、知りもしないのである。彼はひっそりと自分の道を歩いて行く。だれの邪魔もしないが、さりとて新聞記者にうるさくつきまとわれて、インタビューを乞われることもない。もし彼に名をきいたら、素朴に、つつましく答えるだろう。「ぼくはシュベイクです……」（ヤロスラフ・ハシェク著、栗栖継訳『兵士シュベイクの冒険』上、筑摩書房、五ページ）

作者のハシェクは、このようにほこりをもった言葉をこの物語のはじめにおいた。

私は、三十八年ぶりで、この『シュベイクの冒険』を読みかえして見て、シュベイクが、第一次世界大戦当時にまして現代の世界にとっての英雄であることを感じる。第二次世界大戦のなかで、私は、シュベイクのように生きることは、できなかった。脱走したいと思いながら脱走せず、さぼることで軍隊の内部に脱走したほうがいいと思いながら、病気になるまで働いた。日本の国家の戦争目的を信じないでいながらそんなに働いたのは、勇気の不足からだった。私には、シュベイク的人間にたいするあこがれがあっても、自分がそういう人間になるだけのシュベイク的勇気がなかった。

シュベイク的人間のもつ勇気については、シュベイクの戦友ボディチカののべるはなしが、いい例になる。

「おれがセルビアにいたときには」と、ボディチカが言った。「うちの旅団じゃ、志願してゲリラ兵を絞首刑にしたものにはタバコを出していたよ。大人の男を絞首刑にした者は、『スポルトカ』（タバコの名）を十本、女、子どもの場合は五本もらったのだった。その後経理部で節約しだしてね、かためて銃殺することになったのだ。おれと同じ隊にジプシーがひとりいたのだが、おれたちはそいつがそんなことをやっていようとは、長いこと知らないのだった。そいつは夜おそくいつも事務室に呼び出されるので、変だな、とは思っていたのだがね。そのときおれたちはドリナ川のほとりに陣取っていたのだった。ある夜ふけ、そいつがまたいなくなったときに、ある兵士がひょいと思いついてそいつの持ち物をしらべてみたのだ。するとそいつめ、背嚢《はいのう》に『スポルトカ』を百本ずつ入れた箱を三つも持っているじゃないか！　朝方になってそいつはおれたちの寝ていた納屋に帰ってきたが、おれたちは有無《うむ》を言わさずその場でそいつを裁判にかけたのだった。おれたちはやつを地面に突きころがすと、ベロウンという男がバンドで首を締めたのだったが、猫のように往生際の悪いやつだったよ」

古参工兵のボディチカは唾をはいた。「首を締めてもなかなかくたばりやがらないんだ。もう糞も垂れ、目玉も飛び出しているのだが、締めそこなった雄鶏《おんどり》のようにまだ生きてやがるのだ。それで猫のように八つ裂きの刑に処したのだった。ふたりが頭をかかえ、ふたりが足を引っぱって、首の骨を折ったのだ。それからおれたちはやつの死体に例のタバコもろともやつの背嚢をくりつけると、ドリナ川へあっさりほうりこんだのだった。そんなタバコをだれが吸うもんかね。朝になって、やつの姿が見えないので、大騒ぎになったよ」

「脱走したとどけりゃよかったね」と、シュベイクは苦労人らしい意見をのべた。「前から準備をしていて、毎日のようにずらかる話をしていた、とね」

「そんなことをだれが考えるもんか」と、ボディチカは答えた。「おれたちはやるべきことをやったまでで、ほかのことまで考える余裕など全然なかったよ。それに向こうじゃ、そんなことはお茶の子さいさいだったのだ。何しろ毎日だれかドロンをするのだからね。結局やつの死体はドリナ川からはあがらずじまいよ。ふくれ上ったセルビアのゲリラ兵と、顔のかたちのわからないくらい滅多打ちにされたわれわれの国民兵とが仲よく並んでドリナ川からドナウ川に流れて行くというあんばいだった。こういう光景を生まれて初めて見たうぶな連中のなかには、熱を出したやつも何人かいたよ」

「そういうやつにはキニーネを飲ませておく必要があったんだ」と、シュベイクは言った。(同書、下、二五―六ページ)

ここにあるのは、自分の国によってつくられた「敵」というイメージをまったく信じない態度である。「敵」の民衆は自分たちと同じだ。だから「敵」の民衆にたいして自分の国の命令でくわえられる残虐行為は憎むべき行為だ。そういうむごいことを進んでする人間は、人間そのものの敵だから当然に殺されてしかるべきだという考え方だ。

オーストリー＝ハンガリー帝国政府の命令のもとに戦争の理由もわからずに応召した兵隊の集団が、できるかぎりおたがいに助けあって上官の命令をごまかして生きのびようとし、さらに、「敵」を殺す命令をうけた時にもなるべく殺す努力をさけようとするという物語である。

私の見たかぎりでも、日本の兵隊の中には、シュベイク的な人間はいた。兵隊の中には、一等兵くらいになるともう二等兵をなぐったり説教したりすることに熱中する人がいる。私のいた海軍病院でも、ある一等水兵が患者長になると、すぐさま海軍体操と、「まわれ、まわれ」という海軍式のろうかそうじを、急に精神教育的理由ではじめたことがある。こんなことが病気の療養にいいわけはない。こういうまじめさは、仲間を（そして状況によっては敵をも）なるべくたくさんなるべく早く死に追いやるまじめさである。そういうまじめな兵隊とべつに、罰をうけないかぎり行事はなるべくさぼって力をたくわえておいて、仲間同士で困ったもののでた時には、気軽にその男のための仕事をしてやったり、上官への申しひらきをしてかわりに罰をうけてやる型の兵隊もいた。こういう兵隊は、捕虜の首を日本刀で切ることを志願するというようなことはない。日本人の仲間にたいする親切は、しぜんにそのわくをこえて、すくなくとも被占領地の人びとと敵の捕虜にもむかっていった。自分の部下への制裁、「まわれ、まわれ」などの精神訓練、上官への過度の服従をとおして、垂直に国家の秩序に忠誠をしめすまじめな兵隊とちがって、おたがいの仲間にたいする水平な忠誠によって支えられるやさしい兵隊がいる。やさしいとは言っても、かなりの体力と才覚と勇気がないと、軍隊の中で仲間にやさしくすることはできない。

シュベイク的人間は、帝国主義国家の支配の下でだけ、存在理由をもっているという説がある。革命がおこって社会主義国家が成立すると、このように理論の支えのない反抗は、無益にして有害になるという考え方である。それは、国家を経営する側にたつ時には社会主義者もまたそう考えるのか、という意味で興味がある。

ハシェクは一九二三年一月に死んだ。『シュベイク』は未完のままのこされた。その後、チェコスロヴァキアは共和国として独立し、第二次大戦下のナチスの支配を経た後に、社会主義の国家となった。一九六八年夏、ソ連軍がチェコスロヴァキアに侵入して、この国の政治に干渉した時、チェコのラジオは、「国民よ、兵士シュベイクのごとくふるまおう」（八月二三日ブルノ放送）と呼びかけたという（栗栖継『兵士シュベイクの冒険』上、解説）。このことは、社会主義国家体制の中で、シュベイク的人間の伝統が生きつづけているという証拠であり、また社会主義国家にとってシュベイク的人間が必要だという認識がチェコの民衆の中にあるという証拠でもある。社会主義国家の管理者が、シュベイクはもう無益有害だと判断しても、社会主義国の民衆の側では、必ずしも、そう思わない。シュベイク的人間は、資本主義国、社会主義国の区別をこえて、現代の世界における国家制度の再検討を要求している。その要求は、『兵士シュベイク』が創造された第一次世界大戦のころよりも、第二次世界大戦によって核時代に入った今日の世界にとって、五十年前よりもさらに切実なものとして、世界の諸国家の前におかれている。

2　記録

シュベイクは一つの理想である。現実の脱走兵について書かれた記録としては、これまで私が読んだもののなかでは、一九六四年に発表されたドイツ人、ハンス・エンツェンスベルガーの「無邪気な脱走兵」が、もっともくっきりした脱走兵の肖像を提供する。

このエッセイは、一九五四年にアメリカで発行されたウィリアム・ブラッドフォード・ヒューイ著『兵士スロヴィクの死刑』（William Bradford Huie: The Execution of Private Slovik, New York, 1954）にもとづいているものだそうだ。

エドワード・ドナルド・スロヴィク二等兵は、一九二〇年二月十八日、ミシガン州デトロイトにうまれた。両親はポーランド系。父は自動車工場の穴あけ工員で、その子エドワードのそだつころは不況で仕事があまりなかった。アメリカでは、黒人・プエルトリコ人・イタリア人に準じて低く見られているポーランド系の移民の子として、貧しいくらしの中で、エドワード・スロヴィクは、大きくなる。十七歳の時、菓子をぬすんで少年刑務所に入り、十八歳の時には何かモノをこわしたという罪でふたたび刑務所いりをした。二十二歳の時、ブリキ職人としてはたらきはじめ、結婚した。二十三歳になって、はじめて一軒の家に住むことになり、しあわせだった。そのひっこしの日、一九四三年十一月七日、スロヴィクは、兵役適格者の検査に出頭するようにという手紙をうけとる。召集令は同じ年のクリスマスの二日前にとどいた。

戦争に行ったスロヴィクは、毎日、妻に手紙を書いた。そのうち三七六通の手紙がのこっているそうだ。

それらの手紙のどこにも、戦争の相手の国の指導者ヒトラーなどという名前は出てこないという。アメリカがその名においてその戦争をたたかっている「自由」とか「デモクラシー」とか「祖国」などという言葉も出てこないという。たとえば、

「きみとおれがどんなに仲よくやってきたかを考えると、おれは腹が立って気違いになりそうだ。……ほんとに、おれたちは誰にも迷惑はかけなかったのに、なぜ離ればなれにならなくてはいけないのだろう？　……なあ、どうしてやつらは、おれたちをほっといてくれないんだろう？」（ハンス・エンツェンスベルガー著、野村修訳『政治と犯罪』二九六ページ）

若い兵士が、家に書く手紙として、それはどんなに、同じ第二次世界大戦中の日本の兵士たちの手紙とちがうことか。戦没学徒兵の手紙や戦没農民兵士の手紙などとくらべて見る時、そのちがいは、明らかだ。むしろここには、戦後今日のジャーナリズムで「マイ・ホーム主義」と呼ばれている思想の、明白な表現がある。このマイ・ホーム主義は、次のようなもう一つの手紙に発展する。

「……ここはもううんざりだ。できることなら、逃げ出してしまいたい。ひとつ残念なのは、さっさと刑務所にもどらなかったことだ。そうしていたら、せめてきみが、たびたび面会に来ることもできたろう」

一九四四年八月二十日、スロヴィクは、ヨーロッパ大陸に上陸し、最初にして最後の出撃に参加する。戦友のタンキーは、スロヴィクのことを、こう回想する。

「……カナダ兵のところにいるときだったが、あいつはじぶんの弾薬をそっくり捨てちまった。弾薬帯には、代りにレター・ペーパーをつっこんでいた……あいつは一日も欠かさず女房に手紙を書いてたからね。それからというものは、二度と弾薬は携帯しなかったんだ。……

エディには憎しみというものがまるでなかった。世の中の誰に対してもね。ドイツ人に対してもそうだったよ。あるとき、……百姓たちがかたまっているのに行きあったが、ドイツ人の飛行兵を捕まえていたんだ。百姓たちはひどくいきり立っていて、そいつの軍服を引きちぎったり、さんざんぶんなぐったりした。おれたちはドイツ兵を保護して、ジープで連行した。エディはドイツ兵に親切で、たばこをやったりした。晩になってからも、しょっちゅうたばこをやっていたんだ。……」

このあたり、スロヴィクは、シュベイクとそっくりだ。

やがて彼は所属部隊から数日はなれる。しかし、脱走兵として自首して出るためにである。

彼の自供書には、次のように書いてあったという。

「私儀、二等兵エディ・D・スロヴィク、番号三六、八九六、四一五番は、脱走を犯したことを自白いたします。脱走を犯したのは、部隊が、フランスのアルブッフにあったときであります。私は補充兵としてアルブッフに来ました」（エルブーフという地名は、原文では二度とも「アルブッフ」と綴られている）。「かれらは町を砲撃し、われわれは塹壕待避の命をうけました。早朝、かれらは再びわれわれに砲撃を加えてきました。私は、震えがとまらぬほどの不安をおぼえ、戦友が壕を出たさいも、私は離れることがまったくできませんでした。砲撃がやむまで、穴の中に残り、再び動くことができるようになってから、町に入ったのであります。……翌朝、私はカナダ軍の一隊に同行しました。六週間、カナダ兵のもとにいました。その後、アメリカ軍憲兵隊に引渡されましたが、再び釈放されました。私は隊長にじぶんの事情を申上げ、再び出撃しなければならぬ場合は、私は逃亡するつもりだと申しました。隊長は、自分にもどうすることもできぬと言われましたので、私は再び逃亡しました。そして、もし私が前線に送られるならば、再び逃亡するつもりであります。

二等兵エディ・D・スロヴィク署名」

スロヴィクは、一九四五年一月三十一日、ヴォゲーゼン山地のサント・マリ・オ・ミーヌで銃殺刑にされた。

第二次世界大戦中にアメリカの兵隊で敵前脱走をしたものは四万人、その中で死刑に処せられたものは、スロヴィク一人だったという。

なぜ、スロヴィクだけが、死刑に処せられたのか。統計的な偶然だったとも言える。スロヴィクに極刑を宣告した人々は、スロヴィク以外のすべての人々とおなじようにスロヴィクにも恩赦があたえられるだろうと思って気がるにこういう判決をくだしたのだという。これは、ヒューイがスロヴィクについての調査をした記録に裁判長の言葉としてあらわれている。今後も脱走するつもりだという決意表明のところが、とくに警告にあたいするものと考えられたらしい。恩赦があたえられなかったのは、ポーランド移民のスロヴィクに有力な縁故がなかったためでもあり、また、学歴もない男であったために、脱走の思想的根拠について「良心的徴兵忌避者」のあつかいをうけるために手続き上必要な、信仰上・思想上の証言をする力がなかったためでもあるのだろう。しかし、ここに復元したスロヴィクの手紙、自伝書、行動の中に、脱走の思想が明らかにされていないとしたら、脱走の思想はどのようにして明らかになるといえるのだろう。

エンツェンスベルガーによれば、第二次世界大戦中の脱走兵の数は、交戦国双方をいれると、一〇万人と推定される。これら一〇万人におよぶ現実の脱走者は、それぞれ、自分の脱走の思想をもっていたはずだ。

3　経験

現実に私たちの前にあらわれた脱走兵について、ことこまかに書く機会は、まだきていない。

ただ、脱走を思いたって相談に来たA、脱走兵をよそおってやって来たBが、いずれも、シュベイク―スロヴィクの型からはずれたまじめな型の人間だったことを書いておきたい。

Aは、はじめてベトナム戦争から休暇をとって日本で会った通訳に、その後ベトナムから何度も手紙を書いて、この戦争はいやだと言って来た。二度目に休暇をとって来た時、その通訳（日本人）と一緒に「べ平連」にやって来た。外から見たところでは健康そうな感じの美男だったが、ひどく気がめいっていたようだった。放心したように何時間も、だまってすわっていた。

「戦争からはなれたい。この日本からまっすぐスウェーデンに行く道はないか」

それが、彼のもってきた問題だった。多分ないだろうとこたえると、彼は放心状態におちいって、すわりこんでしまったのだった。前後三回、彼は、そのようにして、べ平連に来ては、すわりこんでしまった。手をひたいにあてて考えこんでいた彼のことを思いだす。そのようにして彼は、休暇のきれるその日までを日本ですごしたのだった。

最後まで彼は、アメリカに反対している社会主義国をとおる決心がつかなかった。

「これから、ベトナムにかえって、そこで高いところからおちて、足か腕を折るつもりだ。病院に二カ月ほどいれば、もう自分の戦地にいなければならない期間は終るから」と彼は言って、出かけていった。その後のことは知らない。彼はカトリック教徒で、礼儀正しい、まじめなアメリカ人だった。

Bは、自分の名前はラッシュ・ジョンソンだと言った。軍隊からもって来た書類にも、そう書いてあった。

趣味といっては、プラモデルをつくることと技術関係の本を読むことで、酒はのまない。女性関係もなくても困らない。別に退屈することもなく、何日でも、こもっていて過ごせると思う。自分には妻と子があったが、自分がベトナムで戦争をしているあいだに、自分から離れていった。そういう人間のいるアメリカには、かえりたくない。スウェーデンに行って百姓をしたい。そういうことを、よどみなく彼ははなした。

彼は、やせ型で、はなす英語も規格にあったもので、書く英語にもスペルのまちがいなどなかった。態度は抑制されていた。大学では理科にしばらく籍をおいていたが、中退したという。彼は、北海道までゆき、そこで腹が痛くなったと言って便所に行き、ついにわれわれのところにはかえってこなかった。彼が姿をかくしてから、数時間後に、彼と同行していたもう一人の脱走兵メイヤーズが、日本の警察の手でとらえられた。

AやBのような人は、ふつうには脱走兵にはならない。われわれの知っているところでは、アメリカ人の脱走兵の多くは、原理の上でベトナム戦争に反対だというだけではなく、自分の性格の中に軍隊に反撥する何かをもっている。その何かは、いろいろなのだが。こどもの時からまじめで教師や親からほめられて育ち、今でも「あの男がベトナム戦争に反対なのは残念だが、しかし立派な男だ」とほめてもらいたいと思っている人は、脱走兵にはならない。

Cは、ベトナムで腕を射ぬかれ、日本におくられて来た。ちょうど東京の王子野戦病院にいたころ、日本のデモ隊が病院をかこんでベトナム戦争に反対をさけんでいるのをきいたという。全快して病院を退院し、もう一度ベトナムに送られようとする直前に逃げた。おとなしい男で、一日中だまってにこにこしていた。退屈はしないらしい。スケッチ・ブックをあけて、一枚にゆっくりと時間をかけて、目に見える景色をかいていた。一枚の絵にどうしてあれだけの時間をかけるのかと思うくらいだった。画風は、サイケデリックな画風というのだと教えてくれたが、画風だけでなく、彼の人がらそのものが、ヒッピーだった。羊のようにやさしく、それゆえに戦争というものは、彼には理解できないのだった。日本滞在の記念に彼ののこしていったらくやきは、今も私の手もとにある。

ポールののこしたもの

一九七〇年五月十二日。

去年（一九六九年）の今日、ポールは、つかまった。

彼がアメリカの軍隊からはなれて、日本人のあいだに住んでいたのは、七カ月に過ぎなかったけれど、彼がわれわれにのこしたものは大きい。

それは、なされたことの記憶である以上に、なされなかったことの記憶として、われわれのあいだにのこっている。

脱走兵をかくまうということは、戦前に育った日本人の常識としては、日本ではできないことのように感じられていた。ところが、それが戦後にはできるようになった。これまでに私の知ることができたところでは、今年の五月はじめ、東京の八重洲口の中華料理店の支配人が、岩国から逃げて来てここで働きたいと言ったアメリカの軍人を岩国の米軍基地に長距離電話をかけてしらせてつかまえさせたという実例がある他には、（米軍にやとわれている以外の）普通の日本人がアメリカの反戦兵士をアメリカ軍にわたしたという例を知らない。日本の世論には、この点では、戦前にくらべてあきらかに変化があると思う。

脱走兵観のこの変化は今のところ、ベトナム戦争をいやがって逃げるアメリカ兵士にだけかかわっているが、それが、ベトナム戦争にかかわるように命令された場合の日本人の日本の軍隊からの離脱にもむけられるかどうか。これは、われわれの未来にかかわる一つの重要な問題だ。

しかし、異国の兵隊だから、その人が軍隊から逃げることについて寛大だということは言えるとしても、その寛大ささえも、戦前の日本にはなかった。戦前の日本人は、どの国の脱走兵にたいしても、国家に対する不忠ということで、反感をもった。戦前の日本のように日本の国家にたいする忠義を第一のものとして育つと、その思想は、部分として、他の国々においてもそれぞれの国家にたいして忠誠であるような人をよしとするような倫理をふくむことになった。

敗戦以後、日本人がそれまでのような流儀での国家への忠誠にうたがいをもち、敗戦から二十五年後の今日もその権利を保留しているところに、アメリカの反戦兵士に対するその寛大さは由来する。

しかし、日本の政府は、国家の戦争放棄を実はやめたいので、ベトナム戦争についてアメリカに協力する方針をとっている。アメリカの軍隊からはなれて、戦争がいやだといって日本に住んでいる兵士についても、日本政府は警察につかまえることを命じている。法律上は、日本の警察は、アメリカ軍の要請に必ずしも協力しなければならぬというわけではないはずだが、実際には、要請があればアメリカの指揮のままに、つかまえにくる。ここで、日本の民衆の思想と、日本の政府の思想とは、ベトナム戦争にかかわる行動の形において、ちがうものとしてあらわれており、そこには、微妙な対立がある。これまでになされたアメリカの反戦兵士への日本人の援助は、少数の個人によって行なわれて来たものではあるが、それら個人の努力は、日本の政府の意志とことなる日本人の世論に助けられてはじめてつづけられて来たものである。

ポールのことにかえろう。彼は、模範的な作法の人物とは言えなかった。時々、ホームシックの発作におそわれるらしく、酒場で一晩中よっぱらって、

「誰も自分を理解してくれない」

とわめいて、まわりの人々と乱闘したりしたこともあった。

「脱走兵の心には、望郷の心が重くのしかかってくる。この望郷の心とたたかうのが、自分の仕事だ」

という手記の一部を見せてくれたことがある。

言葉が通じないということが、ポールをノスタルジアの起るごとに、孤独地獄のなかにつきおとした。しかし、そういう時にも、彼の口から、日本人をののしる言葉がでてくることはなかった。奇妙と言えば奇妙なことだし、理屈に合うと言えば理屈に合うことなのだが、私の会うことのできた脱走兵は、いずれも、人種的偏見から自由だった。

アメリカ軍をはなれて日本人の間でくらそうという決断は、そういう感情を前提としているのだろう。また、ベトナム戦争はいやだと思う感情は、つきつめてゆけば、アメリカの人種的偏見にもとづく戦争はいやだという感情にゆきつくものだろう。ポールが日本に住みつづけたいと思っていたことはたしかだ。しかし、彼は、ある朝、道ばたで警官にあやしまれ、交番につれてゆかれた。警官はこの時は、大した意味もなく同行を求めたらしいが、これがポールにとっては運命の別れ道となった。

彼が川端署につれて行かれてからのことは、この文集（『脱走兵ポールのこと——リメンバー・ポール』）にくわしい。川端署からさらに米軍にわたされてからのことを、次に書いておきたい。

川端署から出て行った米軍の車を追っていった仲間は、この車が伊丹空港の新明和工業の所有地に入るのを見た。しばらくして、ポールをのせたと思われる飛行機が東にむかってとんで行った。われわれは、東京の仲間にたのんで、相模原の米軍基地に行ってもらい、ポールがここについたことをたしかめた。やがて、獄中のポールから連絡があったので、私は、岡邦俊弁護士と一緒に立川基地のポールに会いに行った。

ポールの主任弁護人は、ナンシー・ハンター法務少佐と言った。彼女はポールの要求にしたがって、岡弁護士と共同で弁護にあたることを約束し、さらに京都からこれまでポールを助けて来た何人かの日本人を証人として呼ぶこと、また他にも傍聴者として日本人を呼んで公開裁判とすることを計画した。

その後、私は、自分のつとめ先だった同志社大学が学生の手で封鎖されたので、相模原の米軍基地から私の研究室あての連絡の線がきれた。もうそろそろ、裁判の日どりについて、ハンター少佐からしらせがあってよいころだと思っていると、東京のべ平連すじから、岡弁護士が電話で連絡してみたら、すでにポールの裁判は終っており、ポールは六カ月の刑をうけたとしらせてきた。東京側では、それまでに何度も、ハンター少佐に電話で連絡しようとしたそうだが、不在ですと言われて、何もきくことができなかったそうだ。今から思えば、居留守を使われていたのだろう。

私は、あらかじめ電話をかけないで、直接相模原の米軍基地に行き、ハンター少佐に会見を申しこんだ。ハンター少佐は、秘書とふたりきりの大きな部屋ですわっていた。私がドアをあけると、まの悪そうな顔をした。その時の表情を、私は、今も思いうかべることができる。こどもが何か悪いことをした時の表情だった。

この人は、嘘をつけない人だなと私は思った。

それから、彼女は、裁判前の立川基地司令官との合意（プリトライアル・アグリーメント）で、日本人の弁護士と証人・傍聴人を呼ばず、裁判を公開にしないという条件で、ポールは脱走の罪にとわれないという提案がなされ、ポールは、その提案をうけいれたと言った。

「しかし、それなら、そのように、私たち日本人側にしらせてくれるべきではなかったか？」

と私がきくと、

「多分（パハップス）」

と彼女は、こたえた。

「ポール本人が、そうきめたのなら、仕方がない。私たちとしてはポールのためになることがよいことだと思うからだ。しかし、あなたは、私にたいして、人間として悪いことをしたとは思わないか」

ときくと、

「多分そうだと思う」

と彼女はまた答えた。

ここで、別の事情について説明しておく必要がある。それまでに私は、立川基地でポールに二度あった。二度目の時には、ハンター少佐が席をはずしてくれたので、私は、ポールとさしむかいになり、

「ハンター少佐は、弁護人として信頼できるか？」

ときいた。

「彼女は公平だ。自分の利益を守ってくれる」

というのが、ポールの答だった。

「もし、彼女に不満だったら、アメリカの反戦運動から弁護士を派遣してもらうことができるという話があるが」

「彼女とあなたがたの協力で弁護してもらうのがいいと思う」

と私がきくと、

そしてポールは、彼とつきあいのあった何人かの日本人の名をあげて、証人として、誰に出てほしいなどと言った。

ポールの立場がかわったのは、ポールと一緒に脱走したジョンソンが大阪でつかまって、彼と対決させられてからだった。このジョンソンがつかまってから、私はポールに会ったことがない。日本人の弁護士と証人、傍聴人をいれて、日本の世論にたいしてひらかれた裁判をとおして、反戦活動をつづけるという彼の意志は、ここでくずれたものと思われる。

日本人がアメリカの軍事裁判に出ることができる。これをきいたのは、もう二年も前のことだ。北海道で、脱走兵のメイヤーズがつかまって、横須賀の米軍基地におくられた時、私は会いに行って、司令部とかけあった。あいにく、司令官の大佐はアメリカに行って不在だったので、副司令の中佐と法務官の中佐と話した。その時に、法務官のサバロス中佐が、

「本人の依頼状さえあれば、日本人の弁護士は、軍事法廷に出てメイヤーズの弁護をすることができる。弁護士でない日本人も、メイヤーズの要求さえあれば、軍事法廷に出ることができる」

と教えてくれた。あいにく、私はメイヤーズを知らず、この計画は、この時には実現

しなかった。この横須賀訪問の時に得た知識を、今度の相模大野、立川訪問で活用しようとしたのだが今一歩というところでまたできなかった。

岩のぼりに二度失敗したようなものだ。しかし、この二度の失敗を、今後にいかしたいと思って、この記録をつくっているのだ。

私たちに知らせずに裁判を終えたあとで、自分の判断を正当化しようとしてハンター少佐は、

「日本人の弁護士と証人が出るということは、軍人の陪審員に悪い印象をあたえて、ポールの刑をかえって重くするから」

と説明した。しかし、その後に、アメリカの軍事裁判の経験をもつ人びとにきくと、一般市民に公開された軍事裁判においては、軍人の裁判官は自分たちの公正さを印象づけようとしてかえって被告の利益をよりよく守ろうと努力するそうである。ましてや、日本の再軍備をすすめようとしているアメリカ軍当局が、軍隊というものはこんなに不公平でひどいものかという印象を日本の世論にたいしてあたえようとは思わないにちがいない。砂川の農民の基地拡張反対におびやかされている立川基地の米軍司令官としては、公開裁判にさいしてはさらに慎重にならざるを得ないだろう。

私たちは、メイヤーズの時とポールの時の失敗にこりずに、この失敗を足がかりにして、日本人に公開されたアメリカ軍事裁判をかちとることをめざしたい。

この経験は、おそらく、日本の自衛隊にたいして日本人が反戦運動をすすめる上でも、

役にたつにちがいない。

自衛隊の問題になると、これは日本人のことだから、反対しにくくなるというのでは、またもとのように、ことの是非にかかわらず自分の国を支持する単純な国家主義に逆もどりすることになる。アメリカの反戦兵士がわれわれの間につくったインタナショナルな反戦運動の姿勢を、その時にも保ちつづけるようでありたい。

もう一つ、今思い出したが、デニスがポール・サイモンと名のったのは、彼がジャズが好きだからで、ポール・サイモンはすぐれたフォーク歌手だという。

アメリカの軍事法廷に立って

1

十一月十二日（一九七〇年）に、私は、岩国の軍法会議に出た。当日は被告ノーム・ユーイング二等兵のために証言をするつもりでいたのだが、ノームの母親を呼ぶことを裁判長がみとめて裁判が長びいたので、その日は証人として何も言うことはできなかった。

二回目の裁判は十二月九日にあり、私はそこで証言することができた。ここに、この裁判への自分のかかわりかたを書くことにする。

三年前から私たちのやってきた反戦米兵の援助活動は、先例のないものだったので、手さぐりで進んできた。はじめに考えぬかれた方針はたっていなかったし、そのことはマイナスであったが、しかし、十分に考えぬいたふりをした理論をたてておいてそれに拘束されるよりは、動きやすかったし、動いてくるなかで、だんだんに今までよりはっきり遠くまで状況が見えてくるようになった。

失敗も多かったが、その時、失敗であったことがあとで生きてくることがあった。今度のノーム・ユーイング二等兵の軍事法廷に弁護の役をつとめることができるようになったのも、この三年ほどの私たちのにがい経験の結実である。

「私たち」とここに書いたが、その私たちがだれであるかは言う必要はないと思う。JATEC《ジャテック》と呼ばれることもあるが、これも、すでに行動をおこしてからあとでつけた名前であり、その反戦米兵援助日本技術委員会というもっともらしい名前をもつ団体によって、私たちの活動が全部になわれているわけではない。

べ平連と呼ばれることもあるが、べ平連以外の人びとも入っているだろうし、べ平連が全体として、この反戦米兵支援活動をしているわけでもない。この活動をしている人がその活動をしているのだという、同義語反復みたいな仕方で、特徴づけるのが、この活動の性格にふさわしい。

この活動は、その性格上、完全に公開というわけにはゆかない。しかし、完全に非公開というわけにもゆかないのである。それは、この活動が、どこかの団体から資金をもらってやっているものではないという性格から自然にきまってくるもので、自分の金をいれるだけでなくひろく資金援助をうったえる必要をもつからだ。

それだけでなく、アメリカの軍事法廷に出て反戦兵士の弁護をしようと計画するからには、活動のある部分をはっきり公にする決断が必要になってくる。この活動は、ひそかに反戦兵士を助けるという部分だけでなく、公然と助けるという部分をもち、なるべくその援助のはばを日本人、アメリカ人の間にひろめてゆく意図をもっている。アメリカの軍がこの活動にどう対応するかは、まだよくわからないが、かれらが反戦兵士の軍法上の権利をふみにじらないようにするための一つのはたらきかけとして、この公然とした運動をすすめてゆきたいと私たちは考えている。

それにしても、活動の非公開の部分は守らなければならない。それに、私は、活動の総体について知っているとは言えないので、私たちが何ものであるかについて言うことはできない。私はこれから、公開部分について自分の責任をもてる範囲でこの文章を書くことにする。

だから、「私は」という仕方でのべることが多いことになるが、それは、私が、この反戦兵士援助活動の代表だということではない。

代表というよりは、その活動の一つの見本という意味で、「私」という主体について理解してほしい。

2

この活動は、一九六七年十月末のイントレピッド号乗組の四人の兵士の脱走援助からはじまった。あくる年、一九六八年十一月五日、北海道でJ・L・メイヤーズ水兵がアメリカ憲兵指導下の日本の警察にとらえられ、米軍の手にひきわたされた。これは、アメリカ軍が、ラッシュ・J・ジョンソンと名のるスパイを「脱走兵」として私たちの間におくりこんできたために、起った失敗だった。北海道のある場所でジョンソンは、メイヤーズがとらえられる直前までいっしょにいて、「ちょっと腹がいたい」と言って便所にたったままその後、姿をあらわすことがなかった。そのあとで、メイヤーズにたいする警察の自動車数台をつらねての追跡がはじまったのだった。

メイヤーズが米軍にひきわたされたあと、私は、彼のとらえられている横須賀のアメリカ海軍基地に行った。ちょうど司令はアメリカにかえっていて不在で、しばらくまたされた。私のすわっているすぐ前のところに金色の板が一枚かかっており、そこに横文字で名前がならんでいた。

一八八四年仁礼中将からはじまって一九四五年に入って突如としてアメリカ人の名前にかわり、それからはもはや将官ではなく大佐がならんでゆく。

これは代々の横須賀基地の司令のリストなのだが、日本の代々の司令官とアメリカの司令官とが切れ目なしに接続していることに、私はびっくりした。ここにアメリカ軍人の現状のとらえかたを見る思いがした。万世一系という言葉がふと心をかすめた。支配者がかわっても、支配の形には、それほどちがいはなかった。

やがて、副司令の海軍中佐があってくれるということで、その部屋にとおされた。用件を話すと、うけもちの人を呼ぶからということで、法務中佐をつれて来てくれた。

メイヤーズ水兵は、たしかにここの重営倉にいる、とかれらは言った。あなたに会わすことはできないが、手紙を書けば、責任をもって、自分が彼にわたそう。

法務官二人は、軍隊に入るまえには、意味論の勉強をしていたことがあるそうで、日系米人で意味論の教授S・I・ハヤカワにならったことがあると言っていた。

「だれが反戦的か、などということは、定義次第でいろいろに言えることで、わかるものか。軍人は、みんな戦争はきらいだ。あなたと、私たちと、どっちが戦争をきらいかはわからない」

などとかれらは言って、しばらく雑談するうちに、ふと、

「アメリカの軍事法廷には、日本人も出られるよ。その兵隊がたのみさえすれば、日本人の弁護士をたてることもできるし、弁護士の資格のない人でもいいのだ。あなただって、出られるのだ」

これは、初耳だった。前にも書いたように、私たちは、しろうとのあつまりなので、反戦活動についても法律の知識のもちあわせをもってはじめたわけではない。イントレピッドの四人の脱出が終了するまで、この四人を援助する行動が、日本の法律（安保条約にもとづく刑事特別法）から見て罰し得ないということさえ知らなかった。ましてアメリカの軍法についての研究をしたことなどもない。日本人がアメリカの軍事法廷にたって反戦兵士の弁護ができるなどということは、この時まで想像したこともなかった。

メイヤーズの時には、私たちの努力はまにあわなかった。彼はすぐさまアメリカに連れてゆかれ、そこで軍事裁判にまわされ、除隊処分をうけた。その時から半年して、一

九六九年五月十二日にダニエル・D・デニス陸軍一等兵が日本の警察の手で京都でつかまり、米軍にひきわたされた。この時、デニスをアメリカ軍にひきわたすなという主張をかかげておこなわれたデモとすわりこみの中から、四人の逮捕者が出た。その中の一人についての裁判は一年半後の今もつづけられている。(註。二年後の一九七一年九月二十七日、無罪になった。)このように裁判が長びく時、当事者の就職、その生活設計にあたえる影響は大きい。反戦兵士を助けるという運動は、このように多くの日本人の生活をかえてゆくものとして、今もつづいている。

デニスは、大阪から飛行機で東京の方角におくられた。私は、岡邦俊弁護士と一緒に、立川基地の重営倉でデニスに再会することができた。軍が彼につけた官選弁護人は、ハンター法務少佐という若い女性で、彼女は、デニスの依頼をうけて、岡氏を弁護団にくわえ、日本人の証人を二人ほど京都から呼んで裁判にのぞもうと言った。

私は京都から東京にかよって、ハンター少佐とは三度、デニスとは二度あった。ハンター少佐が席をはずして、私とデニスとをふたりきりでおいてくれたことがあったので、重営倉の中で、私はデニスに、弁護人はハンター少佐でよいのかどうか、とたずねた。民間の弁護士をアメリカから呼ぶ可能性が、のこっていたからだ。

するとさ、

「彼女は公平で、自分のことを考えてくれる。彼女が自分の弁護人でさしつかえない」

ということだった。

そのころ私のいた同志社大学が学生の手で封鎖されたりして、学外と私との電話連絡がうまくゆかなくなっていた時期があった。ある日、私は東京から、デニスの裁判はもう終ったというしらせをうけた。重労働六カ月の判決だったという。東京の岡弁護士は、何回か、ハンター少佐に電話したが、いないという返事でまだ直接に会っていないという。

私は、前もって電話で都合をきくのをやめて、直接にハンター少佐の事務所を訪問した。

扉をあけると、彼女は、まのわるそうな表情をした。その表情は、なんとなくわかるような気がする。子どもが悪いことをした時に、おとなにたいしてする表情である。私は、自分が年をとったなと思った。年齢の上での人間関係は、こんなふうに、軍隊の法規とか国籍と独立して、反射としてあらわれることがある。

たしかに、裁判は、もう終ったとハンター少佐は言った。しかし、裁判に私たち日本人を、弁護人、証人、傍聴人の三つの資格で呼ぶはずだったではないか、ときくと、そうだったと言う。

「けれども、被告の利益を守るためには、日本人を呼ばないほうが刑が軽くなると考えたし、そういうふうにデニスも納得した」

という。それでも、私たちにそのような計画の変更さえしらせてこなかったのは、人間としての信義にもとると思うけれども、ときくと、

「多分（パハップス）」

と言って、元気のない表情だった。

3

ここでもう一つ書いておかなくてはいけないことがある。デニスがアメリカ軍からはなれた時に、もう一人ピーター・ジョンソン一等兵（スパイとして入って来た偽脱走兵のジョンソンとは別人）というのがいた。

彼が大阪で日本の警察につかまり、重営倉でデニスと対決させられたことが、デニスが裁判をとおして反戦の意志をアメリカ人と日本人とにもう一度うったえることをやめた原因になっただろうということだ。

重営倉で二度あった時、とても元気だったデニスは、その後、日本人への便りをたった。（註。おくれて、たよりはあった。）

もう一つの原因を考えることができる。立川基地の司令官が裁判前に弁護士と被告とを前にして打合せをした時に、日本人の介入をさけるようにつよく圧力をかけたのは、デニスのおかれている重営倉がたまたま砂川にあったという事情によるものだろう。

基地の滑走路の拡張を要求して十三年、その要求をこばまれてきたこの基地の司令官としては、日本人の介入というのはいやな感じのものだっただろう。飛行機の離陸着陸ごとに、砂川の農家にたつ旗竿にじゃまされ、どれだけのろいの言葉をはいてきたか。

それに、何回となくくりかえされた基地をめぐるデモとメーンゲート前のすわりこみも、日本人の世論が簡単にいなすことのできない何かであることを感じさせただろう。

デニスの重営倉が砂川の農家のとなりにおかれていたことは、おそらくデニスの刑を軽くしただろう。しかし、日本人を軍事法廷にいれないということによって彼の刑が軽くなったかどうかについては、ハンター少佐の判断を必ずしもうけいれることができない。数多くの反戦兵士の軍事裁判ととりくんできた米人牧師の言によれば、日本人をいれなければ刑を軽くするというのはアメリカ軍のおどしであって、実際には日本人を法廷にくわえることによって、軍事裁判はより公平になり、反戦米兵の刑も軽くなるだろうという。

なぜなら、アメリカ軍は、日本の国家が公然と再軍備してアメリカの側にたって戦うことを望んでおり、その目的のためには、軍というものがいかにいいかげんなものかを、軍隊の経験のない日本の若い人々に知られることを望んではいないからだ。

このような米人反戦牧師の判断は、これまでのところノーム・ユーイングの裁判の場合にはあてはまっていると言えそうだ。

というのは、デニスの場合には、ここそとわずかの時間で形式的に処理された裁判が、ユーイングの場合には、朝九時半から午後三時半までつづいて終らず、十二月に至るまでもちこされているからだ。判決の軽重はともかく、アメリカ軍は、公平であるという印象をあたえるように努力している。

ユーイングの軍事裁判に日本人が出ることができるようになったのは、突然にアメリカ軍があたえてくれた恩恵ではない。一九六八年のメイヤーズの逮捕、六九年のデニスの逮捕の時に失敗に終った努力が、今度生きてきたということなのだ。アメリカ軍法についての小野誠之弁護人たちの研究も、デニス逮捕の時にはじまって、今では一年半の学習の厚みをもっている。

アメリカ軍が公平さの印象をあたえようとしてノーム・ユーイングの裁判については努力している、と前に書いた。この公平さは、むしろアメリカ軍の意図に反して、かれらがかくそうとしているものが図らずも流露するさいに、よりよくあらわれるものだと言えよう。

本誌（『朝日ジャーナル』）の読者にはくりかえしになるかもしれないが、ノームの「罪状」にふれよう。彼は、不許可離隊と治安攪乱の二つの罪で追及されている。

不許可離隊については、彼がベトナム戦争がいやになって米軍とはなれて日本人の間にくらし、その後アメリカ軍内部で反戦兵士として活動しようと決心して基地に帰って来たということ。治安攪乱については、帰隊後の七月四日に基地内の「暴動」に参加していたことがあげられている。

この「暴動」の直後、八人の囚人兵が岩国基地から横須賀基地に飛行機でおくられた。その時、八人はじゅずつなぎにされて飛行機の裸の床にねかされ、それぞれ片方の手足は手かせ足かせで側壁にとめられ、もう一方の手足は中央の鎖ごしに隣の囚人兵の手と足につながれていたという。マーク・アムステルダム弁護人の言葉で言えば、古代の奴隷船のようなありさまだった。

このような輸送の仕方そのものが、裁判以前の刑罰であるから、そうした刑罰をくわえたあとの裁判はみとめることができないというのが、弁護人の動議だった。この動議は、却下されたが、却下される前の審理にさいして、虐待の状況が明るみに出された。

4

輸送の指揮官であったレッドキー少佐が証言台にたった時、

「被告の名を知っているか」

ときかれて、

「いいえ」

と答え、それからすぐに、

「何という名だっけ」

とききかえし、

「ユーイング」

と教えられると、「おお」と言ってからくびをまげて被告席を見てユーイングをみとめると、いかにも気やすそうにうなずいてあいさつした。

これは、どういうことなのか。自分が責任をもってした輸送の残虐性がこの裁判で問題になっているのだから、被告の名を前もってしらべておかないはずはないだろう。それでも、兵士の名を記憶にもとどめてないという鷹揚な態度をよそおい、その兵隊を見る時には、彼の反抗を別に気にしていないような気安さを示してこっくりとうなずく。ここには、彼の作為が見える。

しかも、そのあとの証言では、彼は兵隊をこんなふうにじゅずつなぎにして床にねかせておかなくては自分は安心して飛ぶことができない、と言ったのだから、彼が将校として実際にはいつも兵士の反抗に不安を感じていたということがわかる。

レッドキー少佐の前に、同じく輸送にあたった憲兵が三人証言した。一人は、輸送にいくらか危険を感じたということをのべたが、あとの二人は否定した。とくに最後の一人は、じゅずつなぎにして床にねかされた状態での輸送については、

「私は、それをいいとは思わなかった」

とはっきり言った。

でも、君の想像できないような何かの道具が飛行機内にあって、それを使って囚人兵が何かするような可能性があったと思わないか、と検察官が追及すると、

「私には想像できないことを、私はどうして想像できるのですか」

と両手を大きくふって皮肉たっぷりにこの憲兵はこたえた。

休みの時間に、この兵士は他の兵士に、自分の証言について説明していた。

「おれの言ったことを、連中はあまり評価しなかったようだぜ」

アメリカの軍隊では、兵隊が将校、下士官の面前でかなりのことが言えるということがわかった。

もう一つ、これもアメリカ軍の意図に反するその本心の流露の例だろうが、小野弁護人が、基地外でユーイング二等兵を米軍憲兵が逮捕したことは安保条約の条項にもとると言って追及したのにたいして、裁判長キーズ海軍大佐が、その協定は日本人に関するものであってアメリカ人とは関係がないとして動議を却下したことだ。アメリカ軍人の目に日米安保条約は日本人だけを拘束するものとしてうつっているのだろう。

ノーム・ユーイングの軍事裁判に出て、私たち日本人に何ができるか。彼の刑が軽くなるために何かの役にたちたい。

彼が反戦思想をもつ兵士であるという、彼自身が明らかにしている事実の上にたって、彼の努力を支持する人間が在日米軍基地の外にもいるのだということをアメリカ軍にしらせることを通して、米軍の判断にはたらきかけたい。

アメリカ軍が日本に基地をもつ以上、基地をとりまく日本人がベトナム戦争についてどう感じているかに影響をうけることはあたりまえだ。反戦思想をもつアメリカ人は英語も日本語もとおさずに、その意思を日本人につたえることができる状況がすでにここにはあるのだ。

前に横須賀基地を訪問した時、日米の支配層が切れ目なしに継続していることを感じておどろいたが、青年層の文化（註。その一部は支配層の文化に対抗するカウンター・カルチュア）においても日本とアメリカは接続している。

アメリカの反戦兵士を一目見て、こだわりなく自分たちの仲間にうけいれ、助けている人びとを見ると、戦前育ちの私などには想像できなかったほど世界がにつまっていることを感じる。

ノームのような反戦兵士を助けることが日本人として当然のことだということが、私がアメリカ軍事法廷で言いたいすべてであった。

付記　一九七〇年十二月十七日、ノーム・ユーイング二等兵は九カ月の懲役と非行除隊の判決をうけた。六年後の一九七五年に彼は今度は軍隊外の自発的な反戦活動家として日本に来て、岩国をおとずれた。

ちちはが頼りないとき——イークスのこと

1

このごろおこることは、一九三〇年代によく似ている。一九三〇年代に日本におこったことと似ている事件が、一九七〇年代の日本にまたおこっているというだけではなく、一九三〇年代の日本におきたことが、アメリカにもおきているという点で、いくらか一九三〇年代そのものとはちがうとは言えるのだが、ともかく、そのころの自分の体のなかの反射をもう一度、よびさまして、この新しい時代に対したいと思う。

一九三一年九月十八日、満洲の柳条湖で、日本軍は線路を爆破し、これを張学良の軍隊のしたことだと発表して、戦争をはじめた。それより三年前の一九二八年に、日本軍が、張学良の父、張作霖を列車爆破によって殺した時には、この時にもだれがしたのかをかくそうとしたのだが、事実はかなりひろく知られてしまい、陸軍にたいする非難はつよかった。私は張作霖の殺された時に出た号外をおぼえている。その時におとなの話していたことは、だいたいが張作霖を殺したのはひどいという意味のことだったのもおぼえている。しかし三年後に、ほとんどおなじやりかたで日本軍が息子の張学良の軍隊にたいする攻撃をはじめた時、おとなたちの意見はもうすっかりかわってしまっていた。一九三一年は、日本の政府が、満洲への攻撃にふみきった年だった。私のまわりにいたおとなは、そのことを早くさとって、政府批判をやめてしまった。

今、年表をくってみると、一九三一年の満洲事変の年から二年たって、一九三三年に獄中の日本共産党の中央委員長佐野学らが、転向声明（五月執筆、六月十日発表）を出して、満洲事変支持にふみきっている。そのあと一カ月のうちに、獄中の共産党指導者の多くが転向し、この動きは、獄外の人びとをもまきこんでゆく。一九三一年から三三年にかけての時間は、二年である。この二年の間に、日本の軍国主義化への反対は、ほとんどくずれさった。

このことは、共産主義者だけにかかわるものではない。日本の数少ないクエーカー教徒として知られる新渡戸稲造は、一九二八年の張作霖爆殺の時には、このような謀略を許す政府を公然と非難した。一九二九年十月に京都でおこなわれた太平洋問題調査会主催の国際会議では、田中義一大将の内閣にたいする新渡戸の非難は、他の日本代表（副島道正）をおこらせて辞任の決意をさせるほどにはっきりしたものだった。

石上玄一郎の書いた伝記『太平洋の橋』（一九六八年）によれば、一九三二年二月四日、愛媛県松山市で、新渡戸は、日本をほろぼすものは共産党よりもむしろ軍閥であるという談話を新聞記者に発表した。このことは、現地の新聞にすぐさまに反応をひきおこし、二月七日の『海南新聞』は、松山連隊の栗田副官の、

「新渡戸博士の暴言思わず無念の涙、将卒の戦死を何とみるか」

という談話をかかげた。次々におこる連鎖反応を、陸軍も見のがすことができなくなり、両方の中でもっとももののわかりのいい左近司海軍次官と永田陸軍軍務局長を、新渡戸のところに会いにゆかせた。

左近司は会談をおえてから新聞記者に、

「しかるに博士は、右会見談として伝えられる新聞記事の全然、博士の言ったことと異なり、世間一部に博士のことばを誤解せるを遺憾とし、縷々説明され、なおこれにつき博士が従来海外に公表された意見の内容もつまびらかにし、両人（永田、左近司）も釈然として博士の真情を諒とし、重ねて国家のため尽瘁《じんすい》ありたき旨申し述べて引き取った」

という談話を発表している。

それから二カ月後の四月十四日、新渡戸は、十四年ぶりでアメリカにわたり、フーバー大統領その他のアメリカの指導者に会って、満洲事変にさいしての日本政府の政策の弁護をしてまわった。十四年ぶりの渡米というのは、新渡戸にとって、よくせきの決心だったろう。というのは、一九二四年に日本人のアメリカ入国を禁止した「排日移民法案」が米国の議会を通って以来、この法案が撤回されないかぎり米国の土をふまないと

ちかっていたからである。あくる年の一九三三年八月に、カナダのバンフでひらかれた太平洋問題調査会の会議には、日本側委員長として参加し、日本政府の立場を弁護した。先に新渡戸の演説におこって太平洋問題調査会の役職をやめた副島道正は、この時の新渡戸について、

「バンフの太平洋会議に於ける博士は、失礼ながら満点であった。氏は此会議に於て大に我国威を宣揚したのである」

と折紙をつけた。

それから程なく同じ年の十月十五日、カナダ滞在のまま、新渡戸は死んだ。

2

佐野学と新渡戸稲造にとって、満洲事変開始後の二年間におこったことは、今日のわれわれにとって重要な意味をもっている。

時間の感覚というのは、年齢とともにかわるものなので、私は、自分のこどもの時に出会ったこれらの事件が、かなりの間をおいておこったように感じていた。今、もう一度、資料にあたって見て、これらの事件が、わずか二年の間におこっていたことに、あらためておどろいた。

戦後の日本は、一九五〇年六月二十五日の朝鮮戦争開始にさいして、アメリカ軍が警察予備隊をつくるように日本政府に命令した時から、軍隊なしの国家としてなだらかな

道を歩いて行くことを期待できないと感じた。この時をはじめと仮に考えるとすると、その時から二十一年たっている。

その後の二十一年間におこったことは、敗戦直後におこったことよりも、重要だ。すくなくとも、平和思想に関するかぎり、敗戦直後の四年間よりも、朝鮮戦争以後の二十一年間のほうが重要な時期だったと思う。

この二十一年の持続の中で、私たちは、もう一度、佐野学や新渡戸稲造のとりくんだ問題に出会い、それを自分なりの仕方で解くことをせまられる。政府のすでにきめた戦争政策にたいして、抵抗する根拠を、自分の生活の中にどのようにしてもちうるかという問題である。満洲の出先の将校が張作霖を殺した時にはこれを批判した新渡戸稲造が、満洲の軍事行動を政府が支持しこれを国民がうけいれるのを見て、自分のそれまでの反対を賛成にかえた。同じような状況が、獄中の佐野におこった。政府が本腰をいれて戦争政策にのりだす時、マス・コミュニケーションに手をまわして国民にうったえてゆくことが普通であり、量としての国民の世論のとりあいでは、反戦運動は不利な立場にたつ。

世論調査などにあらわれるような国民の世論を背後にもってはじめて平和運動をすることができると考えるような立場は、国策としての戦争コースの確定とともに、平和にたいする熱意をうしなう。敗戦直後の四年ほどは、日本は占領軍によって平和への熱意をもつようにマスコミその他の便宜をあたえられていた。しかし朝鮮戦争以後の二十一年間に、平和への意志の基盤を別のところに求めなければならぬことが、明らかになってきた。

こうした状況の中で、私の知合いになったアメリカ人の何人かは、戦前のアメリカ人が教えることのできないことを、教えてくれた。それは、国家が戦争政策をきめたあとにも、おしまけずに反戦運動をつづけてゆく努力のなかから、当然にうまれたものだ。満洲事変から二年ほどのあいだに日本では大正時代に育った急進主義と自由主義とが急速にくずれたことを前にのべたが、アメリカがベトナム戦争を一九六〇年にはじめてから、すでに十一年がすぎている。ベトナム戦争反対の運動は、米国国民の三分の一以上をとらえることができないでいるが、しかし、政府のきめた戦争にたいして対抗しつづける姿勢をくずしていない。

もともとは、動員されてゆく年齢にある若い人びとのあいだからはじまった反戦運動だが、運動が十一年もつづくと、それは、若い人だけの運動ではなくなる。若い人そのものが年をとってゆくからだ。二〇〇年たらずのアメリカ国家の歴史の中で、もっとも長い期間にわたる戦争となったこのベトナム戦争にたいする反対運動は、一九三〇年代のニュー・ディールのように中途半端にとぎれてしまった国家改造の運動とちがう、持久力のある抵抗の質をつくりだした。

3

ヤン・イークスは、そういう人のひとりとして、私の前にあらわれた。彼は、自分のことを、

「私はウッドストック・ネーションのひとりだ」

と言う。ウッドストックにあつまった三〇万人の若いアメリカ人の映画を見たことがあるが、その中に出てくる人たちから、ぬけ出て来たようなところがイークスにはある。映画『ウッドストック』の中で、今も忘れることのできないのは、十七、八歳の少年で、彼よりもっと若い少女と一緒に、旅をしている途中だという。りんごか何かをたべながら、こんなことを言っていた。

「おやじは、移民で、はたらけ、はたらけと自分には言ったが、ほんとうは、はたらいてもどうにもならないことがわかっているので、自分のような生き方を、心の底ではわかってくれていると思う」

「だれとでも、話ができると思いますか。たとえば、大統領とでも」

とマイクをもった男にきかれると、

「大統領とでも、話しますよ。むこうが話す気があればね」

「むこうから見たら、あなたのくらしかたは気ちがいじみて見えるのではないですか」

「そうかもしれない。だが、わたしは、こうして道ばたにすわっていて、それでたのし

いのだけれど、大統領のほうは、道ばたにこうしていればたのしいという人ではないでしょう。むこうのほうが、気がくるっているのではないかな」

こんなふうに、話が進む。そのとりとめのなさ。しかし、そのとりとめのなさに、らくらくと、平和への意志がささえられ、くりひろげられているのを感じた。

ヤン・イークスは、こういう気分をもって生きる人として、私の前にあらわれた。彼が、主としてヒッチハイクなどの方法で日本全国を動きまわり、日本人にとっても信じにくいほどの安い生活費でくらしてゆく、その自由なくらしのスタイルは、まさにウッドストックから出て来た人のものである。

イークスは、アメリカ西海岸の大学の工学部の学生だったそうだ。彼の社会にたいしてもつ関心は、きわめて工学的であり、反戦運動の設計も、行動中心である。何かの行動に帰結しない思想には意味がないというプラグマティック・マクシムを、彼は、ブラック・パンサーからうけついだものとして、私たちに教える。

機械にたいしてはたらきかけることから、社会にはたらきかけることに、イークスの関心がうつってから、彼は、法律を勉強したそうだ。今では彼の活用する法律知識は、戦争をすすめる側にとってはてごわいものとなった。日本の反戦運動がアメリカの軍法について実地に応用できる知識を習得したのは、彼のコーチにおうところが多い。

学生時代にベトナムに旅行し、そこからアメリカを見るようになってから、彼は、アメリカの軍国主義が、今の政府の機構をそのままにしておいて政策をすこしばかり手なおしすることでは、おしとどめられないことを知った。アメリカが軍事基地をおくところでは、どこでも新しいベトナム戦争をひきおこす可能性がある。すでにアメリカの兵隊の中におこっている反戦の思想がもっとはっきりした形で、アメリカの軍の機構とむきあうところまでくるために、アジアにあるアメリカ軍の基地のどこにも、反戦活動をする人間がいる必要があるという。そのような活動をになうものとして、彼は自分を位置づけている。

アメリカの法律は、戦争反対の兵士にある程度の権利を保障しているが、その権利についての知識を、軍隊は、兵士につたえようとしない。そのために実に多くの兵隊が、これまで、ベトナム戦争をのろいながらも、逃げ道を見出すことがなく、戦争に追いこまれていった。彼らに、法律上の知識をあたえ、彼らが、自分たちの権利を守りつつ、長つづきする反戦運動を軍隊の内外にあってなしうるように、多くの活動が、必要とされている。その要求にこたえるために一身をかけているイークスは、逆に、アメリカの法律によって追及されている。

4

イークスは、自分が、兵役を拒否していることをはっきり認めて、自分の反戦運動を日本で進めようとしている。それは、彼が沖縄や岩国で、反戦兵士を助けていることを、アメリカ政府が妨害しようとして、彼の旅券をとりあげようと図っているからだ。旅券取りけしにかかわるアメリカ大使館のヒアリングはすでに一度福岡でひらかれ、さらにつづけられる予定である。兵役拒否は重罪だそうで、イークスは、米国に強制送還されて、投獄されることがありうる。

いっぽう、取りけしになった旅券をもとにしてあたえられた日本政府の入国許可が、期限ぎれになったので、イークスの日本滞在はきわめて不安定な状態におかれることになった。

イークスは、ニュルンベルク裁判の精神から見て、ベトナム戦争における米国の行動は戦争犯罪を構成するとしており、このような戦争犯罪に参加することから逃れたいという。彼は、自分を平和憲法をもつ日本への政治的亡命者として規定しているが、日本政府がどのような態度で対するかは甘い見とおしを許さない。

工学部学生、弁護士助手として活動してきたイークスは、現在は、彫刻を勉強している。その彫刻の技術は、先生の野村久之によれば、うまいとは言えないものだそうだが、くさりにつながれた両腕をつくるなど、彼自身の心の底にあるものの表現であることはたしかだ。

彼はまず、人間なのであって、人間として、アメリカのベトナム戦争にたいして反対している。その反戦の目的に、工学部的関心も、法律上の知識も、彫刻も、自然にかかわりをもつことになる。このように自由に活動の形をえらぶことにおいても、イークスは、ウッドストックにあつまった若い世代の精神を代表している。

何という題だったか忘れたが、アメリカの兵隊の見る映画を見たことがある。そこでは、軍隊に入ったあとすぐに頭をみじかくかられるところが、力をこめてうつされていた。やがて軍曹に大きな声で、命令され、同じような大きな声で、機械的にこたえる訓練をさせられる。それから、地面を相手の腕たてふせ。やがて銃をあたえられ、ベトナムに行ってからは、銃だけがたよりなのだとおしえられるところ。

兵士の心の中に、この教訓がこだまする。

「銃なくして、自分は、無だ」

そうだ。ベトナムの住民は、銃なしの自分を、守ってはくれないのだから。言葉も風俗もちがうアジア人の間にたつ時の彼らのたよりなさが、やがて、銃に自分をたよらせる心境へと導くのだろう。その道は、状況次第では、ソンミの虐殺に行きつく道だ。

この構造を、この映画をつくった人びとはアメリカ兵が自分自身の手でとらえることをすすめる。髪をみじかくかられること、大声でくりかえされる命令に、はいはいと応じること、自分のもっている銃にもたれかかること、そのような身ぶりの意味に目ざめることから、彼らは再出発する。このような軍隊的なくらしかたに対抗する自分のくらしかたをきずくことが、『ウッドストック』にあらわれたアメリカ人の目標であるし、ヤン・イークスという反戦活動家を支える思想なのだ。

ヤン・イークスは、男性帝国主義といって、私たちの運動をよく批判する。日本の反戦運動が、原理についての大声での議論で始まってそこで終るのは、男性帝国主義の指導下に日本の反戦運動があるからだ、と彼は言う。

イークス夫人のアニーによれば(とイークスは言う)、女同士が話しあう時には、別に指導者はいらない。指導者から平メンバーへの上意下達のような形は、必要ないのだという。そのような何げない自然の流れが、日本の反戦運動の中にあらわれるようでありたい。私たちは、イークスから、運動の形について、もっとまなぶべきところがある。

5

昨年十二月に岩国基地で軍事裁判にかけられたノーム・ユーイングは、自分が軍隊をはなれた理由を、母親への手紙に書いている。

実は、この手紙より前に、すでに一度母親に軍隊をはなれたことをしらせる手紙を出したのだったが、それにたいして母親は、そういうことをしてはいけないとしかってきたのだった。母の手紙への返事に、彼は、ベトナムで友だちと歩いている時、うしろから憲兵にうたれたという体験を書いている。自分たちは、ベトナムまで来て、たたかっている。その自分たちを信じることができなくて、うしろから撃つアメリカの軍隊。この時に、自分の感じた不快が、やがてほんとうに軍隊から逃げようと思う原因になったと、彼は書いた。

その手紙は、今、私の手もとにないので、原文どおりに引用することができないのだが、この十八歳の少年が、実の母親にも理解してもらえず、

「お母さん、私は寂しい」（マザー　アイム　ローンリー）と訴えた言葉が、今も私の耳にのこっている。

アメリカの反戦運動は、自分の父親・母親から見捨てられた若い世代によって新しくになわれた運動である。父や母は、自分自身の体面のためと、利益のために、自分たちを見捨てた。（この事情は『きけわだつみのこえ』の手記を書いた日本の学徒兵の場合と同じである。これらの学徒兵の父母は、軍国主義時代に育った子どもとちがって、大正デモクラシーの時代に教育をうけていたはずで、いわば、新渡戸稲造や佐野学に直接に結びつく世代である。その人たちが、戦後になって『きけわだつみのこえ』を読んで、自分たちを子どもと同じく犠牲者としてとらえている気持が、私にはよくわからない。軍国主義に同調している息子にしかりつけられ告発されても、子どもたちに軍国主義の実態をしらせるように努力すべきではなかったか）。そういう父母の世代がたよりにできないことを知った兵士は、軍隊の機構の中で、やはり自分を無力なものと感じている。父母以上の親しさをもって彼らの間に入り、かれらが戦争犯罪から自分を守る道を見出そうとするイークスのような人は、とうとい。

岩国

一九七一年の五月五日、こどもの日に、べ平連の仲間と一緒に山口県の岩国で凧あげをした。

その二日前からデモで前ぶれをして、

「岩国基地から米軍の飛行機を飛ばせないぞ、凧と風船で。」

と叫んでまわったその前ぶれほどに一機もとびたたせないという効果があったわけではない。しかし、手ごたえがあったことはたしかで、デモをおさえにかかった警察をとおして、風船と凧がじゃまになるから、すぐにやめろという要求が、一日の中に四度つたえられた。警察は、百人あまりで、山口県全体からあつめられたものだそうで、朝鮮に近い向津具《むかつく》半島から来たひとりの警官によると、朝の四時におこされて岩国まで来いというので来たが、何のことか、よくわからないと言っていた。

警官の百名は、べ平連の七十名よりも多かったが、県全体からあつまったばかりで統制がとれず、それに、基地の周辺といっても広大な領域にべ平連がちらばったので、あまり効果的に邪魔をすることができなかった。

「凧あげなら、君たちよりもうまいぞ。」

と言って、いくらかてつだってくれた警官もいた。若い中隊長ひとりが、いきりたっていたが、そのいらだちかたは中隊全体にゆきわたらなかった。それでも、午後三時くらいには、風船はとびさってしまい、凧は警官にとられてしまった。

だが、水の上からあげた凧だけは、二キロほどの上空に遠くあがっており、それが水墨画のように見えた。米軍基地からは、もうすぐおりてくる飛行機があって、その凧が邪魔になるから、到着までにとれという。警官隊は、ボートを手配したが、まにあわないので、何とかしてくれとデモ隊に頼んで来た。岸にたつ百人の警官隊も、すぐに米軍の要求を実施するわけには行かない。ボートの上にねころんだまま凧をあげている若い人たちを、しばらく見ている他はなかった。やがて警官が手配した大きな船があらわれ、そこからおろしたボートがべ平連のボートに近づき、かじのとりかたをあやまって浅瀬にのりあげてうごかなくなったので、ひとりがおりてボートをおすなどしてようやく凧をとりあげた。その間、警官隊とデモ隊とは岸壁から、ひとつの凧がどれだけの力をもつかをはっきり見ることができた。

このこどもの日の凧あげは、小さな行動だ。しかし、日本に米軍基地があることとその基地がヴェトナム戦争に使われていることへの反対を表現する方法として、こどもの日にふさわしかった。

その夜、錦帯橋の下で、ヴェトナム戦争に反対の米軍兵士と日本人のあつまりがあった。米軍の憲兵が見まわりに来ている中を、二人、三人というふうに、おずおずと米国の兵隊が河原に出てきた。はじめは、中心から遠く、石垣や、川べりにたっている。すみのほうでコカコーラをのんでいる黒人と白人のまじった五人ほどのところにいって話してみると、かれらは、二、三日前にヴェトナムから帰って来たばかりだと言っている。一八歳から一九歳だそうだ。

「ぼくは、かえったら上院議員になるつもりだ。」

と、黒い髪で口髭をはやした大男が言った。

「ぼくの親たちのころにくらべると、ぼくたちは、ずっとたくさんのことを知っている。親たちよりも、かしこいのだ。」

彼の意見では、ヴェトナム戦争は、すぐにやめなければいけない、しかし、ヴェトナムにいくらか米軍をのこさないといけないそうだ。

「ぼくは、オランダでうまれた。それからすぐに親たちにつれられて、米国に来た。」

と淡い金髪で、めがねをかけたもうひとりの少年が言った。

「親たちは、米国で離婚したものだから、ぼくはひとりになった。軍隊に入る他なかった。これが、ぼくにとっては最上の学校だった。人間について、いろいろのことをまなんだ。除隊してからは、決してもう米国に住みたいとは思わない。」

もうひとりが言った。

「おととい、君たちのデモが基地の門の外まで来た時、ぼくは、なかにいた。ぼくたちの中から、誰かが石をなげて、それが女の子にあたった時、ぼくは、柵をとびこえて、君たちの中に入ろうかと思ったくらいだ。そうして、その石を、ぼくらの仲間のほうに投げかえしてやりたかった。」

日がくれて、たき火が川原にくっきりとうきあがった。たき火のそばで、おどる兵隊の顔があざやかに見える。歌は、日本語だったり英語だったりだが、おどるほうは、言葉のちがいを感じないようで、ほとんど意識ぬきで体をうごかしている。つばのひろいメキシコの帽子をかぶった小男とアフリカの民族衣装をつけた大男とが、何度も、たき火の脚光をあびて、動いた。日本人が七十人くらい、それに基地から来た米国兵士がおなじく七十人くらいいたそうだが、たがいにまじってすわったりおどったりしているので、わけてかぞえたわけではない。

その夜の会の終りに、ヴェトナム戦争での兵役拒否の手続きをとることを申しあわせた兵士が二人いたそうだ。たき火でてらされたロックンロールのすぐ上に、錦帯橋がかかり、そのさらに上のほうに岩国城がうかんでいる姿は、新しい日本の名所の絵葉書のようだった。

二日前に、米軍基地のまわりをまわって、凧と風船で飛行機をとめる予告をした時、柵のむこう側に、ヴェトナム戦争支持派の兵士たちがあつまって、日本人のデモ隊とのあいだの問答になったことがあった。問答と言っても、柵をへだてていることだし、米軍基地の内部では将校と憲兵とが見張りをして、柵に米兵を近づけないようにしているので、たがいにかなりのひらきがあり、大声でスローガンを叫んだり、歌をまじえてやりとりするというような、一種の歌垣というか、それよりも聖歌劇《オラトリオ》のような感じのものになった。

はじめてこのデモにくわわった若い人にとっては、基地の中に戦争好きの米兵がいるのを見て失望があったようだった。

「ドント・キル・イン・ヴェトナム（ヴェトナムで人を殺すな）。」

と叫ぶと、

「キル、キル、キル（殺すぞ、殺すぞ、殺すぞ）。」

とかえしてくる。

「ファック・ニクソン（ニクソンをやっつけろ）。」

と叫ぶと、

「ファック・ユー（おまえをやっつけるぞ）。」

とかえしてくる。このあたりでは、デモ隊のほうが一本とられたという感じだった。

私は、ファック・ニクソン（直訳すれば、ニクソンを強姦しろ）と叫ぶのには、感心しない。このきりかえしのほうに共感をもつ。

「ウィー・ドント・セイ・ヤンキー・ゴー・ホーム（われわれは、ヤンキーよ国にかえれとは言わない）。ウィー・セイ・ジー・アイ・ジョイン・アス（米兵よ、われわれと一緒にたたかおうというのだ)。」

という と、

「ジャパニーズ・ゴー・ホーム(日本人よ家にかえれ)。」

ときりかえす。日本人よ、マイホームにかえれと解釈すれば、このきりかえしも実情によくあっていると思う。しかし、この米国兵士たちが、かれらがたっているその土地が日本人の土地だという意識をもっていないということをも、よくあらわしている。一九六〇年五月の安保闘争でアイゼンハウァー大統領の日本訪問が中止になった時、米国の大衆雑誌『ニューズウィーク』は、米国人にとってこのデモは自分の家の「裏庭で」たたかいがおこったようなものだと批判していたが、太平洋をへだてたヴェトナムも日本も自分の家の内部と感じているこの感じ方に、かれらのゆるぎのない正義感の根拠がある。それをくずすことが必要だ。

このオラトリオを、めげずに、何百回もくりかえしてゆけば、いつかは、そういうところまでほりぬけるのではないか。

「ドント・キル・イン・ヴェトナム(ヴェトナムで人を殺すな)。」

とデモ隊が叫ぶ。好戦派の兵士が、これにこたえて、

「キル、キル、キル(殺すぞ、殺すぞ、殺すぞ)。」

と叫ぶ。その叫び声が、自分の耳にかえってきて、ある時、むなしいこだまとなることがないか。その時、

「ジャパニーズ・ゴー・ホーム（日本人よ家にかえれ）。」

と叫びながら、急にふと、ここは日本人の住む土地なのだな、それではおれはどこにかえるのだろうと考えはじめないともかぎらない。

「ホワイ・ドント・ユー・ヘルプ・ユア・オウン・ピープル（なぜ自分の国の人たちを助けようとしないのか）。」

とほこらしげに、デモ隊に今投げつけている言葉が、その時には、自分にかえってくるだろう。

雨がふりはじめた。柵の中の米兵は意気さかんだが、外にいる日本人のデモ隊はいくらか元気を失った。基地の中から、石を投げつけるものがいる。それだけでなく、よく見ると、五十円玉がいくつかまじっていた。

「これはカンパだろうか。」

とひとりの学生が言ったが、そうとは思えない。日本人を乞食と自分は見ているという軽蔑のあらわれであり、アジア人にたいする米軍の態度を示すものと言える。

これが、憲法記念日からこどもの日にかけての三日間の岩国の行動の序曲であり、このいくらかこっけいでものがなしいはじまりの故に、凧あげ会と錦帯橋のロックとは、われわれの行動につきまとうこっけいさはそのままに、いくらか未来のあるものと感じられたのだった。ロックンロールを山の上からのぞきこむ岩国城が、荘厳なおもむきを失っていないのにたいして、われわれの行動は、みじめな失敗に終らない場合にも、決して荘厳なものになることがない。そのことに、われわれの希望がある。

もともと凧あげと風船で飛行機に対するという思いつきは、反戦米兵の運動の中から出てきたものだ。飛行機にのったり、飛行機を整備したりしている兵士の中には、この精密な機械も、機関に小さなもの一つ入っただけでとべなくなることを知っている者がいる。風船や凧でさえも、離着陸のさまたげになるのだ。誰か、風船か凧をあげて、飛行機をとばせなくしないものか、そういうはなしをするくらい、米軍基地の中では、軍隊の仕事にいやけがさしている。

こういう気分は、基地の中で反戦新聞を出している兵士たちよりも、はるかにひろく米軍兵士の層をとらえている。日本人の凧あげ会にたいして、反感をもった兵士ばかりでないことは、この凧あげが終って三時間ほどしてから、基地をはなれて錦帯橋の下のロックの会に来た兵士が多くあったことから見ても、わかる。川原をかりておこなわれた集会は、日本とか米国とかの国家の区別をこえて、国家のもつ軍隊というものに対して反対してなされた共同の行動である。今日、つみとられてしまうかどうかは別としても、これが、国家主権の支配下におかれる軍隊というものに反対する協議会の芽ばえであることはまちがいない。

こうした動きのはじまりには、ひとりの日本の若いサラリーマンがいた。彼は、ほとんど英語を話さない、書かない。しかし、すごい熱意をもって、岩国にいる米軍兵士にはたらきかけ、かれらの中に、反戦の意志をもつ人びとを見つけ出した。やがて、兵士たちがつくる反戦新聞を、くばり、ひろげる役割を彼が果たすようになった。また、学生とともに、基地にむかって、デモをくりかえすようになった。

小田実・開高健共著の『カタコト辞典』（一九六〇年）という本に感心したことがある。この本にあるような、何事かを表現しようとするつよい意志に外国語のカタコトをのせてさしだす時、一つの言葉でさえも、おどろくべき効果をあらわすという言語哲学が、べ平連の推進力となってきた。だが、日本の大学を卒業した後で北米に留学した小田実、会社の仕事で外国旅行をした開高健とちがって、二〇歳のサラリーマンが使いこなした英語は、『カタコト辞典』の言語観をさらに数歩おしすすめたものだった。日本に数ある大学の英文学教授、それらの大学を卒業して貿易商社、外務省などに就職した外国語の専門家たちが使っている英語とは、まったくちがう仕方で英語がここに使われている。

一九四二年の三月に私が北米でFBIにつかまったのはまったく事故によるものだった。私は反戦運動や学生運動をふくめて、何の活動をしていたわけでもなく、ただ自分の思想として、戦争に反対だった。その思想を移民局で言ったためにつかまえられたので、思想をさばかれたのだ。林達夫は「反語的精神」（一九四六年）の中で、「戦争反対」と道で叫んでそれだけでつかまってしまう政治的に無意味な男のことを一種の架空のモデルとしてひいて、より効果的な反戦運動が何であるかについて考えをすすめているが、その古典的なモデルにぴったりあうのが私の例だ。日本に送りかえされてからは、私はこの古典的なモデルほどの表現さえくりかえすことなく、ただ自分の日記に他人の判読しにくい文字を書くことと、人を殺すよりは自殺しようという用意をしていることだけで終ってしまった。私の反戦思想は、自分にたいしてしか表現されない思想の領域まで退いたことになる。

この後退の原因は、北米よりも日本のほうがきびしい条件にあり、それを恐れたことだ。しかし、その間にもう一つはさまったのは、自分が一つのまとまった思想をもって状況にたちむかいたいという思想観をもっていたことだ。自分にも他人にもはっきりと納得させるような思想の形を示して、それを根拠にして、戦争に反対したいという望みをそのころの私はもった。北米にいたあいだは、自分をしらべる移民局、連邦捜査局、日本にかえってからは日本をとらえうる警察と軍にたいしても、何か納得してもらえるような思想の表現形態を、さがして、それに適切な表現の機会を見出さぬままに、ずるずるとさがっていった。殺人を強制される場面にであった時に、自分の心づもりにしていたとおりに自殺できたかどうかは、疑問として今も私の前にある。自殺しなかった自分には、限定なくひきさがっていった自分の戦時の足跡がのこっているばかりだ。

ヴェトナム戦争がはじまってから、米軍基地の内部で公然と反戦活動をする兵士だけでなく、米軍からはなれてかくれる兵士にも会ったが、このように不許可離隊をする兵士の多くは、まとまった形の反戦思想などもっていない。ただ自分の体の感じとして、軍隊はいやだし、戦争はいやだという気分をもっているばかりだ。ある一八歳の兵士は、核兵器がつんであるのを見て、これはもうたえられないと思って攻撃用空母から逃げだした。そして家にかえろうと思って飛行場から切符なしで北米行きの旅客機にのろうとしてことわられ、それから日本を放浪しはじめた。戦争はいやだから家にかえりたいと思うあたりは、こどもじみているし、精神鑑定の必要があると考えられるかもしれない。第二次世界大戦までの米軍の規定によっては良心的兵役拒否としてとおりそうもない。しかし、その少年にたいしても、辛抱づよく問答をかさね、彼自身の言葉で戦争反対の意志をのべることができるようにおちついた空気をつくってゆく、米国人の牧師の態度をそばで見ていると、反戦運動が新しい段階に達したと私は感じる。国家という柵の中につつみこんでいるからという理由で、その柵の中にいる人間に、外にいる誰かを殺してこいと命じることのほうが、戦争はいやだからもう切符なしでも飛行機にのって家にかえりたいと考えるよりも、不道徳であり、人間の理性にそむくものではないだろうか。

普通に誰でもがもっている、他の人間を殺したくないという感情が、国家の法規よりも優先する条件をつくりださなくては、今の行きづまりから人間が逃れることはできないのではないか。

憲法の約束と弱い個人の運動

私がこのことでご迷惑をかけた方たち、お世話になった方たちがたくさんきょうのこの席においでになるので、とても話しにくいのです。

ユーイングの果たした三つの役割

ノーマン・ユーイングの話がでましたが、彼は初めはほとんど子どもみたいな少年で、脱走兵としてわれわれのなかにいて、それから帰る。帰って、岩国基地で反戦運動を起こして、営倉に入れられて裁判にかかって、それは日本人弁護士（小野弁護士）が参加する最初の軍事法廷となり、かなり軽い刑となってアメリカに送還され、不名誉除隊の後、今度は自分ひとり、自前で反戦運動家として日本に帰ってきたのです。

「ほびっと」が、赤軍派に武器を渡しているというまったくの言い掛かりをつけられ壊されたとき、その国家賠償を求める裁判を小野弁護士たちの援助を受け、広島でおこしたのですが、その裁判の傍聴に、彼はひとりの反戦運動家としてきているんですよ。ですから彼は三つの役割を果たしたのです。ひとつは脱走兵として、もうひとつは軍隊のなかの反戦運動家として、もうひとつは不名誉除隊という処分を受けた後も、こりずにひとりの反戦運動家としてわざわざ日本までやってきたという三段階の変貌をとげた珍しい人物です。最後ははっきりした確信をもっている人だった。

こういう変貌があるのですが、そのはじまりでは、彼は、脱走兵としては途中で引き返した人なんです。途中で引き返すということは、大体非常に低い思想のかたちで、初めから考え抜いた思想をもっていないとだめじゃないかという考えもあるのですけれども、それは学問鑑賞用にみればそうでしょう。体系をいろいろと検討して、いい体系、悪い体系と、形の枝振りの良さで決めるのですから。だけど自分の人生を生きていくときに、途中で引き返すことは何度も必要なのです。彼ははじめは兵士を、そして次には脱走兵をそれぞれ途中で降りた人なんです。

脱走した日本人米兵、清水徹雄のこと

またひとり思い出すのは日本人の脱走兵のことです。清水徹雄という人なんです。アメリカに留学して、徴兵の知らせがきたら、徴兵検査を受けるといろんな特典があるでしょう。だもんだから徴兵のところへいっちゃったんですよ。行かないこともできるのです。彼は体格がいいものだから、合格になって兵隊にされて、ベトナム送りにされたんです。彼は大学がただになるとかいろんないいことばかり考えて兵役に応じたのです

が、戦闘に入ってきて、嫌な思いをしたのです。

そのうち休暇があって日本に帰ってきた。実家は広島の洋品店です。お父さんお母さんから「これはたいへんなことだ。日本では脱走兵援助をしている」と教わり「あぁ、そうか」という気になって脱走した。私は京都で大体いろいろな脱走兵と接触しているのですが、このひとだけは私の三人家族のなかにずうっといてもらったのです。というのは、アメリカ大使館が彼の追及を諦めていないという声明を何度も出したものですから、捕まえに来るだろうと私は思ったのです。

そして、日本の警察に案内されてアメリカの大使館員がうちに入って来る時に、大使館員の足を引っ張るとか、私は非暴力主義者ですから殺すのには反対なんですけれども、つかまえに来る人の腕をつかまえるぐらいのことをしたいと思ったんです。そこまではガンジーも認めているんですよ。それはちょっと絵になると思ったんです。

そのときのアメリカの大使はライシャワーだったのですが、ライシャワーは私の日本語の先生です。私は日本では小学校しかでてなくて、一度日本語を失ってますから。日本語をちゃんと教えてくれたのがライシャワーです。文法学と国語学とかをきちんと購読してくれた人なんです。それで、かつての教え子の私がそういうことになったら、彼がそうとう困ると思ったし、宣伝効果もあると思いました。ところが何度も声明を出すにもかかわらず、とうとう逮捕には来なかったのです。うちにいることは百も承知だったのに。結局、清水徹雄は平然として広島の自宅に帰って行った。ときどき年賀状も送ってきますが、いまでは快適に日本人民のなかに溶け込み暮らしていると思います。

こういう人の場合は強制といっても非常に弱い強制なんですが、何かいいことがあると思い、ベトナムへノコノコといっちゃったんです。だけども途中で引き返してきた。彼は、私たちが脱走兵として匿ったただひとりの日本人です。これは意味のあることだったし、彼のような人がいるということが重大だと思う。

彼に対して「こんなやつはだめだ」というつるし上げの会が東京であった。彼もうかつな人でこういうところで演説をして、「自分が東洋人を殺したことを、申し訳ない」といったら、会場から「東洋人でなければ殺していいのか」とつるし上げをくったりと、非常にいろんなことがあった人なんです。

重大な海老坂武の軍隊論

だけど私は彼の行動には意味があったと思います。東京であった今度の集会で、海老坂武という人がきていました。この人も脱走兵の援助をした人なんです。海老坂武は二五年前ですから、とても若く当時ももちろん独身でしたが、彼には脱走兵を引き受けてくれる女友だちがいたそうです。独り者ですけれども男女のつきあいにおいて実力がある。

そのときの体験にたって彼がいうには、ひとつには自分は戦争よりも軍隊が嫌いだ。このなぜかと言うと、軍隊は上の者が下の者に命令を出して、下の者に人を殺させる。このことができたない、だから嫌いだ。戦争よりもずうっと嫌いだ。

それでもうひとつ彼が言うのは、これからは弱い個人を大切にしなければいけない。敗戦後は大塚久雄さんたちの理論があって、強い個人を前に押し立てた。イギリス資本主義は強い個人から始まった。ロビンソン・クルーソーは強い個人です。そういうモデルを作って理論を押し立てた。もうこれではいまの日本の社会は捕えきれないし、反戦運動もそこに立っていてはだめだ。これからは弱い個人を大切にする運動をしていかなければいけない。弱い個人というのは昔からいた。それはどういう人か。

南京虐殺でも実にたくさんの日本の兵隊が強姦殺人をしてきたでしょう。上海事変とかでもじつに積み重ねているのです。小平義雄なんかも、そのときに味を占めたから、日本にもどってからあれだけの強姦殺人を起こすのです。あの人は金鵄《きんし》勲章をもらっています。強姦殺人してもですよ。だから小平の事件は政府が助長したようなものなのです。南京虐殺のときにもシンガポール虐殺のときにも、その虐殺に参加しなかった日本の兵隊はいるはずだ。それが海老坂武のいう弱い個人なのです。つまりできないんですよ、単純にできないんですよ。強姦して、その後すぐに証拠湮滅のために殺すということができないんです。こういう個人を大切にしていくことが重大だと、海老坂さんはいっているのです。

「弱い個人」の実例

このふたつの主張が両方相補ってひとつの体系を作る。重大な思想だと思います。

京都に、私が繰り返しいっている進々堂のパン屋で専務をやった人がいます。彼は、老兵として中国戦線にも引き出され、スパイを虐殺するのが新兵訓練の初めだといい渡され、その晩その人は眠れなかったそうです。そして結論に達した。明日は現場にはいく。しかし殺さない。現場にいったら、スパイといわれる中国人が木に縛りつけられていた。この人は、続木満那さんといいますが、命令を受けても殺さなかったので、営庭に帰ってから「おまえは犬にも劣るやつだ」と言われる。この日本軍隊の表現はおもしろいですね。「犬にも劣るやつだから、軍靴を口にくわえて四つん這いになって歩け」と言われ、歩かされた。

もうひとり、それをやらされた人がいたそうです。大雲さんという丹波篠山出身の禅坊主だった人です。これは進々堂パン屋の社内報に書かれていました。こういう人は「弱い個人」といえるかも知れません。軍隊内で反戦運動なんかしないのです。反戦運動をひとりでやり、牢屋に入れられて撲殺されるのが「強い個人」だとすれば、これは「弱い個人」です。こういう人もいたのです。そしてこれからは増えていくのでしょう。

「弱い個人」と憲法

『読売新聞』によると、憲法改正をしたほうがいいというのが多数派になっています。ことに若い男の人に多いのです。この状態をちゃんと見据えてやっていかないといけないのではないでしょうか。つまり私たちとしては、青年と中年の男をあまり問題にしないで——そのへんには強い個人がいるんだろうけど、反戦の逆の側に強い個人が——これを迂回して老人の男女と中年と若い女性と子どもに訴えていくことをこれから考えたい。

子どもに訴えていくのは、いまの国会でやっているような条文をいじり、こういうふうに解釈できるじゃないかというのではだめだと思うのです。条文をいじるというのは、いまの状況にただ合わせてやっているわけですね。これは法哲学の言葉でいうと、その国家の枠組を——枠組っていうのは状況に合わせなきゃいけませんから——変えていかないといけないのですね。だけど憲法というものには枠組ではない部分がちゃんと書いてあるのです。それは約束の部分なんです。アメリカの憲法は、憲法の始まるところに約束が付いています。つまり子どもがお母さんとお約束しようというときの、そんな約束なんです。またさらに前に、独立宣言というのがついている。これも約束なんですよ。英語の日常語で言うとプロミスですね。法哲学の言葉で言うとコヴェナント。

日本国憲法のなかにも約束部分

日本国憲法のなかにも、約束のところがあるのです。それは憲法の前文です。これは条文と違います。

「日本国民は、正当に選挙された国会における代表者を通じて行動し、われらとわれらの子孫のために、諸国民との協和による成果と、わが国全土にわたつて自由のもたらす恵沢を確保し、政府の行為によつて再び……」

再びというのが重要なんです。この前の戦争をきちんと踏まえているからなんです。これは普遍的ではないんです。ローカルなことなんです。この前日本人の起こしたあの戦争、中国侵略、南京虐殺、ノモンハン事件なんか全部含んでいて、原爆投下で終わるわけで、原爆投下も正当だったかどうかをも含みますから、アメリカにたいして逆捩《さかねじ》を食わせることだってこの方向で可能ですよ。

「……再び戦争の惨禍が起ることのないやうにすることを決意し、ここに主権が国民に存することを宣言し、……」つまり初めて主権在民ということをいっているのです。

「……この憲法を確定する。」これ約束なんです。

「そもそも国政は、国民の厳粛な信託によるものであつて、その権威は国民に由来し、……」これは条文じゃない。あきらかに約束です。

「……その権力は国民の代表者がこれを行使し、その福利は国民がこれを享受する。これは人類普遍の原理であり、この憲法は、かかる原理に基くものである。われらは、これに反する一切の憲法、法令及び詔勅を排除する。

日本国民は、恒久の平和を念願し、人間相互の関係を支配する崇高な理想を深く自覚するのであつて、平和を愛する諸国民の公正と信義に信頼して、われらの安全と生存を保持しようと決意した。われらは、平和を維持し、専制と隷従、圧迫と偏狭を地上から永遠に除去しようと努めてゐる……」、これは未来にむけた約束でしょう。

「国際社会において、」そう思ったわけです。

「……名誉ある地位を占めたいと思ふ。われらは、全世界の国民が、ひとしく恐怖と欠乏から免かれ、平和のうちに生存する権利を有することを確認する。

われらは、いづれの国家も、自国のことのみに専念して他国を無視してはならないのであつて、……」、ここからPKOだけをひきだすのは条文いじりです。約束としては、そうでなく戦争を追放するという目標があるのですから。

「……政治道徳の法則は、普遍的なものであり、この法則に従ふことは、自国の主権を維持し、他国と対等関係に立たうとする各国の責務であると信ずる。

日本国民は、国家の名誉にかけ、全力をあげてこの崇高な理想と目的を達成することを誓ふ。」

これは日本から世界へのメッセージです。ですから、日本に金ができたからそれをどう使うかというところから考えてゆく条文いじりと全然違う。日本の憲法は、アメリカ憲法の影響を受け、そこから派生したものですから、そういう約束の側面をもっているのです。

約束の部分と条文の部分。約束の部分をつかむということは、官僚はしないし、国会議員はしないんです。

国会議員の場合はこの条文をいじることに集中してしまうのです。この約束の部分は子どもでもわかることです。家庭の主婦が憲法に関心を持つとすれば、この部分です。約束の部分です。老人が死ぬまでにもう少ししかないと思うときに、関心を持つのはこの約束の部分です。この約束の部分においてとらえ、そして運動していく。非専門家は憲法について発言してはいけないんだと考えるべきではないのです。

吉田茂と自民党も役にたった

この憲法の約束部分でとらえて考えてゆく。この約束の部分に署名した筆頭者は、吉田茂です。この脱走兵援助の運動は、初めから吉田茂の恩恵を受けています。これは憲法に署名したから吉田茂の恩恵を受けているというだけじゃない。

最初に『イントレピッドの四人』の映画があったでしょう。あの映画は吉田茂の国葬の日にとったものです。撮影にはたくさんのカメラや脚立とかいろんなものを運搬しますね。それがなぜ怪しまれずになされたかを話すと、吉田茂の国葬を妨害する新左翼、中核派、革マルなどから国葬を守るために、東京の全警察がそちらに動員されていた。

われわれがあれだけの資材を運搬していることを、誰もが気付かなかった。そういう意味で、われわれは、このふたつの理由において吉田茂に深く感謝します。あの映画はここにいる鶴見良行邸でとられたものです。そしてあれを撮ったのは久保圭之介という映画のプロデューサーです。彼がカメラマンになり、そして指揮をとっています。つまりわれわれのなかに映画の技術者がいたからできたことなのです。演出なんかきちんと決めたわけです。

四人をどういうふうにするかはたいへん困ったのです。あの後、四人をふたりずつに分け、ふたりを深作光貞氏が連れて深作邸に移したのです。後のふたりは私が引き受けて東京の私のおやじの家に移したのです。私の親父は自民党系の人で、その頃寝たきりですが頭はしっかりしていたのです。脱走兵と握手をしています。脱走兵と知って喜んで握手していた。自民党も役にたった。

女性が担う権力批判の運動

長く置いてはおけないというので、新幹線にふたりを乗せて京都のうちまで連れて行きます。うちで三度三度の飯を食わせたのは、私が飯をつくったのではなく、私の細君がつくった。私の息子は当時、一歳半ぐらいで「おひげんちゃん怖いよう」と泣き叫んでいました。そういうふうな一家の協力がないとできない。

脱走兵援助というのは時間の幅でずっとみますと、もっとも長い時間を脱走兵と一対一で過ごしたのは主婦です。ですから脱走兵援助運動を担ったのは女性であるといっていいわけです。もちろん子どもも協力しています。メリメの小説『マテオ・ファルコーネ』みたいに子どもが密告したという例は、一切ありません。

女性が権力批判の運動を担うということは、明治以後では非常に少ないのです。その一点だけをみれば富山県の魚津ではじまった米騒動。これは漁師の細君が始めたものですが、それから婦選獲得運動。それらに似ているんですよ。

これは表からの、学生運動で演説のうまい人が演説をして、何万人も集めてやっている表のべ平連の運動を見ている人、これはまったく男性優位の運動なんですから、それと全然違うわけです。裏には、まったく運動の性格を異にする別の運動があったといっていいですね。とにかくそして、実にたくさんの女性が協力しています。

京都での実例

京都についていえば、五つほどの宿屋が協力してくれたのです。ここに関係者が来ておられる「らい」回復者のホームにも随分長く泊まらせていただきました。それは大倭教という神道系統の場所です。法主が理解してくれたからできたのです。それから山岸会にも泊めてもらったし、よくモデルハウスも夜寝るのに使わせてもらった。うちの近くのホテルにもよく泊めてもらい、宿屋も協力してくれました。訳を知っていて協力してくれたのです。ですから集団宿泊所は京都周辺に関する限り五つも連絡がありました。

かなり懐の深い運動で、たいへんな数の主婦がこれに参加してくださった。北海道からの脱出に失敗してからは、二か月、三か月の滞留がありましたからね、そうとうにつらい時期を支えたんです。それらの多くは女性の力なんです。

私が追悼文に書いたから、紹介しますと、中国行きの脱出に失敗をして予定が狂ったことがあるのです。そして非常に困ったわけです。何月何日どこで受け渡してということも決まっています。突然ですからたいへんに私は困り、急遽明日からの場所としていくつかに電話を掛けました。そして歴史家の北山茂夫に電話を入れました。

そうしたら「うん、細君と相談してみてから」。私はもうだめだと思ったんです。その後また電話がかかってきて、「細君と相談したら、いいといったから引き受ける」といってきた。それで北山さんのうちにも置いてもらいました。このことは北山さんの伝記に私は書きましたから、公開の事実です。そのほかにも実にたくさんの人がそれを引き受けてくれているんです。いま九〇歳のある老教授からは「あのときは細君と娘の良い教育になりました」と感謝されました。

これまで平和運動は男の運動だったのが、これで初めて実質的にも違った運動としてなりたったということですね。「ジャテック」というのは日本国憲法の約束の部分をきちんと自分の日常生活の中で捕える運動だったのです。女子どもがむしろ男より主力になっている運動だった。これは未来的なものにつながると思います。「弱い個人」を考えるときに弱い男そして女、子ども、老人を考えていかないと、これからの平和運動はできないでしょう。

いままでのようにカントを知っているとか、ルソーを知っているというふうな運動とははっきり離れた、日常の反射の上にたった運動として続けて行きたい。

実際たくさんのお世話になった方がいるのですが、名前を挙げません。ありがとうございました。

私を支えた夢——『評伝 高野長英』

この本を書いているころ、詩人谷川雁にあった。なにをしているか、ときくので、高野長英の伝記を書いていると答えると、「それは私が先生と呼びたいと思うわずかの人の一人だ」と言う。

彼は、いつもいばっている男だったので、おどろいた。そう言えば、彼の生き方には最後のラボの指揮と外国語教育をふくめて、高野長英の生き方と響きあうところがある。

伝記を書くには、資料だけでなく、動機が必要だ。

私の場合、長いあいだその仕事にかかわっていた脱走兵援助が、一段落ついたことが、この伝記を書く動機となった。

ベトナム戦争から離れた米国人脱走兵をかくまい、日本の各地を移動し、日本人の宗教者がついて「良心的兵役拒否」の証明書つきで米軍基地に戻ることを助けたり、国境を越えて日本の外の国に行くのを助けたりしていた。このあいだに動いた私たちの仲間も多くいたし、かくまう手助けをした人も多くいた。その人たちのあいだに脱走兵の姿はさまざまな形で残っている。

高野長英もまた、幕末における脱走者だった。

彼の動いたあとをまわってみると、かつて長英をかくまったことに誇りをもつ子孫がいる。そのことにおどろいた。それは、長英の血縁につらなることとはちがう、誇りのもちかただった。

こうして重ねた聞き書きが、この本を支える。

私の母は後藤新平の娘であり、長英と同じ水沢の後藤から出ている。そのこととは別に、ベトナム戦争に反対して米軍から離れた青年たちと共にした一九六七年から一九七二年までの年月が、この本の動機をつくった。

もっとさかのぼると、大東亜戦争の中で、海軍軍属としてジャワのバタビア在勤海軍武官府にいて、この戦争から離れたいという願いが強く自分の中にあったこととつながる。

私に与えられた仕事は、敵の読む新聞とおなじものをつくるということで、深夜、ひとりおきて、アメリカ、イギリス、中国、オーストラリア、インドの短波放送をきいてメモをとり、翌朝、海軍事務所に行って、メモをもとに、その日の新聞をつくることだった。私ひとりで書き、私の悪筆を筆生二人がタイプ印刷し、南太平洋各地の海軍部隊に送られた。司令官と参謀だけが読む新聞だった。日本の新聞とラジオの大本営発表によって艦船の移動をはかることが不利な戦況下で、海軍はそのことを理解していた。その仕事のあいまに、深夜、部屋の外に出ると、近くの村々からガムランがきこえ、村のざわめきが伝わってきた。戦争からへだたった村の暮らしがうかがえた。軍隊から脱走したいという強い思いが私の中におこった。

とげられなかった夢は、二十年後に、アメリカのはじめたアジアへの根拠の薄い戦争の中で、その戦争の手助けをする日本国政府の下、私たちのベ平連（ベトナムに平和を！市民連合）となった。

その間に私を支えた夢が、高野長英伝のもとにある。

多田道太郎――国家の戦争へのわだかまり

彼は脱走兵だった。一九四五年八月一五日の敗戦をいちはやく耳にした彼は、それまで我慢していた軍隊を離れ、九州から京都への道をたどった。途中、軍人にとがめられることを恐れ、恐怖心を隠して汽車で京都の自宅に向かった。その帰途に崩れ落ちた広島を通り過ぎ、自宅に戻ることができた。国家が戦争をやめた後の軍からの離脱であるが、軍規に違反したことは間違いない。

この経歴を後になって彼は私に語ったが、語らずとも、その心の向きが彼を私に近づけたことは間違いない。

私が自分の父親に対して持つ軽蔑は、語ることなく、彼に通じた。

彼は、自分の体験を公の場で語ることもなく発表することもなく終わった。しかし、戦中に、彼が国家の戦争に対して持ち続けた少年時代からのわだかまりは、生涯を通してあった。彼の文学に対する好悪、人間に対する好悪はそこに根ざしていた。いったんその好悪が生じると、ほとんど変わることがなかった。

太宰治が心中したとき、健全な市民感覚を持つ中野好夫は、太宰が市民の飲み水を作る玉川上水に身を投じたことを許さないと文章で発表した。すると、「中野、マムシの末」と呼びかけた手紙を中野好夫に送った太宰の狂信的な読者がいたと中野自身が書いていた。そのことを話題にすると、「その手紙を書いたのは鶴見さんだったのでは」と即座に多田道太郎は反応した。

戦中の日々、彼は東大の学生としてフランス語でプルーストの『失われた時を求めて』を完読する（日本語訳がまだなかった）とともに、次々に発表される太宰の小説を愛読していた。当時、手に入れた太宰の『晩年』の初版本を、私が京都を離れるときに餞別にもらった。

当時、太宰に自分を託するほかなかった日本の青年のひとりである。

私が精神病院に入り、その後、山中で自炊を繰り返していたころ、夜暗くなってから動物がほえているのでキツネかと思って外を見ると、多田道太郎が見舞いに来てくれていた。何ももてなすものがないので、そこにあった加藤道夫の『思ひ出を売る男』の交読を娯楽とした。

戦中の太宰治、戦後の加藤道夫が多田道太郎の心の支えだった。この心のありかは、多田が作田啓一と協力して書いた恥じらいの研究を貫く感性であり、桑原武夫編『文学理論の研究』の中の一論文として共同研究を支えている。

戦争体験は、今や日本の政治から影を潜め、表面のジャーナリズムでさえ後景に退いた。多田道太郎の現代風俗研究は、底にある感情の動きをとらえる試みである。彼と私を分かつものは、私が酒を飲まないということくらいだろう。

Ⅳ　隣人としてのコリアン

詩人と民衆

七月一日（土）

午後六時半に、マザンの国立結核療養所に行き、キムジハ氏に会いたいと申しこんだ。門のところで、とめられ、守衛さんは、私たちを待たしたまま、誰かに電話をかけている。

長くつづく電話だ。何をそんなに長く話しているのだろう。

同行のひとりから訳してもらったところでは、とてもくりかえしの多い問答らしい。

電話の相手は、

「キムジハという男はいないと言え」

と要求しており、それにたいして守衛は、

「でも、彼等は、もう、彼がここにいるということを知っている」

と答えている。

ながいながい電話の問答だった。守衛さんは電話をきって、守衛室の外に出た。ボール・ペンを片手にもって、それをせなかのうしろにまわして、両手をにぎりしめている。ボール・ペンが、守衛さんのせなかで、こきざみにふるえている。何人か、他にも職員が出てきたが、守衛さんとおなじように、ただそこに立っている。立っている人はふえてゆくが、決断をくだすものはない。

命令をくだすものは、自分では姿を見せないで、どこかから電話をかけてくるのだ。キムジハに会う目的で日本から来たのは真継伸彦、金井和子、私の三人だ。そのうちの真継氏と私とが、入口で名刺を出して押問答をしている間に、金井さんは、すたすたと病院にむかって歩いていった。立っている職員の中には、金井さんが歩いてゆくのを見て、何か言った人もあるようだった。しかし、かけていってとめようとする人はいなかった。

あとで金井さんからきいたところでは、彼女は病院の建物に入るとすぐ誰かに腕をつかまれたそうだ。でも、ここでゆずってはならぬと思って、それをふりほどいて、どんどん二階にあがってゆき、共同の大部屋ではない、ドアのとざされた部屋にむかってゆき、キムジハにめぐりあえた。

マザンでは日没はおそい。しかし、かなり暗くなってきた。そこへ、紅茶色のシャツにズボンをはいた青年が、金井さんと一緒に歩いてきた。青年は、守衛室に入り、守衛と問答をした末、電話で、見えない人と話をした。

それでも、見えない相手はまだゆずらない。キムジハと私たちは、無言で、守衛室のそばにたっていた。私たちは、正式に許可を得て詩人に会う努力をまずその限度まで試みたいと思っていたので、彼に話しかけようとせず、交渉の結果を待っていた。長い交渉が終って、私たちは、詩人を病院の外につれださないという条件で、彼の病室の中で会うことを許された。その許しをあたえた人は、最後まで（私たちが病院をはなれるまで）姿を見せなかった。

まえに金井さんがひとりで歩いていった道を、今度は詩人の案内で、みんなで歩いていった。階段をあがり、二階のまんなかくらいにある個室が彼の部屋だった。そこで、ようやく、おたがいにあいさつをかわした。

詩人は日本語をはなさない。私たちは韓国語をはなさない。誰かに通訳してもらって韓国語と日本語で話をすることも考えてみたが、それよりも、どうやらみんなが共通にはなせる英語をつかうことにした。

真継氏が、われわれの韓国に来た理由を説明して、日本と他のいくつもの国の人びとの署名したキムジハ釈放のためのうったえを韓国大統領にわたすつもりであること、真継、小田実、柴田翔、開高健の同人が編集している『人間として』の会議にキム氏をまねきたいことを言うと、彼は、自分がそういう署名運動をしてもらうだけのねうちのあるものではないと言い、それにつづけて、

「あなたがたの運動は、わたしを助けることはできない。しかし、わたしは、もう一つの声をそれにくわえることによって、あなたがたの運動を助けよう」

と言った。

キムジハは、英語をそれほどらくに話すわけではない。しかし、彼にとって不自由な英語を使って、私たちの申しでに、こんなにも適切な、彼にしか言い得ない言葉をもってこたえる。

われわれに許された時間はわずかしかないはずだが、その時間のはじまりのときから、キムはおたがいを紋切型のあいさつのやりとりからときはなった。

わたしたちが日本からこの国にきたのは、日本に言論の自由があって、韓国に言論の自由がないから、韓国で自由をうばわれている詩人を助けようという考えからではない。日本での言論の自由は、せばめられており、それは韓国内部の言論の自由とないあわさっている。韓国の詩人キムジハの監禁についてわたしたちが関心をもち、彼のために抗議するということが、私たち自身の日本における言論の自由を守るために必要な行動だと思うから、この署名をしたのだ。

そういう事情について、私たちはこのマザンの病室で説明したのではない。そういう説明なしに、彼が、わたしたちの来た動機を理解してくれたことが、真継氏の提案にたいする彼のこたえでわかった。

もともと、私たち三人が、キムジハの部屋にいるのは、偶然の事情による。私たち以外の誰かがここに来るべきだったのだが、来られなくなったからだ。

キムジハの今度の監禁（彼がまだ学生だった一九六〇年以来彼はこれまでに何度も投獄された）について、最初の電話を私にかけて来たのは、『浪人』という英語ニュースを編集しているデイヴィド・ボゲットというイギリス人だった。ボゲットは、キムの逮捕について話してから、このことについて小田実に動いてもらいたいから、ぜひ彼に連絡をとってくれと言った。小田実を委員長にする金芝河氏救援委員会ができたのは、こういうふうにしてだった。

ボゲットから電話がきてから五分ほどして、物理学者の水戸巌氏から電話がかかり、富山妙子氏たちがキム氏の逮捕に反対する声明を出す計画をたてたので、その声明に署名してほしいということだった。こうして、私は二つの声明に署名することになった。しかし、キムジハについて、この時までに、よく知っていたかというとそうではない。「五賊」を日本語訳、英訳で読んだことがあるのと、彼の三島由紀夫論について、それが発表されるとほとんど同時にきいたことがあるというのが、今年四月までに私がこの詩人について知るところのすべてだった。

運動がおこってから、小田実は、市川白弦、岡部伊都子、桑原武夫、柴田翔、松田道雄の賛成を得て、さらにひろく署名をあつめる努力をした。また、ボゲットの助力で、日本の外からもキムジハ救援の署名をあつめることをはじめた。そしてその署名をもって韓国にゆき、朴大統領に署名簿をわたし、マザンの国立療養所のキムジハに面会を申しこもうという計画になった。

この旅行の計画は、かなり大がかりなものとしてはじめはつくられ、旅行者のグループも、いろいろに悪口を言われるだろうということで「ホーカン市民連合」と名づけられた。この「ホーカン」という名前だけをおなじくして、今、たった三人になった私たちの一行が、マザンのキムジハの部屋に来たのである。

旅行計画の準備の途中で、こられなくなった人もあり、韓国への入国申請の時になって入国をことわられた人もある。どういうわけか、真継伸彦、金井和子、私の三人が、入国を許可され、ここまでたどりついた。

しかし、韓国政府の入国許可はとれたとはいうものの、真継氏の場合には、はじめから見張りがついていた。

六月二十九日午前十一時、私たちが大韓航空の飛行機に羽田でのった時から、真継氏は見張られていたそうである。飛行機の中でも、他にお客がたくさんいる中で、彼だけが、とくに写真を誰かにとられていた。いよいよ韓国について、キンポ空港におりた時、外に出てから、

「大失敗をした」

と彼は、私に言った。どういう大失敗かをソウルについてから話してくれたところによると、飛行機にあずけた荷物がかえってこなかったのである。もともと羽田を出る時に、真継氏と私とは、一緒に自分たちの荷物をそれぞれ一個、大韓航空の受付にあずけた。私の荷物だけは、かえってきたが、真継氏の荷物はかえってこなかった。その真継

氏の荷物の中に、キムジハ救援の署名の原簿が入っていたのである。千人をこえる市民の署名とともに、キムジハを支援するサルトル、ボーヴォワール、ロブ＝グリエ、マルクーゼ、チョムスキーたちの手紙も入っていた。

私のほうの荷物には、そのうつしが入っており、役所に出すうったえとしては、署名者の名前のリストとともに、その代表としてきた私たち三人の自筆署名があればそれで足りるので、署名原簿はかならずしも必要とは思われないが、私たちの荷物の中から、署名原簿の入っている一つだけを失わせるということは、何かの計画にもとづくものと考えないわけにゆかない。

ソウルについてから、私たちは、大韓航空の支店に行って荷物紛失の調査をたのみ、つぎに本社に行って抗議し、最後にキンポ空港の荷物係まで行ってしらべたが、担当者は調査をすると約束するだけで、荷物はついに出てこなかった。おなじ日に東京に電話して羽田もしらべてもらったが、そこにつみのこしておいてあるということはないという返事が来た。

ソウルについてからも、真継氏の部屋はエレヴェーターの前にとってあり、部屋のまんまえに大きなソファーがあって、そこにいつも誰かが見張っていた。

私が真継氏のような見張りをうけなかったのは、この訪韓市民連合一行とは別の日に別の土地から韓国入りを申しこんだために、同じグループに属していると見られなかったためだろう。でも、ソウルについて共同の行動をはじめてからは、同じ見張人の視線の下にいつもおかれることになった。私たちが会おうと思う人のところには、いちはやく、いやがらせか、おどかしが行ったようだった。

ある映画作家を例にとると、はじめに私が電話をかけた時には、声に喜びがあらわれるような率直さで、会おうといったのだが、約束の場所にはあらわれなかった。あとから何度か電話したのだが、数時間にわたってお話し中で、本人が家にいて受話器をはずしているように感じられた。なぜそんなに、われわれに会うのを恐れているのだろう。私たちが彼の家に電話するのを、ホテルの見張人が盗聴し、情報部に報告し、そのあとで情報部から、この映画作家のところに電話あるいは訪問によって、おどかしがなされたものと、推定する。

情報部は、かくれた権力組織で、いつもかくれた形で、間接的にはたらきかける。わたしたちのマザン訪問の時、守衛さんたちが不安な表情をしていたのも、情報部の迫害の記憶をよびさまされたためだ。

わたしたちがマザンにゆく数日前に、日本から劇作家の唐十郎氏がこの同じ病院に来て、詩人をつれだし、この近くの旅館で一晩、酒をのんでとまった。この事件のために、病院の職員たちは、情報部にくるしめられ、くびだとおどかされたそうだ。守衛室のまわりにあつまった職員たちが、不安な表情をして詩人を見守っていたということは、数日前のこの記憶が生きているためだ。

あつまった職員たちの中のひとりが英語で私に説明してくれたところでは、病院のものは詩人を愛している、しかし、そのためにどんなめにあわされるかを恐れているのだ。

キムジハの部屋は質素だ。書物机もなく、本箱もなく、ベッドと、椅子があるばかりだ。しかし、外には、美しいマザンの風景がひらけている。今の境遇を、詩人は、

「私は、とらわれの王子だ」

という。

「実にこっけいな話だ。私は、もともとこっけいな人間だ。この顔のように」

と彼は、口をあけて見せて、入れ歯と、虫のくっているかけた歯を見せた。これは、彼にとっては、気になるものらしい。自分の容貌のもっともへんな部分をさして見せたのだろう。

一九四一年二月四日うまれの彼は、今三十一歳のはずだが、虫歯のことをこんなに気にしているところに、若さを感じた。

彼の主観にとって彼がどういうものかは別として、私から見ると、キムジハは、しなやかな体つきの精悍な青年である。彼の体には、ぜい肉がついていない。というのは、彼が重病患者であるからではなくて、結核そのものは、レントゲン写真で見ても、喀痰検査をしても、完全になおっているそうだ。そのことを病院の職員もよく知っているので、病院にとっては、この場所を、詩人の刑務所として使われることに困りきっている。だが、その迷惑をはっきり言えないほどに、今日の韓国の情報部は権力をもっている。

情報部の力をもってすれば、病院だけでなく、どんな施設にも、刑務所の役割を果たさせることができるのだ。

キムジハが、かつて結核だったということはある。だが、彼が今、回復期の結核患者によく見られるようにゆったりとして肥っていないのは、彼の精神のいらだちのためだろう。

「このマザンの景色は美しい。しかし美しい景色を見て、ここにじっとととどまっているというのは何だ。自分はとらわれの王子だ。こっけいなことだ」

と彼は言う。美しい風景の中にとじこめられていることが、いらだたしくてならないというのだった。彼の政府批判に連坐して、一七〇人が、ごうもんをうけたという。そのことを考えると、身のまわりの風景の美しさは、にがさにかわる。

彼にとっては、文学の目的は、美ではない。唯美主義などというのは、前世紀の遺物だ。美しい女も、きらいだ、と彼は言う。

「わたしは、みにくい女が好きだ」

彼のおかれている状況は、帝政ロシアの時代のプーシュキンを思わせる。現代の韓国でもっともひろく世界に知られた詩人として、彼を、韓国政府は消してしまうわけにはゆかず、情報部でさえも、処置に困っている。そこで彼の結核をよい口実にして、国立結核療養所にいれたということだろう。こんなところも、文化を大切にする帝政ロシアが国民詩人プーシュキンを消すことができずに、流刑地においたのに似ている。しかし、貴族社会の中に住み美女を男とあらそって決闘で死んだプーシュキンと、美女がきらいと言うこの詩人とは、何と遠くへだたっていることだろう。「とらわれの王子」という通俗の詩人用語を使って自分の現在の境遇を表現したそのすぐあとで、口をひらいて虫歯と入れ歯を見せて、自分がこっけいな男であることを言いつぐ彼の身ぶりは、けっして悲劇的文学者などという位置にぬりこめられまいという彼の志を示している。

「自分のおかれている状況は悲劇的と見えるかもしれない。しかし、知識人にとって、そういう状況はいいのだ。しかし、そういう知識人にとって適切な悲劇性をこえて、韓国の大衆をくるしめる空腹という問題がある。それは、知識人の悲劇性などをこえることだ。この問題ととりくむことが知識人の仕事だ。書くこと、書いて発表することができないことが、自分にはつらい」

大衆とのつながりをこのように考えている以上、この詩人が、自分の表現の自由のうばわれている韓国をはなれて、別の国、たとえば日本に来て、ここで自由に創作をし、政府を批判する道をひらくということは、彼の望むところではない。そのように彼は、はじめこたえた。しかし、話しおわってわれわれの帰る時が来ると、前のこたえを、いくらか外交的に言いかえて、

「『人間として』の会議への招待を、できれば、うけたい。しかし、私の国の政府は、おそらくそれを許してくれないだろうと、私は思う」

と言った。韓国にふみとどまって、ここにくらすということを不可能にさえしなければ

ば、彼は、国の外に出て、さまざまの国の人びとと話しあいたいと思っている。真継氏は、三島由紀夫批判を三島の生前から書いてきた人なので、キムジハの三島論に感動したと言った。そこで話は、三島論にうつった。ここで、渋谷仙太郎氏訳によるキムジハの詩をひくことにしよう。

アジュッカリ神風

——三島由紀夫に

どうってこたあねえよ
朝鮮野郎の血を吸って咲く菊の花さ
かっぱらっていった鉄の器を溶かして鍛えあげた日本刀さ
何が大胆だって、お前は知らなかったのか
悲壮凄惨で、まったく凄惨このうえもなく凄惨悲壮で
凄惨な神風もどうってこたあねえよ
朝鮮野郎のアジュッカリを狂ったようにむさぼり食らい、狂っちまった
風だよ、狂っちまった
お前の死は植民地に
飢《ひ》あがり、病み衰え、ひっくくられたまま叫び燃える植民地の
死の上に降る雨だよ

歴史の死を呼びよせる
古い軍歌さ、どうってこたあねえよ
素《す》っ裸《ぱだか》の女兵が素っ裸の娼婦の間に割りこんでつっ立ち
好きなように歌いまくる気狂いの軍歌さ
（キムジハ著・渋谷仙太郎訳『長い暗闇の彼方に』中央公論社、一九七一年）

（おなじ本の訳註によると、アジュッカリとは植物のヒマのことで、これからとれる油で第二次世界大戦末期のガソリン不足をおぎなおうとして、日本政府は朝鮮でも大々的にこれを植えさせたものだという。）

「三島の作品は翻訳でよんだので、よく知っているわけではないけれども、彼の死をきいた時に、感じた」

と、キムジハは言う。

「直観ですね」

と、真継氏がききかえすと、

「いや、直観ではない。センシング（感じる）だ」

と、彼は、自分の言葉をかえなかった。

「四つのことを、わたしは感じた。一つは、彼の死に方に唯美主義があるということ。これは、前代の遺物だ。

第二は、ノスタルジアがあるということ。ノスタルジアをもつというのは、私の私生活上の権利だ。しかし、それにつきないところがある。ノスタルジアには、昔の日々はよかったという判断がある。昔の日々はよかったのか。三島由紀夫にとってはそうだろう。しかし、その昔の日々は、朝鮮の人間にとってはけっしてよくはなかったのだ。中国の人間にとってもそうだ。

三番目に、彼の死には、新しいタイプの破壊力を感じた。新左翼のデモと赤軍派のテロとの間にはさまれて、彼は、自分の無力を感じたのだろう。そこで一種のケイレン状態がおこった。

四番目に、彼の死には、何か、自分をかくして自分の対偶を大衆の前におくという感じがある。彼は弱い人間だ。自分のその女性的本質をかくして、男らしい外見上の身ぶりに徹する。それは、個人的な精神分析の領域にとどまるものではない。そこには、彼の自覚しない政治的な次元がある。彼によって、自覚されない形での帝国主義がある」

文学的ロマンティシズムにたいして、キムジハは、きわめて、うたがい深い。数日前に彼をたずねて来た唐十郎にふれて、彼は、前に、自分の芝居と同時に唐の作品も同じ大学で上演されたことがあるので、知っていると言い、

「唐十郎は、天才だ」

という。

「だが、政治思想においては、彼はこどもだ」

そういって、彼は窓の外をさした。外ではもう日がくれていたが、それでも、明るい。だが、もののりんかくは、もうはっきりと見きわめにくい。

「文学上のロマン主義は、きりのたちこめた海のようなものだ」

外のうすぼんやりした夜の風景を、彼はきりのたちこめた海に見たてた。

「きりのたちこめた海は美しい。しかし、航海には不適当だ。航海に適するのは、晴れた日の海だ。もちろん、そこにも、とらえにくい色々の問題はある。しかし、晴れた日ざしの下にひらける世界の地図をつくり、その世界の底へとさらに掘るのだ」

混乱した美しさを求めて、混乱した政治思想へと人をさそってはならない。

ここには、キムジハが、彼とむすびつきをもつ人びとへの責任感がある。ロマン主義的な混沌に身を投じたい感性が彼の中にははっきりあるが、政治思想を内にふくむ文学作品をつくることを目標とする彼にとって、それはおさえられるべき衝動である。

キムジハは日本語の文字を書く時がある。英語の言葉につまり、あれこれ、一所懸命に見つけようとして、日本語の言葉のほうが、先に見つかってしまう。

「書いてみよう」

そう言って、紙きれの上に、

「分断主義」

と書いた。

これは、彼が次に書く作品の主題だという。

「私たちの民族は、北と南とに分断されている。

これは、私たちが望んでしたことではない。はじめに、日本の植民地支配があった。この時代に、日本は、私たちに自治をゆるさなかった。

日本が負けた時、日本は、朝鮮人に自治の権利をわたさずに、ソヴィエト・ロシアとアメリカ合衆国に、支配権を分割してわたした。

ヤルタ協定。ここで、第二次世界大戦の最中に、アメリカ合衆国とソヴィエト・ロシアとは朝鮮の分割についての秘密のとりきめをおこなった。

日本、アメリカ合衆国、ソヴィエト・ロシアという三つの大国の権利主義的な政策の結果として、今日の分断された朝鮮民族がある。

自治の権利は、それぞれの民族にとって、あたりまえの権利ではないのか。われわれは、その自治の権利をもったことがない。

この分断の苦しみを、私は、書きたい。

ベトナム人も、ドイツ人も、おなじように、この分断主義に苦しんでいる。

だが、これらの民族だけではない。あなたがたが、日本からこの韓国にたやすく来られないということも、この分断主義のためだ。小田実さんや、中井毬栄さんに、韓国政府が入国許可をあたえないということがそうだ。

この分断主義のために、世界のいたるところで、人間は苦しんでいる。これは今日の世界の普遍的な主題だ。朝鮮民族にとってもっとも切実な身近の問題だが、それととりくむことは、二十世紀の世界の問題ととりくむことになる。私は、今日のこの国の生活のあらゆる相にあらわれた分断主義について書きたい」

四度か、五度、キムジハは、紙きれに、日本語を書いた。

そのなかで、ひとつ、彼はこの時も言葉につまって、

「親日派」

と書いた。

今日の韓国では、この連中が、いけないのだ、ということだった。

（それから二日後に、野党の大統領候補金大中に会った時にも、同じことをきいた。金大中によると、韓国人の日本にたいする感情は、日韓会談以後、むしろ悪くなっている。というのは、日本人が、現政権とそれにむすびついている資本家だけを露骨に支持し、それらと結びついて韓国の民衆の犠牲において利益をすいあげているからだという。

私が韓国であった人びとは、多くは、日本語を使うことを好まなかった。しばらく話をして、気を許すと、日本語を使いはじめるが、その時には、日本語がすごくうまいことにおどろいた。自分にとってよりたやすい日本語をなるべく使うまいとするところに、かれらの意志を感じる。）

一九四五年の敗戦のころまでに、日本政府とむすびついて自分の民族をしいたげてきた勢力が、今日も民衆にたいする専制政治の原動力になっている。この親日派の韓国人

が、何としても、いやなものと感じられている。

夜も、おそくなった。

何度も、ドアをたたいて、病院の職員が入ってきて、

「まだ、話は終らないか」

とたずねる。

キムジハが病人でないからと言って、病院の中に、訪問者がこれ以上の長居をすることは、めいわくだろう。

私たちは、明朝またくることを約束して、病室を出た。

門をすぎる時、

「ありがとう」

と言うと、さっきの守衛さんが、重荷をおろしたような顔をして、あいさつをかえした。

七月二日（日）
昨夜とまったのは、海水浴に来る人の休むところのようで、更衣室むきの小さい部屋がいくつもある。その中の一つにとまった。
朝五時ころ、眼がさめた。まだくらい、もやのたちこめた入江が美しい。もう一度、ねむると、六時半ごろ、窓の下のざくざくという音でまた眼がさめた。

おきて窓から見ると、おばあさんが、あさりをほっている。

八時半に宿を出て、療養所にむかう。

門のところで、またすこしとめられたが、許されて、ふたたび詩人の部屋に入る。

話したいことが多いらしく、詩人は、次々に話題をかえる。

彼が今度、つかまったのは、『蜚語《ひご》』を発表したことによるものだが、この物語詩について、こう言った。

「私は、『蜚語』を書く時、現代のデカメロンのようなものを書きたいと思った。五十くらいの詩を書き、いろんなスタイルのものになるようにしたかった。しかし、三つしか書けていない。

正論が抑圧される時、流言蜚語が正論のかわりになる。これにたいして権力は、それじしんの蜚語をつくって、まやかしの道をひらこうとする。その政府創作の蜚語にたいして、民衆の蜚語をすすめなくてはならない。

ひとつひとつの流言には、特有のリズムがある。それが、物語詩（バラード）の文体の基礎になる。バラードというものは、流言からはじまったもので、その口承文芸としての伝統を、私は現代文学にとりもどしたい。

バラードをとおして私のしたいことは、笑いをもたらすことだ。

権力の弾圧によって、民衆のなかに不安と恐怖がうまれる。政府のつくりだす流言蜚語がその不安と恐怖をひろげる。私のバラードは、その不安と恐怖が政府のつくった幻影であって、そこには何もないのだということをしらせるものでありたい。不安と恐怖とを、笑いによって、ふきとばしたい」

夜霧のたちこめた海のようにでなく白昼の日ざしをうけた海として、世界を書きたいという彼の文学上の理想も、この思想に根ざしている。

ここで彼は、紙きれに、正論——流言——政府のつくる偽流言——それをあばく文学というような力動的な図式を書いて見せた。

詩人の心中には、何か、そういう弁証法がはっきりとあるらしい。

「今日は、堅信礼の日（コンファーメーション・デー）だ。私にとっては大切な日だ。私はキリスト教徒だから、憎んではならないはずだ。しかし、私は憎んでいる。憎んではならないのだけれども、憎んでいる。

今の政府は、自分たちの仲間を一七〇人もとらえた。これほどの人びとが、私のことに関連して苦しんでいることを考えると、自分のことなど何でもない。しかし、私は、政府が憎い。

私はカソリック教徒だ。民衆解放のために努力することがキリスト教徒の任務だと考えるような人びとが、この韓国には何人もいる。

私は、北方のカソリック教にたいして、南方のキリスト教、とくに南アメリカにうまれつつあるカソリック教徒の運動に希望を託している」

別れる時が来た。

九時半、国立療養所を出てバスにのってマザンの駅にむかう。

七月三日（月）

この日から雨季に入ったそうだ。細雨の中を、総理府に行く。もとの日本の総督府の建物だそうで、人を重苦しい感じにする大きい建物の長い長いろうかを歩いて、総理大臣秘書官の部屋につく。

丁重で柔和な感じの秘書官が、何の用かときくので、キムジハを釈放してほしいというったえと、それを支持する署名をした人びとの名簿をもってきたというと、

「キムジハとは誰ですか」

と、問いかえす。知らないふりをしているのではなくて、ほんとうに知らないらしい。やはり何か用事があって、おなじ控えの間に待っていた初老の紳士が、そこで口をはさんで、

「キムジハというのは詩人で、つかまっていたのだが、もう釈放されたよ」

と秘書官に教えた。

「キム教授」

と、秘書官が呼んでいたところをみると、政府に近しい大学教授なのだろう。キムジハのことを知ってはいたが、それでも、もう釈放されたなどと、事実から遠いことを言う。私たちは、昨日、監禁中の詩人に会ってきたのだが。

その時、教授は急に私たち（真継、金井、私）のほうをむいて、

「あなたがたはベ平連ですか」

と日本語でたずねた。教授としては、キムジハよりも、ベ平連のほうに、（ともに否定的にではあるが）関心が深いらしかった。

私たちがここに来ているのは、ベ平連としてではないが、私たちがベ平連であることも事実なので、そうだと答えると、このあいだ東京に行っていろいろきいたと言っていた。

キムジハについて、キム教授から教えられた秘書官は、それからも終始にこやかで、

「この書類をどうしたらいいのか。総理大臣の署名が必要ですか」

などと、私たちにたずねた。私たちは、それを総理大臣に見せてください、それから、朴大統領にも見せてくださいと言いおいて、総理府を出た。

午後四時半に、野党の大統領候補キムデージュン（金大中）を訪問。四十六歳というが、もっと若く見える。この人は前の選挙で、現職の朴大統領をむこうにまわして四十数パーセントの票を得た。朴の側が自分たちの投票者を何重にも投票させるという不正をしなかったら、勝っただろうと言われている。

「北ではパンの問題だけ解決した。南ではパンをあたえないし、自由もない。しかし、だからといって、自由を犠牲にしてパンを得ようとは思わない。

朴が政権についてから、今がもっとも経済状態が悪い。農民の犠牲の上に工業化がすすめられている。農民に購買力がないから、工場でつくった品物がうれない。『企業はほろびても、企業家はほろびない』ということわざが、はやっている。企業がダメになれば政府にそれをほうりだしてしまうという習慣になっている。これでは、経済建設はできない。

しかし、民衆は絶望してはいない。このことを日本人は知らないと思う。ホテルを歩きまわって日本の観光客に身を売っている女以外には、韓国人で日本人に好意をよせるものはいない。その理由は、日本の国家があまりにも朴政権のみを一方的に支持してきたからだ。

日本はくさった米を韓国に分配した。日本から入る製品は高い。それを買う韓国政府は、国益を考えないのだからもっと悪い。

韓国政府は、農民に必要なものに日本からの借款をまわさない。農民のためにダムをつくるというようなことには、日本からの金を使うことがない」

マザンの療養所でキムジハに会った話をすると、彼はこんなことを言った。

「キムジハは、自分と同じ祖先から出たということになっており、同族にあたる。

彼は、ある夜、自分の知らない間に来て、『蜚語』をポストに投げこんでいった。そうでもなければ、『蜚語』を読むことはできません。

読んでほしいと思ってわざわざ来たのでしょう。それでも会って話したりすると、めいわくがかかると思って、ただおいていったのです」

(自分の書いた話を、読んでもらいたい人のところに自分でとどけにゆく。この行動の形の中に、文学者としてのキムジハの姿があらわれている。)

何人かの人に、私たちは韓国で会ったが、キムジハは、自由を求める民衆の運動の象徴であることを感じた。

キムジハは、すぐれた才能として、民衆から孤立している人ではない。彼は、自分の作品がどんな形であれ民衆に用いられ、民衆を力づける役にたつことを望んでいる。抵抗運動の仲間は、キムジハがそういう人であることを知っており、キムジハを助ける運動をすすめることが、自分たちの自由を守る運動をすすめることになることを確信している。こういうおたがいの関係がある時、ヨーロッパの近代に確立した個人に属する著作権という概念は、通用しない。

このことは、流言についてのキムジハの話によくあらわれているけれども、この方向は、詩人の著作の初期から予感されていたものと言えるだろう。

一九七〇年にキムジハが友人とともにはじめた寺子屋式の抗日民族学校で、詩人はこんなことを講義した。

米のなる田んぼは新しい道になるよ

ちったあ口のきける野郎は刑務所に行くよ
ちったあ仕事のできる野郎は共同墓地に行くよ
ガキでも生める女は遊廓に行くよ

この民謡は、同じ時期に書かれた李相如（一九〇〇―一九四一）の新詩が現実をきわめて迂回的に表現しているのにくらべて直接的に大胆に表現している。

新詩は象徴と比喩の機能を拡大してやがて現実と無関係な領域にふみいり、唯美主義的な目的に奉仕するようになり、現実にたいして適切な言語を見出すことができなかった。こうして民謡は広範囲な民衆の間に共感を呼びさまし、新詩は少数の知識人の共感を得たにとどまった。（「民族のうた・民衆のうた」『長い暗闇の彼方に』）

ここには、『蜚語』にむかって歩きはじめた詩人の決意がある。

おなじ一九七〇年に書かれた戯曲『銅の李舜臣』では、豊臣秀吉の侵略を撃退した李舜臣が、今の政府にきせられた鉄のヨロイからときはなたれたいと考えて、とおりがかりのあめうりにたのむ。しかし、あめうりが、五人の家族をやしなってゆかなくてはならないことをうったえて、しりごみしているのを見ると、

「それを私は知らなかった。欲を出しすぎたのじゃ」

と反省する。あめうりは決心して、李舜臣のヨロイをぬがせようとする。彼は銅像の銅をぬすもうとしたとうたがわれて、巡査にとらえられ、ひきたてられてゆく。

（ここには、作者の大衆への配慮と期待とが、はっきりと語られている。）

七月四日（火）

キムジハの逮捕の責任者である情報部長官によって、北と南の交渉がすすめられていることが発表されたその日に、私たちは韓国をたって、日本にかえってきた。北と南との交渉がすすむことはいいことだ。だが、キムジハから自由をうばった情報部長官の手によって、詩人のうれえた分断主義が克服されるかどうか。私は、今もなお、うたがいをもたざるを得ない。

大韓航空の飛行途上でなくなったキムジハ救援の署名原簿は、旅行を終えた今日もかえってこない。

さらにその後、七月十五日に、キムジハが釈放されたということをきいた。なぜ釈放されたのかはわからない。韓国政府としては、カトリックの詩人としてひろく韓国の内外に知られたこの詩人の処置に困っていたのにちがいない。ひそかにでも国際的に知られている彼を消してしまうことは、国際的な援助を必要とするこの国の政府としてはむずかしい。監禁しているあいだに、詩人が転向してほしいと思って、医学の常識をふみにじってまで、すでに結核のなおった詩人を病院にとどめておいたのだろう。

キムジハ釈放のしらせをきいて、私たちの訪問が、詩人に害をもたらさなかったことを喜ぶ。

今度の訪問が、私たちにもたらしたものは計りしれない。この詩人が、どのように民衆の間に根をもつ人であるかを知ったことが、私にとっては何よりの収穫だった。韓国では著作というものが、今の日本で普通に考えられているのとはっきりとちがう役割をになっていることを考える。

付記　キムジハは一九七四年、ふたたびとらえられ一時は死刑を宣告されたが、後に、無期にあらためられ、一九七五年もう一度釈放されたが同じ年の春、またとらえられ今日に至っている。

朝鮮人の登場する小説

1　小説にあらわれた民族

考えるとは、自分と自分以外のものとの対話が、内面化されて自分ひとりの心の中にもちこまれた現象であると、G・H・ミードは言っている。人はさまざまの役割を演じながら、さまざまの立場にたって状況を見ることをとおして、考えをすすめてゆく。幼い時代に、自分をとりまく人々と自分との交渉の中にどれほどの種類の役割があるかが、それぞれの人の思想をつくる上で、大きな影響をもつ。

読書体験としての小説は、家庭とか、遊びよりもあとから、人の生涯にあらわれるので、思想をつくる力として、家庭とか、遊びに及ばないかもしれない。しかし、小説は、家庭とか遊びとかの中になかった新しいさまざまの役割をもたらして、小説独自の仕方でそれぞれの人の思想の可能性をひろげる。実人生で会ったことのない人間のタイプ（ちがう時代、ちがう民族、ちがう階級、ちがう世代、ちがう性、ちがう職業、ちがう性格）が、実人生であったことのない状況においてそれぞれの役割を演じるのを、読者は、小説をとおしてたどる。それらさまざまの役割の中で、民族の役割を中心として、小説が思想にあたえる影響を考えてみたい。

日本の中世の物語で唐、天竺がどのような役割をになったか、近世の物語で南蛮諸国がどのような役割をになったかは興味のあることだが、ここでは除外し、明治以後の小説の歴史において、日本以外の諸民族の役割がどのように演じられたかを問題にしたい。この場合、G・H・ミードの考えをうけついで、H・H・ハイマンおよびR・K・マートンの工夫した「準拠集団」という概念が、役にたつ。準拠集団とは、ある個人あるいは集団が、自己の状況を評価するさいに、その比較の相手方として用いる集団のことである。個人は、自分が現実に属している集団の中に、比較の相手方を求める場合もある。自分が現実に所属していない集団の中に、比較の相手方を求める場合もある。その比較のわくが何であるかによって、自己の現在の状況は、非常に不満なものに感じられたり、満足すべきものに感じられたり、さまざまの仕方で解釈される。

明治以来の日本は、日本の外の諸民族を日本人にとっての準拠集団として用いる方法を、学校の教科書をとおして、商品の広告をとおして、娯楽をとおして、芸術をとおして、開拓した。小説もまた、ひとつの道すじだった。

権力者のとりいれた準拠集団は、制度の歴史をとおして見ることができる。とくに教育制度をとおして、その教育制度をにつめた国定教科書の歴史をとおして見ることができる。非権力者が支えとして来た準拠集団のわくぐみは、明治以来、和歌のような領域をのぞいて、政府の保護をうけることのうすかった文学の歴史をとおして、とくに小説の歴史をとおして見ることができる。

小説は、E・M・フォスターが『小説の諸側面』(一九二七年)でのべたように、個人の内面性と深いかかわりをもつ表現様式である。古代ギリシア人は、行動の様式をとおして人間の運命を描くことに主な関心をもち、劇を最高の芸術の様式とした。人間が幸福になるか不幸になるかは、いかなる行動を彼がとるかによってきまるものだと、ギリシア芸術の理論家アリストテレスは考えた。これに反して、ルネサンス以後の社会の変化は、人間の幸福または不幸が各個人の秘密の内面生活の中にあるという思想を育てた。外面的には同じ行動と見えるものも、各個人の内面にたちいってそこから見なくては、それがいかなる幸福あるいは不幸を表現しているかわからないという考え方である。小説とは、全知の神のような仕方で各個人の内面の秘密にたちいって、そこから各個人の行動を意味づける表現様式であり、近代に入って、これが主要な文学の様式となったのは理由のあることだった。このように、フォスターの議論は、幸福感の容器として、小説を特徴づける。小説が一つの社会からもう一つの社会にうつされ、翻訳され、ひろく読まれ、愛される時、そこには、ある特定の作中人物の個性的な幸福感が、別の特定の個性的な読者によって、共感されるというだけでなく、ある一つの社会における幸福感の構造が、もう一つの社会における幸福感の構造にむかってはたらきかけるという作用がある。

明治のはじめから大正・昭和をへて、日本の読者層にひろく読まれて来た諸外国の小説は、日本人に、新しい幸福感を伝えるはたらきをして来た。

明治のはじめに欧米諸国の小説の翻案があらわれ、やがて翻訳時代に移る。吉武好孝の『明治・大正の翻訳史』（一九五九年）によれば、明治初年度には英国のものが多く、一八七八年（明治十一年）ごろからフランスものが翻訳され、一八八一年ごろからロシアものが翻訳される。

ロシア小説の人気はツルゲーネフ原作・二葉亭四迷訳の『あひびき』が一八八八年に出るまであまりなかった。宮島新三郎の「明治文学に及ぼした西洋文学の影響」によれば、一八八七年（明治二十年）までに出版された主な外国の小説の翻訳は六十二冊で、イギリス二十八冊、フランス二十冊、イタリー五冊、ドイツ二冊、スペイン二冊、ペルシア二冊、ロシア二冊、オランダ一冊の割合である。イギリスの小説の訳読は、官立の教育制度の中でも早くからすすめられた。フランスの小説の訳読がひろまるのは、自由民権運動のたかまりとともにである。なかでも中江兆民の一派はもっとも早く政治小説への関心をもった。一八八二年自由党の党首板垣退助はパリでヴィクトル・ユゴーと会い、民権思想の宣伝のためには長篇小説がよいと教えられた。板垣はユゴー作の『一七九三年』その他数種の小説をもらって一八八三年に日本に帰った。あくる年の一八八四年に、『一七九三年』が坂崎紫瀾によって「仏国革命・修羅の衢《ちまた》」と題して『自由新聞』に連載された。フランスのユゴー風の小説、イギリスのディズレリー風の小説は、翻訳だけでなく、実作上の一つの運動をつくり、日本に政治小説の時代をもたらした。そのあと、明治二十年（一八八七年）代に入ってから、ロシアの小説の翻訳がはじまり、明治三十年代にはツルゲーネフ、トルストイ、ドフトエフスキーの小説が、日本人の創作に大きな影響をもつようになる。明治の末に日本の学校制度がととのってからの教育上の規準から見て、イギリスおよびドイツの小説が、たとえばディケンズの『デイヴィド・カッパフィールド』やゲーテの『ヴィルヘルム・マイスターの遍歴時代』のように、健全なる社会人あるいは官吏の教養として尊重されたのと対照をなして、フランスの小説、ロシアの小説への趣味をおぼえることは危険なことと考えられて来た。この価値感覚は、明治時代に確立してから、大きな修正をへることなく、大正、昭和、戦後までつづいてきている。英国小説の影響の線上にある夏目漱石、ドイツ小説の影響の線上にある森鷗外が、明治・大正・昭和をとおして全社会的に尊敬される教養人のモデルであることは、明治以来の日本の支配層が、イギリスおよびドイツを準拠集団として肯定的に考えて来たこととかかわりがある。

小説の発表のかたちの中で読者にもっともひろく読まれるのは、新聞小説である。新聞小説は、作者が、書いているあいだに、その作品にたいする読者の反響を考えにいれて作品をつくりなおしてゆくことのできる発表形式で、読者と作者の相互交渉がもっともすみやかでいきいきしており、作者―読者の共同体からつくりだされる面をつよくもっている。新聞小説の歴史については、高木健夫の『新聞小説史稿』（第一巻は一九六四年、以後は連載中）によってその全体の姿がようやく明らかにされて来た。ここでは、日本の新聞小説史の草分けの時代に大きな役割を果たした一つの作品をとりあげて、準拠集団としての欧米がどんなふうに日本の読者大衆に提供されたかの一つの例を見たい。

木村曙（一八七二―一八九〇）の『婦女の鑑』は、一八八九年（明治二十二年）一月三日から『読売新聞』に連載された。作者は、自由党系の政治家星亨に財政援助をあたえた政商木村荘平の妾腹の子である。父の荘平は、妾にひとつずつ店をもたせて東京中に牛肉店を経営させ、市民の食生活を近代化する計画をたてた。店主と親しい関係にある女性に店をまかせれば、経費は節約され、会計上の不正がおこらないから、富を集中できると彼は考えた。

「いろは牛肉店」と名づけられたこのチェーン・ストアは、四十七人の妾によって動かされるはずだったが、計画の半ばまでを実現し得て終った。「いろは牛肉店」経営計画をささえた家長本位・女権無視の封建的日本思想と肉食促進・政党政治尊重の近代的欧米思想の組みあわせは、その計画のにない手となる妾たちにとって迷惑だっただけでなく、さらにその妾腹の子たちにとっては、かれらが明治新時代の教育をうけているだけに、さらに深刻な異和感の源となった。木村曙、木村荘太、木村荘八、木村荘十、木村荘十二の作家・芸術家たちは、その異和感の中から生まれた。こういう奇妙な組みあわせの環境の中にそだった木村曙は、より純粋な近代の理想像を実物の欧米諸国に求めるようになった。お茶の水高等女学校にかようあいだに、彼女は外人教師に愛され、卒業後はフランスに留学して手芸の勉強をすることを望んだ。しかし父は、娘のねがいをはねつけて、「いろは牛肉店」の第十支店の帳場にすわらせた。曙は、東京帝国大学法科学生有賀長文との恋愛に、「いろは牛肉店」からの脱出の機会を見た。二人は結婚してヨーロッパにいって勉強しようという計画をたてた。父親は、娘の希望をふたたびふみにじり、養子をむかえて結婚させる。気にそまぬ結婚をした曙は、現実脱却の望みをますます深め、牛肉店での会計の仕事のあいまに小説の筆をすすめた。この小説は『婦女の鑑』と題して、彼女の離婚後に発表された。そのすぐあと、十九歳で曙は死んだ。『婦女の鑑』のあらすじ。主人公吉川秀子は、イギリス留学の望みをもち、父からの許しを得た（作者の現実の状況の対極）。なぜ姉妹のうち妹の秀子だけに留学の望みをかなえさせるかと言えば、秀子は実の父の義理の弟の子だからであって、そのことを父は姉妹に説いてきかせる（作者の複雑な家庭環境について、こうあってほしいと思う希望の投影）。ところが秀子の男友達から、秀子との特別の間柄をほのめかす手紙が父のところにとどき、同時にそういう記事が新聞にあばかれたので、父は怒って、秀子を勘当。秀子は家を出て、亀戸の天満宮で、巫子になった（東大生との恋愛を父にとがめられた時、作者は、家を出て自活したかったであろう、その希望の投影）。そこで、秀子は、父の恩人の娘春子とその義姉妹にあたるエジスとに見つけられ、エジスの家につれてゆかれる。エジスたち友人に助けられて、秀子は英国ケムブリッジ大学女子部に留学。抜群の成績で卒業した後、アメリカにわたって工場ではたらき、工業を勉強した。そのころ日本では、かつて、ねたみゆえにへんな手紙を書いて秀子の父におくった男が、秀子の姉に真相を話したため、秀子の一家は彼女の潔白を知って、よろこんでその帰国をむかえる心になっていた。日本に帰って来た秀子は、自分の力で工場をおこし、まず熟練工二十人をやとい、さらにその下に働く女工として、貧しい女性に職をあたえた。この工場には、幼稚園をつけたすこととし、三歳から十歳までの貧しい家の子を収容し、手芸をおしえた。(こうして託児所および授産場つきの工場という、当時の日本にはまだなかった社会事業の計画がのべられた。これは、「いろは牛肉店」のチェーン・ストアで自由党の資金をかせいで日本の近代化をはかるという父親の現実主義とは正反対の理想主義である。)

この小説は、明治にはじまって大正・昭和まで日常の言葉として生きていた「洋行」という言葉のうらにある価値判断をよく表現した作品である。「洋行」とは、中国語では外国人の商売をさすが、明治以後の日本では、外国旅行を意味し、とくに欧米に行くことを意味した。おなじく「洋」をこえて行くとしても、アフリカあるいはブラジルでは、洋行と言ってもその語感にあわないのは、文明の規格となる欧米に行って実物教育をうけてくることが洋行の本道と考えられていたからだ。この意味で『婦女の鑑』は、代表的な洋行小説だった。明治時代の代表的な洋行小説には、森鷗外の『舞姫』、永井荷風の『あめりか物語』『ふらんす物語』『新帰朝者の日記』がある。大正時代には、島田清次郎の『地上』がある。昭和に入ってからは、西洋やくざへのあこがれを託した無政府主義の流れをくむ谷譲次（本名、長谷川海太郎）の『テキサス無宿』のような大衆小説があらわれる。やがて、日中戦争下に横光利一の『旅愁』が書きはじめられる。このあたりから、明治以来の洋行の概念は、すこしずつくずれてゆく。欧米はもはや文明の規格と考えられなくなった。日本固有の文化の中に、もっとすぐれた文明の規格があるという思想があらわれる。

戦後の日本は、敗戦と占領とにいやおうなしの国際化をとおってきたために、その中に育った若い世代の作家によって、日本人の登場しない小説をうみだした。それらは、西洋の文明規準を完全にうけいれて実物模型として欧米を描くものではなかった。ナチズムと原爆をうみおとした欧米は、もはや、日本人にとって無批判にうけいれられる手本ではない。遠藤周作の『白い人』は、その後に来る『黄色い人』『おバカさん』『海と毒薬』『沈黙』の主題を最初に表現した作品であり、フランスを舞台とし、フランス人を主人公として対ナチ協力者の精神の力学を描いている。堀田善衛の『審判』は日本人の戦争責任とアメリカ人の戦争責任を交錯させた小説である。いいだ・ももの『アメリカの英雄』は、アメリカを舞台としてアメリカ人ばかり（最後でちょっと例外的に日本人が出てくるが）登場する小説であり、異国人の頭上に原爆をおとしてそれについていたみを感じない今日のアメリカ精神のただ中で、その痛みを感じるところに進み出た「アメリカの英雄」（あるべきアメリカ人の姿）について、小説の舞台の外にある日本人の側から照明をあたえている。小田実の『アメリカ』もまた、主としてアメリカ人の登場する小説であり、それらのアメリカ人と日本人留学生との交渉を描いたもので、ここには、『旅愁』のように劣等感をうらがえした無理な姿勢による欧米反撥はない。敗戦によってきゅうくつな姿勢から自由になった日本人が、世界の自由陣営の盟主として今やきゅうくつな姿勢にあるアメリカ国民の価値尺度をゆとりをもって見ている。

明治以来の文学史には、洋行小説の本道からそれた仕方で、他国をあつかった作品があった。明治中期の東海散士作『佳人之奇遇』（一八八五年）は、イギリスやドイツのような大国ではなく、スペインやアイルランドのような小国に主人公の関心をむすびつけて、それらヨーロッパの小国の衰亡に共感をいだかしめる。押川春浪の『武侠の日本』（一九〇二年）は、独立戦争下のフィリッピン人に主人公が加担し、アメリカ、ロシアを相手どって計略をねるというすじがきであり、昭和に入ってから満洲事変以後の山中峯太郎の『大東の鉄人』など少年冒険小説の原型をつくった。

典型的な洋行小説と、その正統からはずれた外国風俗小説の中で、朝鮮を舞台にした小説がないことは、日本文学史上の事実である。日本にもっとも近い外国が朝鮮であることを思う時、朝鮮を舞台とした小説が、明治・大正・昭和にわたって、敗戦まであらわれていないということは、日本の近代文学の性格にかかわる一つの重大な出来事と言ってよい。

この出来事の背後には、日本人が朝鮮人にたいしてもつ偏見、その偏見にたいして日本の文学者が関心をもたなかったことの二つの事実がある。
日本人が朝鮮人にたいしてもつ偏見は、欧州人がユダヤ人にたいしてもつ偏見のように長い歴史をもつものではない。江戸時代以前には敬意をもって朝鮮に対していた時代があった。江戸時代後期には交渉がたえていたために日本人は朝鮮人にたいして無関心であった。明治維新以後、米国が日本にたいしてとった近代文明の強制的輸出の役割を、日本は朝鮮にたいしてとろうとし、この時から朝鮮人にたいする保護者意識とそれとうらはらな軽視の歴史がはじまる。

一八七三年（明治六年）、西郷隆盛らの征韓論は、日本政府の採用するところとならなかったが、一八七五年、日本の軍艦雲揚号が江華島沖で朝鮮軍から砲撃された機会をとらえて、日本政府は朝鮮政府をおどかして鎖国をとかせ、一八七六年に江華条約をむすんで朝鮮開国を実現した。その後、日本は、日本政府に有利な仕方で朝鮮の近代化と改革を図ろうとし、はじめは中国のちにロシアと主導権をあらそった。一八九四—五年の日清戦争、一八九五年の日本人による朝鮮王妃（閔妃）暗殺事件、一九〇四—五年の日露戦争、一九一〇年の日韓併合をへて、日本は朝鮮を日本の植民地とした。これにたいする朝鮮人の反乱は、武力によっておさえられた。一九一九年の三・一運動の弾圧（万歳事件）は、その著しい例である。朝鮮人は弱味につけこまれて土地を安く日本人に手ばなしたものが多く、かれらはやがて労働者として日本にわたる。低賃金労働者としての在日朝鮮人の存在は、日本人大衆の間に朝鮮人にたいする軽蔑を育てる条件の一つとなった。

一九二三年（大正十二年）九月一日の関東大震災にさいして、三千人から四千人と推定されるほどの朝鮮人が私刑にあって日本人に殺された。井戸に毒を投げこんだとか、日本政府にたいする反逆をくわだてたというのが、その理由だったが、こういう言いがかりには何の証拠も見つかっていない。事実がないところにこれだけの流言がながれ、これだけの結果をもたらしたというのは、一つには日本の政府の一部に流言製造を助ける動きがあったからだと考えられ、もう一つには日本の民衆の側に朝鮮人にたいする偏見がすでに根をはっていたからだと考えられる。このころには大杉栄のような社会主義運動家の評論には朝鮮人にたいする共感がはっきりと表現されているが、一般の文壇人のあいだには朝鮮人にたいする共感があったとは言えない。日本における自然主義文学の源流にたつ田山花袋が、自宅の縁の下ににげこんだ朝鮮人をとらえてなぐったということを中央公論記者に自慢そうに話した記事が、木佐木勝の日記に見える。田山の行動は、明治・大正時代の日本の文学者の標準を示すもののように思われる。大震災直後に大逆罪のうたがいで朴烈とともにとらえられた金子ふみ子は、籍をいれてもらえない子として育ち、やがて朝鮮で女中としての苦しい生活をした上で、朝鮮人との結婚にふみきったと言う。ここには、日本の社会の中での疎外が朝鮮人への結びつきに導き、それがさらに日本の社会体制にたいする反逆の意志を育てるという生き方がある。金子ふみ子は一九二六年三月に死刑の判決をうけ、一カ月後に天皇の特赦によって死一等を減ぜられ、さらに一カ月後にかぞえ年二十三歳で首をつって死んだ。彼女は、『何が私をこうさせたか』（春秋社、一九二六年）という手記を残した。このような心の動きが日本の小説の世界に造型されることは、同時代にはなかった。

明治のはじめからつくられた朝鮮人への偏見は、徐々に日本人の間に定着してゆく。日中戦争当時、日本人の民族の好ききらいを学生について調査した楠弘閣によれば、蘆溝橋事件前には日本人↓ドイツ人↓イタリー人↓朝鮮人↓アメリカ人↓イギリス人↓フランス人↓インド人↓中国人↓黒人↓ユダヤ人↓ロシア人の順位だった。事件の後にはインド人が五位にあがり、イギリス人が九位にさがったが、その他はあまりかわりがなかったと言う。第二次世界大戦終了後の一九四六年に、佐藤幸治・中根冬雄のおこなった調査によれば、日本人↓アメリカ人↓ドイツ人↓フランス人↓イギリス人↓イタリー人↓中国人↓インド人↓ロシア人↓ユダヤ人↓黒人↓朝鮮人の順になった。占領時代をへて経済成長期に入った一九六二年に秋田清がおこなった調査では、日本人↓アメリカ人↓イギリス人↓フランス人↓ドイツ人↓イタリー人↓インド人↓ロシア人↓中国人↓ユダヤ人↓黒人↓朝鮮人の順位がある。幕末における朝鮮人にたいする無関心の状態を出発点として、明治に入ってから朝鮮人にたいする軽蔑は徐々に増していって戦後に入ってから最もつよいものになったと考えられる。しかし、日本の文学の歴史においては、朝鮮人にたいする共感のもちかたは、一般社会におけるそれと同じ昇降曲線をたどらない。

もう一度、もとにもどって日朝交渉史をたどりなおしたい。日中戦争開始後の一九三八年（昭和十三年）には朝鮮において学校での朝鮮語の使用は禁止され、一九三九年には朝鮮の姓名をすてて日本風の姓名をえらぶことがすすめられた。一九四〇年九月には、日本名前に変えるものは一千六百万人、全人口の約八割に及んだ。また戦時下の労働者の不足をおぎなうために、一九三九年以後、朝鮮人を鉱山業・土建業に集団としてつれてくることが業者にみとめられることとなった。朴慶植によれば、一九三九―四五年までに百万人あまりが、強制的・集団的に朝鮮からつれてこられて、戦時日本のもっとも苛酷な労働にしたがった。一九四二年には朝鮮人にたいして徴兵令がしかれた。

こうした状況を、朝鮮の文学者はどううけとめたか。それは、金史良・韓雪野・李箕永のように状況にたいする抵抗の姿勢をつらぬく道と、李光洙（香山光郎）や張赫宙（野口稔、戦後は野口赫宙）のように日本の支配者の思想に同化しようとする道とにわかれる。

金史良（一九一四―一九五〇）は、本名は金時昌。北部朝鮮の平壌でうまれ、中学校中退後、日本にわたって佐賀高校に入り、東大独文科に進んで卒業した。『文芸首都』に小説を発表。「光の中に」（一九三九年）は一九四〇年度の芥川賞候補作となった。その後とらえられて三カ月ほど留置され、釈放されると、朝鮮にかえり、脱走して延安に入った。朝鮮戦争の中で戦死。彼が日中戦争下に日本で発表した作品は、朝鮮人の生活を作者の感想をまじえず事実のつみかさねをとおしてえがいたもので、イデオロギー性を故意になくすことによって、かえって日本政府のイデオロギーにたいする妥協が見られない。朝鮮にのこったプロレタリア作家のうち、李箕永は『草郷』『大地の息子』を書いた後、農業によってくらしをたて、韓雪野は『黄昏』を書いた後、古本屋をひらいてくらした。しかし、朝鮮の職業作家の多くは、妥協の道をえらんだ。

朝鮮人の作家の中で戦前の日本でもっとも有名だったのは、張赫宙である。張は一九〇五年、南鮮の大邱にうまれ、中学校で教えた。一九三二年、小説『餓鬼道』が日本の雑誌『改造』の懸賞小説に当選。日本に移って作家生活に入った。日本に移った当時は日本プロレタリア作家同盟に入ろうと考えていたが、やがてこれを断念。作風も、朝鮮の貧しい農民をえがく『餓鬼道』から、進歩的知識人の動機の浅さを自嘲的にえがく『権という男』(一九三三年)にかわり、やがて朝鮮にたいする徴兵令をたたえる新聞小説『岩本志願兵』(一九四三年)で出発点の反対極に達する。

趙潤済の『韓国文学史』(一九六三年)は、西洋文学の輸入と模倣の段階をおえて朝鮮独自の仕方で近代小説を成立させた人々として崔南善と李光洙をあげている。この二人はともに雑誌『少年』(一九〇九年創刊)、『青春』(一九一四年創刊)を編集して、近代文学の運動を組織した。なかでも李光洙は、「朝鮮の菊池寛」といわれるほどの大衆的名声をもつ作家である。彼は一八九〇年、平安北道の定州邑にうまれ、日本留学後、朝鮮にかえって中学校の教師となり、一九一六年(大正五年)から小説を書きはじめた。代表作は長篇『無情』である。李は市民的作家であったが、一九一九年の三・一運動のころから一九三七年の修養同友会事件にいたるまで、日本の朝鮮政策に反対して何度も投獄された。しかし、その彼も、日中戦争以後の日本の「内鮮一体」思想の強制にたいして屈服する。このころ李はすでに五十歳であり、朝鮮の文学界の最高の指導者でもあったのだから、この声明の影響は大きかった。

李は日本政府の用意した転向者の修養機関で修行しながら、自分の身近にいる若い人々が朝鮮の伝統をかなぐりすてて日本文化に同化しようとする動きを見て、これを支持する。

彼らの、この日本人修行運動は、決して政治的な、または、ためにすることとあってのものではありません。彼らは第一に、日本の大きさと美しさと、そしてありがたさを認識したのです。そして、第二には、朝鮮人を、日本人にまで引上げることの他に、朝鮮人の生路はないものと看破したのです。それから第三に、朝鮮人は日本人になりうると信ずるようになったのです。そこで彼らは、自身まず日本人になる修行をすることに決心したわけです。

これは、李光洙が今は香山光郎と名をかえて日本の文学者小林秀雄にあてて書いた公けの手紙であり、「行者」と題して『文学界』一九四一年三月号に発表された。

橋川文三は「国体論・二つの前提」（『思想の科学』一九六二年八月号）の中で、日本人が自然にあるものとして天皇を信仰するさいに忘れやすい天皇制の一面があると述べ、朝鮮人にたいしてなされた不自然きわまる天皇信仰強制の結果として李光洙の文章を分析した。明治以後の近代を生きた日本人は、金史良におけるような不屈の抵抗精神をもつ文学をたたえることでは、みずからの状況とむすびつけて朝鮮を理解することができないだろう。張赫宙や李光洙の文学と田山花袋などをふくめた日本人作家の文学とが日本国内の日本文学史をこえてアジアにおける日本文学史の中で一つの連関をなしていることの認識をもって、日本文学を考えることが必要だ。

2　朝鮮の肖像

吉田精一編の『現代日本文学年表』（一九六五年）にそうて、日本の代表的小説を見ると、朝鮮を舞台とする小説、朝鮮人を主人公とする小説は、ほとんどない。明治年間にはわずかに実録風の物語として、一八八二年のくだりに、渡辺文京『朝鮮変報録』、岡本湖日『朝鮮異聞』、岡本良策『朝鮮暴動実記』、しばらくとんで一九一一年に俳人高浜虚子の随筆小説『朝鮮』、大正時代には何もなく、昭和に入って一九三一年に前田河広一郎の実録小説『朝鮮』がある。一九三二年に、朝鮮生れで日本在住の作家・張赫宙（後に野口赫宙）の『餓鬼道』『追われる人々』、一九三三年に『権という男』、一九三四年に『ガルボウ』が出ているが、日本人の作家が、朝鮮人をフィクションとして造型した例は、戦後まで知られることのすくなかった中島敦の『巡査の居る風景』（一九二三年）や『虎狩』（一九四二年）などを除いては、阿部知二の『冬の宿』（一九三六年）に見られたくらいである。この小説においても、朝鮮人は副主人公であるにとどまり、主人公の日本人が自分の良心を守って、消極的になり動きがとれなくなってゆくのに対して、副主人公は自分を正邪二つの面にふりわけどちらの領分においても大胆に生きぬく。そのこだわりのなさとたくましさにある種のねたみを感じながら日本人の主人公は、みずからの性格についての反省を深めるという設定である。一九三三年におこった共産党指導者の転向とそれに続く左翼知識人の総くずれのあとで、それまでドイツとロシアを主として準拠集団としてみずからを律してきた日本の進歩的知識人の考え方がここで控えめにではあるが別の心のむきを示している。朝鮮人にたいする関心のもちかたが、一九三三年の新人会風の「欧米先進国を見よ」式の進歩主義の挫折の後にめばえている。このような心のむきは、その後に来る翼賛運動と大東亜戦争の中で、ふたたび見失われる。日本人による朝鮮への関心が、とくに朝鮮の風物にたいする関心としてでなく、朝鮮の人間へのかかわりをとおして日本人がみずからの人間の問題を問うという仕方であらわれるのは、一九三三年の前衛知識人の挫折よりも大きな一九四五年の敗戦という国民的規模における挫折をとおってからのことだ。田中英光の『酔いどれ船』（一九四九年）は、戦争時代における日本人の精神の位相を、朝鮮人の精神の位相への共感をとおしてえがいた作品として、戦後の日本におくられた。

田中英光（一九一三—一九四九）は、神奈川県に生れ、小学生のころから鈴木三重吉主宰の『赤い鳥』への投稿に活躍し、生活綴り方運動の年少のにない手となった。大正期自由主義文化を身につけて育った少年と言える。青年期に入ってから、ボートの選手として一九三二年の米国ロスアンゼルスで開かれたオリンピック競技に参加し、その体験を記録小説『オリムポスの果実』(一九四〇年)に描いた。兄がマルクス主義者だったために、大学生のころから左翼思想の同調者として自分を考えるようになり、日中戦争後の左翼勢力後退の中で挫折感をもった。この挫折感は、中国での軍隊生活と、その後に来る朝鮮での会社員生活の中で深まってゆく。朝鮮では、横浜ゴムの社員としてつとめるかたわら大東亜文学者会議のために朝鮮人作家たちを組織する仕事をひきうけ、この仕事にたずさわることについて深い自己嫌悪をもった。ロスアンゼルス・オリンピック参加の体験を記録した処女作と同じように、この第一回大東亜文学者会議組織の体験を記録した小説が『酔いどれ船』である。この小説は、敗戦から間もない一九四七年の秋に書きはじめられ一九四九年の秋に書きあげられた。第一章は、『綜合文化』一九四八年十一月号に発表された。

フィクションの素材となった大東亜文学者会議について、尾崎秀樹の『近代文学の傷痕』(一九六三年)によって、まず、事実のりんかくを見よう。

大東亜文学者会議は、大東亜戦争の期間に三度ひらかれた。おおまかにみれば、日本政府の戦争政策の副産物であり、日本が中国・タイ・満洲・フィリッピン・ビルマの諸政府首脳をあつめてひらいた大東亜会議の文学的等価物と考えることができる。もっと細かく見るならば、この会議の構想は、大政翼賛運動の一部である文学報国会の初代事務局長久米正雄の構想にもとづいて、政府官庁の助力と文学報国会の組織の全面的利用をとおして準備された。

その第一回は、一九四二年十一月三日―十日にかけて、東京と大阪でひらかれた。日本側代表五十名、満洲、蒙古、中国代表二十一名が出席。日本側代表の中に台湾からとして西川満、浜田隼雄、張文環、龍瑛宗の四名、朝鮮からとして、香山光郎、芳村香道、兪鎮午、寺田瑛、辛島驍の五名が入っていた。

その第二回は、一九四三年八月二十五日―二十七日にかけて東京でひらかれた。日本側代表九十九名、満洲、蒙古、中国代表二十六名。日本側の方の台湾からは周金波、斉藤勇、長崎浩、楊雲萍の四名、朝鮮からは兪鎮午、崔載瑞、津田剛、金村龍斉、柳致真の五名に、日本にいる朝鮮人作家として張赫宙が別にくわわった。

その第三回は、一九四四年十一月十二日―十四日にかけて南京でひらかれた。日本代表は十四名、満洲、蒙古、中国の代表は五十四名だった。日本側のうち、今回は台湾からはなし、朝鮮からは香山光郎ただ一人が出席した。

その第四回は、一九四五年に満洲の新京でひらかれることになっていたが、戦争が日本に不利になって来たので、ひらかれなかった。

小説『酔いどれ船』は、この中の第一回目の大東亜文学者会議に出席した中国、満洲、蒙古、朝鮮の文学者たち一行の中に、日本の重臣から中国の国民党政府への和平交渉の秘密文書を託されているものがいるという架空の状況を設定する。朝鮮在住の日本人作家坂本享吉は、朝鮮文学報国会の代表委員として明日は一行を釜山にむかえにゆこうとしている。そのための資金として、もうすでに五千円をもらってしまっていた。享吉は、この仕事がいやでたまらない。旧左翼時代の同志で現在の転向者仲間であるもう一人の日本人と京城の夜の街をよっぱらって歩きまわる。そして十年も前の学生時代に、転向直後の目標をうしなったやけな気持をぶつけようとして、大学のそばの交番の中に入りこんで巡査の腰掛のざぶとんの上に小便をしたのを思い出す。巡査は一人はパトロールに出掛けており、もう一人は、障子のむこうでねていた。いつ気づかれるかわからないという不安と、そのために生じた恍惚感。その時にも、友人の則竹は、じっと外でまっていてくれた。今、二人は朝鮮で再会して昔の事を思い出す。

「おイ、お前のような意気地なしは、この広場の真中で、クソもできめえ」と坂本が則竹に言う。すると、朝鮮総督府警務局保安課防共聯盟嘱託という肩書をもつ則竹は、京城中で一番人通りの多い京城鉱産の広場中央の噴水台にのぼってゆき、その端にまたがってズボンをおろした。用を終えたあと、尻をなかばおしたてるようにして、ペチャペチャたたきながら、彼は、叫ぶ。

「おイ、日本人がここにいるぞ。日本人王、わが尻をくらえ」

開巻第一ページのこの場面は、小説全体の姿勢を予告する。転向者は自分の底にある（思想ではない）排泄物を公けに見せることによって、転向にたいするみずからの嫌悪をおたがいにしらせあう。その自己嫌悪が、それぞれの精神の位相をたがいにつたえて信頼感を回復するはたらきをも果たす。「新羅王、わが尻をくらえ」という戦前の小学校教育でしばしば引かれた大和魂高揚の一節が、ここではパロディーとして新しく生かされ、同じ排泄物の象徴をとおして今度は朝鮮に住む日本人同胞に対して同じ在朝日本人仲間からの勇気ある呼びかけがおくられる。

それを茫然とみている坂本の肩に香料のにおいがしたと思うと、そこに朝鮮の女性があらわれて、噴水台にむかって歩いてゆき、則竹の尻の始末をしてやる。それは、もと左翼で、今は転向して「思想善導」に一役かっている天心という女流詩人である。

あくる日、坂本は、朝鮮人の作家たちとともに汽車で釜山にむかう。車内で朝鮮人の作家は、朝鮮につたわる猥談で日本人をよろこばし、むすびつきを得ようとするが、その同じ猥談が朝鮮人同士ではかえってより多くの不和をうむ。朝鮮人作家たちはそれまで日本語でよそよそしく語りあっていたスタイルをかなぐりすてて、朝鮮語をいくつかおたがいになげかけ、黙ってしまう。ここでは、日本語と朝鮮語とは、よそゆき言葉とほんねの言葉に対応する。ほんねの言葉を投げあうことで、朝鮮人同志のミゾはさらに深くなるのだが、釜山につくと、日本人の軍人と学者たちにはずかしめられるごとに朝鮮人のあいだで投げかわされる断片的な朝鮮語は、おたがいのゆずりわたすことのできない精神の部分を表現する。民族の言葉は、その民族の抵抗精神にとっての最後のばねである。それは日本人にとって入りこめない別の領土がなおこれらの同調者の中にのこっていることを暗示する。盧天心は日本側の和平密書をうばって延安の中国共産党にわたそうとして殺される。しかし、盧天心の志をつぐ何者かの手で和平密書は、日本の支配圏の外に運び出される。密書をめぐるかけひきのあいまに、朝鮮文学の伝統が分析される。朝鮮には『春香伝』のように民族固有の物語文学はあるがそれによりかかって今日の朝鮮文学が自立し得るほどの堅固な文学的伝統があるとは言えない。むしろ、日本人の役人衆を前にして、朝鮮の妓生のうたう民謡の断片の中に日本人の坂本は、朝鮮人の心情のもっとも巧妙かつ大胆な表現を見出す。

坂本は、当夜の宴会の司会者として、お客であるアジアの文学者たちとの自発的な感情の交換を求めて自分なりの進行計画をたてていた。しかし、役人側からメモがまわってきて、まず国民儀礼からはじめよという。いくら大東亜共栄圏といっても各自の民族自決をみとめるというたてまえになっているのに、今、酒もりの席上で、他国の文化の代表者たちにまで自分の国の国民儀礼を強要するのはあまりひどいと思ったがやけになって、「総員起立！　これから国民儀礼をはじめます。宮城遥拝、東の方をお向き下さい。気ヲツケエ。最敬礼」と大声をはりあげて、まず自分から頭をさげた。宴会のたのしい空気ははじめから坂本自身によってぶちこわされ、主人側と客側とは、はなればなれになった。出てくる歌も、日本の国策にこびたものとなった。朝鮮の女優が、愛国行進曲をうたった。次に妓生が白頭山節をうたう。

「泣くな歎くな、必ず帰る。桐の小箱に錦着て。逢いにおいでよ九段坂」

これに対して絶大な拍手がおくられた。一座がばらばらになり、酔いがまわったころになって、坂本の前にすわっていた妓生がいきなり、アリランをうたいだした。その歌をききながら、坂本は、これまでに朝鮮できいたいくつものアリランのかえうたが同時にこの中にあらわれたような気がして、涙があふれてくる。

アリランというのは、町境にある峠のことで他国におちてゆく朝鮮人が故郷に別れを告げる場所である。

ふるさと、ふるさと、あアふるさと、
あなたは今ふるさとの峠を越えてゆきます。
なぜ恋しあった男が、女を棄てて
他郷に流れてゆくのか。
ああアリランに空は青く雲は白く、鳥は歌うも、
わたしのふるさとは、禿山ばかり。

朝鮮人はくりかえし、中国人と日本人の侵略にさらされ、住民は故郷をすてて流亡しなければならぬことが多かった。この歌はさらに、すてられた女性が男性をうらむ歌としてもひろまってゆく。

ふるさと、ふるさと、あアふるさと

恋しいあなたはそのふるさとの峠を越え
私を棄てて、逃げてゆく。
けれどもそうしたあなたは
一里もゆかぬうちにかならず足が腐りますよ。

日韓併合後、アリランは、日本の支配に対するうらみをこめた歌にかわる。

ふるさと、ふるさと、あアなつかしのふるさとざかいのアリラン峠よ。
昔は白衣で鶴のように飛んだ朝鮮人も
今はよごれたいろごろもを着せられた日本の犬。
ふるさと、ふるさと、あのなつかしのアリラン峠が
今では日本人のために、青いお墓となった。
村にいるのは老人ばかり。
若い男は日本の坑夫、若い娘は日本のおりこ、
峠を越えてはひとりももどらぬ。

これらはいずれも、日韓併合後の朝鮮におこった一つ一つの事実を批判した歌である。こういう歌を公然と、日本人の前で歌えるわけではない。日本人が来ると、朝鮮人の歌

うアリランは、昔のように、男女のことを主題にする文句にかえられ、「男の心は流れの水、女の心は井戸の水」となったり、また、アジアの戦争が長びき、激しくなり、朝鮮の女性の多くが軍の慰安婦に用いられるようになると、そこでは、次のように性行為そのものを歌う歌にかわる。

アリラン、アリラン、アラリヨ、
わたしの肉体、ゴムでない。
そんなにいくつもぬきさしすれば、
燃えます、溶けます、腰が腐る。

だが、このように猥雑な言葉のうわかわをはぐと、その底には、次のような心情がいつも生きつづけているのだ。

ふるさと、ふるさと、夢にみるアリラン峠よ。
空は青く雲は白いが、
一度なくした自由はもどらぬ。
地上にみえるは日本の鎖につながれた
朝鮮人ばかり。

いつの日かわれら、アリラン峠に帰り、
鎖のない同胞に逢えるであろうか。

猥雑さと媚びから、不屈の批判に至るまでのふりはばを、朝鮮人の精神は状勢の転機をとらえて、ひらめくように一挙にわたってしまう。猥雑さのつみかさなった底にある自由への欲求。坂本は、もうろうとした自分の眼の前にあらわれたこれら幻の心象に触れて、涙がとまらなくなり、あばれ上戸の本領をあらわして日本の支配下にある大東亜諸民族の文学者たちの前で身をよじって号泣する。ところが、酔いと興奮が静まってくると、眼の前の妓生、雪姫は、アリランについて坂本が今心の中で思いうかべたのとは遠くはなれた歴史を話してくれる。

アリランは昔、田植え歌だったそうで、江原アリランとか、全州アリラン、咸鏡アリランまで、全鮮各地にありますけれど、北鮮は田は少ないので、遅く、それこそ別離の歌みたいな哀調で作られたのに比べ、南鮮では古くから賑やかに陽気に皆で歌うリズムとして発達してきたといわれますのよ。

『酔いどれ船』は、愛する方法をしらない中年男の物語である。主人公の坂本享吉は、妻からは「一万円くれればいつでも離婚してあげる」と言われており、朝鮮でも日本人・朝鮮人の娼婦と性行為をくりかえしては、しかも娼婦からも好かれていない。大東亜文学者歓迎会を組織して失敗したあとで、彼はスパイ容疑で日本の警察にとらえられる。殺された女流詩人盧天心に対する空想上の恋愛だけが敗戦までの彼を牢獄で支えた。この小説を通して、主人公は朝鮮人を愛することを実現していない。失敗の故にかえって朝鮮への共感にのめりこんでゆく。朝鮮人と一体になり、朝鮮人のために生きる人道主義的日本人の像は、この小説には登場しない。主人公が朝鮮人に対してもつ関心は、朝鮮人をとおして、日本そのものの現状をより明確に意識し、日本人の自己嫌悪を深めるという働きをになう。その方法の故に『酔いどれ船』は、日本人以外の何かの民族を理想化して、それに向って日本をひきあげてゆこうとする種類の考え方とは正反対の視点を築いた。

敗戦直後の民主主義高揚期は、欧米のいずれかの社会に準拠集団を求めて、それを肯定し、それに向って日本をひきあげようとする姿勢から離れるものではなかった。そういう時代に発表された『酔いどれ船』は、注目されることなく終った。この小説におけるように、日本以外の民族の中に、日本人として我々が出会うと同じ問題がもっと深い仕方で現われていることに注目し、同種の問題の重さによりよく耐える民族を準拠集団として日本の問題を考えてゆくという方法は、ひろがってゆかなかった。戦争中に書かれた竹内好の評伝『魯迅』、武田泰淳の評伝『司馬遷』には、すでにその方法が現われており、それは戦後の竹内のエッセイ「中国人の抗戦意識と日本人の道徳意識」、武田の小説『風媒花』『森と湖のまつり』にひきつがれてゆく。(朝鮮や中国だけでなく、サモア、ポナペなどに取材して小説を書いた中島敦にも、その方法があったが、不幸にも中島は一九四二年(昭和十七年)になくなって、戦後の作品がない。)中国が社会主義革命に成功し、強力な軍備をもつ一つの先進国として日本の前に現われるに至ってから、竹内や武田の方法とは違って国家としての中国を手本として国家としての日本を裁くという考え方もあらわれたが、その考え方を作品として造型した例にとぼしい。

朝鮮人に対する軽蔑の感情は、明治初めの征韓論のころから戦後の今日まで変らずに残っている。そのために、『酔いどれ船』のような仕方で朝鮮を準拠集団として日本を考える方法は、戦後の日本思想史の中でもひろがりをもたない。しかし朝鮮人に対する軽蔑が日本につよくあるという社会心理はそのままとして、文学の歴史だけに目をむけるならば、一九五二年以後の左翼勢力の挫折の中で、朝鮮を舞台とし、朝鮮人を主人公とする小説があい次いで書かれた。井上光晴の『海鳥とトロッコ』『虚構のクレーン』、金達寿の『朴達の裁判』『密航者』、開高健の『三文オペラ』、大江健三郎の『遅れてきた青年』、松本清張の『北の詩人』、井上靖の『風濤』、小松左京の『日本アパッチ族』などである。それらは明治以後の百年間の小説の軌跡からはみ出して戦後文学に独自の系列をつくる。日本の隣人としての朝鮮人の問題を考えるだけでなく、日本の中の最大の外国人の集団としての在日朝鮮人の問題を考えることが、日本民族の未来像を描くこととわかちがたい関係にあるものとしてとらえられている。敗戦後に、連合国の占領という条件の下にうまれた憲法は、日本に、国民を戦争にひきだす力をすてた独特の国家としての性格をあたえた。これまでの常識から言えば国家とは考えられないこのような制度を、単に占領軍のおしつけとして甘んじてうけいれるのでなく、この制度をとおして、これまでの地上の国家群に見られなかった理想を実現しようという思想運動が、小説の系列としてあらわれたことは不思議ではない。トマス・モアの『ユートピア』やデフォーの『ロビンソン・クルーソオ漂流記』以来、虚構をあえてきずく創作上の衝動は、理想社会を想像の中に設計する欲求とむすびついてきた。明治以後の日本文学の正統が風俗小説と私小説に占められて、架空社会の設計がなされなかったことを、中村光夫は『風俗小説論』で指摘した。藤田省三は、この状況を、日本におけるユートピア思想の不成立と結びつけて説明した。一九五二年の占領終結の後に、在日朝鮮人の造型をとおして日本国家をえがこうとする試みがくりかえされていることは、この百年の日本文学史の中でユートピア思想が強力な流れとしてあらわれたこととかかわりがある。朝鮮の問題を考えることは、日本が植民地国家としてもたらした国家悪についての把握を必要とし、今日の米国の軍事政策の一翼をになう立場に日本がおかれている条件の再検討を必要とする。在日朝鮮人の問題を考えることは、もとの国家におくりかえすということで問題の解決を図ることのできない異邦人の集団を日本人がいかにうけいれるべきかを考えることであり、単一の血脈と単一の文化の信仰によって支えられた戦前の日本の国家像からはなれて、簡単に同化できぬ少数者をふくむ開かれた体系としての国家像を設計するという問題をふくんでいる。井上光晴、大江健三郎、開高健、小松左京の小説は、そうした問題ととりくむ小説である。

ルネサンス以後、欧米からアジア、アフリカに派遣された宣教師たちは、人類は本来、自分たちのようであるべきだという単一の人間精神の類型についての確固たる信仰に支えられて来た。だからこそ彼らは、時としてただ一人で中国の奥地、アフリカの山中に入って住むことができたのだとリースマンは言う。このような仕方での外国文化との接触は、欧米の文化に、行く先々の文化の中から自分たちの文化を見る力を制限することとなった。十九世紀においても、日本をおとずれた人々の間だけでもハーンやモラエスのような例外はあり、二十世紀に入ってからはキリスト教信仰の変質をとおして役割交換にたいするブレーキは弱まったが、ブレーキの装置そのものがなくなったとは言えない。

古くから日本には、土地を遍歴することによって思想を変えてゆくという文学的約束がある。和歌の作法の一部となった歌枕は、違う土地に作者の体を移すと、その土地にふさわしい別の思いが自分の中に生れるという前提を含んでいる。それぞれの土地に、土地の心（Genius Loci）があり、それと一体化することが、作者に必要とされる。この考え方は、作家の主体とその土地との相互作用として作品を考えていないという点で、近代文学の方法とはいえないが、作家の主体がその育った土地と社会環境で一度つくられたままに固定する近代欧米的な見方に対しては、別の可能性を示唆する。日本文化の内に蓄積された、欧米文化以上の多様な役割交換の能力が、明治から敗戦までにおけるような仕方で自分の国より高い文化の国に自己を一体化しようとする努力に限定されないようになるならば、それは今後の世界に対して日本独自の世界文化をもたらすであろう。一九五〇年以後の日本文学における朝鮮への関心は、日本の近代文学にこれまであったとはちがう方向に役割交換の能力をひろげるひとつの糸口である。

文体の問題についてては、ここでふれるゆとりがない。日韓併合後、日本語のおしつけという不幸な措置と並行して、外国人にも学習できる簡素化された日本語のモデルによって日本語教育をすすめようとする試みが、大正時代の綴り方教育の指導者芦田恵之助によってなされた。朝鮮における日本語学習のプログラムは、簡潔で力強い文体をもつ朝鮮人の作家が昭和に入ってからあらわれることを助けた。詩の領域についてもふれることができなかったが、ここでも、たとえば許南麒のように、同時代の日本の詩人にくらべると骨太の文体をもつ作家がいる。だが、大正・昭和の朝鮮の民衆が身につけたやや不規則な文法と朝鮮風の音韻と限定された語彙とをもつ語り口は、敗戦までは朝鮮人作家の文体の中にさえ生かされていたとは言えない。それは、敗戦までの日本の国語・国文学教育の採用した文体上の規準が古典的なものだったので、それにあえて挑戦する積極的な姿勢をとり得なかったためだろう。明治末以後、朝鮮の民衆が採用せざるを得なかった語り口が、日本語の小説の文体の中に生きてくるのは、敗戦後の井上光晴、開高健、金達寿、小松左京の作品においてである。そこには文体の古典主義的規準から見れば逸脱があるが、新しい表現上の可能性がある。

金石範『鴉の死』——民際性をあたえる日本語文学

長篇『火山島』から短篇集『鴉の死』をふりかえると、『鴉の死』が『火山島』へのひとつの準備であったことがわかり、しかし、それだけではないことを感じる。『火山島』が書かれていない状態で、著者が『鴉の死』をそだてているところには、後に長篇の中にこめられた以上の、切迫した力がある。『火山島』を読み終えてからもう一度『鴉の死』にもどって読む時、私にとってこの作品集の印象は、さらにあざやかである。

金石範は、苦痛をもって日本語を書く。その故に、彼の日本語の文体は、自然の流れにのってのびてゆく、なめらかさをもたない。とどまろうとする自分を追いたて、思想の力によって前途をきりひらく。『火山島』の主人公李芳根は、植民地時代の朝鮮にそだって、小学生の時に、天皇の写真のおさめられている奉安殿に小便をかけ、小学生であるのに留置場にいれられた。京城帝国大学教授だったある日本人は、朝鮮人は八歳にして思想家になるとなげいたそうだが、天皇の写真にむかっての放尿は、この小学生が全身をもってする一つの思想表現だった。小便をする思想家というか、小便を思想とするというか、そのように全身が投げこまれる思想表現、ほとんど身体のもがきに似た言語表現が、作家金石範の日本語であり、そこには、からだの動き、くせまでが、思想の表現の手段として使いこなされる。

全身のもがきが、表現の方法になる文体は、長篇小説よりも、初期短篇にいちじるしい。長篇となると、言葉は言葉としてもっと形式をととのえる必要があって、もがきの方法はふさわしくなかったのだろうし、済州島での同胞虐殺からまだ年月の浅い初期短篇執筆のころには、この日本の土地に自分をたたきつけて、ころげまわって悲しみをうったえたいという衝動が、作者の中に、これ以外の方法をとり得ないほどなまなましくあったからだろう。文体のなまなましさにおいて、『鴉の死』の連作は、『火山島』をしのぐ、というよりも、なまなましさによって『鴉の死』は『火山島』と異質である。

金石範の日本語は苦しい。それは彼が、故郷に近い日本にいて、生きのびているという現在の状態そのものに自分をぶつけて苦しめているからだ。このように苦痛をもたらす文学を、私たちは今日の日本語文学（在日日本人によって書かれたもの）の中に、他に多くもっていない。

これらの連作の中心人物は、苦しみによってゆがんだ風貌をもっている。一度会ったら忘れることのできない人びとである。

でんぼうじじい。彼は他人のでんぼう（はれもの）のウミをすいとってなおしてやり、薬のない村で、その療法をほどこして、酒にありつく。今では都会の警察にやとわれて、処刑された姓氏不明のゲリラ闘士の首をカゴに入れてもち歩き、それが誰の首かを知っているものは教えよとふれて歩く。

朴書房《バクソバン》。彼はひとりものの看守で、獄にほうりこまれている女囚人にやけつくような欲望をよせている。その女囚人にさわって、「ナッスミカン」（日本語の夏蜜柑）とよばれてアバタづらをけなされると、かえって、ぞくぞくするような快感を味わう。

これらの群像にやがて、『火山島』の中年の下女ブノギがくわわる。

これらの人物の生きる場は、済州島の蜂起とその弾圧であり、八万人の虐殺である。警察の手で処刑するという方法だけで、これほどの人数を短い期間に殺せるものではない。警察の命令の下に――「『良民』の群衆が山に上った者（武装蜂起した者）の家族とみなされた群衆を、持ってきた手製の『竹槍』で刺し殺すのである。隣人が隣人を刺し、親戚がその親戚を突き殺さねばならない。小さな部落なので顔見知りでない者はなかった」（「看守朴書房」）

金石範の小説は、日本文学の一部ではない。しかし、日本語文学の一部と言うことはできる。それは、日本語で書かれた文学作品に国際性（もっと正確に言えば民際性）をあたえる。その民際性は、日本語への愛憎によってうらうちされて厚みのあるものとなった。

「つまり私は平素使っている日本語に急激な抵抗を受けているのだ」（「虚夢譚」）

このように感じながら、日本語で書きつづけてゆく金石範の作品が、口あたりのいい言葉で包装されて手わたされる同時代の日本文化の数々の作品にまざって、私たちにとどく時、私たちをおどろかさずにはおかない。

金時鐘『猪飼野詩集』——息の長い詩

中勘助ははじめ詩人になることを志したが、日本語で長い詩を書くことのむずかしさを感じて、散文に転じたという。

明治以後の日本文学には、ヨーロッパの近代文学のつよい影響があったが、長い物語詩は、あまりあらわれていない。初期には千家元麿の『昔の家』もあった。これは、鹿鳴館風の舞踏会のなごりをのこした、彼の生家の思い出を記したもので、その時代のうねりをうかがわせる物語詩だったが、未完成のまますてられた。それでも、一冊の本になるほどの長さには達していたが。

金時鐘《キムシジョン》の長篇詩『新潟』（構造社、一九七〇年）につづいて、『猪飼野詩集』（東京新聞出版局、一九七八年）が出た。この詩人が、これほど息の長い詩を書くということは、彼のおかれてきた場所が、日本を全体として見わたす、大きな視野を、彼にあたえたからである。

同時代の日本人にも、おなじように大きい展望がひらける時があり得たと思うのだが、その大きい視野を、その後の日常のくらしの中でとりおとしてしまうというふうにことがはこんだ。

在日朝鮮人の場合、日常のくらしが、日本人を総体として見すえる力をそだてたし、明治以後、とくに日韓併合以後の日本社会の構造を、毎日の小さな出来事によっていやおうなしにしらされるということが多かっただろう。日韓併合以来、日本にわたってきて住みついた朝鮮人は、今では、一世よりも、二世、三世が多くなっているという。それでも、在日朝鮮人のいるところから、日本社会の構造が、在日日本人よりもよく見わたせるという事情はかわっていない。その三世代をつらぬく姿勢が、在日朝鮮人のひとりである金時鐘(彼自身は第一世代)の詩に、息の長さをあたえている。

まさしくその時刻を耐えたのである。耐えるだけでなく、糧《かて》を得ねばならないうすくらがりを、生きたのである。家族ぐるみで生きたのである。(『猪飼野詩集』)

祖国を求める魂のかわきが、三世代をつらぬく姿勢の接点になっているのだが、日本と日本語が深く自分の内部に入ってくるにつれて、日本の場のとらえかたもまたかわってくる。

対条項を発案するばねとなっていた。

在日朝鮮人への差別は、明治末からの文学の中で在日朝鮮人によって取り上げられ、日本に住む日本語人口全体に対しては少数派である七十万人という母体から、数多くのすぐれた日本語文学作品を生んだ。その中で、一九三八年に生まれ、戦後日本で活動した金鶴泳の「凍える口」（一九六六年）は、吃音に苦しむ主人公の対人関係を描いて、日本語と日本社会を照らしだす。

人は、幸運に恵まれていれば、言葉をおぼえる前に、言葉にならない音としぐさのやりとりをたのしむ楽園の時代をもつ。この作家は、父の家庭内暴力のために、音としぐさのたのしいやりとりの時代に恵まれず、成人してから彼個人が日本社会における成功を収めた後も、父の重圧から逃れることができなかった。

人は、もうろくした後に、ふたたび言葉を失って、音としぐさのやりとりの時代に入るが、それが幸福な環境である場合もあるけれども、この作家は、そのような幸福についに恵まれることなく、四十六歳で死を選んだ。

私は、六十歳のとき、韓国語を学んだ。先生は優秀だったが、生徒が悪かった。この二年ほどの学習の失敗は、私にひとつの財産を残した。それは、自分が、これまで思っていたほどに頭がよくないという認識である。この認識は、おくればせながら、これから残された人生に役にたつ。

もうひとつ、差別される者の側から日本語に対するとき、どう感じられるか。その方向にむかって自分の想像力が働くいとぐちをあたえられた。

雑誌『朝鮮人』の終りに

ひとつの道が終わると、自分の行きつくことのできなかったところが、方角として見えてくる。『朝鮮人』という小雑誌を二十一年つづけて、これを終える時に、そういう感想をもった。それは私だけの感想ではなく、同人四人（飯沼二郎、大沢真一郎、小野誠之、私）の共同の思いでもある。この雑誌を助けてくださった方、読んでくださった方と、その思いは共通のものであろう。

この雑誌は、大村収容所を廃止するためにという副題のとおり、朝鮮から日本に来た人を収容する場所としてつくられた大村収容所が、朝鮮人・韓国人をとじこめるための場所として用いられることをやめたために、終刊とした。これまでこの雑誌をつづけてきた私たちは、この収容所の存在に悩まされてきた在日韓国人・朝鮮人、被害者として朝鮮半島におくりかえされた韓国人・朝鮮人と、悩みを同じくしていない。私たちの外に、遠く、この人たちがいるという、はっきりした存在感が私たちの中にある。そういう存在感が私たちの中にあるということが、この雑誌の私たちにとっての成果である。

川村湊は、ベ平連系の活動家が、アメリカの朝鮮人にむけるまなざしの延長線上にいると言う。その位置づけは、雑誌『朝鮮人』の起源については、あたっている。ベ平連は、ヴェトナムに対してつづける米国のたたかいに抗議する日本人の運動からうまれた。米国に対して協力する日本政府に対して日本人として抗議することを、ヴェトナム戦争の終るまでつづけた。初期のベ平連にとって、ヴェトナム、米国、日本の三つだけが視野にあった。韓国政府が米国に協力してヴェトナムに兵をおくり、その兵士が日本の平和憲法をたよって密入国して大村収容所にとらえられるまで、ベ平連は、大村収容所の存在を知らなかった。韓国から脱走兵が出てくることを考慮に入れることもなかった。こうして、アメリカの方角を見ているうちに、韓国が、そして日本の中の韓国人・朝鮮人収容所が、私たちの前に姿をあらわした。

朝鮮人収容を主な目的とする大村収容所を廃止するための小雑誌『朝鮮人』は、ベ平連から派生したものである。飯沼二郎氏が主なにない手となって編集発行した二〇号をひきついで、私は二一号から二七号まで出した。その間の主題のどれをとっても、その主題をめぐって、在日朝鮮人と在日日本人の問題のとらえかたは交錯し、日本人の問題のにないかたの外に在日朝鮮人がいる。

「教育勅語」という戦前の日本人の道徳教育のかなめになったものについて、同時代の朝鮮人はどう受けとったか（二五号）。

姜在彦《カンジエオン》　教育勅語は、内外に施してもとらずという基本精神ですから、恐らく台湾のことはよく研究してないんですが、台湾も同じではないでしょうか。それと、始めはですね、忠良なる国民となっていたのが、あとだんだん「臣民」になるんです。僕ら小学校の時は国民ということをいわなくて、「皇国臣民ノ誓ヒ」といわされた。

（略）

われわれが小さい時に唱えさせられたのは皇国臣民の誓いであった。国民ではない。それと、これもやはり併合当時も忠良なる国民ということに対しては、一部は疑問を抱いていたのですね。天皇に忠良なる国民という、忠義を尽すことは他民族に押しつけることができないものである。特に朝鮮の伝統的な思考方式からしたら、忠良というのは絶対実現不可能なことであるということで、せめて日本の支配、政治に順応していく、順良なる国民ぐらいでどうだろうか。（笑）そういう意見があったそうです。朝鮮人に日本人しかわからないね、忠良なる心を植えつけることは不可能である。だから、むしろ日本の政治をですね、李朝の政治よりもよくすることによってそれに順応させてゆく、そういう順良なる国民にしたらどうかという意見があったんですね。

教育勅語のひとつの源流となっている日本の儒教思想は、朝鮮の儒教と、忠孝のとらえかたがちがい、この故に忠孝の二字をめぐって、韓日の考え方がわかれる。

姜在彦　君臣は義合です。義合があったときにね、つまり正しいと思うものを、君も臣も認めたときに君臣関係は結ばれるんです。（略）だから君臣関係というのは、先天的なものじゃないんです。正しいと思われることが一致したときに臣は君を補弼《ひつ》《ほ》する。君が正しいと思うことを、臣は正しくないと思うことがあります。このばあい臣は去ります。これは儒教の上で、朝鮮の場合でも認められていることなんです。（略）

君側を去って、山の中にはいっちゃう。これ、山林《サンリム》といいまして、むしろ気骨のある学者として民衆から尊敬されます。ところが儒教でいう人倫関係では、孝が中心であるといったわけですけれども、その孝というものはね、義によって結ばれるものじゃないんです。それは生まれつきのものとして天合です。だから、そういう親子の関係こそが、人間と人間との人倫関係において最も基本的なものです。断ち切ることのできないものですね。ところが教育勅語では君に対する臣の一方的な忠を中心に置くわけですよ。だからこれは本来の儒教の精神からかなり離れたね、日本的な解釈であって、だから、私如き者は頭が混乱してしまうわけです。

日本の伝統を明治以前にさかのぼって、日本文化の遺産への共有と相互理解をさぐる試みもなされた。宗秋月《チヨンチユウオル》をかこむ座談会（二二号、二三号）では、日本語の古来の言いまわしが、この人の現代詩に生きているということを在日日本人の側は感じた。高史明《コサミヨン》をかこむ座談会は、『歎異抄』をとおして人間の意識する力、ものごとを認識する力の根にあることを感じるという、在日日本人側のとらえかたをこえて、より深いところからの発言をひきだす。

高史明　私は歴史の谷間に生まれてきたような存在でしょう、はみ出しているんです。ですから、徳目に応じるような人間の基準、あるいはイデオロギーという視点からすると、どこにも居る場所がないという実感があります。しかも、居場所がないという自分が捉えがたい。どういうところから捉えていっていいか分らないという混迷がありました。その長い暗中模索の世界にはじめて、捉えようがないというのは、既に自分の外にある決った、儒教でいえば人倫としての徳目、近代のさまざまな思想、それをもって自分を見て、それをもって社会の中の自分をどこに位置づけようかと迷ったわけですね。そういう人倫としての徳目、あるいは時代と世界を説くさまざまな思想そのものが人間にとって何かと問われているという根源性が、歴史の谷間の光になってくれたと私は思います。まるごとの私を問える視点が与えられた。それを考えてみて、朝鮮人の私が、『歎異抄』に触れざるをえなかったというか、触れていく道すじというのが自分でもほのかに見えてきたような気がします。（略）

もうこれ以上立ちきれないと思いながら、なお苦しんでいる自分のところへ両足を置いていた。それが砕けたのは、子供の死です。一気にまあ、砕かれたといいましょうか、それこそなんか別の世界、そこへ一気に投げだされてしまったといいますか、自分がどうなるか分らないし、他人になにをするか分らぬという、本当に暗い混沌の世界に投げ出された。その時はじめて『歎異抄』の言葉がひびいてきました。例えば「善人なおもて往生をとぐ、いわんや悪人をや」という言葉がありますが、それがはじめてひびいてきたような気がいたしました。それを考えてみますと、繰り返しになりますけれども、人間は、人間としての徳目といいますか、基準というもの、社会の縁ともいえる所に立ってものを考えるんですけれども、基準そのものをありのままのいのちから問う。それが『歎異抄』の言葉の根底に流れているものであるという気がします。

「教育勅語」と『歎異抄』という二つの文書を前において、在日朝鮮人と在日日本人との間に、受けとめかたのちがいがある。理論のながい腕を借りて、日本人としての私(たち)が、より深く苦しむ朝鮮人と一体化し、そこから日本人を討つという仕方を、私はとりたくない。私たちがアメリカのまなざしにそうてヴェトナム戦争を見ているなかで、朝鮮人が視野に入ってきた。そこから自分たちの視野の浅さを自覚し、何を見おとしていたかを知った。そのような思索の過程を今後もつづけてゆきたい。大村収容所という当面の相手の消滅が、この思索のはじまる前に私（たち）をもどすのではなく、この思索の終りに、一体化できない朝鮮人の存在が、なおも気配として感じとれるという形での記憶を保ちつづけたい。

ソヴィエト・ロシアは、大正時代の東大新人会以来、日本の進歩的知識人が理想化してきた思想の実現形態だった。その実状が理想からほど遠いことがあきらかになり、ソ連という国家も今や消滅した。この事実が、社会改革の理想のおとろえをもたらしている。しかし、それでは、これまでの私たちの社会改革への熱情が、ソ連という国家の存在に支えられていたという判断を事実によってうらづけることになり、日本の進歩思想はソ連の国家（実は政府）への拍手にすぎなかったということになる。ソ連政府の発表が二七年テーゼ、三二年テーゼ、さらにはまた敗戦後の日本人捕虜抑留正当化とソ連の原爆政策にいたるまで正しいとしてきた一枚岩信仰から自由になって、私たちがさらにいきいきと考えられるような場所をもちたい。理論の長い腕によって、私（たち）が、抑圧されたものと一体化する幻想をもったり、抑圧からの解放者と一体化する幻想をもつことからはなれて考えつづけるような場所を、どんな小さな場所でもよいから持ちたい。第七次『思想の科学』の最終号に、この願いを、書きとめる。

金芝河――非暴力の立場を貫いた反体制詩人

三十年たって、金芝河《キムジハ》は、京都の私の家に来た。来ていただかなくてもいいと、何度も伝えたのだが、彼はきかなかった。どうしてこんなに律儀なのだろう。このように生きてゆこうという、彼の考え方が底にあるように思えた。

金芝河のために努力した人の中で、何人もが、三十年の間に亡くなっていた。私は、短いあいだに知らせて、何人かに、京都の私の家に来てもらった。勇気ある少女だった金井和子も、三十年たって結婚しており、子供もいた。中井毬栄も来てくれた。金芝河は、ここまで長く年月がかかったことについて話してくれた。

長期にわたる投獄、死刑宣告のもとにおかれた年月。政権が替わって、釈放されてから、自分がまとまらなくなって、苦しくて、飲んだくれの日々を送った。友だちともうまくゆかず、付き合いを断った。

ようやく、立ち上がることができたとき、政府抗議への弾圧が光州でおこり、金芝河は出かけたが、そのときのデモ隊とのつながりをつくることができず、孤立した。彼は、おだやかな方向を求めた。しかし、ののしりを浴びた。思想として自分が受け入れられていないことを感じた。

自分の道を見出すことができず、書くこともできなかった。

やがて、自分の体のあつかい方に、新しい道を見出した。伝統的な気功である。もうひとつ、音楽に道を見出した。

気息をととのえて、今、ここにいる方法。古くからの朝鮮の神話と言い伝えの中に、自分の思想がすすんできた。檀君《だんくん》神話に、自分は、自分の道を見る。

孔子には音楽論があり、司馬遷にもある。彼らがそれを聞いて、暮らしのリズムを整えたいという音楽は、どういうものだったのか。私はかねがね、疑問に思ってきたのだが、これまでにその手がかりを得ることはできなかった。

しかし、金芝河と会う前に、送られてきたヴィデオを見ると、彼の目指している音楽上の儀式はどういうものかを考えることができた。

日常生活の中での、体のリズムの調整、社会の中での、おだやかな付き合いの回復、それが、金芝河の目指すところである。

一度、死刑を宣告された人が、普通の生活にもどるのはむずかしい。

メシは天でありますと主張して死刑にされた人を主人公とする劇を書いて投獄された彼が、死なないでもどったとき、ただちに普通の生活をつづけるのはむずかしかった。

いったん生命の終わりを覚悟した者が生き返ったとき、どういう生き方を彼は選ぶことができるか。

「五賊」発表以後、金芝河に何がおこったかをたどる。

一九七四年五月二十七日、金芝河は、民青学連で指導的役割を果したとして、他の五四名とともに起訴され、七月十三日、死刑の判決を受け、一週間後に無期に減刑された。

彼は、長編物語詩『糞氏物語』を書く。これは『源氏物語』のパロディで、日本に生まれた三寸待《サンズンマツ》が、身の丈一尺三寸五分ながら、民間訪韓団に加わって朝鮮の土を踏み、朝鮮の愛国者の銅像によじ登る話である。こうした憎しみを、私は日本人として浴びることを当然と思う。同時に、私たちはなすべきことをする用意をもちたい。

つづいて書かれた「張日譚《チャンイルタム》」は、もうひとつの長編物語詩で、主人公は白丁《ペクチョン》（被差別部落民）と娼婦の子である。張日譚は斬首の刑にあう前に、次の歌をうたう。

メシが天であります
独りでは天に行けないように
メシは分ちくらうもの

メシが天であります
共に見るものが
天の星であれば
メシは皆んなが
分ちくらうもの
メシが天であります
メシがノドを通るとき
天は身の内に迎えられます
メシが天であります
ああ、メシは
皆んなが分ちくらうもの

メシが天である、メシを共に分かちくらうことが革命である。この単純な構想が、長編詩の底におかれる。

一九七五年五月十九日、再逮捕後の第一回公判を前に、金芝河は獄中でひそかに「良心宣言」を書いて、池学淳《チハクスン》司教に託した。池司教からアメリカのシノット神父へ、さらに日本のカトリック信徒へと、この文書は送られてきた。

なぜ、この文章を書くかを、金芝河は初めにのべる。
自分が共産主義者であるという「自筆陳述書」なるものをKCIA第五局は自分に書かせ、決定的な証拠であるという宣伝をしている。

しかしながら、この文件は決して私自身の自らの意志によって書かれたものではない。私は捕われの身の、無力な一個人であり、相手は強力無比の大KCIAである。私がそこで書かされた一片の紙切れに、どれだけの信憑《しんぴよう》性が託されて然るべきであるのか、KCIAに連行された当初から、私は自分が「カトリック教会に浸透した共産主義者」であることを認めるように強制された。最初のうち、私は自分が彼らの「ローラー」に塡めこまれて「赤いのしいか」にされることを拒み、抵抗をつづけた。そのようなことが、五、六日間つづいたと思う。私はKCIAに連行される前から体が衰弱しきっており、貧血から卒倒することが度々であった。極端な不眠症にも悩まされていた。五、六日間、抵抗がつづく間、心身は共に疲労困憊《こんぱい》し、私の体力は限界点に達したごとくであった。意識にも混乱が襲ってきた。(室謙二編『金芝河』三一書房、一九七六年)

六日目の朝、KCIAがつくってもってきた「自筆陳述書」を、彼はむこうの言うとおりに口述して、彼らに渡したという。

このようにして、「自筆陳述書」はつくられた。

獄中で書くことを強制された「自筆陳述書」を、彼は、これもまた獄中で否定する「良心宣言」を書く。この同じ獄中での二つの継続行動が、この宣言の役割である。なぜこの二度目の行動をするのか。それは第一の「自筆陳述書」が広く宣伝に使われて、自分と行動を共にした学生とカトリック信徒に、わざわいを引き寄せる火種となることをおそれたからである。金大中に彼の拉致《らち》事件を書くことを頼まれなかったかということを、執拗《しつよう》に尋問されたという。

金芝河にとって、「自筆陳述書」の強制執筆は、斬首にひとしかった。

つづく「良心宣言」の中で、金芝河は、未完の長編詩をつぎのように結ぶつもりだと書く。

長詩「張日譚」は次のようなディニューマン（団円）をもって終る予定である。「メシは分ちくらうものという、歌声、暴風雨となって、韓国の津々浦々に、いま吹き荒れていると、伝えられている」

以上が、「張日譚」の大まかな輪廓である。それはまだおぼろげな輪廓に過ぎない。重ねて言うが、「張日譚」の世界はまだ未完成の世界である。（同前）

このとき、金芝河の閉じ込められている監房の広さは、一・二七坪であり、人に会うことも、本を読むことも禁じられていた。

この「良心宣言」の中で彼は、南米コロンビアのカミロ・トーレス神父が銃をとって立ったことに言及し、抵抗の暴力を肯定する。彼自身は非暴力の立場に立ち、抵抗の暴力に連帯を表明する。これはやがて出獄後、暴力に一義的に与《くみ》する立場から強くはじき出される、その原因に結びついてゆく。

「良心宣言」は、原州《ウオンジユ》の池学淳司教の示唆で書かれたという。池司教は、海外にいたために、金芝河と連座することをまぬがれていたが、韓国にもどってゆくまえに、自分の信条を書いて、日本の神父に託した。どのような強制にあって、自分がどういう証言をすることがあるとしても、自分の信条はこういうものだという、形見を残しておくことだった。金芝河と同じ用意をもとにした配慮だった。韓国にもどってただちに捕えられたという。その後亡くなられた。

この一連の事件は、三十年前のことである。

その後、朴大統領の暗殺があり、さらに後継大統領の退任、収監、金大中の復権と大統領就任があった。金芝河は釈放された。しかし、事実としては、心身に受けた傷はすぐに癒えるものではない。弾圧下に生きるのとは別の苦しみが、弾圧から解放された日々にはつづく。彼の心境を伝える談話を引く。

しかしもっとも重要なことは、みなさん各自が自己のうちに育んでいる逆説的な宇宙生命、いまここでこのように両方の耳をピクピクそばだてて聞いている其奴《そいつ》、ノートに何かを書き込んでいる其奴、私に内心で詐欺はやめろと批判しつつ受けいれてる其奴、あるいはあの方、あの主人公、何でもよい。主体にあらざる主体を考えることだ。それが何であるか。それを問わねばならない。これが小さくても大きな出発点である。しかしはっきりと知っておかなければならないのは、其奴は実体や本体ではなく、生成であり過程であるという点だ。ボコボコ穴のあいた宇宙の網の無限無窮な変化だという点だ。これが二十一世紀を創造的に準備しなくてはならないみなさんの、最初の質問とならなければならないだろう。大きくても小さな談論である。（『金芝河　生を語る』高正子訳、協同図書サービス、一九九五年）

V　先を行くひとと歩む

コンラッド再考

バートランド・ラッセルの書いた『記憶からとりだした肖像』という本を見ていると、ジョゼフ・コンラッドに会った話が出てくる。自分（ラッセル）とコンラッドは考え方がとおくへだたっていたが、ひとつの点で共通するところがあった、という。それは、コンラッドが、（そしてラッセルも）外部からしいられた規律がきらいだったが、自分の内部から規律をつくることのない無規律の状態もきらいだったということだ。二人がともにアナキズムに関心をもったことは当然である。

コンラッドが規律を大切にしたのは、彼が十九世紀後半の船員だったことから言っても、うなずける。いったん海上に出れば、当時は国家の統制力からはなれることになり、しかもそこでおたがいの間に最低の規律をつくりだすことができなければ、船は自然とのたたかいに負けて沈んでしまう。この意味で、コンラッドの海の小説は、潜在的なアナキズム小説だと言える。『偶然』（一九一四年）は、政府から見て犯罪者だった個人をかかえた集団がおたがいにたいして憎しみをもちながら長い航海をする物語で、政治のことなど一行も書かれていないままに、政治を主題とする構成になっている。

だが海の小説の系列からはなれて、コンラッドにはアナキストをはっきり名ざして書いた作品がある。

『密偵』（一九〇七年）は、二十世紀初頭のイギリスで名高いアナキストで、半面、ロシア大使館のスパイをしていたヴァーロックという男を主人公とする。ヴァーロックはロシア大使館の一等書記官からグリーニッチ天文台を爆破するように言いつけられる。科学の進歩の象徴であるこの天文台を爆破すれば、イギリス政府は、それまでのようにロシアから亡命してきたアナキストを原則的に自由にしておくことができなくなる。イギリス政府みずからの手で、亡命アナキストをとらえるようになるだろうというのが、ロシアの一等書記官の心づもりである。密偵ヴァーロックは、しぶるけれども、生活費をロシア大使館からもらっているからにはことわることができない。彼は、妻の弟で、彼の家にいそうろうをしている少年スティーヴに言いふくめて、ダイナマイトをもたせて天文台に入りこませる。だが、スティーヴは何かの不手際で自分を爆発させてしまった。

スティーヴの性格を、コンラッドは次のようにえがく。「この少年のやさしい博愛心は、メダルの表側と裏側のようにわかちがたくあわされむすびつけられた二つの面をもっていた。極端な同情の苦悩は、悪意のないしかし無慈悲な怒りの苦痛と交替した」。無邪気なユートピズムから無慈悲なテロリズムへのこの転換の原則が、作家としてのコンラッドをひきつけた。『密偵』の序文で彼が書いているように、人間のもっている自滅への要求にはたらきかける無責任なほらふきのグループとしてのアナキストを、彼はいいと思うことはできなかった。

小説『密偵』は、ヴァーロックのような挑発者を内にふくんでいるアナキストの集団を、ヴァーロックの家族の立場からえがく。

ヴァーロック夫人は、こどもの時から、適応性のない弟を父にたいしてかばうことで第二の天性をつくった。齢のちがうヴァーロックを夫にえらんだのも、ヴァーロックが自分の弟にやさしくしてくれたためだった。アナキストでも何でもそんなことはどうでもよかった。とにかくやさしい人と思ってついてきた。ヴァーロックが弟にダイナマイトをわたして自爆させたことを知った時、ヴァーロック夫人の心の中にこどものころからたくわえられてきた情熱がおもてにあらわれる。ヴァーロック夫人は、ヴァーロック氏をさしころす。ヴァーロック氏のほうは、まったく自分の魅力のために自分は愛されていると信じていたので、夫人の弟を技術上の失敗で死なせたことでそんなに夫人がおこるとは考えたこともなかった。

この物語においても、コンラッドは、グリーニッチ爆発事件の原因が、貴族出身で自分の思想の責任を自分でとったことのないヴラディミール一等書記官という帝政ロシアの官僚の命令にあることをはっきりと書いており、この帝政ロシアの官僚のわなにおちてゆくものとしてアナキストのもろさをえがく。アナキズムにたいする批判は、人間のおかれた政治状況にたいするより大きな批判の中に一つの場所をあたえられている。

コンラッドは、みずからは意識せずに、アナキズムのすぐれた面を海の小説にえがき、そのもろい面を政治小説にえがいた。なぜこの主題に彼がそれほど関心をもったかは、彼のおいたちにかかわる。

ポーランド生まれのコンラッドの父と母は政治犯としてロシアに流され、そのために母はコンラッドが七歳の時になくなり、父はコンラッドが十一歳の時になくなった。父と母のような信じやすい人びとの運命は、両親に死にわかれたコンラッドの少年時代、青年時代に重くのしかかった。

コンラッドの『生活と文学についてのおぼえがき』(一九二一年)というのは、あまりおもしろい本ではないけれども、その中の「ポーランド再訪」は、流刑から許されて後に父親がクラコフにかえってきて、そこで最後の十八カ月をこどものコンラッドとともにくらした思い出がかきこまれている。(帝政ロシアの支配下にあった)ポーランドは、コンラッドの政治思想に深い影響をあたえた。それは、コンラッドの中に、『密偵』『西欧の眼の下に』のような否定的なアナキズム像を育てるとともに、『偶然』『勝利』におけるようなもう一つのアナキズム像をも育てた。

コンラッド夫人の回想によると、コンラッドの晩年には帰巣本能のようなものがはたらいていたそうである。犯罪者が犯罪の現場に帰ろうとするように、彼は、自分が逃げだしたポーランドに帰りたかったのだろう。政治思想が遺伝するとは考えられないが、コンラッドの政治思想は、アナキズムの一変種としてのロシアのナロドニキ運動の活動家のこどもとしていじめぬかれた幼児の体験に胚胎し、それが年月をへて成熟したものだろう。だからこそ、コンラッドは、アナキストを、その妻と義理の弟の立場からえがくことで、民衆の立場からこの思想を批判することができた。ここには、ナロドニキの思想の一つのうけつぎがある。

田中正造——農民の初心をつらぬいた抵抗

万次郎が無人島に流れついたのと同じ年、天保一二年（一八四一年）の一一月三日、栃木県の小中村《こなか》（現在は佐野市）の農家で田中正造が生まれた。今日もその家は残っているが、四間ほどからなる田の字型の間取りの小さい家で、庭一つへだてて隠居所がついており、門のわきには便所がある。門構えだけはりっぱだが、これが名主の家かと思われるほど質素な家である。

田中家は、正造の祖父の代から、この小中村の名主をつとめてきた。正造の祖父の名も正造という。この話の主人公となる田中正造は、生まれた時、兼三郎という名をつけられ、のちに祖父の名を受け継いで自分で正造と名をかえた。かれが、自分の祖父を好いていたことがわかる。

祖父の正造は、気のつよい人だった。富士山にある富士権現神社を信心しており、むすこの富造《とみぞう》がまだ幼いころに大病にかかった時には、まだ寒いのに、雪をふんで山に登り、富士権現に祈った。

山の行者がそれを見て感心して、宝物の掛軸をかれにくれた。それは、富士山の絵の下に歌が一首かいてあるもので、富士山におまいりする行事をはじめた人の娘が、文禄四年（一五九五年）にかいたということだった。この軸を、かれはたいせつにしまっておき、それは代々家に伝えられてきたが、昭和の初めには、もうぼろぼろになって、「文禄四年」という文字だけがわずかに読みとれるだけだったという。

田中家にとって初代の名主だったこの田中正造は、大酒飲みでもあって、三四歳で、死んでしまった。このために、田中家では男の子は、三〇歳を越すまではいっさい酒を口にしないということが家の憲法として定められた。

初代正造のあとを継いだ富造は、その父とちがって、穏かな人柄だった。その妻のサキは、きびしい人で、子どもをあまやかすことがなかった。

兼三郎（のちの田中正造）は、祖父に似たのか、とてもがんこな子どもだった。二代つづいた名主の家に生まれたのだから、なんとなく自分をえらいもののように思って、召し使いにいばることが多かった。その四歳のころ、ちょうど雨のふる夜のことだった。人形の首を絵にかいて、下男に見せると、

「あまりじょうずではありません」

と、そっけなく言われた。兼三郎は、かっとなって、

「じゃあ、おまえがもっとじょうずにかいて見ろ」

と言って、筆と墨とをわたそうとした。

「許してくださいよ、ぼっちゃん。私が悪かったです」

と、下男はあやまったが、兼三郎は許さない。

「かいて見ろよ。おれよりうまくかけるんだろ」

と、しつこくせめつけた。兼三郎の母は黙って見ていたが、このころになって立ち上がると、子どもを家の外に出して、戸にかんぬきをしてしまった。

外は暗く、雨がふっている。四歳の兼三郎はこわくなって泣きさけぶが、母は許さない。

とうとう二時間も、兼三郎は暗やみの中で雨にうたれていた。

その雨の夜の悔恨は、一生涯かれの心の中に残る。ひとをいじめるという態度を兼三郎が早くから脱ぎすてることができたのは、母親のおかげだった。

小中村は、六角越前守《ろっかくえちぜんのかみ》という領主のおさめていたところである。六角家は徳川幕府の御高家衆《ごこうけしゅう》（礼式を教える職）に属し、二〇〇〇石の領地をもっていた。元はともかく、この幕末では、六角家もほかの大名、小名と同じく、とても経済が苦しくなってきていた。その支配下の村の一つの名主である富造は、六角家の用人《ようにん》と力をあわせて、領地の財政の建て直しをはかって成功した。そのために、六角家の支配下にある七つの村のもとじめの役、つまり領分割元役《わりもとやく》につくことになった。そうすると、小中村の名主の役があいてしまうので、むすこの兼三郎が小中村の名主となった。

この時、兼三郎は一八歳。一八五九年のことだった。

兼三郎は、名主になってから、自分で百姓仕事をつづけるほかに、染料としての藍玉の売買をはじめた。

「お前は、若いのに名主になったのだから、副業をして金をもうけるなどというのでは、本職のほうがおろそかになる」

と、父親は反対した。兼三郎はきかなかった。

「朝飯前にはかならず草一荷《いっか》かりに出ることにします。自分の本業としての農業をおろそかにはしません。

「朝飯のあとで藍小屋にいって、そこで二時間ほど商売の仕事をします。

「それが終わってから、村の子どもに文字を教えることにし、名主としての自分の責任を果たします。

「夕食のあとで、藍小屋を見まわり、そのあとで村のお寺に行って、友人と漢籍を読んで自分の勉強をします」

こんなふうに、自分の日課を、農民として、商人として、名主としてのおおよそ三つの部分に区切って実行することを父に約束した。

兼三郎は、当時の人としてはからだが大きく、力仕事では仲間に負けることがなかったという。その並はずれた体力にまかせて、この日課を実行することができた。

兼三郎はきわめて親孝行だったが、親の意見はなんでも聞くというふうではなかった。自分の村の農民の利益が、父の代表する村の利益と対立する時には、裁判所で父と対決することさえあえてした。もともと、自分の村の農民の立場にたって考えることが名主としての当然の義務であるはずだというのが、祖父の正造以来のこの家の家憲だったので、この対立は富造と兼三郎とのあいだに何のしこりも残していない。

父の富造は、七か村を代表する領分割元役として、領主に近く仕えるようになるにつれて、小中村を代表する名主としてのむすこの兼三郎とちがう役割をつとめるようになった。

しかし、時として父に対立するようになったとは言え、兼三郎には用人を通しておこなわれる領主の契約にたいしては反対しても、領主そのものに反対するという考え方はとれなかった。

そのころ、日本の国全体の政治がゆらぎはじめた。嘉永六年（一八五三年）ペリーのひきいるアメリカ極東艦隊の軍事力に屈して、幕府は、翌年アメリカとの和親条約をむすんだ。その和親条約は、軍人のペリーから外交官のハリスにバトン・タッチされたあとに、本格的な通商条約となる。三〇〇年の鎖国がとかれ、名実ともに日本は開国することになった。この決断は、京都の朝廷の反対をおしきって、江戸幕府によってなされた。

朝廷側からは大反対がおこった。時の幕府側の政治を指揮する大老井伊《いい》掃部頭《かもんのかみ》は、幕府を批判する人びとにきびしい刑罰をくわえ、さらにいっそうの反感を買って暗殺された。ついに中央政府の重みが問われる時代が来た。

この時、幕府と朝廷という二つの力をもっとしっかりと結び合わせて、幕府の重みを保とうという計画をめぐらすものが出てきた。公武合体運動といわれるこの努力が実をむすんで、天皇の妹和宮《かずのみや》を将軍徳川家茂の嫁にもらうはこびとなった。こうした計画は、すべてものものしい儀式を必要とする。その儀式の知識をもつものとして、御高家衆がたいせつにされた。

幕府としては、もっと朝廷を尊重する態度を形で示さなくてはならない。その方針の下に、皇室の陵をもっとりっぱなものにする仕事を始めることになった。文久二年（一八六二年）閏《うるう》八月、幕府は宇都宮城主戸田越前守の家老間瀬和三郎を戸田大和守と改名させ、山陵奉行にした。あたらしく見つかった神武天皇の御陵（畝傍《うねび》山陵）をまつる儀式がおこなわれることになり、宇都宮に近いところに領地をもつ六角越前守が高家衆の職柄のゆえに、徳川将軍家を代表して、大和地方の畝傍山陵に参ることに決まった。この時、領主六角越前守について、経済に明るい富造が奈良にむかった。日本の国全体の動揺が、ついに栃木のいなかの小さい村までを巻きこむことになった。

というのは、富造が領主とともにながく故郷を留守にしているあいだに、六角家の用人林三郎兵衛が、富造らの勢力をおしのけて自分の勢力をのばし、農民からのきびしい取り立てを始めたからである。

元治元年（一八六四年）の春、兼三郎は勝子という嫁をもらった。近くの村の娘が気に入ったかれは、自分のかごに娘を入れて背負ってきて、嫁入り道具を途中で買って来たという言い伝えがある。この時、兼三郎は二三歳、勝子は一五歳である。そのころのかれは席のあたたまるひまもなく、栃木の村々を走りまわり、やがて仲間の名主たちとともに江戸に出むいた。

六角家の若殿様の結婚にかこつけて、用人の林三郎兵衛が若殿様の邸宅を新築するためだと言って高利の金を借りたり、建築関係者から賄賂をとったりして、そのお返しとして公金を使いちらすようになったからである。領主の家計がくずれる時には、そのしわ寄せがかならずまた領地の農民にくるものなのだ。

ちょうどこのころ、小中村の北の出流山《いずるさん》で、兼三郎の友人たちも参加して勤王の義軍を起こした。小さな軍勢だったので、やがて岩船山のふもとで幕府の軍隊に負けた。兼三郎の先生にあたる赤尾小四郎という人のむすこの清三郎はこの時ここで死に、安達、織田などという友人はとらえられて同志四十余名とともに佐野の河原で斬られた。

この変動の時に、同時代の日本にあいついで起こるできごとを知ることは、むずかしい。勤王の大藩に属する人は、正式の情報機関を通して天下の大勢を定期的に知ることができただろうが、農民と郷士のゲリラ部隊にとっては、情勢を知ってそれに応じる手を打つということは無理であっただろう。

兼三郎の母サキは、江戸に出ていったむすこにひそかに使者を送って、口づたえで故郷の情勢を知らせた。

「おまえの友だちは、出流山の旗上げで何人もつかまりました。さいわい、おまえは江戸に出ていたので、あやういところをのがれたわけですから、この際身をつつしんで、やたらに外出などしないように気をつけてください。

また、しばらくのあいだは、こちらに帰ってはいけません。そうでないと、おまえの反対派の一味は、このお仕置きのことにおまえを結びつけて、おまえをつかまえてしまうでしょう。この六角家の中から悪人を追いはらうとか、村どうしの対立を裁くとかいうことは、天下の大事件にくらべることのできないような小さなことではありますが、これもまた、決しておろそかにすべきことではありません。このことをよく考えて、忘れないようにしてください」

これは、母が人伝えに言ってきたことを兼三郎がおぼえていたものであり、兼三郎のその後の生活の中で何度も思い出されるうちに、もと聞いた形から変わってしまったかもしれない。むしろ、母から言ってきたことをもとにして、兼三郎が自分の人生の指針をここに見いだしたと言うべきであろう。

勤王攘夷か佐幕開国か、というような国家の問題に自分をかかわらせることを軽く見るのはいけないが、自分としては、身近の生活上の問題に打ち込むというかれの生涯をつらぬく政治哲学はすでにここに現われている。田中正造は、これを母ゆずりのものと考えたかった。

国家という規模でみると、この数年で、政治の状況はがらりとかわった。

一八六六年には二度目の長州征伐があり、これによって幕府は、名目上はその支配下にあるはずの一つの藩に負けて、天下の信用をおとした。

一八六七年には、徳川慶喜《よしのぶ》将軍が朝廷に大政奉還を申し出た。同じ年の暮れには、王政復古の号令が出て、朝廷は新政府を組織する。

一八六八年には、朝廷側の軍隊が江戸を占領し、江戸城を受けとる。

こうして幕府はくずれ、明治の新政府が生まれた。〝しかし、大風は木を倒すことができても、紐の結び目を解くことはできない〟という名言のとおり、王政復古の大号令によっても小中村の農民をおしつつむ六角家の圧迫はとりのぞかれることがなかった。結び目を解くには、薩長（薩摩藩と長州藩。幕府と対立した）の軍隊とは別の個人の力を必要としたのである。

政権が幕府から朝廷にうつったのとまさに同じ年、一八六八年の四月、六角家の用人林三郎兵衛は、江戸から帰った兼三郎をつかまえて六角家の邸内にある牢屋に入れた。

その牢屋というのが、中央政府の牢屋とちがって、さらに無慈悲なもので、高さ、横幅、縦幅、いずれも三尺（約一メートル）で、しかもこの中に穴をあけて便所にしてある。兼三郎は横にもなれず、立つこともできない。

からだを伸ばそうと思う時には、まず両手を床について、しりを立て、虎がおこっている時のような形をとらなくてはならない。足を伸ばそうと思う時には、まずあおむけに倒れ、足を天井にむけて、獅子が狂っている時のような形をとらざるを得なかった。


牢屋に入れられたあくる日、兼三郎は引き出されて、取り調べを受けた。すでに徳川幕府は倒れたはずであるのに、取り調べには、旧幕府の吟味《ぎんみ》方《かた》主任があたった。場所は六角家の表玄関。

六角家の若殿様がそこに出て来て、その前で、非をうったえた兼三郎と、うったえられた林三郎兵衛との対決がはじまった。

うったえたほうの兼三郎は、なわで高手小手《たかてこて》（後ろ手にしてひじを曲げ、首からなわをかける）にしばられ、身動きできぬまま、土間の荒むしろの上にすわらされた。うったえられたほうの林三郎兵衛は、羽織、袴をきて、吟味役の右側にゆったりと、芝居の判官《ほうがん》役《やく》のようにすわっていた。

対決は、すでに兼三郎らが書面でうったえていた金銭上の不正が林三郎兵衛にあったかどうかに限っておこなわれることとなった。

兼三郎は、幼いころからのドモリであるが、この時もどもりながら、吟味役にむかっ

て、

「用人の林三郎兵衛どのは、まだ幼い若殿に嫁をむかえるための新邸宅をつくると言って、表門から長屋ふたつの改築をされました。ご先代の殿様は五年前にこの御普請《ごふしん》はやめると言われ、その中止となった計画を、薩摩藩邸が焼き打ちにされ、長州藩邸がこわされたりする天下動乱の時にまた復活させるなどということが、そもそもまちがいのはじまりなのです。これがおかみのお金の乱費でなくて、何でありましょう」

と、申し立てた。

「三郎兵衛どのが、このように無用の土木事業をこの動乱の時に強行したのは、実は出入りの町人から賄賂をとるためであります。その証拠に、改築に使われた材木、かわら、金具、屋根、門などは、すべて見つもりの半分のねうちもない粗悪なものです。

「殿様は、他の領地や知行所《ちぎょうしょ》から金融取り引きをすることをきびしく止められました。ところがそのきまりを破って、御領米を江戸へ送るようにという命令を出された。その取り引きに必要な、一か月分の前納金五〇両をすぐに調達せよと兼三郎に命ぜられました。私は江戸で、やむなく高利の金を借りて五〇両を納めましたが、事情を知りながらその金を三郎兵衛殿が受け取られたことは、それまでのきまりを破って新しいきまりをつくり、その新しいきまりをも破って金を受け取ったことであり、こんなことでは御領分に住むものは難儀いたします。

「こんなふうにしまりのない金銭の管理をしているようでは、私たちとの取り引き以外のところで、二重に三重にお金を受け取っているかもわかりません。どうか、帳面をよく調べていただきたい」

　吟味役は、林にむかって、

「林どの。この点はどうか」

と尋ねた。林は、

「おそれいりました」

と、こたえただけで、第一回の取り調べはうちきられた。表玄関で見せかけだけの取り調べをして仕置きをするという計画は、不成功に終わった。

そのあくる日、第二回の取り調べが開かれた。こんどは、外のものに見られてはいけないと思ったのか、表玄関ではなく、屋敷の奥にある内庭が裁判の場所となった。そこは、大木の枝や葉がしげり、昼でも暗いところである。

　兼三郎がしばられたまま荒むしろにすわるとすぐ、前の吟味役が現われて、

「田中兼三郎よりさしいだしたる書面は、その全体が不敬であり、無礼である」

と、大きい声で一言どなりつけてそのまま奥にはいってしまった。そのあとは、おそらくあらかじめ打ち合わせてあったと見えて、下役の人びとが十手をふりかざして、兼三郎の背中をなぐること数十回。血で着物がまっかになった。

　しばらくすると、また吟味役が出てきて、

「どうだ。おそれいったか」

と、たずねた。

兼三郎は、怒りをおさえて、

「いや」

と答えて、もう一度前のように、林ら用人一味の悪事をかぞえたてた。

「まだ、そんなことを言っているのか」

と、吟味役は言って、下役に命じて兼三郎をもっとなぐらせた上、もう一度牢獄につれてゆかせた。

こうして、兼三郎は六角家邸内の牢につながれること、一〇か月と二〇日。それは、「庶民にいたるまで、おのおのその志をとげ」（五箇条の御誓文）ることを約束した明治維新直後のことであった。

兼三郎は、毒殺されることをおそれた。仲間のものが差し入れてくれた二本のカツオブシをしゃぶって、ほかにいっさいの食物をとらないことにした時期もあった。

そのころ、上野にたてこもった旗本が官軍にうちやぶられ、さらに抵抗をつづけた東北の藩も降伏した。朝廷の世となっても、幕府のころのとおりに領主が農民を支配できると思いこんでいた六角家では、すこしあてがはずれたと不安に思いはじめた。

兼三郎が第三回の取り調べに引き出された時には、吟味役はもう前の人ではなかった。

そして、第四回の取り調べで判決がくだった。

「領分をさわがし、名主という身分にもあるまじき容易ならざるくわだてを起こし、僣越にも上役をうったえたのは不届きのいたりである。したがって、きびしく罰すべきではあるけれども、格別のお慈悲をもって、一家のこらず六角家の領分から、生涯にわたって追放を申しつける」

用人林三郎兵衛もまた六角家からひまを出された。六角家そのものは、政府から元のままの領地を保障され、家名に傷がつかなかった。

時に明治二年（一八六九年）。兼三郎は二八歳だった。

追放された兼三郎は、妻の勝子をつれて、川一つへだてた隣の堀米村《ほりごめ》にうつって住んだ。そこは六角家ではなく、井伊掃部頭の領地だった。そこの地蔵堂を仮の家とし、村の子どもをあつめて手習を教えた。

こうしてかれは、三代つづいた名主の職からはなれた。朝早くから百姓仕事に精をだし、余分の時間をあてて藍玉の売り買いをしてつくった財産も、六角家の政治改革運動につかってなくしてしまった。父親の富造も、用人林の反対派としてすでに職を追われていたので、田中一家は破産状態で明治の御代をむかえた。

堀米村には、今も小さい川が流れており、この川のほとりに、それは大きいエノキが立っている。田中正造の名は、公害反対運動の先覚としてこの数年知られるようになったが、この川のほとりが、かれが明治のはじめに手習を教えていたところだということは、このあたりの人びとは知らない。だが、そこには公民館が建っており、今でも若い人びとがよく集まる。そばに地蔵堂があり、そのすぐそばには、嘉永七年（一八五四年）に篠原幸七という人が建てたという供養塔がおかれている。地蔵堂よりやや小さいその供養塔の石面には、四国八十八番、西国百番、さらに東北の月山、湯殿山、羽黒山などの連山にお参りして、天下泰平・国土安全と村中の家の大安全を祈った文字が記されている。

「天下泰平・国土安全・村中家大安全」は、兼三郎の願うところであり、その願いをくずすものとして領主の権力が現われたので、それとたたかったのだ。兼三郎には、日本は神の国であるとか、天皇親政の世にもどさねばならない、などという理論はない。もっと単純に、村中の家が安心して暮らせる世の中であってほしいと思うばかりだった。そう考えて努力した果てに、財産を失いつくし、いま妻と二人で、この川のほとりに暮らすようになったのだった。

供養塔のとなりには、もっと小さい石で、単純に「馬頭観世音《ばとうかんぜおん》」と彫ったものが建っている。

そのとなりには、さらに小さい石に、「庚申塔《こうしんとう》」と彫ってある。

こういう石のあいだに暮らすことは、終生、宗教心をもちつづけた兼三郎にふさわしい。

川は、元気な青年ならば、とび越すことのできそうな小さい川である。その小さい川のむこうが、かれの追放された領地である。川のむこうに遠く足尾銅山につらなる山なみが見える。

この故郷の山野が、かれの生涯の活動の舞台となった。青年時代以後の中央の活動のあとで、かれはそこに帰ってゆくことになる。

破産同様の状態ですごしたこの地蔵堂の日々にも、かれには後悔したようすが見えない。むしろ、一〇代からはじめた領主にたいする改革運動がやはり自分のなすべきことだった、という確信をこの時に得たようである。だからこそかれは、からだをなおしてから、ふたたび政治にくわわろうと決心した。

兼三郎は東京に出て、友だちの家でしばらく居候をしていた。明治三年（一八七〇年）になって官吏になる機会がめぐってきた。薩摩とか長州のような大藩の背景がなかったために、下の役にすぎなかったが、ともかくも一人前の官吏として、知り合いなど一人もいない江刺《えさし》県（今は岩手県）の山の中に出ていった。

兼三郎は、あたらしい人生をみずから祝うつもりで、祖父の名を継いで田中正造と改名した。

前にも書いたが、田中正造は人並みより大きく、腕力では人に負けなかった。それにくわえて感情のはげしい人で、他人に圧迫感をあたえるような人柄だった。正造を好く人にとってはたよりになるが、いやだと思う人には、毛ぎらいされた。俗にブタ目と言われるように、まぶたが厚ぼったく、その下に細い目をうっすらと開いているのが、かれを憎む人にはいかにも信用ならぬもののように感じられた。

六角家改革運動の時につぐ二度目の災難がかれの上にふりかかったのは、やはりかれの人柄の招き寄せたものだったろう。

一八七〇年のはじめ、二九歳の田中正造は、月給六円の下級官吏として江刺県に出むいた。役所の本部は遠野《とおの》町にあり、その支所が花輪《はなわ》町にあった。正造は支所のある花輪町に住んで、県内をまわって報告書を書いた。前年秋の凶作のために、鹿角《かづの》郡と二戸《にのへ》郡とでは農民が飢えに苦しんでいた。正造は下級官吏の身分ながら、自分の責任で貯蔵米五〇〇俵を開放して救助にあたった。

一八七〇年の日記を見ると、県下の貧しい家の一軒一軒について、こまかい覚え書きをつくっている。

この民のあわれを見れば
あずまじのわがふるさとのおもい出にける

という和歌が書きつけてある。

窮民救助のための努力、訴訟をきいて取り調べをしたことなどが、こまごまと日記に書いてある。

そのうちに冬になり、寒さのためにリュウマチスが出たので、小豆沢《あずきさわ》という山奥の温泉に行って年末の休みをとった。正月になって花輪町のすまいに帰ると、そのあくる晩、正造の上役、木村新八郎が何者かに斬られた。

知らせを聞いて、正造は刀をもって上役の家にかけつけた。そのころは、役人はまだ刀を差していたものだったから、あたりまえのことだったが、もしこの時、丸腰でかけつけたなら、無用の疑いは受けなかったかもしれない。

田中のかけつけた時には、木村はまだ生きていたが、やがて息絶えた。そして、四か月たってから、田中正造が木村新八郎殺しの下手人としてとらえられた。理由は、正造の刀のやいばに人を斬ったくもりがあるということだった。

明治のはじめは、薩摩や長州などの勤王の大藩出身のものは、人を殺しても罰をまぬかれることができた。たとえば北海道長官の黒田清隆は、酒の上のあらそいで妻を斬り殺したが、警視総監にかばわれて、何のとがめも受けず、のちには総理大臣になった。それはおなじ政府内部に、同藩出身の友だちが多かったからで、かれらの間にはおたがいの失敗をかばいあう一種の保険がかかっていたのだ。しかし、栃木の六角家という小さな領主のもとで（名主とはいえ）百姓をしていたものが東北の役所に来た時、かれは自分のために有利な証言をしてくれる友だちを役人の中に見いだすことができなかった。それに加えて、かれは民衆の立場と結びついて官吏を批判することが多く、その正義感のゆえに、役人仲間ではとげとげしい性格と見られていた。

きのうまで取り調べの役にあたっていたものが、今は逆に取り調べられる立場にかわった。正造は、花輪の支所で調べられた上、後ろ手にしばられ、足かせをつけられ、唐丸《とうまる》かご（罪人を送る網つきの竹かご）にのせられて、五〇里（約二〇〇キロ）の山道を遠野町の本部まで送られた。

途中に、一日に七度もしぐれが降るというので、七時雨《ななしぐれ》の峠と呼ばれている難所がある。

うしろ手を負わせられつつ七時雨
しぐれの涙　おおう袖もなし

これは、この時正造のよんだ和歌である。

遠野町の監獄についてから、正造は身におぼえのない罪を問われているので、あくまでも強気で、一時間でも早く取り調べをはじめてもらって自分の無実をはっきりさせてくれと申し立てた。

ある朝、午前一〇時ごろかぎの音がして、

「田中、呼び出しです」

と、牢屋番がつげた。法廷に出ると正造は、自分がなぜ刀をもって上役の家にかけつけたかの事情を説明して、

「刀についての疑いは、もう晴れました」

と、自分で決めつけるように言った。これまで正造が勤めていたとおなじ取り調べの任にあたった役人は、首をかしげて、刀についての正造の言い分を受け入れたように（正造自身には）見えたが、正造がもう一度口をひらいて、

「正式の裁判所は、この江刺県にはありません。今でも、隣の山形県にあるのですから、そこでもう一度、正式の取り調べをしてもらいたい」

というのを聞いて、役人は自分の今の取り調べを軽く見られたと感じて、かっとなった。なまいきなことをいうなと急に態度をかえると、せきこんだ口調で下役をよんで、正造をごうもんにかけろと命じた。それは、「そろばん攻め」というごうもんで、板の上に歯をうえたような木製の道具の上に、ひざをまくってすわれというのだ。そのひざの上に、一八キロほどの四角い石を三つとって乗せ、牢番がそばからその石をゆりうごかす。正造のすねは、みしみしと折れそうになった。

「なぜ、こんなごうもんをする必要があるのか」

と、大声で正造はどなった。

やがて、石が取り去られると、こんどは、かえって、スネをとられるように痛い。自分の力ではほとんど立てなくなっているのを、牢番がひきずるようにして獄につれていった。

六角家の時とちがって、こんどは独房ではなく、正造は東北の民衆と、役人としてで

はなく、囚人仲間としてここでつき合うことができた。今までは、低い身分とは言いながら名主であり、手習師匠であり、官吏であったのに比べて、正造の民衆学は、どこの馬の骨ともわからぬ他国者としてのこの入獄を機会として一段と深められた。

正造は、入獄のころには余分の着物をもっていたので、それを先輩の囚人たちにわけて、近づきのしるしとした。牢を何度か変えられたので、そのうちに着のみ着のままになってしまった。はじめはすぐにも牢を出られると思っていたが、年を越しても出られない。生まれ故郷の栃木にくらべてひときわきびしい東北の寒さは、骨身にこたえた。故郷から離れたものの苦しみを、身にしみて知った。

そのころは、江戸時代とおなじくらいにしか車馬の便がひらけていなかったので、政府の用事のことづてにも二か月はかかった。囚人である正造が、郷里から着物を送ってくれとたのむ手だてはなかった。

どうしようかと思ううちに、囚人の間に赤痢が出て、なくなる人もいた。正造は牢番にたのんで、死人の着ていた衣類をもらい、わずかに寒さをしのぐことができた。この明治四年（一八七一年）の冬、遠野町の監獄では、囚人の間に凍死者が多くあったという。その間に正造の勤めていた江刺県庁というものはなくなり、岩手県という新しい県にくみかえられた。県庁の移転とか、上部の役人の異動とかにいそがしくて、下級の官吏である正造のことなどは忘れられていたのだった。

明治の新政府ができて五年。軽輩から身をおこし馬上天下をとった伊藤博文、山県有《やまがたあり》朋《とも》など、正造とほぼ同じ年輩の青年にくらべて、正造が明治維新というものにたいして、あまり期待をもてなかったことがわかる。のちに正造は、伊藤や山県の政府を向こうにまわして一歩もゆずらぬ生涯を生きることになる。正造と明治の支配者とのあいだでは、明治維新というものの経験の質がちがうので、その出発点に誠実であろうとすれば、どこまで行っても、明治の支配者と対立するほかなかった。

異郷に忘れられたひとりの囚人として、正造は記憶術にあたらしい工夫をした。牢屋の中には、本の差し入れをしてくれる人もなく、紙に文字を書くこともできなかったので、ただ黙ってすわって自分の今までのこと、これからのことをくり返し考えていた。その時、自分は人よりも頭が悪いということに気づいた。とくに物覚えがわるい。これではとても、器用な人のように二つも三つものことができるわけがない。これまでは体力にまかせて、百姓の仕事、名主の仕事、子どもの教育、藍玉の商売、役人の仕事などいろいろしてきたが、どうも自分は一つのことに打ち込むしかないようだ。一つの目的と仕事にささげる生涯をおくることにしたい、と正造は考えるようになった。

自分が本気でしようと思う仕事を一つだけに限るならば、その仕事の底にある情熱と自然にむすびついて、その仕事に関係のあることは忘れるということも少ないだろう。この方法によるならば、自分のたよりない記憶力も活用できるであろう。

それが、獄中で自分の生涯を整理した結果、正造の達した一つの発明だった。

郷里の栃木県小中村では、正造からの音信がとだえたのを心配して、父の富造と妹ムコとが岩手県遠野町まで旅をしてきた。正造との面会はゆるされなかったが、役所の人びとに会って頼みこんだらしい。新しい年になってから牢番のあつかいが、ゆるやかになった。

明治五年（一八七二年）の三月末、正造は岩手県遠野町から盛岡町に移された。ここの牢獄は、今までの牢獄にくらべて牢番がやさしかった。あとで聞いたところでは、岩手県県令（今の県知事）の島惟清《これきよ》は、幕末に勤王派だったために、若いころ牢につながれたことがあり、そのために囚人はいたわるようにという方針を出したのだそうである。

この年の冬になると、栃木の故郷からあたたかい着物などが送られてきて、正造はようやく人心地がついた。あくる年の明治六年（一八七三年）、正造は畳のある部屋にうつされ、ここでようやく本も読めるようになった。夏の日には、菖蒲だとか、そのほかのいろいろの草花を生けて、囚人の気持をなごやかにするなどという思いやりが見られるようになった。

欧米諸国にならう監獄の規則がさだめられて、それがようやく、岩手県においても行なわれるようになったのだ。

正造は、囚人仲間で本をもっている人から借りて、翻訳書で政治と経済について勉強することにした。

正造は、子どものころからドモリだった。そのために、ただ議論をしていても、けんかをしかけているように受けとられて損をしてきた。こんどの災難も、そこから来ているところが多い。かれは、この牢獄生活をいかして、ドモリを直そうと発心した。たまたま手に入れた『西国立志編』という本が、中村敬宇《けいう》の訳だけあって文章に品格があるので、その文句を一句ごとに万遍くり返す決意で音読したり、暗唱したりした。練習は一年あまりに及んだ。この練習が、田中正造の談話と演説のスタイルにあたえた影響には著しいものがあった。牢獄から出てひさしぶりに人と会って話して見て、入獄以前とは別人のようにおちついて、穏やかに話すことができるようになったと、自信をもつことができた。

どういうわけかわからないが、県庁の役人の中には、田中正造に同情する人も現われた。もとの正造とおなじ下級官吏の西山房文《ふさふみ》という人は、正造のために、毎日卵を二つずつ差し入れてくれた。どうしてこんなに親切にしてくれるのか、正造があやしんだくらいだった。

こうして明治七年（一八七四年）四月になったある日、正造は急に、牢獄から法廷に呼び出された。

岩手県県令の島惟清が出てきて、

「そのほうは、明治四年四月以来、木村新八郎暗殺の疑いで入獄し、吟味を受けていたが、このたび証人たちの申し立てにより、そのほうの疑いは晴れた。これ以上の取り調べは必要ない。きょう、無罪放免を言いわたす」

と言った。

田中正造が未決囚として獄につながれた月日は、三年と二〇日に達していた。三〇歳から三三歳までのたいせつな年月を、岩手の牢獄で暮らしたことになる。

調べになぜこれほど手間取ったかというと、江刺県の廃止にともなって、江刺県の上級役人三人が戊辰戦争（明治元年）当時の行動を追及されて投獄されたりしたことがあったので、県の行政が一時とまってしまったからだった。その後、正造の事件がふたたびとりあげられた時には、木村の未亡人とその長男をふくめて、正造に有利な証言があつまった。犯人を見たという木村桑吉《くわきち》をさがしたところ、この人は混乱のあとで静岡県に移っていたので、その証言を得るまでに月日がかかった。桑吉は、

「私は、田中正造とは平生から知っているので、犯人が田中ではないと断言できます。犯人は、田中とちがって色白の男でした。また、細面であった点も田中とはちがいます。着ている服が田中の着ていたとおなじように小紋《こもん》と見えたのは、夜の行灯《あんどん》の光で見たのですから、はっきりしません。小紋も無地に見えるでしょう。小紋のように見えたのは、こまかい中形染《ちゅうがたぞめ》だったのではないでしょうか。それに、犯人は田中のように白い袴をしてはいませんでした」

これで、田中の袴が血によごれていたのも、かけつけてから木村を介抱したためとわかった。

もう一つ問題となった、田中の脇差しについては、刃にくもりはあるとしても、切っ先はきれいであるという証言が出ていた。

それらの関係者の証言をつきあわせるという法廷事務そのものが、維新直後の変動で、とどこおりがちなのだった。

正造は、無罪放免になってから、前に卵二個ずつさし入れをしてくれた西山房文の家にひきとられた。明治七年四月五日のことである。まだ長い旅行に耐えるからだぐあいではなかった。西山の家で一か月あまり養生をしてから、五月九日に盛岡をたって、故郷にむかった。正造の母は、かれの出獄のわずか一か月ほど前の三月九日になくなったことを、かれは帰国の直前にきいた。

この三年あまりの獄中生活は、正造にとって最良の学校だった。友人の少ない異国の牢獄にいるということが、正造の心の中で、くり返し故郷のことを呼び起こす原因となった。かれは、故郷の山河と、家の人びとと友人たちとを思い出しては自分の心にやきつけ、これらと対話しつづけた。

フランスの哲学者アランは、力学的な問題を考える時にはいつもつるべのことを思い起こしたというが、人間が考える時に用いるモデルは、ふつうは単純なものである。田中正造が天下のことを考える時、かれの中には、万次郎のように無人島と捕鯨船が浮かんでくるのではなく、追放された村の外から見た故郷、獄中にあった時に思った故郷の姿があらわれた。この故郷への献身が、明治以後の数ある政治家の中で、田中正造を独特の政治家にした。

その後の田中正造は、小中村の隣の石塚《いしづか》村の酒屋の番頭となって、せっせと働いて、失った資産を回復しようとした。だが、酒を買いにくる人に説教するくせがあって、店の主人に喜ばれず、やめてしまった。

その後、青年たちをあつめて夜学をひらき、おおいに成功したが、西南の役と呼応する反乱のきざしをつくるものと思われ、政府筋から妨害されて、解散するところまで追いつめられた。正造は、このころから西郷隆盛と板垣退助に心を寄せ、とくに板垣退助に会いに土佐まで行こうとして仲間に相談したが、反対されて旅費をつくることができなかった。しかし、このころから板垣の民権運動に深い関心をもっていた。議会を早く開くようにという建白書を書いて、県令まで送ったことがあった。また、町村の自治の構想をたてて建白書を書き、県令に出したこともあった。これは明治一〇年（一八七七年）一一月のことである。この町村自治の思想は、田中正造の政治思想の骨格をなすものだった。

西南戦争が起こると、政府は紙幣を乱発した。正造はこの時、物価がきっとあがるだろうと思った。そして一〇年前に、六角家の改革運動の仲間が貧しくなったのを助けようとして、

「いま、土地を買えば、きっともうかる」

と説いてまわった。

「正造さんのもってくるもうけ話なんて信じられるものか。あんた自身が、自分の財産

を失ってしまったではないか。酒屋の番頭をしてもつとまりはしないし、少しばかりそろばん勘定を覚えただけだろう」

と言って、昔からの知り合いからは、相手にされない。

正造は意地になって、自分の見通しの正しさを、自分で実験してみようとした。そこで、父と妻とに相談して、土蔵から納屋からとにかく家につたわっている道具を全部売りはらい、それに姉妹の金も借りてきて、ともかく五〇〇円というまとまった金をつくった。

そのころ、正造はまだ三年の獄中生活のたたりで病気がちだったが、家に寝ていながら、だんだんに近所の田畑を買い入れた。人びとはそれをわらって見ていたが、その数か月ののちに土地のねだんが上がりはじめ、ついには一〇倍以上になってしまった。

正造は、三〇〇〇円以上のもうけを得て、祖先からゆずり受けた資産を回復することができた。

この時になって、遠野、盛岡の獄中で考えたことが思い出された。

普通の頭をもっているものならば、片方で金もうけをして、片方で政治運動をすることもできるだろう。だが自分の頭はかたよっていて、そんなことには耐えられない。だからここで、姉妹から借りた金を全部返し、だれのめんどうも見なくてよいひとりの人間となって、政治だけに打ち込むことにしたい。

正造は、父の富造に手紙を書いて、この決心を知らせた。

その要点は三つある。

「一、今より後、自己営利事業のため精神を労せざること。

一、公共上のため毎年一二〇円ずつ、三五年間の運動に消費すること。(この予算は、後に明治二二年以来、選挙競争のために破れたり。)

一、男女二人の養児は相当の教育を与えて他へつかわすこと」

正造、勝子夫妻には子どもがなく、養子をもらっていた。その子どもたちに、このさい資産をわたして他家に養育をたのむというのだった。正造は、政治に打ち込むためには、公平なつき合いを人とのあいだにもちたいと考えた。

「正造には四〇〇〇万の同胞(当時の日本の人口)あり。うち二〇〇〇万は父兄にして、二〇〇〇万は子弟なり。天はすなわちわが屋根、地はすなわちわが牀《とこ》なり」

正造の生涯の終わりから見るなら、この文章に誇張はない。この後、天を屋根とし、地を寝床として、正造は暮らしてゆく。この時以後、家をもたぬ伴侶として、勝子は長い年月をともに暮らし、正造の最期を、他人の家の屋根の下でみとることになる。

この手紙を書いた時、正造は父から反対されるだろうと思った。ところが、父はこの手紙を見て、喜んで正造に言った。

「よく言ってくれた。おまえの志はりっぱだ。ただ、それをよく貫くことができるかどうか」

そして筆をとって、むかしの禅宗の僧侶がつくったという狂歌を一つ書いてくれた。

死んでから仏になるは、いらぬこと
生きているうちに善き人となれ

正造は、父の態度に感動して、三日間ものいみ（ある期間、食事や行ないをつつしんで心身をきよめること）をして、神々にこの約束の実行をちかった。明治一二年（一八七九年）、正造が三八歳の時のことである。

四〇〇〇万人の日本人全部の問題を一時に自分の問題として取り組むことができると考えるところには、遠野、盛岡在獄当時の正造の思考のモデルからはなれているところがある。六角家の獄に捕えられるまでの正造の活動のモデルからも遠くはなれている。この逸脱に、正造はやがて気づくことになる。正造の思想は、全部の日本人だけが自分の同胞だという考え方から、世界の人間が自分の同胞だという考え方に進むと同時に、かれが自分の全力をあげて取り組むのは、故郷に近い栃木県谷中《やなか》村の鉱毒問題ただひとつにかぎられることになる。

それまで、一八七九年に正造は斎藤清澄《きよずみ》を助けて栃木町（当時の県庁所在地、今の栃木市）に「栃木新聞」（のちの「下野《しもつけ》新聞」）をはじめた。一八八〇年に栃木県会議員に立候補し当選。その後、ひきつづいて当選六回。一八八六年には栃木県会議長となった。

その間、一八八四年、栃木県県令三島通庸《みちつね》が土木工事をさかんに起こして寄付金と人夫供出を強要し、工事のじゃまになる建物を強制破壊することに抗議して抵抗運動をはじめた。このために、一一月一三日、宇都宮町（県庁は栃木町から宇都宮町に移された）の監獄に入れられた。ただし、今回の在獄は短かった。三島が栃木県令の位置を去るとすぐ正造は無罪放免となり、一二月二三日に出獄した。

一八九〇年には第一回の国会議員選挙に、栃木県安蘇《あそ》、足利《あしかが》の両郡からうって出て当選。その後、ひきつづいて六回当選。その間、一八九五年、東京市の早稲田鶴巻町に平民クラブという学生の寄宿舎をつくり、正造もここに合宿して栃木出身の青年と話し合った。この寄宿舎はのちに高田に移され、時代が平民主義からはなれていってから両毛学寮と名をあらためられ、正造の死後も残った。

一八九〇年、一二月一八日、足利郡吾妻《あずま》村臨時村会から、栃木県知事にあてて、足尾銅山の採掘を停止するように望むという上申書を出した。

古河市兵衛《いちべえ》が、ほとんど廃坑のようだった足尾銅山を手に入れたのは、西南戦争の年、一八七七年のことである。この時以来、かれの事業家としての熱意は、この廃坑に活気をあたえ、製銅の量は一八七七年の七万七〇〇〇斤《きん》から、わずか一四年後の一八九一年には一二七〇万四六三五斤にのびている。この点では、古河市兵衛は、明治初期のもっとも創意ある事業家の一人である。一八八八年には、古河はフランスの銅買いもとめにこたえて、三年間に一万九〇〇〇トンの銅をわたす約束を結んだ。事業家としての古河の成功は、同時に、栃木県の平野一帯のおもむきを変え、製銅所から流す鉱毒は、渡良《わたら》瀬《せ》川の魚を食べられないものとし、その両岸の農地に作物が育たないようにした。少年時代、青年時代に田中正造が遠く見た足尾山地は、明治以後の資本主義の下では、意味を変えた。

渡良瀬川のうるおす平野は、もはや住民をあたたかくつつむものではなくなった。一八九〇年一二月八日の吾妻村村長、亀田佐平《かめたさへい》の上申書にかえるならば、この吾妻村には漁師が一五〇～六〇人いたが、鉱毒のために、一四人に減ってしまったという。おなじ吾妻村の下羽田《しもはねだ》では、おなじく鉱毒のために、農民は一粒の収穫もあげることができなかったという。

下羽田は、のちに、田中正造が息をひきとる場所となる。

正造は国会議員として、山県有朋、松方正義《まさよし》、伊藤博文、桂《かつら》太郎などの長州、薩摩藩出身の歴代の総理大臣の内閣を相手どって、足尾銅山の鉱毒から住民を守るためのうったえをつづける。おなじ国会で議論をまじえながらも、山県、伊藤らの目は国家的規模の日本の繁栄を図ることにむけられ、田中の目は栃木県下の農民、漁民にむけられる。おなじく幕末の軽輩から身をおこしても、一方は大きな視野への上昇に終わり、他方は大きな視野のひらける地位まで上昇しながらも、かつて故郷の村から見た世界という視野を捨てることができなかった。

一八九八年九月二五日、群馬県渡良瀬村の雲竜寺《うんりゅうじ》に一万人があつまり、鉱毒の被害をうったえた。そのうち五〇〇〇人が寺を出て、歩いて東京にむかった。途中で警官と憲兵になぐられたりどなられたりして、ひき返すものもあったが、三〇〇〇人が九月二八日には東京の近くに着き、野宿していた。村はずれの氷川神社の境内で正造は数十名と会い、国会議員としての自分の一身にかけて力をつくすからと言って、かれらにくににかえるように言った。

「大勢《たいせい》は委員を挙《あ》げ帰国の途《と》に付く。被害民中泣涕《きゅうてい》するものあり、哭《こく》するものあり、予も亦《また》忍びずして共に泣く。巡査及《および》警視憲兵警吏等《けんぺいけいりら》も又目に涙を見る」

と、正造は日記に書いた。

この時の約束は、正造の心に重くのしかかった。国会議員としての演説は、何度くり返しても、政府にたいしてはのれんに腕押しだった。

人民を殺しておいて国家がたちゆくと思うか。一九〇〇年二月一七日、正造のこの質問にたいする総理大臣の答えがのこっている。

質問の旨趣《ししゅ》その要領を得ず。よって答弁せず。右答弁におよびそうろうなり。

明治三三年二月二一日

内閣総理大臣侯爵山県有朋

たしかに正造の質問は答えにくいものだっただろう。金持ちはその金にまかせて事業を自由にすすめてよいという資本主義のおきてをそのまま受け入れるならば、足尾銅山の事業を住民のために停止するなどということは考えようもなかった。しかし、封建制度の身分の上下のルールをうちやぶって幕府とたたかって倒したその青年時代の思想にたち返るならば、山県にも、自分たちのつくった自治社会の秩序をもう一度、根本から疑ってみることができたはずだ。

人間がそれによって生きる土地をたいせつにしないならば、そういう国は滅びるだろう。いや滅びるだろうというのではない、滅びてしまったのである、と正造はこの時に言った。そのことばは、その後八〇年たって日本が公害に苦しんでいる今日、予言としてわれわれの耳には聞えるが、その時の政府は、聞く耳をもたなかった。

一九〇一年一〇月三一日、正造は衆議院議員をやめた。

おなじ年の一二月一〇日、足尾銅山鉱毒問題について、天皇に直訴した。

明治天皇の行列が貴族院のわきにさしかかった時、黒の紋服、黒の袴で、下駄をぬいで足袋はだしのまま、正造は直訴状を頭の上に高くささげて、

「おねがいでござる」

と、叫んで近づいた時、馬車のわきの近衛騎兵が正造をさえぎろうとした。しかし騎兵は自分のかたむいた姿勢をささえきれずに馬もろともどっと倒れた。この時に、正造も倒れて進むことができず、警官に捕えられた。

警察は、正造を気違いだということにして釈放した。

その後の正造は、鉱毒の流れる渡良瀬川流域の村をまわり、被害をうけた人びととともに暮らして、一九一三年九月四日、下羽田の庭田清四郎の家で死んだ。最後の日の記録を、木下尚江《なおえ》の手記からひこう。

九月四日。

此朝《このあさ》、彼は枕《まくら》に就《つ》けるまま、

『是《こ》れからの、日本の乱《みだ》れ——。』

斯《か》く低《ひく》く独語《どくご》したが、眉《まゆ》を顰《しか》め身《み》を慄《ふる》わし固《かた》く唇《くちびる》を結んで、憂悶《ゆうもん》堪え難《がた》きこと、やや久《ひさ》し。

一天青く晴れ渡って、日正《ひまさ》に午《ひる》に近き頃《ころ》、彼は起《お》き上《あが》ることを求めた。枕頭《ちんとう》に居《い》た本文の記者（木下尚江）が、手を差し入れて抱き起こした。

彼《か》れ、床上《しょうじょう》に端然大坐《たんぜんたいざ》。満身《まんしん》の力を集めて気を吐《は》くこと、さながら長鯨《ちょうげい》の潮《しお》を吹くが如《ごと》し。

夫人勝子、団扇《うちわ》であおぎながら、瞬《また》きもせずに、良人《おっと》の顔面を仰視《ぎょうし》して居《い》る。

大呼吸七、八回、十回ばかり。一声《ひとこえ》長く響《ひび》いて、やがて遠く消えたかと思う時、勝子が静かに、『お仕舞《しまい》になりました』

と、告《つ》げた。

庭前《ていぜん》の草むらには、様々な声を立てて、秋の虫が鳴いていた。

（木下尚江『田中正造之《の》生涯《しょうがい》』）

田中正造は、下羽田の庭田清四郎の家で死んだ。残されたものは、菅笠一蓋《すげがさいちがい》、頭陀袋《ずだぶくろ》一個。その中に入れてあったものは新約聖書一冊、日記三冊、鼻紙少しばかりであった。青年の時に父に約束したように、自分の財産をゼロにすることをなしとげたのである。父はすでに一八九一年、正造が五〇歳のころなくなっていた。

人は無から生まれて無に帰る。これは、あたりまえのことのように思えながらも、その自覚をもって生きることはむずかしい。おなじ明治の時代をつくりながら、伊藤博文、山県有朋、桂太郎らは、いずれも勲一等、公爵といったような肩書を残して死んだ。死んだあとも、自分の位置はそのようにして残るものと考えてその位置を墓石にきざみ、華族として子孫にも同様の栄典があたえられることを当然と信じた。

明治史の表面をかざるこの人びとを対極におく時、田中正造の生涯をささえた思想は明らかになる。田中正造にとっては、名主となったこと、土地の売り買いで財産をつくったことは、自分の身についたものとは考えられず、まして、子孫につたえるべきものとは考えられなかった。偶然に自分の得たそのヴァンテイジ・ポイント（有利な位置）を利用してなにかを実現して社会に返すための要請だと考えられた。そこで、これらの有利な位置を全部、自分の生きているあいだにくずしてしまう計画を、青年時代にたてた。自分の生涯が、その設計どおりにゼロになることが、かれが自分の生涯にたいしてえらんだゲームの目標で、その目標に達するには、かれ自身の力では避けられないさまざまの困難があったが、人びとの協力と偶然の助けによって、ここに予定どおりの終わりを迎えることができた。

明治の歴史に田中正造の果たした役割は、勢力として見る時には小さいが、かれの生涯は、明治の支配層のつたなさを照らし出す一つのともしびとなっている。

無に帰るために生きるというかれの考え方は、かれに特有の宗教心と結びついている。田中の社会思想は、幼少の時から晩年にいたるまで、その宗教心からはなれては考えることができない。

田中正造は晩年、新井奥邃《あらいおうすい》の影響をうけて、新約聖書を読んでおり、死ぬ時に残したただ一つの本はこの新約聖書である。しかし、晩年の日記を読む時、正造がキリスト教の信仰をもったとは考えにくい。かれは、晩年になって、静坐法《せいざほう》の教師岡田虎次郎《おかだとらじろう》を理想の宗教人として見たり、東洋の聖人を自分の理想としていたりする。

その晩年に正造についていた石川三四郎や木下尚江とおなじく、虚空にちらばるさまざまの星のようなものとして、それぞれの宗教の経典を見ていたのであろう。多くの星の中の一つの星であるキリスト教の経典を、ただ一つの星と考える立場ではなかっただろう。

田中正造の日記は、つぎのことばで終わっている。

悪魔《あくま》を退《しりぞ》くる力なきもの其身《そのみ》も亦《また》悪魔なればなりき。已《すで》に業《ごう》に其身《そのみ》悪魔にて、悪魔を退《しりぞ》けんは難《かた》し、茲《ここ》に於《お》いて懺悔《ざんげ》洗礼《せんれい》を要す。

（一九一三年八月二日）

田中正造は、少年時代から力が強く、一八歳で名主となったころに自分できもいりして青年相撲大会をひらいたが、ここであやまって村の青年二人の腕を折ってしまい、大いに恥じて寺にはいって読経、読書にしばらく専念したという。晩年になってからも、天皇の騎馬行列の中にかけこんでゆくほど、肉体的勇気をもつ人だった。臨終にさいしても、床にすわったまま、大きく数回呼吸をして死んだ。この臨終の記を書いた木下尚江は、自分の死にさいして、どうして自分はみごとに死ねないものかと嘆いたという。

　田中正造には、かれのからだにそなわった独自の気力があったのだろう。その肉体的勇気は、青年時代の六角家における入牢と取り調べ、岩手県における入牢とごうもんにさいして、はっきりとあらわれている。この肉体的勇気は、田中正造の中に、つねに不必要なまでに人につきかかる性格をつくった。自分の中にくり返し現われる攻撃的衝動を、かれは生涯にわたって悔やみ、これからの浄化を求めていた。自分の中に住みつく悪魔とは、正造にとっては自分の内部のふりはらっても消えない攻撃的衝動をさすものと思われる。

その自分内部の攻撃的衝動こそ、明治以前と明治以後とを問わず、田中正造を権力にたいする抵抗者として終始させたものであったが、この攻撃的衝動をも一つの悪魔として自覚するかれの宗教心には、抵抗運動を内側から腐敗させる権力欲との絶えざるたたかいの源泉がある。それは抵抗にたいする抵抗を内にふくんだ運動であり、みずからの腐敗にたいして敏感な政治運動をつくり得た。

田中正造は、一九〇七年、日本を訪れた救世軍のブース大将に会って、世界の陸海軍を全廃するように、ブース自身の国であるイギリス政府その他の諸国にはたらきかけてくれと頼んだ。このようにかれは、地球大・世界大の政治を頭に入れていた。しかし、かれが全力をあげてとりくんだのは故郷の渡良瀬川流域の鉱毒問題であり、村の政治である。思想はコスモポリタン（世界主義的）、行動はローカル（地方主義的）というのが、かれの政治のプログラムだった。そしてその行動も、国会をとおしてうったえることはまちがっていたと反省したように、自分自身の生活をもってそれに当たるという、直接行動の形をとる。政府の権力が自分の生活をしばりにくれば、しばるにまかせ、しかし、けっして屈しない。釈放されれば、時の国法を無視しても、自分の生活をとおして権力を批判しつづけるという、非暴力直接行動の政治思想を、最後の信条とした。

はじめに六角家の領主をたいせつにしたように、明治以後になってからは、かれは天皇をたいせつにした。明治天皇の大葬の時には、石像のようにしばらく静かにすわっていたという。しかし、六角家の名においてなされても、天皇の名においてなされても、民衆の立場から見てまちがっていると考えることについては、自分の立場をまげることはなかった。かれのささえとしたのは、国家の制度というような人工のものではなく、国家をもつくりだすところの自然の法であったように思える。この地球の空気と土と水をともに使ってゆく人間が助け合って暮らしてゆく、自然の理法をふみにじるものには、法をやぶってでも、自分の生活をとおして抵抗しつづけてゆくという単純な考え方が、かれの政治の根本思想だった。そういう政治思想が、かれの同時代にかれと志を同じくする大きな運動をつくり得たとは言えないが、すくなくとも栃木県下にかれの死後もおなじ姿勢をもって社会に対する少数の人びとをつくった。国権主義、軍国主義の支配下においてさえも、大衆の中に持続する少数派をつくったということが、かれの政治運動の遺産だったと言える。

かれの死後、一度は権力によって強制破壊された谷中村について、これを不当とする裁判がつづけられていたが、一九一九年になって、不当廉価買収の訴訟に勝った。これは小さな勝利にすぎず、資本主義のつくりだす公害はその後もなくなることはなかった。しかし、まさにそのゆえに、田中正造の抵抗の方法は、資本主義社会批判の独自の抵抗の方法として、栃木県下だけでなく、日本の国のさまざまな場所で求められるようになった。

明石順三と灯台社

1

七月にしてはうすらさむい雨のふる日、栃木県鹿沼に、村本一生氏を訪問した。村本氏は、灯台社(註)の信徒として、戦争否定の立場をつらぬき、召集された後には銃を軍隊にかえして兵役につくことをこばんだ。そのために一九三九年(昭和十四年)から一九四五年の敗戦まで、わずかな一時期を除き獄中におかれた。村本氏は、鹿沼の高校にかよう学生の寮の世話をしている。この学生寮でしばらくお話をきき、そのあとで、灯台社のもとの日本支部長だった明石順三の未亡人のお宅に案内していただいた。

そこには、明石順三とともに裁判をうけて戦争否定の立場をつらぬいた隅田好枝氏が、今は明石家の養女となって、一緒に住んでおられる。明石静子夫人、好枝氏、村本一生・ひかる兄弟。晩年の明石順三にゆかりのあるかたたちが、おたがいにたやすくゆきできる一つの地域に住んで、ひとつの共同体をつくっている。それは、人生にたいする共通の姿勢によってむすびついた宗教的共同体と言えるものだろう。そのひっそりとしたひかえめな態度は、宗教の団体に普通に見られるものではない。

明石順三のことを世間がおぼえていても、いなくても、そういうことは、この同信の人びとにとっては無関係のことなのだ。村本氏は、自分の兵役拒否について、問われれば答えるが、自分から進んで述べるということはなかった。「自分のつとめをはたしただけだ」と、いう。明石順三も、敗戦までの自分の活動について、そう言っていたという。

隅田好枝氏は、口数がすくなく、ひかえめで、この人が政府を相手に敗戦の日まで屈せずに戦争否定をつらぬいた人かと不思議に思える。彼女は、一九三九年、二十二歳の娘のころにとらえられ、獄中で喀血して危篤状態におちいり、その後、つい最近の一九七〇年まで三十年近く療養生活を余儀なくされたという。広島県のうまれだが、彼女が投獄されたために親は故郷にいられなくなり、満洲に移った。村本一生氏の場合も、彼の兵役拒否のために、熊本県の生家では非常に苦しい思いをした。隅田氏も、村本氏も、それぞれが故郷への思いをたちきって、明石順三の住む鹿沼を、自分たちの戦後のすみかとしてえらんだ。だが、毎日のようにおたがいに会っても戦争中の思い出を話しあうことはなかった。

「昔のことは、決して言わない人でした」

と、夫人は明石順三について言う。今のこと、今の日常生活のことが、おもな話題だったという。

「パチンコをするのが好きでした。とてもうまくて、よくもうけてかえってきました」

明石順三は、十八歳から三十七歳まで米国でくらしていたのだから、その間は洋服をきていたにちがいないし、一九二六年に日本に二十年ぶりでかえってきて、灯台社日本支部長として活動をはじめてからも、洋服をきていることが多かった。しかし、敗戦後に釈放されてから後には、洋服をきることはほとんどなかった。このことは、彼の心境の微妙な変化をあらわしているように思える。敗戦後は、明石順三にとって、それまでとちがう新しい人生の局面であった。

「いつも和服でパチンコに行くものですから、〝吉田首相〟というあだ名で呼ばれました」

そのころの総理大臣は吉田茂で、和服と白足袋で知られていた。そう言えば、明石順三の風貌は、吉田茂に似ていないこともない。身のたけは、一メートル五十五、六センチで、出獄当時の栄養失調から回復してからは、かっぷくのいい活力にみちた老人であったように、写真からは、うかがえる。

しかし、吉田首相とちがって、順三の堂々とした風貌は、自分のつとめを果したという安心から来るもので、そのことを世間に認めてもらうことを必要としないという自足の境地にいることを示していた。

昔からのつながりのある人が助けてくれたので、順三は、質素なくらしをたててゆくことができた。

「一緒に貧乏をたのしみました」

と、村本一生氏は言う。拷問と侮辱にあけくれた戦時下の獄中生活にくらべれば、戦後の毎日は、平安に感じられただろう。

順三の三男・光雄氏が東京で印刷の仕事をしており、月に一度は父親をよびよせて、歌舞伎か人形芝居につれていってくれた。

その他の日には、鹿沼の自宅にいて、毎日、小説や戯曲を書いていた。今も彼の生前のころのとおりに残されている書斎には、小さなすわり机が窓にむかっておいてあり、窓のむこうに雨にけむって田が青々とひらけている。小説には『浄土真宗門』、『彼』(三部作)、『道』などがあり、戯曲には『運命三世相』(六幕)、『二刀の夢』(一幕三場)、『三国妖狐伝』(二幕七場)、『つり天井』などがある。他に手記として『同獄記』、評論『四百年の謎』がある。

論文や評論を書く時にはメモをつくってから書くが、小説や戯曲は、メモなしで毎日書きすすめていた。

「こまかいクモの糸をくり出すようにいくらでも出て来ました」

と、夫人は言われる。

「まだまだ書きたいことはいくらでもある、と言っていました」

最後の『四百年の謎』を未完のままのこして、一九六五年十一月十四日、七十七歳でなくなった。遺言はなかった。

明石順三は、宗教家になる前には新聞記者であり、イプセンやショーを好んで、自分でも戯曲を書いたことがある。敗戦後の老年に入って、青年時代の夢をかなえたのである。

未亡人のもとにある遺稿は、四百字づめの原稿用紙になおすと一万枚を越えるほどのかさになる。

とくに遺稿中の大長編は、小さいマス目をもつ横に細長い特別の原稿用紙に書かれている。原稿用紙は、印刷所につとめている三男の光雄氏が、父のためにつくったものだそうで、一行が新聞の一行にあたる十五字にくぎってある。そして、表題には、『新聞連載小説・浄土真宗門』と書いてあり、第一回、第二回というふうに続いて、三四三回でおわる。

これらの小説は、はじめから公刊を予期して書かれたものではない。だからこそ、一つ一つのマス目に、活版のように明白な字で書かれているのだろう。現代の作家は印刷されるために原稿を書くと言われるが、ここには現代の文学の常識を破って、原稿そのものが最終の表現形態であるという作品を書きつづけた人がいたのだ。

それは、彼がひとりでつくりあげたミニコミとしての架空のマスコミの世界なのだ。この世界に入って、彼の作品を読んだものは、これまでに二十四、五人と言われる。

註　灯台社は、米国に本部を置く無教会主義のキリスト者集団ワッチタワーの日本支部で、明石順三(一八八九―一九六五)が一九二六年に創立したもの。ワッチタワーは、チャールス・テーズ・ラッセル(一八五二―一九一六)の、キリスト再臨思想を信仰の中心とする教義にもとづいてつくられ、ジョセフ・フランクリン・ラザフォード(一八六九―一九四二)に引きつがれ、順三は、若き日の在米中にその教義に親しんだ。

2

十五年間の戦争に反対の姿勢をつらぬくとは、よほどがんこな性格の人だろう。灯台社の事件について知ってから、そういう思いこみを、私はもっていた。今度の鹿沼訪問は、この思いこみをかえた。

明石順三の死後も、鹿沼に住みついて、おたがいにゆききしている人びとのもっている静かな普通のくらしかたが、がんこということから遠くはなれているように感じられた。この人びとは、明石順三の生前にも、戦争中の苦労について話しあわなかったように、今もそのころのことについて話しあうことはないらしい。しかし、眼はいつも現在と未来のことにむけられていても、そこには、戦時の孤立を支えたもの同士のまなざしの共有がある。

明石順三のところには、近所の人たちもよくきて、生活上の相談をもちこんだという。明石は、一時は、隣組の会計をつとめていたこともある。

「一口につくせば、完全な常識人だった」

と、村本一生氏は言う。

明石順三は、戦争中に灯台社の戦争否定の立場を守りきれずに転向していった人びとについて非難することもなかったし、戦後になって彼を除名にした米国のワッチタワー(灯台社本部)を非難することも、日常生活においてはなかった。転向者を非難しないことがどれほどの重さをもつ行為かを知るためには、灯台社の戦争中の活動をふりかえることが必要である。

明石順三については、佐々木敏二、笠原芳光、稲垣真美の諸氏の研究をとおして、経歴が明らかになった。最近刊行された稲垣氏の『兵役を拒否した日本人』(岩波新書)は、灯台社の戦時の活動の全貌をとらえた最初の本である。

明石順三は、一八八九年(明治二十二年)七月、滋賀県坂田郡息長《おきなが》村岩脇《いよぎ》にうまれた。滋賀県立彦根中学に入り、そこを二年で中退した後、とくに学歴はない。

この中学は、今は彦根東高校となって昔の城内にのこっている。中退者であることもあって、明石順三についてここで話題になることはないようだった。同窓会名簿によると、明石順三の一級下にトヨタ自動車の会長となった石田退三氏がいたようであり、石田氏は昨年この学校に講演に来たそうだ。

明石順三は、一九〇八年(明治四十一年)、十八歳の時に米国にわたった。そこでも学校には入らずに、はたらきながら町の図書館を利用して自分で勉強した。一九一四年からロサンゼルスの日本語新聞『羅府新報』のサンディエゴ支社につとめ、やがてサンフランシスコの『日米新聞』に移った。一九二二年にはここをやめてロサンゼルスの日本語新聞にもどった。この間に彼は、山口県岩国の牧師の娘と結婚し、彼女がワッチタワーの信仰に熱心だったことから、この宗教運動に近づき、やがて夫人以上に熱心になった。一九二六年には、ワッチタワー総本部から派遣されて、支部をつくるために、日本にかえってきた。米国滞留を希望する夫人はこの時明石とわかれ、今も米国に健在だという。三人のこどもは、やがて順三が日本にひきとった。順三は、神戸市外の須磨一の谷の須磨聖書講堂に住み、日本支部の活動をはじめた。

一九三〇年（昭和五年）に和歌山県新宮出身の静栄夫人と結婚。順三の三人のこどもは、上級の学校に行くことを希望せず、小学校卒業後は父の仕事を助けた。中学校中退以上の学歴をもたない父に心服していることが、かれらにこういう決断をさせたのだろう。

一九三一年に満洲事変がはじまり、戦争を否定する灯台社が政府から弾圧されることはさけられなくなった。

一九三三年に最初の弾圧があり、この時には神戸から東京の荻窪に移っていた灯台社は捜索され、信者は行く先々で検挙された。当時まだ十五歳の少年だった明石真人（順三の長男）は、伝道のために静岡県藤枝で天幕を河原にはって野宿しているところを仲間三人とともに逮捕された。

真人はやがて徴兵年齢に達し、軍隊に入ったが、一週間後に銃をかえすことを上官に申しでた。このニュースがつたわったあとで、すでに真人より早くから軍隊に入っていた村本一生は、脱柵（脱走）して灯台社にかえって自分の意志をつげ、もう一度部隊にもどって軍に銃をかえした。

明石真人と村本一生は、一九三九年六月十四日、軍法会議で懲役三年と二年の判決をうけた。それから七日後の六月二十一日午前五時に、五十人の武装警官が荻窪の灯台社をおそい、明石夫妻、次男力、三男光雄をふくむ二十六人をとらえた。順三は、一九四二年五月の第一審で懲役十二年の判決、一九四三年四月の第二審で懲役十年の判決をうけ、同年九月、上告棄却によって服役した。一九四二年四月九日の公判で、順三は、次のように述べた。

「現在、私の後についてきている者は四人（同じ法廷に非転向の被告としてたつ人を指す。明石静栄、崔容源、玉応連、隅田好枝）しか残っていません。私ともに五人です。一億対五人の戦いです。一億が勝つか五人がいう神の言葉が勝つか、それは近い将来に立証される事でありましょう。それを私は確信します。この平安が私どもにある以上何も申上げる事はありません」

傍聴人のいない法廷で順三がこの証言をした時、長男の真人は、すでに転向をちかってもといた陸軍の部隊にかえっていた。その転向は、『元灯台社員明石真人の手記』（『思想月報』一九四一年十一月）によると、父の明石順三が米国のワッチタワー本部の主宰者ラザフォードの説に反対して独自の教理を案出しているというしらせをきいたことからはじまった。

手記によれば、もともと真人の信仰は、こどもの時から父順三の教育をうけた結果であり、そのために真人は、父の信仰を矛盾のない絶対的なものと信じてそだってきた。ところが、今、父は、聖書を絶対的なものと認めているワッチタワーの教理からはなれた。そのようにかわるものならば、父の信仰は絶対的なものではないということになる。父の信仰がかわったということをきいたことが、真人に、それまでの自分の信仰を自力で考え直す機会をあたえた。自分でこれまでの信仰を考えなおした結果、真人が達した結論は、自分が日本人であるという意識をもつことの必要性である。

「日本の偉大さは実は一君万民の世界無比の国体があるからである」

古事記や日本書紀を読むと、日本人が国体にたいしてもっているいつわりのない感情の記録として貴重なものであることがわかる。その国体観をいかすことが日本人の責務である。

「皇軍の一員として最善を尽してこの罪深き一身を天皇陛下に献げ奉り国家を守護

すべく清く死ぬつもりであります」

真人はその後、戦車隊に入り、一等兵で復員した。次男力は、真人のすすめで軍属となり、南方で戦病死した。三男光雄は、一九四五年に召集されたが、特に兵役拒否の申したてをしないのに、明石順三の子である故に要注意人物としてあつかわれ、演習には参加させられずに一九四五年八月十五日を迎えた。

三人の子の義母となった明石静栄は、一九四四年六月八日、栃木県の女子刑務所で、五十八歳の生涯を終った。彼女とともに五人の中の一人として法廷にたった朝鮮人玉応連も獄死した。

3

明石順三と真人とは、それぞれ遠くはなれた獄中にあったので、たがいに通信することはむずかしかった。父の思想の変化について、真人は自分独自の解釈をした。獄中の思想犯は、自分の読みたいと思う本を読めるような状況にはいない。刑務所のそなえつけ図書中にあってたやすく読めるものは、国家主義のうらづけとなるような修養書、神道の系統にある古典、仏教の通俗書などであった。明石真人が、それらの本を読んだとおなじように、順三もそれらの本を読んだ。しかし、同じそれらの書物が順三にあたえた影響は、真人にあたえたものとちがっていた。両者は戦後にも会うことがなかったという。二人の道は獄中においてわかれたのである。

真人が古事記、日本書紀などから、天皇にたいする献身と天皇の名による日本国家の命令への服従とをまなびとったのにたいして、順三は、古事記その他に人間の誠実さと助け合いの精神が聖書とおなじくあらわれていることを感じた。仏教の経典にも、聖書におけるとおなじように、世俗の権力や富の支配をこえた人間共同の価値があらわれていると感じた。

この直観の中には、キリスト教の聖書の中だけに神の教えがあらわれているというワッチタワー米国総本部の教理とはちがう感じ方がある。だが、順三は神道の中にも、仏教の中にも、人間共通の理想を見たのであって、真人のように戦時日本政府の国家至上主義をうけいれる手びきをそこに見いだしたのではない。神道や仏教についてまなぶことをとおして、明石順三は、獄中の孤立の条件において、日本人の伝統の中に、平和主義の基礎を見いだしたのだった。

戦後に明石順三の書きのこした大部の文章は、今日の日本につたえられた世界のさまざまの宗教的伝統がふくむ人類共通の宗教的価値についての彼の思想をのべたものである。

長編小説『浄土真宗門』では、日本の天皇はすでにローマ・カトリック教を信仰しており、カトリック教会は、日本の既成宗教の最大の宗派である北本願寺を、浄土真宗の教理そのままに、カトリック教会の傘下に迎えいれようという計画をめぐらしている。

その計画の実現の機会は、すでに秘密にカトリック教会の信徒となっている青年が現法主の妾腹《しょうふく》の子であるので、彼が法主の位置につく時にやってくる。新しい法主は、北本願寺の秘密のきまりによって親鸞筆のマタイ伝を見ることを許される。これを見ることをとおして、本願寺の信仰が実はキリスト教の他力本願信仰にみなもとをもつ一つの支流であることが判明するし、それを本願寺信徒にしらせてカトリック教会にくみいれればよい、というのである。

カトリック教会は、強大な国家権力があるところではつねにその国家権力にとりいり、国家権力にむすびついて宗教的権威をつよめてきた。スペインに人民の勢力がつよまると、ナチス・ドイツと協力して人民の力をうち倒すことに一役買った。イタリーにおけるファシズムの確立、ナチス・ドイツのユダヤ人虐殺を許容し、ヨーロッパに軍事的国家群があらわれるのを助けた。このカトリック教会が、日本の国家制度にとりいって組織をかため軍国主義政策に力をかした本願寺とむすびつくことは、似合いのとりくみと言える。

だが、ここに堤老人なるものがいて、神出鬼没の活躍をして、本願寺のカトリック教会くみいれをとめる。探偵小説さながらの堤老人の活躍は、アルセーヌ・ルパンやモンテ・クリスト伯を思わせ、それがまた明治時代の森田思軒・黒岩涙香の翻案のような文体でえがかれる。おそらくは順三の少年時代に愛読した作品の影響が半世紀をへて表にあらわれたもので、順三の文体には自然のいきおいのようなものがある。

国家連合を支える国家宗教連合のようなものが、順三にとって、反対すべき勢力と見えたのは、大正、昭和をつらぬく彼の活動からみて当然のことである。

堤老人によれば、本願寺の教えはキリスト教と同じものである。だからと言って、その故にカトリック教会に本願寺を合併する必要はない。むしろカトリック教会こそ、聖書の教えの中にはない階級制度と世俗的権力の形をつくって、聖書の教えからそむいているものだ。本願寺もまた同じ仕方で親鸞の教えにそむいているものだから、もとの精神にかえり、本願寺の組織を解散して、同信のものが同行する宗教運動として、あらためて出発するのがよい。

前法主の妾腹の子で実はカトリック教徒だった青年は、さずかったばかりの法主の位置を退く。新しく法主となって青年は、前法主の嫡子ではあるが、教団から自由な新しい方向にむかうことを信徒にはかる。

この新法主に、堤老人は、仏教と聖書の一致を次のように説明する。

「衆生の種々の地に住せるを、ただ、如来のみありて如実に之を見て、明了無礙なり。かの卉木、叢林、諸々の薬草等の、而も、自ら上中下の性を知らざるが如し。如来は、是れ一相一味の法なり、と知り給う。所謂解脱相、離相、滅相、究竟涅槃、常寂滅相にして、終に空に帰す」

これは法華経の句だが、それは「空の空、空の空なるかな。すべては空なり」という聖書の句と同じである。

「此の『終に空に帰す』の一点に、己が全目標を置いて歩むのが、即ち信仰の実行じゃ」

いたるところで、聖書と仏典とを交錯させて論じ来り論じ去るのが、この長編小説の方法であり、空なるものにおける万物の一体性を体得するということを説く。空に徹するものにはおのずから慈悲の心が生まれ、国家主義とは無縁となる。この立場にたつならば、国家権力が古事記を援用して軍国主義を説く時にも、戦後の占領軍司令部がキリスト教文明の名において反共主義を説く時にも、それをうのみにしない別の立場が、民衆ひとりひとりにひらける。それが、明石順三の考える宗教だった。

こうした新しい境地に立った明石順三は、なぜ、敗戦後、獄中から出てきてから、積極的な宗教活動をすすめなかったのだろうか。

4

十五年戦争が終わってから二カ月たった一九四五年十月九日、仙台の宮城刑務所から、明石順三は釈放された。日本政府が自発的にこの処置をとったのではなく、占領軍の指令によるものだった。

その時、彼は、五十六歳。六年におよぶ獄中生活でおとろえはてていた。むかえに来たのは、三男の光雄と村田リツ子だった。リツ子は、もと秋田県横手駅の駅長で順三とともに伝道をしていた村田芳助の娘で、順三より一足早く釈放されたこの父をひと月前になくしており、彼女自身も戦後に病死した。彼女はかつては明石真人の妻であった。順三たちの住んでいた東京の家は、彼らに相談なく、政府の手で売却され、なくなっている。順三は、東京に出て、光雄の友人である俳優の若宮大祐の家にしばらくいた。戦争反対をつらぬいた仲間の多くは獄中でなくなり、だれが生きのこっているのかも、よくわからない。

やがて、生きのこった同信の人のひとり村本一生が、おなじ年の十月十日に福岡の刑務所から釈放され、いったん熊本の父の家にもどってから、栃木県鹿沼で歯科医をしている弟・村本ひかるの所に移ってきた。それより一足先に明石順三は、村本ひかるのもとに身をよせており、やがて、かれらは鹿沼に住みついて、出獄後の心身の回復につとめた。

米国のワッチタワー総本部は、日本支部長の健在を喜び、貨物船一隻分の救援物資を送る計画が進んでいるとしらせてきた。日本中が、栄養失調になやんでいたころのことである。

明石順三は、米国のワッチタワーがしている活動について知るようになってから、喜ぶことができなかった。彼は、一九四七年七月十五日の日付で、日本支部長として、公開状をワッチタワー本部に送った。原文は日本語で順三が書き、それを村本一生が英訳した。

この公開状で順三は、神とイエス・キリストに対する自分の信仰は戦中戦後を通して絶対不変であることを述べ、神とイエスに対すると同じ意味では米国のワッチタワー総本部の追随者ではなく、その創立者ラッセルや後継者ラザフォードの追随者ではないことを述べた。そして、神の言葉としての聖書から見て、現在のワッチタワー本部が、まちがっていることを批判した。

「本会は、此の世特にその諸権と絶対に妥協すべからずと極力主張し、本会所属全員また本会のこの指導に服し居り候。その結果として、国旗礼拝等に関して、官憲その他と衝突し、神と主イエスの御前に忠誠ならんとして検挙投獄さるる者、米国内のみにても数千名の多きに達し居れりと聞き及び居り候。その理由の聖書的に成立するか否かと言う点は暫く措き、『此の世の諸権を象徴する国旗に対する礼拝はクリスチャンとして拒絶すべし』とは本会所定の『律法』の一つとして、本会所属全員の上に厳然と実施されあり候。

然るに総本部は、己れ自らこの律法と全く背反逆行するの事実を示し居り候。即ち、一九四六年八月、クリーヴランド市に開催されたる本会主催国際奉仕会議の状況を報ずるために発行されたる本会の公的刊行物『メッセンジャー』紙の八月七日発行の分、第三頁に掲載せる一写真は、舞台一杯の米国大星条旗を背景として、その前に、大会館階上階下に溢るる多数の『エホバの証者』(註、信徒のこと)がワッチタワー誌の研究をなしつつある光景を示し居り候。而してこの大国旗の前に於て、全会衆が讃歌を斉唱し、神に対して厳粛なる祈禱が献げられたる訳にて候。此の時、米国その他の諸国に於ては、純情忠実なる多数のクリスチャンが、本会の指導に服して、国旗礼拝と、此の世の諸権に対する服従を拒絶して牢獄に監禁され居りしなり、此の矛盾、此の自家撞着に対して、本会幹部は、神と主イエス・キリストの御前に、果して如何なる弁解をなさんとするか。余は、主イエスの忠実なる追随者の一員として、本会を代表する愛兄の公式弁明を要求致す者に御座候」

国旗礼拝のことにふれた時、順三の心には、宮城遥拝をこばみつづけて拷問をうけた村本一生ら多くの信徒のことがあっただろう。ナチス・ドイツにおいてもそのようなワッチタワーの信徒が何千人もいた。米国にもいた。この人びとは投獄され、苦しみをへて来た。日本支部長としての順三は、これらの信者とともに苦しみ、妻を獄中に失った。しかし、米国においては、会長その他の幹部は、本部の建物を大きくし、新たに幹部養成のための神学校をたてるという。これでは、国家権力と妥協して、会員の数をふやすだけの運動になってしまうのではないか。

文書である。
順三の質問状にたいして米国本部のノール会長の書いた返答もまた歴史に残さるべき

「余は、エホバの霊を有し貴殿の公開状を読む者は誰にても、貴殿が遠くラッセル牧師の時代より今日までの多年の間、偽善者たりしことを容易に看破すべきことを確信す」

「貴殿は、貴殿の『質問』の中に於て、本会に対する絶対反対の態度を表明せり。されば余は、ワッチタワー・バイブル・アンド・トラクト・ソサイエティーの会長として、貴殿の日本及び朝鮮におけるワッチタワー・バイブル・アンド・トラクト・ソサイエティー支部長たるの地位より追放する者なり」

食物を船いっぱい送ると約束したり、批判されると、その約束をほごにしてはじめからの偽善者と呼んで追放する。この応答は、米国の一キリスト教団体の態度をあらわすだけでなく、占領軍をおくった米国が日本にたいしてとった態度の縮図として見ることができる。敗戦国の日本の支部活動から戦勝国アメリカ合衆国の本部がまなんで、自分の軌道を修正するなどということは米国人のノール会長にとって思い及ばぬことだった。

こうして明石順三は、ワッチタワーの歴史から消えていった。今日発行されているこの団体の歴史『神聖なる目的のためのエホバの証者』(第一版、一九五九年)には、明石順三の名前もその公開状のことも書かれていない。一九二七年に米国本部がひとりの日系米人を神戸におくって支部をつくったとだけ書いてある。順三は日系米人ではないので、この記述は事実に反する。

公開状によれば、敗戦後に順三のもとには、戦前からのつながりで二百人ほどの信徒があつまっていた。これらの人びととともに米本部とあらそって正統のワッチタワーの宗教運動を日本に起こそうという考えを順三はもたなかった。

宗教は、会員数をふやすことを目的とする運動であってはならない。占領下の日本で、不戦憲法が発布されたあとで、戦争中の自分たちの反戦活動について証言することは気がすすまなかった。しかし、この不戦憲法が骨ぬきにされ、実質的に再軍備への道を日本が歩きはじめた時、順三は、『四百年の謎』を雑誌『高志人』に連載、現代日本批判を活字にして世に問うことをあえてした。この評論の完成を待たず、彼は死んだ。

順三は自分の戦時の活動をひろく人にしらせようとしなかったので、戦後の日本では、彼を知る人はすくない。順三たちの活動とはまったく別個に、現在の日本では、畑好秀たち二十歳前後の青年によって、兵役拒否の意志をたがいにたしかめる運動がおこっている。明石順三とその同信の人びとが知られることを望まないとしても、かれらの活動を今日にひきつぐために、かれらの歩いた道を私たちは知りたい。

明石順三の生家は、今も、米原に近い岩脇というところに残っている。母屋はたてなおされたが、庭と門と蔵とは順三がうまれたころのままである。ここに順三の父の道貞が漢方医として診療所をひらいており、近所の農家の求めに応じて、雪の降る日にもいやがらずに往診に出かけた。代金は患者の志にまかせ、支払いのむずかしい人からはとりたてることがなかったという。

墓はおなじ岩脇の山の中にある。もと明石家の今の持ち主、的場政太郎氏に案内していただいて草むらの中をのぼってゆき、ようやくさがしあてることができた。途中何回か、道をきいたが、「道貞さんの墓」というと、すぐに方向を教えてくれた。近隣の患者につかえた医者の思い出は、その死後六十年たった今も、ここに住む人びとの心にのこっている。道貞も、順三も、村田リツ子も、その骨はここに収められているという明石家歴代の墓を前にして、順三の生涯は道貞の生涯に接続しているように思えた。

〔参考〕「明石順三と灯台社」についての参考文献としては、同志社大学人文科学研究所編『戦時下抵抗の研究』Ⅰ（みすず書房、一九六八年）、笠原芳光「灯台社の反戦活動」「兵役を拒否したキリスト者」（『思想の科学』一九六七年一月号、一九七〇年十月号）、稲垣真美著『兵役を拒否した日本人——灯台社の戦時下抵抗』（岩波新書）などがある。

本書とかかわる事跡の年表

一九四〇年（鶴見一八歳）
秋、ハーヴァード大学「ウィリアム・ジェイムズ講座」で、バートランド・ラッセルによる一〇回にわたる講演を聴く。

一九四二年（鶴見二〇歳）
三月、前年末の「日米開戦」を受け、無政府主義者として、東ボストン移民局の留置場に拘留される。六月、ニューヨーク港から「第一次日米交換船」で日本に向かう。

一九四三年（鶴見二一歳）
海軍軍属として、ジャカルタ在勤海軍武官府に勤める。

一九四五年（鶴見二三歳）
夏、広島・長崎に米軍機が原爆投下、日本敗戦を迎える。

一九四六年（鶴見二四歳）
五月、姉の鶴見和子、都留重人、丸山眞男、武谷三男、武田清子、渡辺慧とともに、雑誌「思想の科学」を創刊。

一九五四年（鶴見三二歳）
三月、米軍による水爆実験がビキニ環礁で行われ、マーシャル諸島近海で操業中のマグロ漁船・第五福竜丸の漁船員らも被爆。一〇月、思想の科学研究会に集まる若者たちと、「転向研究会」を始める。

一九六〇年（鶴見三八歳）

五月、日米新安保条約の強行採決に抗議し、東京工業大学助教授を辞職。六月、小林トミが始めた「声なき声の会」のデモの列に加わる。

一九六三年（鶴見四一歳）

同志社大学文学部社会学科新聞学専攻の鶴見ゼミの学生らと、ハンセン病回復者たちの宿泊施設「むすびの家」建設の動きに加わる。

一九六五年（鶴見四三歳）

米軍によるベトナム北爆に抗議し、小田実、高畠通敏らと、ベ平連（ベトナムに平和を！　市民連合）を発足させる。

一九六七年（鶴見四五歳）

一一月、米空母「イントレピッド」から四人の米兵が脱走、彼らを保護し、脱走米兵支援の運動を本格化させる。

一九六九年（鶴見四七歳）

雑誌「朝鮮人」を創刊（編集発行人は、その後、第二号から第二〇号まで飯沼二郎、第二一号から終刊の第二七号〔一九九一年〕まで鶴見）。

一九七〇年（鶴見四八歳）

大学紛争で、同志社大学の教授会が構内に機動隊を導入したことに抗議し、文学部教授を辞職。

一九七二年（鶴見五〇歳）

韓国の詩人・金芝河への自由を求める署名簿を携え、真継伸彦、金井和子と渡韓。馬山の国立結核療養所に金芝河を訪ねる。

一九八〇年（鶴見五八歳）

韓国での光州事件のあと、金大中らの釈放を求めて、京都・髙島屋前でのすわりこみとハンガーストライキに加わる。

一九九六年（鶴見七四歳）

雑誌「思想の科学」終刊。通巻五三六号、全五三九冊。

二〇〇四年（鶴見八二歳）

小田実、加藤周一、大江健三郎、澤地久枝らと「九条の会」を発足させる。

二〇一一年（鶴見八九歳）

「さようなら原発1000万人アクション」の呼びかけ人に加わる。

初出一覧

Ⅰ

「殺されたくない」を根拠に　「朝日新聞」二〇〇三年三月二十四日夕刊（『ちいさな理想』、編集グループSURE、二〇一〇年）
遠い記憶としてではなく　安保拒否百人委員会『遠い記憶としてではなく、今』一九八一年（『鶴見俊輔集』第九巻）
方法としてのアナキズム　「展望」一九七〇年十一月号（『鶴見俊輔集』第九巻）
『日本好戦詩集』について　「思想の科学」一九九二年八月号（『鶴見俊輔書評集成』第三巻）
「君が代」強制に反対するいくつかの立場　「君が代」訴訟をすすめる会編『また、いけん君が代』、阿吽社、一九八八年（『思想の落し穴』、岩波書店、一九八九年）
身ぶり手ぶりから始めよう　「朝日新聞」大阪本社版、二〇一一年三月三十一日夕刊（鶴見俊輔・小田実『オリジンから考える』、岩波書店、二〇一一年）
五十年・九十年・五千年　木村聖哉・鶴見俊輔『「むすびの家」物語』、岩波書店、一九九七年

Ⅱ

いくつもの太鼓のあいだにもっと見事な調和を　「世界」一九六〇年八月号（『鶴見俊輔集』第九巻）
すわりこみまで　「朝日ジャーナル」一九六六年八月十四日（『鶴見俊輔著作集』第五巻）
おくれた署名　小田実・開高健・鶴見俊輔編『平和を呼ぶ声』、番町書房、一九六七年（『鶴見俊輔著作集』第五巻）

二十四年目の「八月十五日」「毎日新聞」一九六八年八月十三・十四日夕刊（『鶴見俊輔集』第九巻）
バートランド・ラッセル「毎日新聞」一九七〇年二月五日夕刊（『悼詞』、編集グループSURE、二〇〇八年）
坂西志保『坂西志保さん』（同、編集世話人会編）、国際文化会館、一九七七年（『悼詞』、編集グループSURE、二〇〇八年）
小林トミ「声なき声のたより」九十九号、二〇〇三年六月（『悼詞』、編集グループSURE、二〇〇八年）
高畠通敏「朝日新聞」二〇〇四年七月八日夕刊（『悼詞』、編集グループSURE、二〇〇八年）
飯沼二郎「琉球新報」二〇〇五年九月三十日など（共同通信配信）（『悼詞』、編集グループSURE、二〇〇八年）
小田実「朝日新聞」二〇〇七年七月三十一日（『悼詞』、編集グループSURE、二〇〇八年）

Ⅲ

脱走兵の肖像　小田実・鶴見俊輔編『脱走兵の思想』、太平出版、一九六九年（『鶴見俊輔集』第九巻）
ポールののこしたもの　京都べ平連JATEC京都『脱走兵ポールのこと――リメンバー・ポール』、一九七一年（『鶴見俊輔集』第九巻）
アメリカの軍事法廷に立って「朝日ジャーナル」一九七〇年十二月七日号（『鶴見俊輔集』第九巻）
ちちははが頼りないとき「朝日ジャーナル」一九七一年十月一日号（『鶴見俊輔著作集』第五巻）
岩国『北米体験再考』、岩波新書、一九七一年（『鶴見俊輔集』第一巻）
憲法の約束と弱い個人の運動　鶴見俊輔・吉岡忍・吉川勇一編『帰ってきた脱走兵』、第三書館、一九九四年

私を支えた夢　『評伝　高野長英』再刊序文、藤原書店、二〇〇七年（『象の消えた動物園』、編集工房ノア、二〇一一年）
多田道太郎　「毎日新聞」二〇〇七年十二月十一日夕刊（『悼詞』、編集グループSURE、二〇〇八年）

Ⅳ

詩人と民衆　「展望」一九七二年九月号（『鶴見俊輔著作集』第五巻）
朝鮮人の登場する小説　桑原武夫編『文学理論の研究』、岩波書店、一九六七年（『鶴見俊輔集』第十一巻、『鶴見俊輔書評集成』第一巻）
金石範『鴉の死』　金石範『鴉の死』解説、講談社文庫、一九八五年（『鶴見俊輔集』第十一巻）
金時鐘『猪飼野詩集』　「文学」一九七九年九月号（『鶴見俊輔集』第十二巻、『鶴見俊輔書評集成』第二巻）
金鶴泳「凍える口」　「図書」二〇〇六年四月号（『思い出袋』、岩波新書、二〇一〇年）
雑誌『朝鮮人』の終りに　「思想の科学」一九九一年十二月（『鶴見俊輔書評集成』第三巻）
金芝河　「潮」二〇〇二年六月号（『回想の人びと』、潮出版社、ちくま文庫）

Ⅴ

コンラッド再考　「展望」一九七一年六月号（『鶴見俊輔著作集』第五巻、『鶴見俊輔書評集成』第二巻）
田中正造　『ひとが生まれる』、筑摩書房、一九七二年（『鶴見俊輔集』第八巻）
明石順三と灯台社　「朝日新聞」一九七〇年八月十四日・二十一日・二十八日、九月四日（『鶴見俊輔集』第九巻）

『鶴見俊輔著作集』『鶴見俊輔集』は筑摩書房、両書に収録されているものは後者のみを挙げた。『鶴見俊輔書評集成』はみすず書房。

なお、今回収録するにあたり、表題などを改めたものがある。

解題

黒川創

韓国では「一人デモ」というものが、さかんに行なわれているのだそうだ。二人以上のデモ行進だと、法律によって事前の届け出が必要とされていて、官庁の周囲などでは許可されない。けれど、こうした抗議や訴えをぶつけたい相手は、たいてい官庁のたぐいだろう。そこで、一人きりで手製のプラカードに自分の主張を高く掲げて、役所の前などを歩くらしい。これまでを禁ずる法律はない。だから、プラカードを掲げる当人を、おおぜいの警察官が取り囲み、いっしょにぞろぞろと移動していく。プラカードのまわりに、黒っぽい制服のお巡りさんたちがたかっている（?）ような状態である。事情がわからない者にはちょっと異様な、そうした一団が、あちこちの路上で見られるという。

この春、福島の原発事故から一年過ぎたばかりで、原発の再稼働を日本政府が唱えだし、せめて都内に出むくときには、首相官邸前で「一人デモ」の真似をしてみたい、と考えた。このままでは、私よりもずっと未来まで生きることになる、若い世代の人びとに申し訳が立たないように思えたからである（プラカードを準備しておく度胸はまだなかった）。現地に着いたのは、平日の夕刻だった。思いがけなく、同じようなことを考える人はほかにもいるらしく、ぱらぱらと二〇〇人ほどが首相官邸前の路上で、口ぐちに抗議の声をあげていた。ちゃんと手製のプラカードを用意している人も、けっこういた。

次に、首相官邸前まで出むけたのは、六月一五日だった。抗議の人数は、すっかり膨れあがって、とても長い行列となり、衆議院南通用門の前まで延びていた。「きょうは、一万人を超えました！」と、シュプレヒコールを率先している若者が、参加者にマイクで告げていた。

五二年前の、この日。一九六〇年六月一五日も、日米安保条約改定に反対するデモ隊が国会議事堂周辺を取りまいていたらしい。その夕刻には、ここ、衆議院南通用門から、全学連の学生たちが国会構内に突入し、警官隊による乱打の下で東大生・樺《かんば》美智子さんが亡くなった。鶴見俊輔も、そのとき、デモ参加者のひとりとして、さほど遠くない場所にいた。

もっとも、いま、ここの路上を埋める若い男女が（幼い子を連れていたり、女性のほうがずっと目につく）、そんなことに思いをいたしている様子はない。その点に、この路上で起こっていることの新しさを感じた。抗議行動を呼びかけたスタッフたちは、列の整理や運営費のカンパ集めにたんたんとあたっているだけで、運動の〝指導者〟役に名乗りを上げるわけではない。その動きは、軽やかで、冷静だ。古株の運動家たちが、うるさく幅をきかせることもない。一人ひとりが、みずから頭かずとなることを選んで、抗議行動の列の人数を増やしに来る。

それからは私も週末ごとに現地に通ったが、参加者は四万人、一〇万人、二〇万人と増えていった。やがて、若い男女と入れ替わるように、高齢者たちの参加が目につくようになった。それは、この抗議行動を引っぱってきた青年世代のスタッフたちへの支持と応援の意志表示を帯びたものでもあっただろう。

私よりずっと若い世代にあたる、この抗議行動のスタッフたちは、たぶん、もう、半年前のままの彼らではないだろう。増していく重圧、ときに嘲弄や妨害の下でも、試行錯誤しながらこの行動を続けることを通して、いちじるしく急成長してきた個人としての彼らがいるのだろうと思う。そこからの励ましを、いまはこちらが受けている。

本書『身ぶりとしての抵抗――鶴見俊輔コレクション2』は、著者・鶴見自身の社会行動、市民運動への参加をめぐって、そこでの考えを知りうるものを中心に集めた。むろん、創作という行為などにも、身ぶりは伴う。そこに見えるうごきも、また社会行動なのだとの見方に立っている。

五つの章から成る。

第I章「わたしのなかの根拠」は、鶴見が具体的な社会行動を起こす動機、考え方などが鮮明に表れたものを選んだ。

なかでも、「五十年・九十年・五千年」は、本書に収めた論考でもっとも長い。太平洋戦争の終結直後、一人のハンセン病の少年との出会いに始まり、回復者の交流施設をつくる動きなどに参与して考えたこと、経験したこと、それらを通して自分に開かれた知見などについて述べている。ハンセン病の人びととの交流などについて、鶴見があらたまって記した文章は多くない。しかしながら、だからこそ、ここにある姿勢は、鶴見にとっての抵抗の根をなすものと鮮明に通じていることがわかるだろう。

第Ⅱ章「日付を帯びた行動」は、六〇年安保、ベトナム戦争反対の運動の渦中で、考えられていたこと。また、そこにあって鶴見に影響を及ぼしたであろう人びとへの追想である。およそ半世紀を隔てて、いま、これらを読むと、かえって生き生きと、そこで経験されていたことが立ち上がってくるところもあるように思う。

第Ⅲ章「脱走兵たちの横顔」は、ベトナム戦争下の脱走米兵援助で出会った、若い兵士らについての記録である。互いに顔も名前も知らない日本各地の市民、その家庭のあいだで、この運動はネットワークが形づくられた。そしてまた、一人ひとりの兵士たちにも、援助者の側にも、その後に続く人生があった。

第Ⅳ章「隣人としてのコリアン」は、詩や小説の営みを軸に、隣のくにびと、朝鮮人・韓国人らとともに生きる意味を考える。

ことに、「朝鮮人の登場する小説」が書かれた当時（一九六七年）、これに重なる論考はまだほとんど世に出ていなかった。かろうじて、植民地台湾育ちの文芸評論家・尾崎秀樹（一九二八―九九）による、日本の植民地下での日本語創作（現地人の作家も含む）をめぐる事実調べが始まっていた（尾崎秀樹『近代文学の傷痕』、一九六三年）。また、韓国の民間研究者、林鍾国《イムジョングク》（一九二九―八九）によって、日本植民地時代の〝親日文学〟（日本の支配に擦り寄る態度を示したとして、一九四五年の解放後の韓国社会では、告発と糾弾の対象とされた）についての具体的かつ実証的な検証も、世に現われはじめたところだった（林鍾国『親日文学論』、一九六六年）。ただし、林の『親日文学論』の日本語訳が刊行されるのはずっと後のことで、当時はまだ鶴見の知見に達していなかったかもしれない。

鶴見が「朝鮮人の登場する小説」で試みていることは、それら日韓の二つの先行文献のどちらとも、また違っている。――鶴見はここで、考えるとは、内面化された他者との対話であると、G・H・ミードにならってとらえる。だとすれば、「小説」を読むという経験は、実人生で会ったことのないいろいろなタイプの人間たちが、それぞれの状況でさまざまな役割を演ずることから、思想の可能性を独自のしかたで広げていくことにもなるだろう、とも。

そうやって考えるならば、みずからの状況と結びつけて朝鮮を理解するには、「不屈の抵抗精神」（たとえば、金史良による）を示した作品を称えることより、日本の植民地支配が作家個人にもたらした失敗や挫折、見通し違いの経験（張赫宙、李光洙らの作品に、それを見ている）も含むものとして、アジアにおける日本文学史、そこでの相互の関連を見ていくほうが、資するところがあるだろうと言う。

この提言は、日本国内より、むしろ韓国の解放後の世代にあたる若手研究者（当時）から、明瞭な反応を引きだした。一九七〇年代初頭に日本への留学経験がある文学研究者・金允植《キムユンシク》（一九三六―　）は、鶴見の「朝鮮人の登場する小説」から示唆を受け、田中英光「酔いどれ船」を詳細に検討した上で、「E・M・フォースターの『インドへの道』ほどの作品が日本人の手によって書かれたことがあったか」との問いを置いた（金允植『韓日文学の関連様相』、一九七四年。日本語訳の書名は、『傷痕と克服――韓国の文学者と日本』大村益夫訳）。つまり、支配された朝鮮の側の傷とはべつに、支配した日本の側にも内面のモラルの傷は残された（田中英光「酔いどれ船」の主人公たちが陥る内的崩壊は、その証左となる）。これを直視することから拓かれる文学作品ぬきに、この歴史に発する成熟はありえないのではないか、と、金は、議論をさらに一歩先へと進めたのだ。

互いのくにの違いから出発し、創作への視野がより広く架橋されたことを、私たちはここに見るだろう。

金芝河《キムジハ》（一九四一―　）との最初の接触を記した「詩人と民衆」にも、直接的な行動にむすびついたかたちで、こうした態度が表れている。

なお、〝金芝河〟との表記は、彼の김지하という筆名のハングル表記に、同音となる漢字を日本側で当てたもので、のちに金芝河本人もこの漢字を用いるようになったのだ

とも言われている。中央公論社の編集者（当時）として、最初の彼の日本語訳書を担当した中井（宮田）毬栄によると、若き日の彼には、同音で「金之夏」との署名を用いた詩作（「夕暮のはなし」、「木浦文学」第二号、一九六三年）もあるという。（中井毬栄「略伝・金芝河」、室謙二編『金芝河』）

第V章「先を行くひとと歩む」は、社会行動をとるにあたって、鶴見が、学ぶべきモデルとして見出したであろう先人の姿を、ジョゼフ・コンラッド、田中正造、明石順三、これら三つの小伝で収めた。

ひとつだけ、さらにエピソードを加えよう。

木下尚江（一八六九―一九三七）は、一九〇〇年（明治三三）二月、「毎日新聞」特派員として、足尾鉱毒問題調査のために現地を視察している。現地に出むくにあたって、当初の彼は、「工業国たるべき日本」である以上、現実問題として、鉱業の操業停止などは論外だ、と考えていた。ところが、現地の惨状を実地に見るにつれ、田中正造や被害民たちが鉱業の停止を叫ぶようになったのも無理がない、と回心するに至る。このことが、田中と木下を急速に近づける。

一九〇六年（明治三九）夏、満三六歳の木下尚江は、渡良瀬川を侵した鉱毒への対処策として廃村が強いられた谷中村について、抗議と救援を求める演説会を催すため、満六四歳の田中正造翁とともに、地元に近い栃木県佐野町に到着していた。だが、田中翁が演説を終えたあと、木下は登壇しても、演説を始めなかった。それだけではなく、彼は、町中から詰めかけた目前の聴衆に対して、激烈な口調で罵詈雑言を浴びせはじめた。——あなたがた聴衆は、田中翁の演説にしきりと拍手喝采を送るけれども、さほど遠くもない谷中村の現状を見に行こうとすらしない。——

木下には、そうした態度が、田中翁を見殺しにするものとしか思えなかった。(しまね・きよし『明治社会主義者の転向』)

一般的な伝記的研究において、木下尚江は、この年五月の母親の病没を契機に、明治期社会主義の運動から離脱していったとされている。だが、それだけか。さらに深部で、こうした運動への疑念と絶望感が、彼に沈思の時間を求めさせたということもありえよう。

ともあれ、激甚な鉱毒被害に苦しむ村人たちは、東京まで歩き通して国会へ直接訴えようと、地元の寺に結集しては、四度にわたって押し出した。

これらの行列は、ずっとのち、一九五三年(昭和二八)夏、多磨全生園のハンセン病患者代表ら三五〇人が、「らい予防法」反対を訴えようと、炎天下を国会議事堂めざして歩きだしたことに重なる。

また、水俣からの行列に。沖縄からの行列に。どうして、こうしたやむにやまれぬ行列が、絶えないか? いずれ、福島からの行列にも、これらが重なって見えてくることにならざるをえないのか。

やや話を戻すと、鶴見は、ハンセン病者らの権利回復などを求める動きに、控えめだが、長年にわたる関与を続けた。そこにも、最初の怒りが持続していたことは間違いない。にもかかわらず、彼自身は、国や責任ある関係者に対して、告発・糾弾調でなじる文章をほとんど一度も残していない。どうしてか？

その理由を、どこかで、彼はこんなふうに述べていた。

――自分と患者たちとのつきあいかたをほんとうに変えることができたなら、この社会はかならず変わるはずだ。――

それが、この人のアナキズムのありかである。

明石順三、その少数の仲間たちの暮らしぶりと同じく、みずから決めて、そこにすわりつづけることを選んだ人の姿は、もはや誰の目にもつきがたいほど、穏やかなものに映っている。

ひとりの読者として

川上弘美

鶴見俊輔さんのこの本に寄せる文章を書きませんかと問われた当初、「鶴見さんのお仕事には全然くわしくないわたしに、文章など書けるのだろうか」と、不安を感じていました。けれど、本書を読みはじめると、そんな不安はすぐに消し飛んでしまったのです。なぜなら、本書ぜんたいが、「して面白いのは、考えることです。よそさまからはばかみたいだと思われても、自分がほんとうのところ何を大切にしているのか、何を求めたいのかを考えること。なにしろそれが、いいのです」と言っているからです。本書のための文章を書く、というところからはなたれて、広く遠く、わたしはのびのびと解放されたのでした。

たとえば、こんな文章があります。

「9・11テロ以後に始まったこのピース・ウォークの第一回で私が出発地点にきたとき、集まったのは百五十人。そのうち百人が女性で、五十人が男性だった。男性には、共通の性格があり、女にひっぱられる男だった。もう少し踏みこんで言うと、女にひっぱられて生きる役割をよろこんで受けいれる男たちのようだった」

笑いました！　女が男の二倍。そして男たちはなんだか柔和。そんな楽しいデモって、いいじゃない！　そう思ったからです。文章は、こう続きます。

「歌も、合言葉も、身ぶりもかわった。かつての戦争反対デモは、戦中の軍隊の行進の形から手が切れていない。スローガンも、軍隊式である」

この短い二行で、あ、と思いました。楽しげに書いてあるけれど、鶴見さんの文章の中身はハードなんだな、と。軍隊式を抜けることのできなかった安保闘争やベトナム戦争反対デモに対する、複雑な思いが、たったのこの二行からなんと強くにじみ出ていることでしょう。さらに文章は続きます。

「私は、土岐善麿の戦後始まりの歌を思い出す。一九四五年八月十五日の家の中の出来事を歌った一首だ。

あなたは勝つものとおもつてゐましたかと老いたる妻のさびしげにいふ

明治末から大正にかけて、啄木の友人として、戦争に反対し、朝鮮併合に反対した歌人土岐善麿は、やがて新聞人として、昭和に入ってから戦争に肩入れした演説を表舞台で国民に向かってくりかえした。そのあいだ家にあって、台所で料理をととのえていた妻は、乏しい材料から別の現状認識を保ちつづけた。思想のこのちがいを、正直に見据えて、敗戦後の歌人として一歩をふみだした土岐善麿は立派である。
敗戦当夜、食事をする気力もなくなった男は多くいた。しかし、夕食をととのえない女性がいただろうか。他の日とおなじく、女性は、食事をととのえた。この無言の姿勢の中に、平和運動の根がある」

ここまで読んで、わたしの胸の動悸は速まりました。この文章は二〇〇三年、すなわちほぼ十年近くも前に書かれたものです。けれどここには、今の日本にとって、なんと大切なことが書かれていることか。

わたしがこの文章を書いている今は、東日本大震災から約一年半が過ぎた夏です。震災での福島第一原発の事故を受けて、日本中のすべての原発がいったんは稼働を中止したにもかかわらず、関西電力圏にある大飯原発が、安全確認が保証されたという政府の見解にのっとって、この七月一日から再稼働されはじめました。稼働の数日後、原子炉内ではふたたび核分裂が臨界に達し、今の日本ではほぼ自力で処理する能力のない使用済み核燃料が、この瞬間も着々と生み出され続けています。

首相官邸前では、毎週金曜の夜に、自発的原発反対集会がおこなわれています。八月上旬現在、週を追うごとにその規模は増しています。わたしは今五十四歳ですが、すでに安保のデモのことはほとんど知らない世代です。集会につどっているのは、そのような私と同世代前後から下の人たち、すなわちいわゆる「デモ」の経験のない人たちがほとんだだと言われています。

強制ではない、ゆるやかで個人的な意思をもつ集まりが、原発に対する反対の意思をあらわしつづけている、そのことは、原発事故後のさまざまな不信感からくるやりきれなさの中で、大きなよりどころと感じられます。こういうのって、この国では、初めてのことなんじゃないかな。デモのニュースを見ながら、わたしは思っていたのです。でも、鶴見さんのこの文章を読むと、そうではないことがはっきりとわかります。

あったのです。ずっと。強制によるものでもなく、大きなうねりに流されるようにでもなく、うわずった理想主義におかされてもおらず、ただ個人が個人として考えたすえに「せねば」という結論に達し、細々とではあるけれど続けられてきた、いくつものおもてにはあらわれなかった、貴重な抵抗が。

この国で、戦後どんな人たちがどんなことをおこなってきたか。同じ時代に生きていながら、わたしは少ししか知りませんでした。知らなかったそのことが、この本にはたくさん書いてあります。

安保闘争。らい予防法廃止運動。ベトナム戦争の脱走兵支援。金芝河支援運動。9・11後の反戦運動。それらにこまやかにかかわってきた鶴見さんが、そのつど、または時間をかけて振り返りながら書いてきたたくさんの文章が、この本にはおさめられています。

運動、という言葉を聞くと、ふわふわと生きてきたわたしは、「ははっ」とかしこまってしまいますが、この本に書かれている文章を読むと、かしこまった体がどんどん柔らかくなります。なぜなら、「運動」をおこなってきた人たちは特殊な人ではないのです、人の子であり親であり普通の生活をしている人たちなのです、と、鶴見さんの文章は教えてくれるからです。敗戦後、わたしたちの国の精神的土壌は、この人たちによって耕し続けられてきたのです。

「大正時代に反戦の言論を張った知識人は多いが、昭和の長い、十五年つづく戦争の中で、誰がその立場を守り得たか？

大正から昭和へ、教授たちは、はじめは平和を説き、やがて戦争を支持した。その中の何人かの例外をもって、教授全体を代表させることはできない。日本の知識人全体の、この連続転向を問うことが必要だ。戦争反対の根拠を、自分が殺されたくないということに求めるほうがいい。理論は、戦争反対の姿勢を長期間にわたって支えるものではない。それは自分の生活の中に根を持っていないからだ」

厳しい言葉です。そして、その厳しさは、むろん鶴見さん自身にも、本書のさまざまな場所で向けられています。いったい自分は、どのように間違っていたか。どのように、何かを成せなかったか、と。

実は、ここまで引用してきた鶴見さんの文章は、この本の冒頭のたった三ページの中にあるものなのです。まだまだ引用したい文章が、山のようにあります。数ページ読むごとに、わたしはページをめくる手をとめ、そのたびに、じいっと三十分くらい考えこみました。そして毎回、じわじわと何かに対する勇気がわいてくるのを感じました。

どうぞこの本を手に取って、ゆっくりと読んでみて下さい。わたしと同じように、一度読んだあとも、ふたたび手に取ってみて下さい。この時期に、鶴見俊輔さんの約五十年にわたるさまざまな文章がまとめられたことには、大きな意味があります。その意味を無駄にしない自分でありたいと、この本の読者はみな、思うにちがいありません。

身《み》ぶりとしての抵抗《ていこう》
鶴見《つるみ》俊輔《しゅんすけ》コレクション2

二〇一二年一〇月一〇日　初版印刷
二〇一二年一〇月二〇日　初版発行

著　者　鶴見《つるみ》俊輔《しゅんすけ》
編　者　黒川創《くろかわそう》
発行者　小野寺優
発行所　株式会社河出書房新社
〒一五一-〇〇五一
東京都渋谷区千駄ヶ谷二-三二-二
電話〇三-三四〇四-八六一一（編集）
〇三-三四〇四-一二〇一（営業）
http://www.kawade.co.jp/

ロゴ・表紙デザイン　粟津潔
本文フォーマット　佐々木暁
印刷・製本　中央精版印刷株式会社

Printed in Japan ISBN978-4-309-41180-4

思想をつむぐ人たち　鶴見俊輔コレクション1
鶴見俊輔　黒川創〔編〕　41174-3

みずみずしい文章でつづられてきた数々の伝記作品から、鶴見の哲学の系譜を軸に選びあげたコレクション。オーウェルから花田清輝、ミヤコ蝶々、そしてホワイトヘッドまで。解題＝黒川創、解説＝坪内祐三

郵便的不安たちβ　東浩紀アーカイブス1
東浩紀　41076-0

衝撃のデビュー「ソルジェニーツィン試論」、ポストモダン社会と来るべき世界を語る「郵便的不安たち」など、初期の主要な仕事を収録。思想、批評、サブカルを郵便的に横断する闘いは、ここから始まる！

サイバースペースはなぜそう呼ばれるか＋　東浩紀アーカイブス2
東浩紀　41069-2

これまでの情報社会論を大幅に書き換えたタイトル論文を中心に九十年代に東浩紀が切り開いた情報論の核となる論考と、斎藤環、村上隆、法月綸太郎との対談を収録。ポストモダン社会の思想的可能性がここに！

文明の内なる衝突　9.11、そして3.11へ
大澤真幸　41097-5

「9・11」は我々の内なる欲望を映す鏡だった！　資本主義社会の閉塞を突破してみせるスリリングな思考。十年後に奇しくも起きたもう一つの「11」から新たな思想的教訓を引き出す「3・11」論を増補。

増補　日本という身体
加藤典洋　40993-1

明治以降の日本を、「大」「新」「高」という三つの動態において読み解くという斬新な方法によって時代の言説を検証し、日本と思想のありかたを根源から問いかえす代表作にして刮目の長篇評論を増補。

日本
姜尚中／中島岳志　41104-0

寄る辺なき人々を生み出す「共同体の一元化」に危機感をもつ二人が、日本近代思想・運動の読み直しを通じて、人々にとって生きる根拠となる居場所の重要性と「日本」の形を問う。震災後初の対談も収録。

退屈論

小谷野敦　40871-2

ひとは何が楽しくて生きているのだろう？　セックスや子育ても、じつは退屈しのぎにすぎないのではないか。ほんとうに恐ろしい退屈は、大人になってから訪れる。人生の意味を見失いかけたら読むべき名著。

心理学化する社会　癒したいのは「トラウマ」か「脳」か

斎藤環　40942-9

あらゆる社会現象が心理学・精神医学の言葉で説明される「社会の心理学化」。精神科臨床のみならず、大衆文化から事件報道に至るまで、同時多発的に生じたこの潮流の深層に潜む時代精神を鮮やかに分析。

社会は情報化の夢を見る　[新世紀版] ノイマンの夢・近代の欲望

佐藤俊樹　41039-5

新しい情報技術が社会を変える！　――私たちはそう語り続けてきたが、本当に社会は変わったのか？　「情報化社会」の正体を、社会のしくみごと解明してみせる快著。大幅増補。

定本　夜戦と永遠　上・下　フーコー・ラカン・ルジャンドル

佐々木中　41087-6 41088-3

『切りとれ、あの祈る手を』で思想・文学界を席巻した佐々木中の第一作にして主著。重厚な原点準拠に支えられ、強靭な論理が流麗な文体で舞う。恐れなき闘争の思想が、かくて蘇生を果たす。

イコノソフィア

中沢新一　40250-5

聖なる絵画に秘められた叡智を、表面にはりめぐらされた物語的、記号論的な殻を破って探求する、美術史とも宗教学とも人類学ともちがう方法によるイコンの解読。聖像破壊の現代に甦る愛と叡智のスタイル。

後悔と自責の哲学

中島義道　40959-7

「あの時、なぜこうしなかったのだろう」「なぜ私ではなく。あの人が？」誰もが日々かみしめる苦い感情から、運命、偶然などの切実な主題、そして世界と人間のありかたを考えて、哲学の初心にせまる名著。

¥700-

道徳は復讐である　ニーチェのルサンチマンの哲学

永井均　40992-4

ニーチェが「道徳上の奴隷一揆」と呼んだルサンチマンとは何か？　それは道徳的に「復讐」を行う装置である。人気哲学者が、通俗的ニーチェ解釈を覆し、その真の価値を明らかにする！

なぜ人を殺してはいけないのか？

永井均／小泉義之　40998-6

十四歳の中学生に「なぜ人を殺してはいけないの」と聞かれたら、何と答えますか？　日本を代表する二人の哲学者がこの難問に挑んで徹底討議。対話と論考で火花を散らす。文庫版のための書き下ろし原稿収録。

集中講義　これが哲学！　いまを生き抜く思考のレッスン

西研　41048-7

「どう生きたらよいのか」――先の見えない時代、いまこそ哲学にできることがある！　単に知識を得るだけでなく、一人ひとりが哲学するやり方とセンスを磨ける、日常を生き抜くための哲学入門講義。

軋む社会　教育・仕事・若者の現在

本田由紀　41090-6

希望を持てないこの社会の重荷を、未来を支える若者が背負う必要などあるのか。この危機と失意を前にし、社会を進展させていく具体策とは何か。増補として「シューカツ」を問う論考を追加。

「声」の資本主義　電話・ラジオ・蓄音機の社会史

吉見俊哉　41152-1

「声」を複製し消費する社会の中で、音響メディアはいかに形づくられ、また同時に、人々の身体感覚はいかに変容していったのか――草創期のメディア状況を活写し、聴覚文化研究の端緒を開いた先駆的名著。

道元

和辻哲郎　41080-7

『正法眼蔵』で知られる、日本を代表する禅宗の泰斗道元。その実践と思想の意味を、西洋哲学と日本固有の倫理・思想を統合した和辻が正面から解きほぐす。大きな活字で読みやすく。